HEYNE

Die Autorin

Marie Louise Fischer wurde am 28. Oktober 1922 in Düsseldorf geboren. Während des Zweiten Weltkriegs studierte sie Germanistik, Theaterwissenschaften und Kunstgeschichte, danach arbeitete sie als Dramaturgin in Prag. Mit 29 Jahren veröffentlichte sie ihren ersten Roman *Zerfetzte Segel*. Marie Louise Fischer, zunächst bekannt für ihre erfolgreichen Illustriertenromane, zählt heute zu den meistgelesenen deutschen Autoren der Unterhaltungs- und Jugendliteratur. Ihre Bücher, zumeist Liebesromane, wurden in 23 Sprachen übersetzt und erzielten Millionenauflagen. Marie Louise Fischer starb am 2. April 2005 in Prien am Chiemsee.

Das Buch

MILLIONÄR MIT KLEINEN FEHLERN
Die Hochzeitsgesellschaft ist bereits komplett versammelt – nur einer fehlt: der Trauzeuge. Der Großindustrielle Helbrichsen, Vater der Braut, ist es gewohnt, schnelle Entscheidungen zu fällen – und bestimmt kurzerhand einen Ersatz: Michael, ein Schulfreund des Bräutigams, muss einspringen. Helbrichsen ahnt freilich nicht, in welche Gefühlswirren er damit alle Anwesenden stürzt. Denn der charmante Taxifahrer Michael hat es in sich …

ZWEIMAL HIMMEL UND ZURÜCK
Auch Inge Kramer, eine lebenslustige, junge Frau, erlebt so manche Überraschung: Eigentlich wollte sie nur die Schriftstellerin Frau von Sauten auf ihrer Weltreise begleiten, sich den Wind ferner Länder um die Nase wehen lassen und ein wenig ausspannen. Doch dann kommt alles ganz anders: Inge begegnet dem Piloten Axel Borg und fühlt sich sofort unwiderstehlich zu ihm hingezogen. Doch noch ist sie nicht über ihre letzte gescheiterte Beziehung hinweg. Wird Axel ihre Zweifel besiegen?

MARIE LOUISE FISCHER

Millionär mit kleinen Fehlern
Zweimal Himmel und zurück

Zwei Romane

WILHELM HEYNE VERLAG
MÜNCHEN

FSC
Mix
Produktgruppe aus vorbildlich bewirtschafteten Wäldern und anderen kontrollierten Herkünften

Zert.-Nr. SGS-COC-1940
www.fsc.org
© 1996 Forest Stewardship Council

Verlagsgruppe Random House FSC-DEU-0100
Das für dieses Buch verwendete FSC-zertifizierte Papier *Holmen Book Cream* liefert Holmen Paper, Hallstavik, Schweden.

Taschenbuchausgabe 01/2009
Millionär mit kleinen Fehlern

Nach dem Roman gleichen Namens von Hans Gustl Kernmayr
Zweimal Himmel und zurück

Printed in Germany 2009
Umschlaggestaltung: Nele Schütz Design, München,
unter Verwendung eines Fotos aus dem Bildarchiv © Corbis
Druck und Bindung: GGP Media GmbH, Pößneck
ISBN: 978-3-453-72253-8

www.heyne.de

MARIE LOUISE FISCHER

Millionär mit kleinen Fehlern

»Na endlich!« sagte der Fahrradfabrikant Kuno Helbrichsen, als sich die Doppeltür zum Trauungssaal im Rathaus öffnete; er erhob sich schneller, als man es bei seiner Statur für möglich gehalten hätte, denn er hatte auf der harten Bank im Vorzimmer sehr unbequem gesessen.

Peter Hülsenberg, der Bräutigam, sprang auf und packte ihn beim Arm. »Einen Moment noch, Schwiegerpapa! Nur noch ein Momentchen!«

Kuno Helbrichsen bedachte ihn mit einem Blick, der ihn veranlaßte, die Hand sofort zurückzuziehen.

»Bitte, entschuldige, Papa!«

»Peterle, nun komm doch!« drängte Gudrun, die Braut. »Worauf sollen wir denn jetzt noch warten?«

»Aber seht ihr denn nicht!?« Der junge Mann hob die Hände in einer Geste der Verzweiflung. »Mein Trauzeuge ist noch nicht da!«

»Na, dann nehmen wir eben einen anderen!« schlug Georg Bruchsal, Gudruns Trauzeuge, vor. »In zwei Minuten schaffe ich euch einen herbei.«

»Nein!« rief Peter. »Es muß doch Carlos sein! Er hat mir doch telegrafiert! Er wird kommen, ganz bestimmt! Und wie steh' ich denn da, wenn ich ohne ihn geheiratet habe?!«

»Ich jedenfalls bin nicht bereit, jetzt noch länger

hier herumzustehen!« entschied Kuno Helbrichsen und bot seiner Frau den Arm. »Bringen wir es hinter uns.«

Aber Peter war nicht bereit aufzugeben; er gab seiner Frau einen raschen Kuß. »Nur noch ein paar Minuten, Liebling! Bald sind wir für immer vereint!«

»Aber wo willst du hin?!«

»Nur ganz rasch telefonieren!«

Gudrun wollte ihn halten, aber da stürmte er schon die breite Treppe hinunter.

»Mach dir nichts draus«, tröstete Marlis, ihre jüngere Schwester, sie, »er ist verrückt wie die meisten Männer.«

»Hoho!« machte Georg Bruchsal.

Marlis schenkte ihm ein vergnügtes Lächeln und wandte sich dann wieder der Braut zu. »Du wirst dich daran gewöhnen müssen.«

Inzwischen war Peter Hülsenberg nicht weit gekommen. Er stand unten im Rathaus und versuchte den Pförtner zu überreden, ihn telefonieren zu lassen.

»Wie oft soll ich Ihnen noch erklären, daß es furchtbar dringend ist! Mein Trauzeuge ist noch nicht da, und ich muß unbedingt mit dem Flughafen telefonieren!«

»Und wie oft soll ich Ihnen noch erklären, daß wir hier ein öffentliches Amt sind, und von einem öffentlichen Amt aus darf kein privates Telefongespräch geführt werden.«

»Aber meine Braut...«

»Ihre Braut interessiert mich nicht.«

»Mein Schwiegervater...«

»Interessiert mich noch viel weniger.«

»Mein Schwiegervater ist ein sehr einflußreicher Mann! Wenn man meinen Schwiegervater verärgert...«

»Mir hat Ihr Schwiegervater nichts zu sagen. Dies hier ist ein amtliches Telefon, und ein amtliches Telefon darf nur für amtliche Gespräche benutzt werden.«

»Aber, bitte, Herr... Herr...«

»Seelchen«, half der Portier gelassen ein, »Klaus Seelchen.«

»Bitte, Herr Seelchen, seien Sie doch ein Mensch, haben Sie eine Seele! Man kann doch einmal eine Ausnahme machen! Ausnahmen bestätigen die Regel, wie es so schön heißt.«

»Denken Sie. Stimmt aber nicht. Wenn man erst einmal eine Ausnahme macht, dann ist es vorbei mit der Regel. Dann geht's dahin.«

»Aber ganz bestimmt nicht, Herr Seelchen! Ich muß nur ein einziges Mal telefonieren, ein kleines, winziges, einziges, kurzes Mal! Ich flehe Sie an, Herr Seelchen... machen Sie einmal eine Ausnahme! Seien Sie ein großzügiger Mensch.«

»Ha«, sagte der Portier und brachte eine Blechdose zum Vorschein, »wären Sie etwa auch großzügig, wenn Ihre Braut vor der Hochzeit mal eine Ausnahme gemacht hätte!?«

Einen Augenblick stutzte Peter. »Wie meinen Sie

das? Ach so! Natürlich wäre ich das! Aber das ist doch kein Vergleich!«

Klaus Seelchen sagte nichts mehr. Er öffnete die Blechdose und nahm ein Butterbrot heraus. Für ihn war die Zeit des zweiten Frühstücks gekommen, und das war wichtiger als alles andere. Er biß in sein Brot, stellte mit Vergnügen fest, daß seine Frau ihm kalten Speck mit Zwiebelringen daraufgelegt hatte, und nahm einen tiefen Schluck aus seiner Bierflasche.

Als Peter Hülsenberg ihn so beschäftigt sah, wagte er einen letzten Vorstoß. Mit kühnem Griff wollte er den Hörer des verbotenen amtlichen Telefons abnehmen – aber da hatte er nicht mit Klaus Seelchen gerechnet. Wie ein Haremswächter die ihm anvertrauten Frauen verteidigte er den Apparat und geriet derart in gerechte und amtliche Aufregung, daß Peter Hülsenberg, um ihn nur zu beruhigen, ein Fünfmarkstück in seine Hand gleiten ließ.

»Na, danke, danke sehr«, brummte Klaus Seelchen einigermaßen besänftigt und ließ das Geldstück in seiner Jackentasche verschwinden, »aber wenn Sie denken, daß Sie jetzt hier telefonieren können... hä, hä, hä... da haben Sie sich verrechnet! Daraus wird nichts!«

»Aber Mann...«

»Immer noch Herr, wenn ich bitten darf! Für Sie immer noch Herr!«

»Mann Gottes, wie soll ich denn zum Flughafen telefonieren?!«

»Na, dann gehen Sie man gleich über die Straße und dann links um die Ecke. Da steht ein Telefon, ein öffentliches Telefon... gleich beim Taxi-Halteplatz!«

»Ja... warum haben Sie mir denn das nicht gleich gesagt?«

»Haben Sie mich denn danach gefragt?«

Peter Hülsenberg warf dem geruhsam kauenden Portier einen vernichtenden Blick zu. »Mann Gottes!« war das einzige, was er noch hervorbringen konnte; dann wandte er sich ab und sprang die Stufen zur Straße hinunter.

»Herr!« hörte er Klaus Seelchen hinter sich ausrufen. »Für Sie immer noch Herr!«

Ohne links und rechts zu sehen, rannte Peter Hülsenberg über die Fahrbahn und wäre beinahe unter ein Auto gekommen, wenn der Fahrer nicht im letzten Moment noch scharf gebremst hätte.

Er kurbelte das Seitenfenster nieder und schrie in voller Lautstärke: »Sie... Mensch, können Sie nicht aufpassen? Haben Sie keine Augen im Kopf? Sie Oberidiot, Sie...!«

»Entschuldigen Sie vielmals, aber... ich... ich heirate heute!« stotterte Peter Hülsenberg verwirrt, dem der Schreck selber gewaltig in die Knie gefahren war.

»Wenn Sie so weitermachen, werden Sie nicht dazu kommen... Mann Gottes!«

»Herr!« rief Peter Hülsenberg zurück. »Für Sie bin ich immer noch Herr!« Und damit rannte er weiter, links um die Ecke und auf das Telefonhäuschen zu. Er hatte Glück, es war leer. Er stürzte hinein und knallte die Tür hinter sich zu. Rings um ihn brauste der Straßenlärm, das Quietschen und Hupen und Brummen zahlloser Fahrzeuge, aber Peter Hülsenberg hörte nichts davon, er sah auch nichts. Fieberhaft versuchte er, die Verbindung mit dem Flughafen herzustellen.

Endlich klappte es. Der Flughafen meldete sich. Aber die Auskunft, die Peter Hülsenberg erhielt, war niederschmetternd – das planmäßige Flugzeug aus Madrid war schon vor einer halben Stunde gelandet, sein Freund war nicht unter den Passagieren gewesen.

»Danke«, sagte Peter Hülsenberg und hängte ein. Einen Augenblick überlegte er, dann nahm er wieder den Hörer ab. Diesmal wählte er die Telefonnummer seiner eigenen Wohnung, seiner alten Wohnung, die im Grunde genommen nicht mehr und nicht weniger war als ein möbliertes Zimmer mit Bad- und Telefonbenutzung. Nach der Hochzeit sollte das junge Paar in die elegante Neubauwohnung einziehen, die der Schwiegervater eingerichtet hatte – aber augenblicklich schien es Peter Hülsenberg sehr zweifelhaft, ob es je dazu kommen würde.

Seine Wirtin, Frau Pielsticker, meldete sich. Peter Hülsenberg erfuhr, nachdem er erst ausgiebig die Neugier dieser Dame gestillt hatte, die nicht begreifen konnte, wieso er nicht auf seiner eigenen Hochzeitsfeier war, daß tatsächlich kaum zehn Minuten nach seinem Fortgang ein Telegramm abgegeben worden war. Frau Pielsticker hatte es nicht geöffnet – sagte sie wenigstens –, weil sie es für einen Glückwunsch zur Vermählung hielt. Tatsächlich aber war es von Carlos, Peter Hülsenbergs Freund aus Madrid, der mitteilte, daß es ihm leider schier unmöglich sei, an der Trauung teilzunehmen.

Diesmal sagte Peter Hülsenberg nicht »Danke« und auch nicht »Auf Wiedersehen« – er wartete auch nicht ab, bis Frau Pielsticker ihren Redeschwall beendet hatte, sondern hängte einfach ein.

Er war wie vor den Kopf geschlagen. Er hatte so fest damit gerechnet, durch die Anwesenheit seines Freundes, dem Sohn eines millionenschweren Konservenfabrikanten, sein Prestige bei der Trauung gegenüber den reichen Schwiegereltern heben zu können, daß er die Möglichkeit, Carlos könnte im letzten Augenblick verhindert sein, überhaupt nicht in Betracht gezogen hatte.

Was sollte er jetzt tun? Eine mehr als peinliche Situation! Natürlich hätte seine Schwägerin oder irgend jemand anderes leicht als Trauzeuge einspringen können, aber – würde irgend jemand ihm dann seinen reichen Freund noch abnehmen? Würden nicht alle, selbst seine Braut, ihn für einen Angeber halten?

Peter Hülsenberg trat auf die Straße und stand einen Augenblick verwirrt und in tiefe Überlegung versunken. Wie sollte er diesen Reinfall seinen Schwiegereltern am besten beibringen?

Die kleine Hochzeitsgesellschaft wartete mit steigender Ungeduld. Anfangs hatten Marlis und Peter Bruchsal noch versucht, die immer peinlicher werdende Situation mit munterem Geplauder zu überbrücken. Aber inzwischen hatten sie es aufgegeben. Frau Thekla Helbrichsen schluchzte, als wäre sie es, der der Bräutigam entschwunden war. Die Braut versuchte Haltung zu bewahren, aber sie war sehr blaß geworden.

Der Standesbeamte unterdrückte ein Gähnen, warf einen Blick auf seine Taschenuhr und sagte in aller Seelenruhe: »Ich glaube kaum, meine Herrschaften, daß es noch einen Zweck hat, auf den Bräutigam zu warten. Außerdem ist in zwanzig Minuten die nächste Trauung angesetzt. Ich muß Sie also bitten, den Saal zu verlassen.«

Einen Augenblick herrschte Totenstille.

Dann brüllte Kuno Helbrichsen los. »Zum Donnerwetter! Wo kann der Kerl bloß stecken!? Löst sich einfach in Luft auf!« – Es war ihm durchaus nicht wichtig, seine Tochter ausgerechnet heute und ausgerechnet mit diesem Bräutigam unter die Haube zu bringen. Aber er hatte einen gewaltigen Durst, und solange sie hier im Trauungssaal herumsaßen, konnte er ihn nicht löschen.

»O Peterle, mein Peterle!« stöhnte Gudrun auf. »Wenn ihm nur nichts passiert ist!«

»Ach, dem doch nicht!« behauptete ihr Vater. »Der ist ein Windhund, das habe ich dir von Anfang an gesagt. So jemandem passiert nichts, der läßt höchstens den anderen etwas passieren.«

»Du willst doch nicht etwa andeuten...?« Gudrun blickte ihn aus großen Augen an und wagte nicht einmal auszusprechen, was sie dachte.

»Ach was. Unzuverlässig ist er, das ist alles.«

»Ich glaube bestimmt, Peter wird in den nächsten fünf Minuten hier aufkreuzen!« sagte Marlis und warf ihre hellblonde Haarmähne in den Nacken. »Daß Bräutigame vor dem Traualtar verschwinden... so was kommt doch nur in Romanen vor!«

Kuno Helbrichsen lachte auf. »Und daß sie eine halbe Million Mark Mitgift im Stich lassen, das gibt es nicht einmal in Romanen!«

»Papa!« rief Gudrun empört. »Wie kannst du so etwas sagen!? Peter liebt mich, nur mich! Das Geld ist ihm ganz schnuppe!«

»Dann müßte er aber ein schöner Idiot sein!«

»Ich muß Ihrem Fräulein Tochter durchaus recht geben«, erklärte Georg Bruchsal und klemmte sein Monokel ins Auge; es war besonders apart, wie alles, was Georg Bruchsal besaß – es war nicht rund, sondern viereckig. »Die wahre Liebe fragt nicht nach Geld und Gut!« Er lächelte Marlis vielsagend an und zeigte dabei seine reizenden Grübchen.

Marlis lächelte vergnügt zurück und sagte bedeutungsvoll: »Die wahre Liebe, Herr Bruchsal... die wahre Liebe!«

Er beugte sich zu ihr und sagte halblaut und beschwörend: »Wollen Sie etwa an meinen Gefühlen zweifeln, Fräulein Marlis!?«

»Aber nicht im geringsten, Herr Bruchsal, ich zweifle nur...«

»An was?«

»An Ihrer Finanzlage!«

Georg Bruchsal ließ sein Monokel in die linke Hand gleiten und machte ein tiefgekränktes Gesicht. »Das hätten Sie nicht sagen dürfen, gnädiges Fräulein, das nicht!«

»Ich weiß... die Wahrheit können die wenigsten Menschen vertragen«, sagte Marlis ungerührt.

Georg Bruchsal seufzte tief. »Sie haben mich verletzt, Fräulein Marlis... sehr, sehr verletzt! Zugegeben, ich verfüge derzeit über keine großen Geldmittel... aber meine Plantage in Südafrika...«

»Ich muß Sie noch einmal darauf aufmerksam machen«, sagte der Standesbeamte nachdrücklich, »es ist zwecklos, daß Sie länger warten!«

»Das sehe ich nicht ein!« erklärte Frau Thekla Helbrichsen heftig und tupfte sich mit einem Spitzentaschentuch die Tränen aus den Augen. »Eine Stunde war für die Trauung angesetzt, nicht wahr! Also dürfen wir doch wohl auch mit oder ohne Trauung diesen Raum hier wenigstens eine Stunde benutzen, nicht wahr!?«

»Wenn Sie bereit sind, die Trauungsgebühren auch ohne Trauung zu zahlen...«

»Selbstverständlich! Geld ist doch schließlich nicht das Wichtigste!«

»Na, erlaube mal, meine Liebe!« grollte Kuno Helbrichsen. »Bisher ist dir Geld immer ganz schön wichtig gewesen... Wieso jetzt auf einmal nicht mehr?«

»Ich bitte dich, Kuno, sei nicht so vulgär!«

»Was heißt hier vulgär? Schließlich ist es mein Geld, über das du so freigiebig verfügst!«

»Es handelt sich hier nicht um Geld... es handelt sich um das Schicksal unseres Kindes! Kuno, wie kannst du nur so herzlos sein! Meine arme, arme kleine Gudrun!« Frau Helbrichsens Tränen begannen erneut zu fließen.

Peter stand immer noch auf dem Bürgersteig und überlegte, was jetzt zu tun war.

»Taxi gefällig?« – Ein junger Mann riß mit übertriebener Verbeugung die Autotür vor ihm auf.

Peter schrak aus seinen Gedanken, blickte von der Taxe zu dem Chauffeur und – mußte lachen.

»Michael!« rief er. »Menschenskind, wie hast du es zu diesem Beruf gebracht!? Das ist ja ein tolles Ding!«

»Da laust dich der Affe, was?« gab Michael Kornmesser vergnügt zurück. »Komm, steig ein, dann erzähle ich dir die ganze Geschichte!«

Peter war schon im Begriff einzusteigen, da überfiel ihn siedendheiß der Gedanke an das Standesamt und seine wartende Braut. »Michael, sei mir nicht böse, aber das geht nicht. Ich kann nicht... ganz unmöglich!«

»Mach keine Geschichten, Peter!« sagte Michael und beförderte ihn mit einem sanften Schubs in das Innere des Wagens. »Wir sind doch Freunde. Ich fahre dich, auch wenn du kein Geld hast.«

Ehe Peter wußte, wie ihm geschah, setzte sich

das Taxi in Bewegung. »Ich bitte dich, Michael, halt an! Du kannst doch nicht so einfach...«

»Natürlich kann ich das. Warum sollte ich denn nicht!?«

»Weil ich dringend auf dem Rathaus zu tun habe!«

Jetzt trat Michael denn doch auf die Bremse; er starrte den Freund verblüfft an. »Auf dem Rathaus?«

»Ja, auf dem Rathaus. Hier gleich um die Ecke.«

»Gut, dann fahre ich dich um die Ecke. Aber was hast du auf dem Rathaus zu tun?«

»Im Rathaus ist das Standesamt, falls du das noch nicht wissen solltest.«

Michael lachte. »Bist du Vater von Zwillingen geworden und mußt sie jetzt anmelden?«

»Ach Quatsch, ich heirate heute.«

»Im Ernst?!«

»Aber sicher. Mit solchen Dingen scherzt man doch nicht.«

»Dann verstehe ich überhaupt nichts mehr. Wenn du heiraten willst, warum stehst du dann dumm auf der Straße herum? Oder ist dir deine Braut schon ausgerückt und du mußt versuchen, sie zurückzutelefonieren?«

»Meine Braut nicht... Carlos!«

»Was hat denn nun Carlos wieder mit der ganzen Sache zu tun?«

»Ich hatte ihn gebeten, mein Trauzeuge zu sein.«

»Aus Angabe, verstehe schon! Von wegen Pinke-Pinke, was?«

»Du bist ziemlich unverschämt, muß ich schon sagen! Du weißt ganz genau, daß Carlos und ich immer...«

»Daß du immer versucht hast, dich an ihn anzuschmeißen! Nun widersprich mir nicht, ist ja weiter nichts dabei... bei dem Geld, was der Knabe hat! Und außerdem... die halbe Klasse hat es ja nicht anders gemacht!«

»Er hatte fest zugesagt, zu meiner Trauung zu kommen, und jetzt, im letzten Moment, hat er ein Telegramm geschickt, daß er nicht kommen kann!«

»Pech!«

»Mehr als das! Ich bin ganz verzweifelt!«

»Na, so schlimm ist die Sache doch auch nicht... schließlich lungern auf jedem Standesamt Leute herum, die dir gern für fünf Märker den Trauzeugen machen.

»Du verstehst mich nicht. Darum handelt es sich doch gar nicht! Meine Schwiegereltern werden denken, das mit dem reichen Freund war ein aufgelegter Schwindel, begreifst du? Und das wäre mir doch ungeheuer peinlich, das würde sozusagen von vornherein mein Ansehen in der Familie und vor allem in der Firma untergraben... Ich soll nämlich in die Firma meines Schwiegerpapas eintreten, verstehst du?«

»Firma hat er also auch?«

»Sonst könnte ich doch nicht eintreten, Trottel!«

»Danke für das Kompliment! Jetzt verstehe ich alles... du heiratest also in die Firma ein, und die Braut ist alt und mies!«

»Was hältst du denn von mir?! Eine solche Ehe käme für mich überhaupt nicht in Frage! Ich fände das geradezu... unmoralisch! Nein, Gudrun ist jung und hübsch, und ich liebe sie von Herzen!«

»Und ihre Millionen nimmst du sozusagen aus Gefälligkeit in Kauf, wie?«

»Es ist nur eine halbe«, sagte Peter Hülsenberg bescheiden.

»Menschenskind! Da kann man nur sagen... Glück muß man haben!«

»Du irrst dich wiederum, Michael! Das Glück kommt nur zu Menschen, die wissen, was sie wollen. Ich habe schon in der Schule gewußt, worauf es mir ankam: aufs Geldverdienen. Geld macht das Leben erst lebenswert.«

»Und erheiraten läßt es sich immer noch schneller als verdienen, wie?«

»Nur kein Neid... wer hat, der hat! Und nun... dreh deine Karre schleunigst um und bring mich in Rekordzeit zum Standesamt zurück! Dabei kannst du mir dann erzählen, wie du ausgerechnet zu diesem komischen Posten gekommen bist.«

»Wird gemacht, mein Herr!« erklärte Michael Kornmesser bereitwillig und gab Gas.

Das Taxi bog um die Ecke und hielt vor dem Standesamt.

Die Nervosität der Hochzeitsgesellschaft war inzwischen bis zum Siedepunkt gestiegen.

»Oh, Mama... wenn Peter nun etwas zugestoßen ist! Es ist ihm etwas zugestoßen, sonst wäre er doch längst zurück!« Gudrun hielt ihre Tränen nicht länger zurück.

»Man muß nicht immer gleich das Schlimmste annehmen, Gudrun!« sagte Marlis beruhigend. »Schließlich ist Peter ein fast erwachsener junger Mann...«

»Fast erwachsen... was soll das heißen?!«

»Daß er noch reichlich grün hinter den Ohren ist!«

Gudruns Tränen versiegten vor lauter Empörung. »Das ist gemein von dir, Marlis, einfach gemein! So redest du nur, weil du neidisch auf mich bist... weil du mir Peter nicht gönnst, das ist alles!«

»Pah! Von mir aus kannst du dir deinen Peter an den Hut stecken!«

»Kinder, Kinder! Nicht einmal in diesem heiligen Moment könnt ihr euch benehmen. Es ist furchtbar!« jammerte Mama Helbrichsen. »Aber schuld daran bist nur du, Kuno!«

»Ich? Na, erlaube mal... ich habe doch kein Wort gesagt!«

»Aber du hast keine Manieren! Wie oft habe ich dir schon gesagt: Kuno, du hast keine Manieren, du mußt einen Anstandsunterricht mitmachen! Aber du hast mich immer nur ausgelacht! Nun sieh dir heute deine Kinder an; kein Wunder bei solch einem Beispiel!«

»Also, ich muß schon sagen... jetzt langt's mir!« Kuno Helbrichsen stülpte sich energisch seinen grauen Filzhut aufs Haupt. »Ihr könnt von mir aus warten, wenn ihr mögt. Aber für mich ist dieser Peter Hülsenberg gestorben... ja, gestorben!«

»Aber, Kuno, er muß doch jeden Moment...«

»Ist mir schnurz... ist mir völlig schnurz! Von mir aus kann er Gudrun heiraten, wenn er will, aber von mir kriegt er keinen Pfennig!«

»Papa!« rief Gudrun entsetzt und machte ein Gesicht, als würde sie im nächsten Augenblick in Ohnmacht fallen.

Aber wenn Kuno Helbrichsen einen Entschluß gefaßt hatte, dann ließ er sich durch nichts beirren. »Mahlzeit«, brummte er, drehte sich auf dem Absatz um und marschierte zur Tür.

Er riß sie auf und – prallte mit Peter Hülsenberg und Michael Kornmesser zusammen; Michael hatte seine Schirmmütze abgelegt und sah jetzt in einem grauen Flanellanzug sehr seriös aus.

»Nanu?« sagte Kuno Helbrichsen außerordentlich mitvergnügt statt jeder Begrüßung.

»Verzeih mir vielmals, Papa!« rief Peter Hülsenberg und wandte sich seiner Braut zu. »Verzeih mir, Gudrun, mein Täubchen!«

Gudrun warf sich ihm aufschluchzend in die Arme. »Daß du nur lebst, Peterle, daß ich dich lebend wiedersehe!«

»Aber... wieso denn?« fragte Peter Hülsenberg ziemlich verwirrt.

»Sie haben Nerven, junger Mann!« sagte Frau

Helbrichsen böse. »Was glauben Sie denn, was wir uns gedacht haben, nachdem Sie mehr als eine Stunde fortgeblieben sind? Wir alle sahen Sie schon tot, zerschmettert, zerquetscht unter den Rädern eines Lastwagens!«

»Sei still, Mama!« schrie Gudrun auf, bei dieser Vorstellung von neuem Entsetzen gepackt.

»Ich bitte euch, benehmt euch nicht, als wäre hier ein Nervensanatorium!« sagte Kuno Helbrichsen. »Wir sind auf dem Standesamt, habt ihr das vergessen?«

»Im Gegenteil, lieber Papa«, beeilte Peter Hülsenberg sich zu versichern, »nur deshalb hat es ja zu meinem eigenen Leidwesen so lange gedauert, bis ich in eure Arme eilen konnte. Das Flugzeug aus Madrid hatte Verspätung! Aber jetzt ist alles in Ordnung. Hier bringe ich euch meinen Trauzeugen... meinen Freund Michael Kornmesser.«

»Wieso? Ich dachte, Sie heißen Carlos?« fragte Kuno Helbrichsen verblüfft.

»Carlos Michael Kornmesser«, erklärte Michael bereitwillig, »mein Vater ist Deutscher, wie Sie wissen.«

»Keine Ahnung! Woher soll ich das wissen? Ich kenne Ihren Vater ja nicht«, brummte Kuno Helbrichsen.

»Eigentlich schade... Sie würden sich gut mit ihm verstehen!«

»Können wir nun also zur Trauung schreiten oder nicht?« unterbrach der Standesbeamte das Gespräch.

Dann waltete er seines Amtes. Er schlug die Hände über seinen spitzen Bauch, sprach von Treue, ausharren, Folgsamkeit bis über das Grab hinaus. Peter und Gudrun hauchten beide im passenden Moment ihr Ja, und dann war es geschehen, sie waren Mann und Frau.

Der Standesbeamte gratulierte ihnen als erster zur Eheschließung und schüttelte ihnen die Hände. Dann mußten sich Peter und Gudrun in ein dickes Buch einschreiben. Gudrun zum ersten Mal mit dem Namen ihres Mannes: »Gudrun Hülsenberg.

Danach waren die Trauzeugen an der Reihe, ihre Unterschrift zu geben – Marlis und Michael. Beide wollten gleichzeitig zum Füllfederhalter greifen, ihre Hände berührten sich, sie sahen sich an. Dann unterschrieben sie, erst Marlis, dann Michael.

Während alles auf das junge Ehepaar stürzte, um ihm zu gratulieren, packte Kuno Helbrichsen Michael am obersten Jackenknopf. »Sagen Sie mal... wieso kommen Sie darauf, daß ich Ihren Vater kenne?«

»Na weißt du, Papa«, warf Peter Hülsenberg rasch ein, »Michaels Vater ist doch der...« Er stockte mitten im Satz, denn Michael hatte ihm einen warnenden Blick zugeworfen, um ihn an ihre Abmachung zu erinnern, daß nicht mehr als unbedingt notwendig gelogen werden sollte.

»Nur so eine Idee von mir, Herr Helbrichsen... mein Vater liebt nämlich auch 'ne gute Zigarre und ein kühles Glas Bier.«

»Woher wissen Sie, daß ich...?«

»Das sieht man Ihnen doch an der Nasenspitze an, Herr Helbrichsen!«

Der Fahrradfabrikant lachte dröhnend. »Na so was! Hör sich einer diese jungen Leute an! Aber wenn Sie meinen Geschmack so gut kennen, Herr Kornmesser, dann können Sie mir vielleicht auch verraten, wo es in dieser Gegend das beste Bier gibt.«

»Aber, Papa! Michael kommt doch geradewegs aus Spanien!« erinnerte Peter Hülsenberg.

»Wo es das beste Bier gibt, das kann ich Ihnen leicht verraten!« sagte Michael. »Quer über die Straße und dann links um die Ecke ist ein Taxistand...«

Peter Hülsenberg stand Todesängste aus, daß sein Freund sich verraten und von seiner Chauffeurtätigkeit loslegen könnte; deshalb sagte er, nach einem Blick auf die Armbanduhr: »Menschenskinder, Michael... es ist höchste Zeit für dich... allerhöchste Zeit!«

»Aber wieso denn!?« fragte Kuno Helbrichsen erstaunt. »Das Beste kommt doch erst. Jetzt gehen wir futtern!«

»Das kann Michael leider, leider nicht! Er hat nämlich eine Verabredung mit Graf Kovolsky... dem berühmten Rennfahrer, ihr wißt schon!«

Marlis zog ihre Handschuhe aus. »Sind Sie auch Rennfahrer, Herr Kornmesser?«

»Na, man kann es so nennen...«

»Das wird Papa sehr interessieren... nicht wahr, Papa?«

Peter verschickte Tierbändigerblicke. Kuno Helbrichsen kam nicht zum Antworten und Michael nicht dazu, die Tatsachen zu klären.

»Ein verdammtes Pech, daß du schon gehen mußt, Michael«, sagte Peter rasch, »aber ich kenne dich ja, dein Beruf geht dir über alles, und soviel ich weiß, bist du noch nie zu einer Verabredung unpünktlich gekommen.«

»Fahren Sie auch Rad?« wollte Herr Helbrichsen wissen.

»Wenn Sie damit meinen, daß ich eine kriecherische Natur bin...«

»Nein, aber Herr Kornmesser!« unterbrach ihn Marlis lachend. »So hat Papa das doch nicht gemeint! Er will ganz einfach wissen, ob Sie radfahren können... auf einem richtigen Fahrrad, verstehen Sie!«

Michael Kornmesser stimmte in ihr Lachen ein. »Na klar, das kann ich! Als Junge hab' ich sogar ein Rennrad gehabt!«

Marlis zog den Kopf ihres Vaters zu sich herunter und flüsterte ihm ins Ohr: »Papa, vielleicht wäre das der richtige Mann für uns!«

Papa Helbrichsen zwinkerte mit dem rechten Auge und flüsterte zurück: »Er gefällt dir also, wie?« Ohne eine Antwort abzuwarten, sagte er laut zu Michael Kornmesser: »Ihr Graf Kovolsky in allen Ehren, Herr Kornmesser... aber können Sie sich nicht vielleicht für morgen mit ihm verabreden? Heute wollen wir nämlich Hochzeit feiern, wie Sie sich vorstellen können, und da Sie doch eigens aus diesem Grund aus Madrid zu uns geflogen sind...«

»Das ist ein Irrtum, Herr Helbrichsen«, erklärte Michael, »ich bin gar nicht...«

»Michael ist nicht nur wegen unserer Hochzeit herübergeflogen, Papa«, warf Peter Hülsenberg rasch ein, »das Gespräch mit dem Grafen Kovolsky ist für ihn sehr wichtig.«

»Nun geben Sie Ihrem Herzen mal einen Stoß, Herr Kornmesser! Seien Sie kein Spielverderber... kommen Sie mit uns!« ermunterte Herr Helbrichsen den Freund seines Schwiegersohnes.

»Ach ja, Herr Kornmesser, kommen Sie doch!« bat Marlis. »Wir haben nämlich schrecklich wenig Tänzer.«

»Haben Sie bemerkt, gnädige Frau?« flüsterte Georg Bruchsal Frau Helbrichsen ins Ohr. »Dieser Michael Kornmesser trägt einen Anzug... ein vorvorjähriges Modell! Schauderhaft!«

Aber Frau Helbrichsen, die den eleganten Herrn Bruchsal sonst immer protegierte, war diesmal durchaus nicht seiner Meinung. »Schließlich kommt er aus Madrid«, sagte sie, »wahrscheinlich haben sie dort andere Moden!«

Michael konnte der Versuchung nicht widerstehen – er nahm die Einladung für den Abend an. Bis dahin würde er bestimmt mit Graf Kovolsky klargekommen sein, erklärte er.

»Also pünktlich um acht Uhr im ›Hotel Atlantic‹, junger Mann!« sagte Kuno Helbrichsen und schüttelte Michael Kornmesser herzlich die Hand.

»Frack erwünscht«, fügte Marlis lächelnd hinzu und folgte dem Beispiel ihres Vaters.

Auch Peter Hülsenberg wollte sich mit seiner jungen Frau davonmachen, aber Michael hielt ihn am Ärmel fest. »Einen Augenblick mal, Peter... ich muß dich sprechen.«

Peter hätte den Freund am liebsten stehen lassen, aber das ging nun doch nicht an. »Warte einen Augenblick auf mich, mein Täubchen«, bat er, »ich komme gleich nach.«

Und während das nächste Brautpaar mit seinen Trauzeugen und dem Anhang in den Trausaal marschierte, brachte Michael auf dem Flur des Standesamtes sein Anliegen vor. »Hör mal zu, Peter, du mußt mir helfen! Ich brauche für heute abend einen Frack... oder doch mindestens einen dunklen Anzug. Ich habe nur den, den ich jetzt anhabe.«

»Ich muß dich darauf aufmerksam machen, daß dich niemand geheißen hat, die Einladung anzunehmen...«

»Aber, Peter, sei doch kein Spielverderber!«

»...ganz im Gegenteil, wir hatten ausdrücklich ausgemacht«, fuhr Peter unbeirrt fort, »daß du sofort nach der Trauung verschwinden solltest!«

»Du hast merkwürdige Ansichten von Freundschaft, Peter, das muß ich dir schon sagen! Deinetwegen stürze ich mich in dieses Theater... und wenn ich auch ein bißchen Spaß dabei haben will, dann machst du nicht mit.«

»Himmelherrgott noch einmal! Bitte, verrate

mir, woher ich für dich bis heute abend einen Frack bekommen soll!«

»Schließlich gibt es so etwas wie Frackleihanstalten!«

»Gut, daß du das weißt, dann leih dir einen aus, wenn du unbedingt dabei sein mußt!«

»Tät' ich mit dem größten Vergnügen, wenn ich Geld dafür hätte!«

»Was!? Nicht mal soviel hast du?«

»Leider nein!«

»Aber zahlt denn dein Alter nicht mehr?! Solange du studierst, muß er doch zahlen!«

»Tut er ja auch. Aber keine Extras. Ich war ein bißchen leichtsinnig, weißt du. Man will ja auch mal was von seinem Leben haben. Ich habe eine längere Reise gemacht. Nordafrika. Dabei ist mein ganzes Geld draufgegangen, und noch ein bißchen mehr.«

»Aber du fährst doch Taxi!«

»Erst seit drei Tagen, wie ich dir vorhin erzählt habe, und da kannst du nicht gut erwarten, daß ich schon Ersparnisse gemacht habe.«

»Ich habe nicht viel für Leute übrig, die über ihre Verhältnisse leben.«

»Ach nee! Das ist ja sehr interessant! Wenn du solche Grundsätze hast, wird es wohl das Beste sein, wenn ich Herrn Helbrichsen die Wahrheit erzähle... die ganze Wahrheit!«

»Aha! Erpressung! Damit hätte ich rechnen müssen!«

»Hättest du bestimmt besser getan. Also... her mit den Moneten, oder...«

Was blieb Peter Hülsenberg übrig? Er mußte die Brieftasche ziehen. Mit mißvergnügtem Gesicht drückte er seinem Freund zwei Geldscheine in die Hand – kleine Scheine waren es, wirklich kein Vermögen. »An deiner Stelle wüßte ich ja was Besseres mit dem Geld anzufangen, als mir ausgerechnet einen Frack auszuleihen«, versuchte er noch einmal, Michael Kornmesser von seinem Vorhaben abzubringen.

»Mach dir nur meinetwegen keine Sorgen, ich weiß schon, was ich tue. Tschüss!« sagte Michael Kornmesser und stob davon.

Wieder mußte sich der Bräutigam bei der Hochzeitsgesellschaft, die unten, auf zwei schwere Wagen verteilt, auf ihn wartete, entschuldigen. »Bitte, verzeiht... aber mein Freund Michael...«

»... ist ein Prachtmensch!« fiel ihm Papa Helbrichsen ins Wort. »So einen Prachtfreund hätte ich dir gar nicht zugetraut, Peter.«

»Na, erlaube mal!« sagte Peter Hülsenberg leicht beleidigt und ließ sich neben seiner Braut im vordersten Wagen nieder.

»Mach dir nichts draus, Schätzchen! Für mich bist du der schönste, klügste, goldigste, süßeste, herzigste Mann auf der ganzen Welt«, flüsterte Gudrun ihm zärtlich zu.

»Ich weiß gar nicht, was Ihr Herr Papa an diesem Burschen Kornmesser gefressen hat«, sagte Georg Bruchsal böse zu Marlis. »Mir hat Ihr Vater noch nie einen freundlichen Blick gegönnt, und dabei tue ich doch wirklich alles, um ihm zu gefallen!«

»Vielleicht tun Sie zuviel!«

»Wie meinen Sie das?«

»Na einfach so. Papa wird mißtrauisch, wenn man ihm allzusehr nach dem Mund redet!«

»Na, erlauben Sie mal, Fräulein Marlis, davon kann doch wohl keine Rede sein!« Georg Bruchsal drehte energisch den Zündschlüssel seines auf Raten erstandenen Wagens und startete. »Es ist doch nicht weiter verwunderlich, daß ein so bedeutender Herr wie Ihr Papa und ein... nun immerhin nicht ganz unbedeutender Mann wie ich dieselben Ansichten haben, nicht wahr?«

Frau Helbrichsen beugte sich vom Rücksitz vor. »Sie haben ganz recht, Herr Bruchsal. Aber Sie dürfen sich aus dem sonderbaren Benehmen meines Mannes nichts machen... er hat einfach keine Manieren, das ist es!«

»Aber, Mama, wie kannst du denn so etwas sagen?!«

»Na, stimmt es denn nicht?«

»Wenn du dieser Meinung bist, dann begreife ich nicht, warum du dich nicht längst hast scheiden lassen.«

»Mein liebes Kind, schließlich spielen noch andere Dinge in einer Ehe eine Rolle als gute Manieren.«

»Du gibst das also zu! Dann muß ich aber darauf aufmerksam machen: Gute Manieren sind überhaupt nicht das Wichtigste im Leben. Sie gehören nur so zur Fassade... Aber was hinter dieser Fassade steckt, darauf kommt es an!«

»Aber ich bitte Sie, meine Damen, streiten Sie sich doch nicht meinetwegen! Fürchten Sie nicht, daß mich das übermütig machen könnte?«

»Ach, Sie sind ein Schelm, Herr Bruchsal.«

»Liebe, verehrte gnädige Frau...«

»Wenn Sie wirklich Papa gefallen wollen, dann kann ich Ihnen einen guten Rat geben«, erklärte Marlis plötzlich.

»Ja?«

»Lernen Sie radfahren!«

»Radfahren? Nein, unmöglich... mit den Füßen kann ich nichts!«

Marlis lachte, öffnete ihre Handtasche, nahm einen Spiegel heraus und ordnete ihre Locken. »Dann werden Sie Vater niemals imponieren können!«

»Ist das Ihr Ernst?«

»Natürlich!«

»Das kann ich nicht glauben! Da muß es doch eine andere Möglichkeit geben außer radfahren!«

»Gibt es nicht! Wer zur Familie Helbrichsen gehört oder gehören will, muß radfahren können, sonst hat er keine Chance. Radfahren ist Trumpf bei uns.«

»Marlis hat nicht so unrecht, Herr Bruchsal«, stimmte Thekla Helbrichsen ihrer Tochter zu, »stellen Sie sich vor, selbst ich muß noch mindestens einmal in der Woche eine Stunde radfahren.«

»Wahrhaftig?«

»Wirklich, Herr Bruchsal. Wir alle müssen immer die neuen Modelle aus Vaters Fabrik ausprobieren.

Dabei ist Mama natürlich immer ganz besonders wichtig wegen ihres... hm, Umfangs, verstehen Sie?«

»Aber... Marlis!«

»Da ist doch nichts dabei!«

»Meine Damen... ich danke Ihnen für Ihren guten Rat. Ich habe mich entschlossen, radfahren zu lernen«, erklärte Georg Bruchsal und kam sich selber wie ein Held und Märtyrer vor.

Die Schaufenster der Kostümleihanstalt ›Fix und Fertig‹ waren auf Blickfang hin dekoriert. Unbeweglich standen die Wachspuppen in schwarze Tuchkleider gezwängt, hielten eine weiße Lilie, ein in Leder gebundenes Gebetbuch, einen Ehering, ein Taufkissen oder ein kleines Sträußchen in der Hand.

Für Kinder oder sehr fantasiebegabte Menschen war es ganz gewiß ein interessantes Schaufenster. Trotzdem war es ein bißchen merkwürdig, daß sich zwei mehr als bescheiden angezogene junge Leute fast eine halbe Stunde davor herumtrieben.

»Mensch, Pitter, meinst du, daß das der richtige Laden für uns ist?« fragte der eine.

»Aber janz jewiß doch, Karl... wie oft soll ich dich dat noch sajen!« erwiderte Pitter überzeugt.

»Ich weiß es nicht...« sagte Karl, immer noch unentschlossen.

Aber Pitter entwandt ihm mit einem energischen Ruck ein in Zeitungspapier verpacktes Etwas, das er unter dem Arm hielt, und betrat damit die Leihanstalt.

Hinter der Theke standen die beiden Fräulein Else und Käthe Swoboda, Eigentümerinnen der Kostümleihanstalt ›Fix und Fertig‹. Sie waren nicht mehr jung, und schön waren sie nie gewesen, ganz gewiß nicht. Ihre Liebe hatte auch nie einem Mann gegolten, sondern immer nur den Kleidern – Kleider, die sie ausleihen konnten, Kleider für Freude und Trauer. Fräcke und Smokings, Ball-Toiletten und Brautkleider hingen in den hohen Schränken, die mit Glastüren verschlossen waren.

Jahraus, jahrein standen die Schwestern Swoboda für ihre Kunden bereit, legten Kleider, Schuhe, Wäsche in allen Größen vor, verlangten mäßiges Entgelt, zeigten keinerlei Interesse für die Personalien der Kunden, sondern nahmen für die geborgten Kleider ein Pfand entgegen. Verkauf gab es bei ›Fix und Fertig‹ nicht. Das lebende Inventar der Kostümleihanstalt bestand aus einem alten Schneider namens Ferdinand, der seinerzeit frisch aus der Lehre bei dem alten Herrn Swoboda untergekommen war und niemals den Schwung zu einer Veränderung gefunden hatte, zwei Fleckenputzerinnen, zwei Büglerinnen und zwei Wäscherinnen. Diese sieben Menschen zählten zusammen fast vierhundert Jahre.

Die Kostümleihanstalt ›Fix und Fertig‹ war vielen in der großen Stadt bekannt. Die Alten erzählten es den Jungen, daß schon der alte Ignaz Swoboda sein Geschäft verstanden hatte, und wer einmal etwas bei den Swobodas geliehen hatte, wurde meistens Stammkunde. Die Schwestern kleideten Trauernde ein und Bräute, kleine Hochstapler und unternehmungslustige junge Männer, die für einen Abend ganz besonders fesch sein wollten. Viele Schicksale wurden den Schwestern Swoboda in die Hände gelegt, und manches hatten sie im Laufe ihres Lebens zu hören bekommen, von Gauklern, von Unglücklichen, von Verliebten.

Käthe und Else Swoboda wunderten sich nicht, als Pitter und Karl einen tadellosen Frack aus erstklassigem Material aus dem Zeitungspapier auspackten und auf der Theke ausbreiteten. Mit kundigen Fingern prüften sie den Stoff, und mit geübten Augen den Schnitt.

Dann fragte Fräulein Käthe, die ältere und Wortführerin der beiden: »Wieviel?«

Pitter und Karl sahen sich an.

»Zweihundert!« forderte Karl kühn.

»Dann ist das Geschäft für uns leider nicht interessant«, beschied ihm Fräulein Käthe und begann den Frack schon wieder einzupacken.

»Aber hören Sie ma! Wat soll dat heißen... nicht interessant? Der Frack is doch so jut wie neu und ein prima Stöffchen, dat müssen Se doch zujeben!« empörte sich Pitter.

»Können Sie beweisen, daß der Frack noch neu ist?«

»Das sieht doch ein Blinder mit 'nem Holzbein!«

Fräulein Käthe lächelte. »Sie mögen recht haben, ich will mich keineswegs mit Ihnen streiten, aber, leider... ich fürchte... Sie können mir das nicht beweisen! Oder haben Sie zufällig die Schneiderrechnung bei sich!?«

»Enä!«

»Hören Se mal... woher sollen wir denn 'ne Rechnung haben!? So wat bewahrt man doch nicht auf!«

»Schade! Sehr schade!«

»Nu hören Se mal jut zu, Fräulein«, versuchte es Pitter erneut, »unter zweihundert jeben wir dat Ding nit her, da müßten wir doch verrückt sein!«

»Aber, aber, meine Herren! Wer verlangt denn das von Ihnen!? Ich habe doch nichts weiter gesagt, als daß wir an dem Anzug kein Interesse haben. Aber wir sind ja schließlich nicht die einzige Kostümleihanstalt in der Stadt, nicht wahr? Und außerdem gibt es ja auch noch eine Menge Altwarenhändler...«

»Nu mal janz im Ernst, Fräulein, wat haben Se jejen diesen Frack? Dat is doch ein prima Stöffken!«

»Wenn ich ganz ehrlich sein soll, es stört mich etwas, daß der Name des Schneiderateliers herausgetrennt worden ist. Wenn Sie mir diese kleine Absonderlichkeit erklären könnten...«

»Also passen Se mal auf... der Frack, so wie er ist, der gehört meinem Vater«, erklärte Pitter mit ehrlichem Augenaufschlag, »und wie dat so is... der alte Mann is en bißchen sonderlich, verstehen Se? Er hat so eine Marotte. Und da hat er zu mich jesagt: Pitter, trenn mich das verflixte Schild aus dem Anzug raus... ich komm mich damit vor wie so 'ne Mann, der zwischen zwei Plakaten Reklame läuft.«

»Sehr interessant«, sagte Fräulein Käthe mit unbewegtem Gesicht.

»Ich glaube fast... für fünfzig könnten wir ihn nehmen«, mischte sich Fräulein Else, die bisher geschwiegen hatte, in die Verhandlung ein.

»Für fünfzig? Enä, enä und noch mal enä! Dat kommt überhaupt nich in Frage! Keinen Pfennig unter hundert, dat sage ich Ihnen!« rief Pitter.

Eine Weile wurde noch hin und her gefeilscht, dann endlich ging der Frack in den Besitz der Fräulein Swoboda über, Pitter und Karl aber waren um fünfundsiebzig Mark reicher geworden. Das war für zwei arme Teufel immerhin schon eine ganze Menge, wenn sie sich auch weit mehr versprochen hatten.

Sie hatten eben den Laden verlassen, als ein Taxi vorfuhr, aus dem, die Mütze unternehmungslustig im Nacken, der Trauzeuge Michael Kornmesser stieg.

»Na so etwas! Jetzt kommen sie sogar mit 'ner Taxe, um sich 'nen Anzug auszuleihen... hast du Worte!?« rief Karl.

»Du Blödmann! Siehst du denn nicht... da ist doch niemand drinnen«, klärte Pitter ihn auf.

Michael Kornmesser aber beachtete keinen der beiden, sondern ging geradewegs auf die Tür der Kostümleihanstalt ›Fix und Fertig‹ zu und trat in den Laden. Der Frack, den Pitter und Karl gerade gebracht hatten, lag immer noch auf der Theke und wurde jetzt nicht nur von den beiden Schwestern Swoboda, sondern auch von Ferdinand, dem Schneider, gründlich und prüfend begutachtet.

»Guten Morgen, meine Damen!« grüßte Michael Kornmesser vergnügt. »Würden Sie wohl die Liebenswürdigkeit besitzen, mich mit einem Frack und allem Zubehör auszustatten? Aber elegant müßte er schon sein... erste Klasse!«

Der Schneider musterte Michael Kornmesser, musterte den Frack in seiner Hand, dann entschied er: »Könnte passen!«

In wenigen Minuten verwandelte sich der Taxichauffeur Michael Kornmesser in einen sorglosen, überaus eleganten jungen Herrn in tadellos sitzendem blauschwarzen Frack.

»Großartig!« sagte er ehrlich begeistert, als er sich vor dem großen Ankleidespiegel hin und her drehte. »Mein Kompliment, meine Damen!«

»Wundervoll!« riefen die Schwestern Swoboda, genauso ehrlich begeistert, wie aus einem Munde. »Eine Figur...«

»Er paßt!« konstatierte der Schneider lakonisch.

»Genau das, was ich suche! Den nehme ich gleich mit. Wieviel soll der Spaß kosten?«

»Sie brauchen noch Schuhe dazu...«

»Schwarze Schuhe habe ich selber«, fiel Michael dem älteren Fräulein Swoboda ins Wort, »für Hühneraugen habe ich nicht viel übrig.«

»...einen Zylinder, Handschuhe und Frackmantel!« ergänzte Käthe Swoboda, ohne sich beirren zu lassen.

»Na schön! Und wieviel macht das?«

»Achtzig Mark... weil Sie es sind!«

»Achtzig...? Ich werd' verrückt!«

»Nun gut, weil Sie es sind... weil Ihnen der Frack so erstklassig sitzt, da wäre es doch ein Jammer... also fünfundsiebzig Mark, das ist unser letztes Wort!« erklärte Fräulein Käthe.

»Jawohl, unser letztes Wort!« bekräftigte Fräulein Else.

Michael seufzte tief. Hatte Peter nicht vielleicht doch recht gehabt? War es nicht ein Wahnsinn, nicht nur die fünfzig Mark, die er ihm geliehen hatte, sondern dazu noch seine letzten mühsam zusammengelegten Pfennige für einen Frack auf den Tisch des Hauses zu legen? Und weshalb? Nur um an einer Hochzeitsgesellschaft teilzunehmen, auf der es bestimmt stinklangweilig werden würde!

Trotz all dieser Überlegungen, sozusagen wider besseres Wissen, legte Michael Kornmesser die fünfundsiebzig Mark auf die Theke. »Da haben Sie's«, sagte er, »es ist der Rest... jetzt bin ich blank... so blank wie noch nie!«

»Und das Pfand?« fragte Fräulein Else.

»Pfand!? Was für ein Pfand?«

»Sie müssen uns natürlich für den Frack ein Pfand dalassen, das ist ja selbstverständlich«, erklärte Fräulein Käthe, »sonst läge doch für manchen die Versuchung nahe...«

»Aber ich bin nicht mancher! Ich schwöre Ihnen,

ich bin gegen jede Versuchung gefeit! Ich werde Ihnen diesen Frack gleich morgen früh zurückbringen!«

»Daß Sie den besten Willen dazu haben...« begann Fräulein Else.

»...glauben wir Ihnen unbedingt!« ergänzte Fräulein Käthe.

»Aber manchmal...«

»...genügt der gute Wille nicht allein!«

»Es ergeben sich Hindernisse...«

»...die niemand voraussehen konnte!«

»Ich verstehe Ihren Standpunkt vollkommen, meine Damen, vollkommen, das dürfen Sie mir glauben. Aber die Sache ist einfach die: Ich besitze kein Pfand, ich kann Ihnen deshalb auch keines geben!«

»Keine Armbanduhr?«

»Keine!«

»Keinen Ehering?«

»Noch bin ich Gott sei Dank ledig.«

»Keinen...« wollte Fräulein Käthe beginnen.

»Halt! Ich hab's!« rief Michael Kornmesser erleichtert. »Ich kann Ihnen meinen Paß als Pfand dalassen!«

»Nutzt uns nichts... so leid es uns tut, mit Ihrem Paß können wir gar nichts anfangen! Wer zahlt uns auch nur einen Pfennig für Ihren Paß, wenn Sie mit unserem Frack verschwunden sind!?«

»Nun erlauben Sie mal! Mein Paß ist mir doch mindestens so viel wert wie Ihnen Ihr Frack!«

»Wenn es Ihr Paß ist! Bitte, seien Sie uns nicht

böse, wir müssen mißtrauisch sein, das ist unser Beruf! Entweder also, Sie geben uns ein Pfand, oder... wir behalten unseren Frack!«

»Aber wenn ich Ihnen doch sage...« rief Michael Kornmesser verzweifelt.

»Sie könnten uns ja Ihren Anzug dalassen«, schlug Fräulein Else plötzlich vor.

»Meinen... was?«

»Ihren Anzug! Wozu brauchen Sie einen Straßenanzug, wenn Sie einen Frack anhaben?«

»Hm... da haben Sie eigentlich recht...«

»Ganz bestimmt! Wenn Sie uns Ihren Anzug dalassen, sind wir gegen Verluste wenigstens einigermaßen geschützt.«

Bei dieser Abmachung blieb es, und so kam es, daß Michael Kornmesser im Frack und allem Zubehör – Zylinder, weißgefüttertem Frackmantel und Handschuhen – sich am hellen Tag an den Volant seines Taxis setzte und in Richtung Stadtrand davonbrauste.

Kreuz und quer fuhr Michael Kornmesser durch die Stadt und hielt schließlich in einer Seitenstraße vor einer Tankstelle, die so verborgen lag, daß nicht anzunehmen war, daß sich je ein Kunde dorthin verirrte. Dreimal hupte er kräftig, worauf ein schlanker junger Mann mit beginnender Glatze und lustigen Augen aus dem Glashäuschen geschossen kam.

Michael kurbelte das Seitenfenster herunter und

ordnete lässig an: »Zwanzig Liter Diesel, bitte... Luft nachsehen... Öl nachsehen... aber schnell, bitte!«

Der Tankstellenwärter grinste von einem Ohr zum anderen und riß den Wagenschlag auf. »Bitte sehr, Herr Graf... mit dem größten Vergnügen, Herr Graf... ist mir eine große Ehre, Durchlaucht... wollen Königliche Hoheit nicht solange in meinem Rauchsalon Platz nehmen!?«

»Idiot!« erwiderte Michael Kornmesser schlicht und stieg aus.

Wenig später saßen Michael Kornmesser und der Tankstellenwärter Willi Herzinger in dem Glashäuschen, das zur Tankstelle gehörte, tranken einen rasch aufgebrühten Kaffee und rauchten jeder eine Zigarette. Michael erzählte von den Abenteuern des heutigen Tages, und Willi hörte ihm voll ehrlichen Interesses zu.

Die beiden waren seit langen Jahren Freunde, das heißt, seit Michael sein Studium an der Technischen Hochschule begonnen hatte. Willi Herzinger war damals schon, was das Universitätsleben und Studienangelegenheiten betraf, ein alter Hase gewesen und hatte den Jüngeren gern an dem Schatz seiner Erfahrungen teilnehmen lassen. Tatsächlich studierte Willi schon seit zehn Jahren und hatte, wie er offen zugab, auch vor, die nächsten zehn Jahre weiterzustudieren. Er hatte nämlich festgestellt, daß das Leben eines Studenten für ihn das einzig angemessene war, und es machte ihm gar nichts aus, daß er in jeden Semesterferien hart arbeiten mußte, um sich dieses Leben zu ermöglichen.

Wenn seine Kommilitonen ihn neckten und fragten, wann er denn seine Studien abzuschließen gedächte, antwortete er stets: »Oh, das hat ja Zeit! Sobald ich mich zu einem Beruf entschlossen habe!«

Vorläufig war er noch weit davon entfernt. Er hatte alles mögliche studiert, in Jura und Volkswirtschaft sogar schon seine Staatsexamen gemacht, dann aber war er plötzlich zur Musikwissenschaft übergewechselt, und augenblicklich plante er, wenn er damit fertig war, sich auf die Theologie zu werfen. »Viel wichtiger als Geld zu verdienen und im Luxus zu leben ist es, Zeit zu haben, und seine Persönlichkeit zu entwickeln«, war seine Devise, und da er konsequent nach ihr lebte, bewunderte ihn Michael deswegen grenzenlos.

Willi Herzinger war auf der Hochschule so etwas wie ein weißer Rabe, ein absoluter Außenseiter, denn nur ganz wenige Söhne reicher Eltern und Stipendiaten aller Hautfarben nahmen sich die Zeit, sich ein Allgemeinwissen zu erwerben, den Dingen wirklich auf den Grund zu gehen. Die meisten arbeiteten mit verbissenem Eifer und Scheuklappen vor den Augen auf ihr Examen und damit auf ihren Beruf hin.

Michael Kornmesser stand zwischen der großen Gruppe der ›Arbeitstiere‹, wie Willi Herzinger sie nannte, und dem Freund und seinen Anhängern sozusagen in der Mitte. Er schätzte die Ansichten Willi Herzingers sehr, aber seine eigene Begabung lag zu offensichtlich im rein Technischen, als daß es ihn gereizt hätte, sich die Lebenshaltung seines Freundes zu eigen zu machen.

»Was hältst du nun von der ganzen Geschichte?« fragte Michael, als alles, was er erlebt hatte, bis ins Kleinste berichtet war.

»Die Götter haben dir eine große Chance gegeben, mein Sohn«, erklärte Willi Herzinger feierlich, »aber ob zu deinem Glück oder zu deinem Untergang, das kann erst die Zukunft erweisen!«

»Na, erlaube mal! Ich werde doch nicht gleich zugrunde gehen, nur weil ich auf eine Hochzeit gehe!« protestierte Michael.

»Mit einem geborgten Frack und keinem Pfennig in der Tasche!« spottete Willi Herzinger.

»Ich dachte, du könntest mir etwas leihen!«

»Ich? Mein lieber junger Freund, was für ganz und gar abwegige Gedanken! Ich empfehle dir ein Semester Philosophie zu studieren und dich vorzugsweise der Logik zu widmen, dann wüßtest du...«

»Du bist also blank?«

»Blanker denn blank! Selbst dieser köstliche Kaffee und diese aromatische Zigarette, die du da genüßlich zum Munde führst, verdankst du nur der Großzügigkeit von Frau Rumpelmann, meiner Lebensmittelhändlerin!«

»Oder... besser gesagt... den unverschämten Lügen, mit denen du sie eingedeckt hast!«

»Auch diese Deutung hat etwas für sich!« gab Willi Herzinger zu, ohne auch nur eine Spur beleidigt zu sein. »Die Schlußfolgerung aus dem allen jedoch bleibt die gleiche, nämlich daß ich ergo keine Barmittel besitze, die ich dir zur Verfügung stellen könnte!«

»Schade«, sagte Michael Kornmesser, »verdammt schade!«

»Natürlich könntest du noch mit Illona reden, das heißt, ich würde es gerne für dich tun!« schlug Willi Herzinger vor.

»Mit Illona? Was hältst du eigentlich von mir? Glaubst du, daß ich mich von Weibern aushalten lasse, noch dazu von deinen Freundinnen?«

»Dein zartes Gemüt in Ehren, ich hatte aber durchaus nicht an so etwas gedacht, sondern höchstens an einen harmlosen kleinen Pumpversuch.«

»Das bleibt sich gleich. Von Frauen kann man kein Geld annehmen... weder geschenkt noch geliehen!«

»Mit diesen puritanischen Ansichten wirst du es nie zu etwas bringen...«

»Warten wir's ab«, sagte Michael Kornmesser, »du wirst es ja erleben!«

»...denn schließlich wollen ja die Frauen auch von uns Geld, nicht wahr?«

»Das ist doch was ganz anderes!«

»Sei so gut und erkläre mir den Unterschied! Wenn du einer Frau nur ein bißchen zärtlich entgegenkommst, dann verlangt sie meistens... anstatt dankbar dafür zu sein, daß man ihr seine Verehrung zu Füßen gelegt hat... daß man sie zudem auch noch bezahlt!«

»Du mußt mit komischen Frauen zusammengekommen sein, Willi!«

»Durchaus nicht. Mit ganz normalen. Die einen möchten Bargeld als Entlohnung haben, die anderen Schmuck oder Pelze und die dritten, das sind die ganz gefährlichen, eine lebenslange Rente... in Form einer Ehe!«

Michael Kornmesser lachte. »Und dann hast du noch eine vierte Kategorie vergessen, die nämlich, die eine Entlohnung als Miete fordern... ich muß ganz ehrlich sagen, vor denen habe ich im Augenblick die allermeiste Angst!«

»Frau Sauerzipf?« fragte Willi Herzinger.

»Sie hat mir gedroht, mich heute nacht vor die Tür zu setzen, wenn ich meine Miete nicht zahlen kann.«

»Ich bewundere dich, Michael... ich bewundere dich ehrlich! Unter diesen Aspekten traust du dich, der bildhübschen Tochter eines steinreichen Fahrradfabrikanten nachzustellen?«

»Na, erlaube mal! Wie kommst du denn darauf?!«

»Ich entnahm es deiner Erzählung! Oder willst du etwa leugnen, daß es eben diese junge Dame ist, die dich zu der kostspieligen Hochzeitsfeierlichkeit lockt?«

»Quatsch! Du redest dir da etwas ein, Willi... ich schwöre dir...«

»Schwöre mir nichts! Du würdest dadurch nur in meiner Achtung sinken. Wenn du nämlich nicht die Jagd auf diese junge Dame aufgenommen hast, dann gibt es keinerlei Entschuldigung dafür, daß du dein schwer erpumptes Geld in einen geliehenen Frack investiert hast, anstatt es der gierigen Frau Sauerzipf in den Rachen zu stopfen!«

»Ich möchte wissen, vor wem ich mich entschuldigen muß!«

»Gut gebrüllt, Löwe!« sagte Willi Herzinger und zwinkerte mit dem Auge. »Was willst du aber in dieser Zeit mit dem dir anvertrauten Taxi beginnen?«

»Ich dachte ... ich hatte mir gedacht, ob du nicht vielleicht ... du kannst doch genausogut chauffieren wie ich ... und außerdem arbeite ich auf Prozente und du mit einem festen Gehalt, also würdest du doch hier gar nichts versäumen!«

»Eine höchst bemerkenswerte Auffassung von Pflicht und Anstand!«

»Ach, hab dich doch nicht so, Willi! Wir brauchen doch beide Geld, und schenken tut uns niemand was! Wenn du mit meiner Karre fährst, könnten wir die Prozente doch teilen!«

Willi Herzinger seufzte tief. »Schlimm, sehr schlimm!«

»Was ist schlimm?«

»Daß ich so ein schwacher Charakter bin. Ich bin nicht imstande, den Fallstricken des Bösen zu entgehen!«

»Du machst also mit!?«

»Ja.«

»Na, Gott sei Dank! Ich hatte schon gefürchtet, daß dein völlig verdrehtes Gehirn zu keinem vernünftigen Gedanken mehr fähig ist!«

Plötzlicher Reichtum macht übermütig. So erging es jedenfalls Pitter und Karl, die mit ihren fünfundsiebzig Mark in der Tasche sofort die nächste Kneipe ansteuerten und sich eine kräftige Mahlzeit und mehrere Bierchen zu Gemüte führten. Lange hatte es ihnen nicht mehr so gut geschmeckt, wie an diesem Tag. Als sie die Rechnung beglichen, kamen sie sich ganz wie Großfürsten oder Milliardäre vor.

In einem Anfall von unerhörtem Leichtsinn erstand Pitter sogar ein früh erscheinendes Abendblatt, das ein einarmiger Zeitungshändler von Tisch zu Tisch anbot.

Pitter teilte es feierlich in zwei Hälften, behielt die Vorder- und die Rückseite und gab Karl die Mitte, dann vertieften sie sich mit der Miene satter, ehrsamer Bürger in die Lektüre des Blattes.

Plötzlich schrie Karl auf: »Mensch, Pitter... lies dich dat! Ich werd' verrückt... ich werd' komplettemang verrückt!«

»Dat brauchste nicht erst zu werden, dat biste schon!« erklärte Pitter gelassen und zog die Zeitung an sich.

Aufgeregt tippte Karl mit seinem dunkelgeränderten Zeigefinger auf eine bestimmte Notiz, und Pitters Augen wurden größer und größer, als er sie las. ›Im südlichen Villenvorort‹, hieß es dort, ›wurde heute nacht ein seltsamer Einbruch vollführt, und zwar im Hause des Gesandten Justino di Gama. Die Einbrecher nahmen nichts weiter mit als den Frack des Gesandten, der über den Verlust dieses Kleidungsstückes ganz besonders betroffen ist, da es sich um ein teures Andenken handelt. Er teilte unserem Reporter mit, daß er bare zehntausend Mark demjenigen zahlen wird, der ihm seinen Frack zurückbringt. Da sonst keine Wertsachen gestohlen sind und es anzunehmen ist, daß es sich bei dem Einbruch nicht um ein Verbrechen, sondern eher um einen üblen Scherz handelt, erstattet der Gesandte keine Anzeige gegen die Diebe. Er wird von jeder Strafverfolgung absehen, wenn er den für ihn aus persönlichen Gründen wertvollen Frack wieder in Händen hält...‹

Pitter starrte von der Notiz auf Karl, von Karl zu der Notiz, dann sprang er, ohne ein Wort zu sagen, auf und stürzte aus dem Lokal.

Karl mußte sich Mühe geben, ihn einzuholen. »Mensch, Pitter... wo rennste denn hin?« fragte er atemlos, als er endlich wieder an seiner Seite war.

»Wohin schon... Dämelsack! Zur Leihanstalt! Wohin sonst?«

»Und wat versprichst du dich davon?«

»Den Frack zurückkaufen will ich, du Blödmann... hast du denn nicht begriffen? Zehntausend Mark ist er wert... und wat haben wir dafür jekriegt? Lumpige fünfundsiebzig!«

»Du bist 'ne kluge Mensch!« sagte Karl mit ehrlicher Bewunderung, und dann trottete er hinter Pitter her zur Frackleihanstalt ›Fix und Fertig‹.

Pitter und Karl hätten sich keinen unglücklicheren Moment aussuchen können, um mit den Schwestern Swoboda über den Rückkauf des Frackes zu verhandeln. Ein Ereignis hatte nämlich in das sonst so stille Leben der beiden alten Damen eingegriffen, das sie gänzlich aus dem Häuschen gebracht hatte.

Sie hatten die Nachricht erhalten, daß ihre reiche Erbtante Donata, auf deren Ableben schon der alte Ignaz Swoboda Jahr und Tag gewartet hatte, endlich in die Gefilde der Seligen eingegangen war und, was die Fräuleins Swoboda schon nicht mehr zu hoffen gewagt hatten, sie zu ihren Erbinnen eingesetzt hatte. Sie hatte ihnen tatsächlich ihr ganzes Vermögen vermacht. Nur eine Bedingung gab es in diesem Testament, die jeden anderen außer den Schwestern Swoboda wohl noch weit mehr aus der Fassung gebracht hätte: Erbtante Donata wünschte ein Begräbnis eigener Art. Der Leichenwagen sollte von Schimmeln statt von Rappen gezogen werden, an der Spitze des Zuges sollte ein Berittener in hellglänzendem Harnisch galoppieren, hinter dem Sarg sollte ein Domherr mit vierundzwanzig geistlichen Assistenten gehen und – das war die schwerste Bedingung! – ihm sollten zweihundertfünfzig schwarzgekleidete Trauernde folgen.

Die Kostümleihanstalt ›Fix und Fertig‹ war ein patriarchalisches Unternehmen. An allem, was an Freud und Leid über die Schwestern Swoboda kam, mußten die Angestellten teilnehmen. So weinten jetzt nicht nur die alten Schwestern, sondern auch ihre sieben Angestellten bittere Tränen um die verflossene Tante und freuten sich gemeinsam auf die fette Erbschaft. Alle dachten sie darüber nach, wie das Problem der 250 Trauernden zu lösen sei, denn das war gar nicht so einfach. Die gute Tante Donata hatte sich in den siebenundachtzig Jahren, die sie in dem kleinen Städtchen Berenburg verbracht hatte, mit allen Einwohnern, einzeln und in Gruppen, so sehr zerstritten, daß kaum zu erwarten war, daß, abgesehen von dem Pastor, dem Doktor und ihrer alten Haushälterin, irgend jemand ihrem Sarg freiwillig folgen würde, geschweige denn 250 Trauernde.

Aber für den Schneider Ferdinand gab es kein Problem, mit dem er nicht fertig geworden wäre.

»Nichts leichter als das«, erklärte er den verzweifelten Schwestern, »freiwillig wird natürlich niemand am Begräbnis teilnehmen, deshalb müssen wir die Trauergäste eben bezahlen!«

»Bezahlen!?« Die Schwestern Swoboda waren ehrlich entsetzt über diesen frivolen Vorschlag.

»Anders geht's nicht«, erklärte Ferdinand ungerührt.

»Und wie sollen wir das praktisch durchführen?« fragte Fräulein Käthe hilflos.

»Ganz einfach«, sagte Ferdinand, »wir fahren nach Berenburg, alle zusammen...«

»Und der Betrieb!?« rief Fräulein Else entsetzt.

»Wird geschlossen. Was wir an schwarzen Anzügen, Mänteln und Trauerkleidern haben, nehmen wir natürlich mit. Wir lassen in Berenburg verlauten, daß jedermann, ob Frau, Jüngling oder Mädchen, dreißig Mark bar auf die Hand bekommt, der sich zum Begräbnis der Tante Donata einfindet! Die Trauerkleider werden von der Firma ›Fix und Fertig‹ gegen mäßige Leihgebühr abgegeben!«

»Und Sie glauben, daß das nutzen wird?« fragte Fräulein Käthe zweifelnd.

»Und ob!«

»Dreißig Mark für zwei Stunden spazierengehen... das wird sich niemand so leicht entgehen lassen!«

»Aber die Leute dort sind böse auf Tante Donata, und ich muß ehrlich zugeben, zum Teil mit Recht«, gab Fräulein Käthe zu bedenken.

»Wenn schon! Dreißig Mark sind ein gutes Pflaster!«

So weit war die Beratung gediehen, als die Ladentür aufging und Pitter und Karl eintraten.

Das Pflichtgefühl war stärker als alles andere. Die Fräulein Swoboda ließen Ferdinand stehen und eilten in den Laden.

»Was wünschen Sie?« fragte Fräulein Käthe und musterte Pitter mit einem Blick, wie wenn sie ihn nie zuvor gesehen hätte.

»Wir sind doch... wir haben doch...« stotterte Pitter verwirrt, »heute morgen waren wir doch schon mal hier... und da haben wir Ihnen den prima Frack verkauft... für lausige fünfundsiebzig Mark!«

»Fräulein Käthe zog die linke Augenbraue

hoch. »Und?« fragte sie. »Haben wir Sie mit Falschgeld bezahlt?«

»Enä, dat natürlich nich...«

»Was wünschen Sie dann noch?«

Pitter stützte sich mit dem Ellbogen auf die Theke und lehnte sich weit vor. »Nun hören Se mal jut zu«, begann er vertraulich, »dat mit dem Frack ist nämlich so 'n Ding... Sie wissen doch, dat war der Frack von minge Vater... und jetzt hat sich der alte Kerl in den Kopp jesetzt... also jetzt will er dat Ding partout wieder haben!«

»Aber Sie haben uns den Frack doch verkauft!«

»Natürlich haben wir dat, dat jeben wir ja auch zu, wir sind ja nit so! Bloß... jetzt brauchen wir dat Ding wieder... dat ist et!«

Fräulein Käthe wollte weiter verhandeln, aber ihre Schwester Else unterbrach sie. »Mach doch Schluß, Käthe, gib ihnen den Frack zurück! Ich habe gleich gemerkt, daß damit nicht alles in Ordnung war. Seien wir froh, wenn wir ihn wieder los haben!«

»Dat is ein Wort, junge Frau!« rief Pitter begeistert.

»Also, her mit dä Frack...«

»Wir würden ihn Ihnen gerne geben«, sagte Fräulein Käthe zögernd, »aber er ist nicht mehr hier... wir haben ihn verliehen!«

»Verliehen? Na so etwat! Kaum jekauft, schon verliehen!«

»Das ist doch nun gewiß kein Grund zur Aufregung... schließlich haben wir hier eine Kostümleihanstalt... oder was glauben Sie, weswegen wir Ihren Frack gekauft haben?«

Jetzt tat Karl den Mund auf, und was er hervorbrachte, war zu Pitters Erstaunen nicht einmal so dumm. »Wie heißt der Kerl?« fragte er.

»Wer?«

»Der sich den Frack jeliehen hat!«

Die Schwestern Käthe und Else sahen sich an. »Das wissen wir nicht«, sagten sie dann wie aus einem Munde.

»Dat is ein feiner Laden... ich muß schon sagen... ein piekfeiner Laden!« erklärte Pitter empört.

»Ich muß doch sehr bitten!« ließ sich Fräulein Else tadelnd vernehmen.

»Is doch wahr! Sie können doch nicht jedem herjelaufenen Lump unseren juten Frack verleihen!«

»Haben wir Sie nach Ihrem Namen gefragt?«

»Die Sache ist ganz einfach«, schlug Fräulein Else vor, »Sie geben uns die fünfundsiebzig Mark wieder... gegen Quittung, versteht sich... und lassen uns Ihre Adresse hier. Sobald wir den Frack zurückbekommen haben, bekommen Sie ihn zugeschickt!«

Dieser Vorschlag, so einleuchtend er klang, paßte Pitter und Karl aus mehr als einem Grund nicht. Erstens besaßen sie ja die fünfundsiebzig Mark nicht mehr vollständig, zweitens hatten sie keine Adresse, und drittens hätten sie sie auch dann nicht angeben können, wenn sie sie gehabt hätten. So gab es denn noch einiges Hin und Her zwischen den Damen Swoboda und den Halunken Pitter und Karl, das jedoch zu keinem Ergebnis führte – einfach deswegen, weil den beiden Schwestern der Frack und Pitter und Karl das Geld fehlte.

Ziemlich geknickt zogen die beiden aus dem Laden, und traurig sahen sie sich gegenseitig in die treuen Augen. Sie hatten keine Ahnung, was sie jetzt beginnen sollten.

»Ojottojott!« stöhnte Karl aus tiefster Seele.

Pitters Niedergeschlagenheit verwandelte sich plötzlich in Wut. »Menschenskind, wie kann man bloß so blöd sein!« schimpfte er. »So 'ne dämliche Idee! Den schönen Frack in diese lausige Kostümleihanstalt zu bringen! Wenn wir ihn jetzt noch hätten...«

Karl sah seinen Kumpel entsetzt an. »Aber, Pitter, hast du denn janz verjessen?! Du warst dat doch! Du hast mich doch dauernd jetrietzt, dat wir dat Ding verkloppen sollen!«

»Ich? Dat ich verrückt wär!«

»Ich kann mir nicht helfen, dat warst du!«

»Wenn wir das Biest bloß erst wieder hätten!«

»Ich han mich auch überlegt, warum dat so 'ne hohe Belohnung dafür jibt«, erklärte Karl, »dat is doch 'ne Frack von 'em Jesandten... bestimmt hat er sich 'nen Jeheimvertrag in die Hosentasch' jesteckt.«

»Hör mich bloß auf mit dem Kappes! Dat is doch jetzt janz ejal! Denk lieber mal, wie wir dat Ding zurückkriejen!« sagte Pitter und tippte sich mit dem Finger an die Stirn.

Karl machte es ihm nach, und eine Zeitlang standen sie beide in angestrengtes Überlegen vertieft.

Plötzlich rief Pitter: »Mensch, Karl, ich han es!« Er schlug Karl mit freundlicher Grobheit die Hand in den Nacken. »Wir müssen den Kerl finden, der sich den Frack jeliehen hat!«

»Aber wie!?«

»Janz einfach! Wir müssen auf ihn warten. Hier vor dem Laden... bis er den Frack zurückbringt!«

»Jetzt?«

»Blödmann! Jetzt doch nicht... morjen früh!«

»Aha!« sagte Karl, der weder ganz begriffen hatte noch vollkommen überzeugt war.

Aber Pitter war begeistert von seiner Idee. »Mensch, Karl, dat is der Jedanke des Jahrhunderts! Verstehst du dat denn nich?!«

Karl hatte zwar noch mancherlei Bedenken, vor allem war ihm durchaus nicht klar, was sie tun sollten, selbst wenn sie den Mann mit dem Frack finden würden, aber er behielt diese Überlegung lieber für sich. Pitter war wieder gut gelaunt, und das war im Augenblick die Hauptsache.

So zogen die beiden einträchtig und versöhnt und von neuer Hoffnung belebt von dannen, und sie erlebten es nicht mehr, wie hinter ihrem Rükken die Rolläden der Kostümleihanstalt ›Fix und Fertig‹ herunterratterten.

Wenig später trat Ferdinand aus dem Torweg und brachte an der Ladentür ein großes Pappschild an, auf dem in tiefschwarzen Lettern zu lesen stand: ›Wegen Todesfall bleibt das Geschäft drei Tage geschlossen. Else und Käthe Swoboda.‹

Der Türhüter vor dem Hotel Atlantic hatte in seiner Dienstzeit zu sagen: ›Guten Morgen! – Guten Tag! – Guten Abend! – Wünsche wohl zu ruhen! – Meine Verehrung, gnädige Frau! – Schön, Sie wiederzusehen, Herr Doktor! – Jawohl! – Sofort! – Bedaure! – Bitte sehr! – Dankeschön!‹

Mit diesem Wortschatz kam er vom frühen Morgen bis in die späte Nacht aus. Wenn er dazu noch ein liebenswürdiges Lächeln auf seine Lippen setzte, die Drehtür in Bewegung brachte, seine mit Goldborten betreßte blaue Schirmmütze bei passender Gelegenheit abnahm und wieder aufsetzte, sich verbeugte und wieder aufrichtete, dann hatte er seinen Dienst bis aufs i-Tüpfelchen erfüllt.

Von den Gästen wurde er kaum beachtet. Die Ankommenden dachten nicht daran, ihm ein Trinkgeld zu geben, sie wußten ja noch nicht, ob sie sich in diesem Hotel wirklich wohl fühlen würden. Die Abreisenden waren drinnen schon genügend angezapft worden, sie waren verbittert und zugeknöpft und übersahen den Türhüter geflissentlich.

Michael Kornmesser wußte das. Er hätte viel darum gegeben, dem Mann an der Tür ein beachtliches Trinkgeld in die Hand drücken zu können, aber – er hatte ja selber nichts. Zwar war er wie ein Nabob aus der Taxe gestiegen, frisch rasiert und nach Kölnisch Wasser duftend, aber seine Taschen waren leer.

Willi Herzinger hatte ihn chauffiert, er hatte ihm auch die Wagentür geöffnet und sich, die Mütze in der Hand, tief verbeugt. »Hat der gnädige Herr noch Wünsche?« hatte er diensteifrig gefragt.

»Danke, Johann«, hatte Michael von oben herab geantwortet und war Willi dabei absichtlich auf die Schuhspitzen getreten, »holen Sie mich bitte um Mitternacht ab!«

»Wie der gnädige Herr befehlen!« hatte Willi Herzinger demütig geantwortet und dabei versucht, Michael unauffällig, aber heftig gegen den Knöchel zu stoßen.

Michael übersah diese Entgleisung. »Gott befohlen, mein Sohn«, sagte er leutselig und rauschte davon.

Willis Verbeugung wurde noch tiefer, aber sein geflüstertes: ›Idiot‹ war fast bis zum Hotel hin hörbar.

Jetzt verbeugte sich, fast so beflissen wie Willi Herzinger, der Türhüter vor dem elegant gekleideten Gast, und Michael ärgerte sich, daß er ihm kein Trinkgeld geben konnte. Er war so überschäumend gut gelaunt, daß er jedem seiner Mitmenschen am liebsten eine Freude gemacht hätte. So ergriff er die Hand des erstaunten Türhüters, schüttelte sie herzlich und fragte fröhlich: »Na, wie geht's? Wie steht's?«

»Oh, danke der Nachfrage... recht gut«, antwortete der Türhüter verwirrt.

»Und was macht Ihr Ischias?«

»Aber, woher wissen der Herr?« fragte der Türhüter noch verwirrter.

»Kornmesser... Michael Kornmesser!« stellte Michael sich höflich vor. »Bei dem warmen Wetter ist es wohl nicht so schlimm?«

»Ganz recht, Herr... Herr Kornmesser! Aber wenn der Wind sich dreht...«

»Ich weiß schon... nicht auszuhalten! Bis nachher dann!« Und fröhlich seinen Zylinder schwenkend, trat Michael Kornmesser durch die Drehtür in die Hotelhalle.

Ein Page führte ihn zu dem kleinen Silbersalon, der von Vater Helbrichsen für die Hochzeitsfeier gemietet worden war. Auch diesem Jungen drückte Michael statt eines Trinkgeldes herzlich die Hand.

»Vielen Dank, mein Sohn«, sagte er dabei, »das war reizend von dir! Ich hoffe, daß ich mich eines Tages revanchieren kann.« Er achtete nicht darauf, daß der Junge mit offenem Mund stehenblieb und ihm nachstarrte.

Die Hochzeitsgesellschaft – mehr als fünfzig Gäste, schätzte Michael mit einem raschen Blick – war schon vollständig versammelt.

Michael Kornmesser ging geradewegs auf Frau Thekla Helbrichsen zu und entschuldigte sich zerknirscht für seine Verspätung, wobei er so oft ›gnädige Frau‹ hier und ›gnädige Frau‹ dort einflocht, daß das Herz der eitlen Dame schmolz.

Sie brach in helle, entzückte Rufe über die seltsame exotische Blume aus, die Michael ihr überreichte.

»Oh, wie zauberhaft!« rief sie. »Schauen Sie doch nur, Herr Bruchsal, ist sie nicht ein Gedicht!?«

»Auf meinen Plantagen...« begann Georg Bruchsal.

Thekla Helbrichsen ließ ihn nicht aussprechen. »Bitte, Herrn Kornmesser, seien Sie doch so liebenswürdig und nennen Sie mir den Namen dieses zauberhaften Gebildes!«

»Es tut mir außerordentlich leid, Gnädigste, aber das ist mir ganz und gar unmöglich! Ich habe sie nämlich im Stadtpark gepflückt!«

Frau Helbrichsen kicherte: »Was Sie doch für ein Witzbold sind, Herr Kornmesser.«

Auch die Umsitzenden lachten herzlich und hielten Michaels Behauptung für einen guten Scherz – niemand wäre auf die Idee gekommen, daß dieser elegante junge Mann im tadellos sitzenden Frack die hübsche Blume tatsächlich im Stadtpark gepflückt hatte, einfach deswegen, weil er keinen Pfennig in der Tasche hatte.

»Sie können sich sicher denken, daß ich ein wenig böse mit Ihnen bin, Herr Kornmesser«, sagte Marlis lächelnd, als er sie begrüßte.

»Wieso? Ich habe doch nichts verbrochen! Oder habe ich?«

»Nun, ich hätte zumindest erwartet, daß Sie auch mir ein Blümchen im Park gepflückt hätten!«

»Im tiefsten Vertrauen, Fräulein Marlis, diese Blume, die ich Ihrer Mama gegeben habe, war eigentlich für Sie bestimmt... aber dann übermannte mich doch meine gute Erziehung!«

»Schrecklich!«

»Daß ich eine gute Erziehung habe?«

»Daß Sie so schamlos lügen können!«

»Aber ich schwöre Ihnen... bei allem, was mir heilig ist...«

»Bitte, tun Sie das nicht! Ich möchte nicht, daß Sie meinetwegen in die Hölle kommen!«

»Ich begreife nicht, was heute los ist! Alles scheint sich gegen mich verschworen zu haben. Dabei gelte ich doch sonst als durch und durch glaubwürdiger Mensch!«

»Ich würde Ihnen ja gerne glauben, Herr Kornmesser... wenn Sie sich nur entschließen könnten, die Wahrheit zu sagen!«

»Die ganze Wahrheit?«

»Halbe Wahrheiten sind noch abscheulicher als faustdicke Lügen!«

»Aber die Wahrheit können nur die wenigsten vertragen!«

»Ich kann es, Herr Kornmesser!«

»Nun gut, Sie sollen sie wissen! Zwar ist es vielleicht nicht ganz fair, daß ich...«

»Die Wahrheit ist immer fair!«

»Sie haben recht, also hören Sie zu. Ich bin...« Aber Michael kam nicht dazu, weiterzusprechen.

Peter Hülsenberg hatte beobachtet, welch eine gefährliche Wendung das Gespräch zu nehmen drohte. Bevor Michael noch sagen konnte, daß er arm wie eine Kirchenmaus war, hatte Peter ihn am

Arm genommen und sagte: »Entschuldigt bitte, daß ich euch störe, aber sicher möchtest du auch mit unseren anderen Gästen bekannt werden, Michael!«

Was blieb Michael da übrig, als sich von einer alten Tante zur anderen, von einer heiratswütigen und nicht mehr ganz jungen Verwandten zur nächsten schleifen zu lassen. Aber er war kein Spielverderber, er tat, was man von ihm erwartete, er war charmant und amüsant und gab sich Mühe, selbst der häßlichsten alten Jungfer ein Kompliment zu machen, selbst den Salbadereien des geschwätzigsten alten Herrn aufmerksam zu lauschen. Das hatte den Erfolg, daß Georg Bruchsal, der in der Familie Helbrichsen bisher stets den Salonlöwen gespielt hatte, vor Neid grün wurde, weil alle Anwesenden von Michael begeistert waren.

»Wie interessant er ist!« tuschelte man sich zu. »Wie er lacht! Eine fabelhafte Figur, nicht wahr?« – »Er soll ja auch Sportsmann sein! Rennfahrer!« – »Ein ganz berühmter Mann... und dabei gibt er sich so einfach!«

Ein alter Herr fragte seinen Tischnachbarn: »Kennen Sie diesen Michael Kornmesser?«

Der Tischnachbar, ein Onkel von Kuno Helbrichsen, hörte nur noch schwer, wollte es aber um keinen Preis zugeben. Trotzdem mußte er jetzt zurückfragen: »Wen?«

»Michael Kornmesser!« brüllte ihm sein Nachbar ins Ohr.

»Michael Kornmesser... natürlich kenn' ich den! Den alten Kornmesser meinen Sie doch?«

»Nein, den jungen!« brüllte der Nachbar.

»Den Sohn vom alten Kornmesser? Und ob ich den kenne! Toller Bursche sage ich Ihnen... und tüchtig! Hat den Geschäftsgeist vom Alten geerbt. Das kommt selten genug vor heutzutage!«

»Kaufmann?«

»Kaufmann... so können Sie es nennen! Ha, ha, ha, ein steinreicher Kerl, der alte Kornmesser... wird auf zehn Millionen geschätzt!«

Der alte Onkel von Kuno Helbrichsen schnaufte tief, er war außerordentlich mit sich zufrieden. Er hatte mal wieder bewiesen, daß er durchaus nicht zum alten Eisen gehörte, wie man ihm immer einreden wollte, sondern daß er besser orientiert war als mancher junge Hüpfer – daß er die ganze Geschichte über den alten und den jungen Kornmesser frei erschwindelt hatte, kümmerte ihn nicht. Hauptsache sie klang glaubhaft.

Das tat sie wirklich. Sie klang sogar so glaubhaft, daß der neugierige Tischnachbar nicht zugeben mochte, daß er nichts von alldem gewußt hatte. »Ja, richtig!« rief er und lachte herzhaft. »So was Dummes! Wie konnte ich nur vergessen, daß ich... natürlich, der alte Kornmesser! Wir sitzen doch im selben Aufsichtsrat! Ein reizender Mensch... von altem Schrot und Korn! Und sein Sohn sieht ihm ja dermaßen ähnlich... an seinem Aussehen hätte ich ihn erkennen müssen!«

Innerhalb der nächsten fünf Minuten hatte es

sich im ganzen Silbersalon herumgesprochen, daß Michael Kornmesser der Sohn vom alten Kornmesser, dem Millionär, war.

Zwar hatte niemand von den Hochzeitsgästen den Namen Kornmesser vorher je gehört, aber keiner mochte das zugeben. Jeder der Herren setzte seinen Ehrgeiz daran, im Kreise der Millionäre zu verkehren, und jede der Frauen war bestrebt, über alle gesellschaftlichen Ereignisse bestens informiert zu sein. So schmückten sie den alten Kornmesser denn mit vielen Tugenden, schwärmten von seiner Tüchtigkeit, seiner Entschlossenheit, seinem kaufmännischen Genie. Von dem jungen Kornmesser aber erzählten sie – niemand hätte mehr feststellen können, wer es aufgebracht hatte –, daß er ein begabter Junge wäre, aber leider, leider leichtsinnig und weit mehr den Frauen und dem Sport zugetan als ernsthafter Arbeit. Trotzdem war man weit entfernt, ihm daraus einen Vorwurf zu machen. ›Jugend hat keine Tugend!‹ sagten die alten Damen verständnisvoll lächelnd, und die Herren: ›Der junge Mann ist schon richtig. Er muß sich nur erst die Hörner abstoßen! Eines Tages wird der alte Kornmesser noch seine helle Freude an ihm haben!‹

Im Silbersalon waren schon einige Gläser geleert worden, und die Stimmung stieg von Minute zu Minute.

Gerade war es Michael gelungen, seinen Begrüßungsreigen abzuschließen und sich einen Platz neben Marlis zu erobern, als sie ihr Glas ertönen ließ und aufstand. Die Gespräche im Raum verstummten, und alle sahen gespannt auf die jüngste Tochter Helbrichsen, die, das volle Champagnerglas in der Hand, ohne Verlegenheit zu reden begann: »Braut und Bräutigam! Liebe Anwesende, ich bin heute sehr glücklich, das weiß ich... das Brautpaar ist gewiß noch glücklicher, so hoffe ich wenigstens... und daß ihr, meine lieben Freunde und Freundinnen, Tanten und Onkel, Basen und Vettern, Nichten und Neffen, auch nicht gerade unglücklich seid, das sieht man euch an der Nasenspitze an. Nun meine ich, wenn man Freude im Herzen empfindet, muß man sie auch weitergeben. Wir, die wir hier versammelt sind, haben allen Grund, vergnügt zu sein, denn es geht uns gut. Wir brauchen uns dessen auch nicht zu schämen, denn das Glück will erkämpft und erarbeitet sein, und das haben wir getan. Aber über alledem sollten wir nicht vergessen, daß es nicht nur viele gibt, denen es schlechter geht als uns, sondern sogar viele, denen es so schlecht geht, daß sie sich aus eigener Kraft nicht mehr helfen können – Arme und Kranke und vom Schicksal Verfolgte. Deshalb schlage ich vor... und ich nehme an, daß Sie alle meiner Meinung sind... wir wollen spenden! Auf, auf, meine Damen und Herren! Der Wohltätigkeit sind keine Schranken gesetzt!«

Georg Bruchsal sprang, während der Beifall noch nicht abgeklungen war, von seinem Stuhl hoch und forderte: »Wer die höchste Spende gibt, soll einen Preis bekommen... dem Sieger gehören alle Tänze mit Fräulein Marlis an diesem Abend!«

Während alle anderen Anwesenden den Gedanken von Marlis und Georg Bruchsal begeistert aufnahmen, fühlte Michael Kornmesser sich auf einmal denkbar unbehaglich. Schlimm genug, daß ihm alle Tänze mit der schönen Marlis an diesem Abend, auf die er sich besonders gefreut hatte, verlorengehen sollten, schlimmer noch – was für einen Eindruck würde es auf sie machen, wenn er als einziger nicht die kleinste Spende opfern würde? Sie mußte ihn für einen üblen Geizhals halten, denn daß er tatsächlich kein Geld hatte, würde sie ihm niemals glauben.

Georg Bruchsal hatte seinen Rivalen scharf beobachtet, und seine leichte Beklemmung war ihm nicht entgangen. Er feixte. Endlich schien sich das Glück wieder ihm zuzuwenden. Wie klug von ihm, daß er sich gleich nach der Trauung fünfhundert Mark von Mama Helbrichsen geborgt hatte. Diese fünfhundert Mark waren ein vom Himmel gefallenes Geld – er würde großzügig sein und die Hälfte davon der Wohltätigkeit opfern. Zweihundertfünfzig Mark, so viel würde niemand spenden.

Die Gäste zückten ihre Geldbörsen und Brieftaschen. Vater Helbrichsen, an den sich die schlaue Tochter zuerst wandte, legte zweihundert Mark in die leere Obstschale, mit der Marlis reihum zog. Keiner der anderen mochte hinter ihm zurückstehen, sie spendeten dieselbe Summe, und manche alte Tante legte ein Fünfmarkstück dazu. Niemand brauchte sich seiner beschränkten Mittel zu schämen, man war ja im Familienkreis, und jedem Spender dankte Marlis mit dem gleichen bezaubernden Lächeln.

Immer näher und näher kam Marlis mit ihrer Sammelschale, und fieberhaft überlegte Michael, wie er sich aus der Affäre ziehen könnte. Würde es nicht das Richtigste sein, einfach die Wahrheit zu sagen? Aber das würde Marlis nicht glauben, und Peter würde bestimmt ungehalten sein. Peter – daß er nicht früher darauf gekommen war! Peter mußte ihm helfen, ob er wollte oder nicht!

Michael stand auf und trat zum Bräutigam. »Kann ich dich einen Augenblick sprechen?« fragte er.

»Jetzt?« fragte Peter, der nichts Gutes ahnte, zurück.

»Ja, jetzt, wenn nicht noch eher!« beharrte Michael mit eiserner Miene.

»Entschuldige mich, bitte, eine Sekunde, mein Mäuschen«, bat Peter seine Frau. Dann folgte er Michael in eine Ecke des Wintergartens. »Was willst du schon wieder?« fragte er nicht gerade freundlich.

»Wieso... schon wieder?« fragte Michael harmlos zurück.

»Ach, red nicht drum herum... sag, was du willst!«

»Dreihundert Mark!«

»Dreihundert Mark?« Peter verschlug es vor Schreck beinahe die Sprache. »Bist du wahnsinnig geworden!?«

»Nee, wieso denn? Dreihundert Mark sind doch für dich eine Kleinigkeit, wo du dir heute eine halbe Million verdient hast!«

»Laß Gudruns Geld aus dem Spiel, ich bitte dich!«

»Du willst mir also die dreihundert Mark nicht geben?«

»Nein!«

»Danke, das wollte ich nur wissen«, sagte Michael freundlich und wandte sich um, als wollte er wieder zu den anderen Gästen zurückkehren.

»Michael!« rief Peter ihm nach.

Michael drehte sich gelassen um. »Ja?«

»Wofür brauchst du denn das Geld?«

»Ich? Wer hat dir denn gesagt, daß ich Geld brauche?«

»Du! Du hast doch eben noch dreihundert Mark von mir haben wollen!«

»Aber doch nicht für mich... Peter, was denkst du denn von mir!?«

»Nicht für dich? Für wen denn sonst!?«

»Für dich, mein lieber Peter, nur für dich!«

»Mir scheint, jetzt bist du vollkommen plemplem!«

»Wieso denn? Ich hatte mir nur gedacht, es würde für dich nicht gerade angenehm sein, mein lieber Peter, wenn sich anläßlich dieser Wohltätigkeitssammlung herausstellen würde, daß ich mich in einem Zustand völliger Mittellosigkeit, um nicht zu sagen, Bargeldlosigkeit befinde!«

»Ach so! Warum hast du mir denn das nicht

gleich gesagt!? Du hast recht... fünfzig Mark mußt du mindestens spenden!«

»Als Sohn eines spanischen Konservendosenfabrikanten?!«

»Na, wenn schon! Reiche Leute sind meistens geizig!«

»Demnach hast du dich sehr schnell an den Reichtum gewöhnt, Peter!«

»Wenn ich geahnt hätte, daß du mir solche Schwierigkeiten machen würdest...«

»... hättest du mich nicht als Trauzeugen genommen! Ich glaub's dir gerne. Aber so ist es nun mal im Leben, Lügen haben kurze Beine. Eigentlich solltest du das ja schon wissen.«

»Michael, so nimm doch Vernunft an!«

»Hab' ich schon angenommen. Ich bin wahrscheinlich vernünftig. Deshalb... her mit den dreihundert Mark, oder ich erzähle deiner ganzen lieben Familie, daß ich ein armer, bemitleidenswerter Taxifahrer bin!«

»Das ist... Erpressung!«

»Nenn es, wie du willst, aber gib mir das Geld, und zwar ein bißchen plötzlich!«

Peter seufzte tief und schwer. Er verfluchte aus ehrlichem Herzen den Augenblick, da er Michael heute morgen so unvermutet getroffen hatte, und wünschte ihn zu allen Teufeln. Aber was half's? Er mußte zahlen, oder der Skandal war da.

»Ich danke dir, Peter«, sagte Michael vergnügt, als er sich das Geld in die Tasche steckte, »ich habe es doch immer gewußt, daß du ein großzügiger, gutherziger Mensch bist. Paß auf, du wirst noch eines Tages in den Himmel kommen!«

Peter schoß Michael einen giftigen Blick zu. »Hör auf mit dem Quatsch!« sagte er grob.

»Du hast ganz recht!« Michael lachte ungerührt und schob seinen Arm unter den des Freundes. »Du bist ja schon im Himmel... im siebenten noch dazu. Schau nur, wie deine Gudrun dir lieb entgegenlächelt. So ein hübsches Mädchen und eine halbe Million... du bist wahr- und wahrhaftig zu beneiden!«

Unter den Gästen gab es in diesem Augenblick ein lautes Hallo.

»Was ist denn los?« fragte Peter seine Frau.

Gudrun lächelte. »Stell dir vor, Georg Bruchsal hat zweihundertfünfzig Mark gespendet... er ist der Sieger und darf mit Marlis tanzen!«

»Das erste Mal, daß er Geld in der Tasche hat!«

»Ach, sei doch nicht so, mein Peterchen... das Ganze ist doch ein großer Spaß, da darf man doch nicht so ein Gesicht machen!«

»Sie haben ganz recht, gnädige Frau«, stimmte Michael ihr zu, »aber Sie werden sich noch daran gewöhnen müssen, daß Ihr Gatte eine überaus ernsthafte Natur ist. Schon in der Schule war er immer ein Vorbild, weil er bei einem Streich die längste Zeit ein ernstes Gesicht bewahren konnte, wenn wir anderen uns schon längst durch ein albernes Kichern verraten hatten!«

»Herr Kornmesser!« rief Marlis in diesem Moment. »Sie haben noch nichts gespendet!«

»Ist auch nicht mehr nötig«, erklärte Georg Bruchsal, »die Sammlung ist schon abgeschlossen!«

»Na, erlauben Sie mal... das wäre ja noch schöner!« sagte Marlis. »Los, Herr Kornmesser! Jetzt heißt es Farbe bekennen!« Sie kam mit der Obstschale, die sich inzwischen bis zum Rand mit Geldscheinen und Geldstücken gefüllt hatte, auf Michael zu.

Lächelnd und gelassen griff Michael in seine rechte Hosentasche und zog drei Scheine hervor – drei Hundertmarkscheine.

»Ich hoffe, daß das reicht!« sagte er.

»Dreihundert Mark... wundervoll!« rief Gudrun begeistert. »Du hast wirklich reizende Freunde, Peter! Wieviel hast du eigentlich gespendet?«

Peters Antwort ging zum Glück im allgemeinen Jubel unter, der ausbrach, als sich herumgesprochen hatte, daß Michael als Sieger aus dem Spendenwettbewerb hervorgegangen war.

Vater Helbrichsen gab der Kapelle ein Zeichen. Geigen klangen auf, Walzerklänge. Michael nahm Marlis fest in die Arme, Auge in Auge walzten sie dahin. Die jungen Leute folgten ihrem Beispiel, während sich die älteren Herrschaften an Wein, Champagner, schwarzem Kaffee und der Mokkatorte labten.

Sie beobachteten die Tanzenden und stellten fest, daß es für einen jungen Millionär ein Leichtes war, mit drei Hundertern Sieger zu werden.

Dieser Meinung war auch Marlis. Ihr war nicht

entgangen, was man sich auf allen Seiten über Michael zugetuschelt hatte, und was sie hörte, gefiel ihr gar nicht. Marlis war nämlich eine junge Dame mit sehr ernsthaften Ansichten. Persönlich war sie überzeugt, daß der Besitz von Geld in erster Linie eine Verpflichtung wäre, es der Allgemeinheit dienlich zu machen, anstatt es für persönlichen Luxus hinauszuwerfen. Sie glaubte, daß nicht im Geld, sondern in der Arbeit der eigentliche Sinn des Lebens läge, und diese Ansichten machten sie zur Lieblingstochter ihres Vaters, während Mama Helbrichsen und Gudrun sie für ziemlich verschroben hielten. Aber was ihr die Mutter auch an guten Ratschlägen über weibliches Betragen einzuflößen versucht hatte, nutzte nichts. Marlis hatte sich nach dem Abitur auf eigene Faust eine Stellung als kaufmännischer Lehrling in einer fremden Firma besorgt und entgegen aller Voraussagen ihrer weiblichen Familienmitglieder ihre Lehre auch abgeschlossen. Jetzt arbeitete sie genauso gewissenhaft in der väterlichen Fahrradfabrik.

Kein Wunder, daß sie tief enttäuscht war, weil sich der nette sympathische Michael Kornmesser als nichts weiter als ein Windhund entpuppt hatte. Aber es lag nicht in ihrer Natur zu resignieren, ganz im Gegenteil, sie nahm sich vor, alles daranzusetzen, um ihn zu bessern. Es mußte doch möglich sein, aus diesem Bruder Leichtfuß einen vernünftigen Menschen zu machen!

»Marlis«, sagte Michael, »darf ich Ihnen gestehen, daß ich sehr glücklich bin?«

»Fein«, sagte Marlis unsentimental, »das ist bestimmt ein sehr beneidenswerter Zustand!«

»Müssen Sie immer so sein?«

»Wie denn?«

»So... so herzlos!«

»Bin ich herzlos? Das sollte mir aber wirklich sehr leid tun!«

»Sie schwindeln! Es tut Ihnen überhaupt nicht leid. Sie machen sich nicht das Geringste aus mir und meinen Gefühlen!«

»Mein lieber Herr Kornmesser... schließlich sind wir uns heute früh zum ersten Mal begegnet, da können Sie doch wirklich nicht erwarten, daß Sie mein Herz schon im Sturm erobert haben!«

»Ich habe Sie auch erst heute morgen kennengelernt, aber...« Michael stockte mitten im Satz.

»Was... aber?« fragte Marlis mit sachlicher Neugier.

»Ach, Marlis, Sie sind ein schreckliches Mädchen. Sie machen es mir schon sehr schwer!«

»Unangenehm für jemanden, der es gewohnt ist, daß man es ihm leicht macht, nicht wahr?«

»Mir ist nie etwas leicht gemacht worden, das dürfen Sie mir glauben!«

»O ja, ich begreife, als Millionärssohn hat man so seine Sorgen!«

»Als was?«

»Als Millionärssohn!«

Michael lachte. »Mein liebes Fräulein Marlis, Sie sind das Opfer einer Mystifikation geworden...«

»Aha!«

»Sie brauchen gar kein so ungläubiges Gesicht zu machen, ich sage die Wahrheit. Erschrecken Sie nicht... ich bin kein Millionär. Ich bin auch weit davon entfernt, einer zu werden. Ich bin ein fahrender Sänger, von niemanden gekannt... ohne Geld, ohne Stand!«

Marlis Helbrichsen glaubte ihm kein Wort. »Ich bitte Sie, Herr Kornmesser, hören Sie auf damit! Bei mir zieht so etwas nicht mehr, ich bin doch kein kleines Mädchen! Sprechen wir lieber von etwas anderem.«

Michael war bestürzt. »Aber, Marlis...«

Er wurde korrigiert. »Fräulein Marlis, bitte.«

»Also gut, Fräulein Marlis. Wovon sollen wir reden?«

»Von Ihnen!«

»Aber... das wollte ich doch gerade...«

»Keine Lügen... die Wahrheit!«

»Ich versuche doch schon die ganze Zeit, Ihnen die Wahrheit zu sagen... aber Sie wollen mir ja einfach nicht glauben!«

»Ich bitte Sie, lieber Herr Kornmesser... warum wollen Sie unbedingt Ihre Rolle als armer Melonenverkäufer weiterspielen? Das ist doch ganz witzlos!«

»Ich beabsichtige ja auch gar keinen Witz! Ich möchte nur, daß Sie mich kennen... wirklich kennen, so wie ich bin!«

»Nun, Herr Kornmesser... dafür, daß ich Sie heute morgen zum ersten Mal getroffen habe, kenne ich Sie, glaube ich, gut genug! Ich habe nicht vor, mich noch intensiver mit Ihrem Seelenleben zu befassen.«

»Wie Sie meinen«, sagte Michael Kornmesser resignierend, »es tut mir leid, wenn ich Ihnen lästig gefallen bin.«

Eine Weile tanzten sie schweigend, jeder in seine eigenen Gedanken vertieft. Marlis kam es zum Bewußtsein, daß sie vielleicht doch etwas zu scharf gewesen war.

»Herr Kornmesser«, sagte sie und lächelte ihn an, »würden Sie etwas für mich tun, wenn ich Sie sehr darum bitte?«

»Alles!«

»Das ist ein großes Wort!«

»Stellen Sie mich auf die Probe!«

»Nun gut. Würden Sie mich wohl ein wenig spazierenfahren?«

»Jederzeit. Wann ist es Ihnen recht? Morgen vormittag?«

»Nein, heute... heute nacht!«

»So wie wir sind?«

»Jawohl. Bitte, halten Sie mich jetzt nicht für exzentrisch. Es ist einfach so, daß mir diese verbrauchte Luft, dieser Tabakqualm nicht gut bekommt...«

»Und deshalb müssen Sie spazierenfahren? Würde es nicht genügen, wenn wir ein bißchen hinausgingen?«

»Danke, Herr Kornmesser... es genügt mir wirklich!« sagte Marlis böse und machte sich aus seinen Armen frei.

»Aber... Marlis!«

»Erst versprechen Sie mir, alles für mich zu tun... wortwörtlich alles... und dann ist es Ihnen schon zu umständlich, mich eine halbe Stunde spazierenzufahren!«

»Marlis... wenn Sie mich bloß erklären ließen...«

»Sie haben mir schon genug erklärt heute abend... ich bin auf Ihre Lügen nicht mehr neugierig!«

Sie war ihm in den Wintergarten vorausgeeilt, er folgte ihr seufzend.

»Ich gebe zu, Marlis, mein Zögern muß einen schlechten Eindruck auf Sie gemacht haben... aber gut, wenn Sie es wünschen, nehme ich alles zurück und behaupte das Gegenteil. Ihr Vorschlag ist hiermit angenommen. Wir werden spazierenfahren, heute nacht noch, von mir aus gleich. So, wie wir sind und ohne zu zögern... jetzt zufrieden?«

»Das kam reichlich spät.«

»Aber immerhin, es kam, das müssen Sie doch zugeben.«

So unauffällig wie nur möglich verließen Marlis und Michael die Hochzeitsgesellschaft, durchquerten die Halle und traten ins Freie.

Viele Autos parkten vor dem Atlantic-Hotel, kleine, große, mittlere und wahrhaftige Luxuslimousinen. Keines von all den Autos gehörte Michael.

Michael sah nur noch den Ausweg, auf ein Auto zuzugehen und vorzugeben, daß er die Schlüssel verloren hätte. Um dieses Schauspiel so wirkungsvoll wie möglich zu gestalten, suchte er sich bedachtsam den feudalsten aller Wagen aus, einen riesengroßen luxuriösen Straßenkreuzer. Forschen Schrittes trat er auf ihn zu, versuchte die Tür zu öffnen und – sie ließ sich öffnen. Die dunkle, herrliche Limousine war nicht abgeschlossen. Der Zündschlüssel steckte, der Tank war gefüllt. Vergnügt und ahnungslos stieg Marlis ein.

Michael aber betete zum Schutzheiligen der Autofahrer: ›Heiliger Christophorus, bleib weiter an meiner Seite! Laß den Besitzer dieses Vehikels schlafen, laß ihn essen, laß ihn tanzen, laß ihn tun, was er will... nur laß ihn in den nächsten dreißig Minuten nicht auf die Idee kommen, nach seinem Wagen zu schauen! Bitte, lieber heiliger Christophorus, tu mir den Gefallen, ich werde dir auch eine dicke Kerze spendieren, wenn ich wieder zu Geld gekommen bin!‹

Marlis bewunderte das Auto. »Eine fabelhafte Kiste haben Sie, wahrhaftig, ein toller Apparat!«

»Ich freue mich, daß Ihnen mein Wägelchen gefällt«, sagte Michael mit schöner Bescheidenheit.

»Gefallen ist gar kein Ausdruck, ich beneide Sie einfach darum. Aber, na ja, wer hat, der hat... als Sohn eines vielfachen Millionärs...

»Ich bitte Sie, Marlis, lassen Sie diese Geschichte doch einmal beiseite!«

»Aber... wie könnte ich das? Ich kann Sie mir einfach nicht als jungen Mann mit normalen Mitteln vorstellen, jetzt, nachdem ich weiß...«

»Aber ... was wissen Sie? Gar nichts wissen Sie!« Michael gab Gas. »Sie sind auf dummes Geschwätz hereingefallen, das ist alles!«

»Sie wollen mir also ins Gesicht hinein behaupten, daß Sie nicht der Sohn vom alten Kornmesser sind?«

»Natürlich bin ich das, aber ...«

»Also doch!« fiel sie ihm ins Wort. »Warum haben Sie es dann nicht gleich zugegeben?«

»Mein liebes Fräulein Marlis, nun hören Sie mir einmal zu, nur fünf Minuten. Ja, ich bin der Sohn vom alten Kornmesser, aber mein Vater ist durchaus kein Millionär ...«

»Nicht?« fragte Marlis ungläubig.

»Nein! Nicht! Haben Sie endlich begriffen? Mein Vater ist kein Millionär, und ich bin demnach auch nicht der Sohn eines Millionärs!«

»Jetzt bewundere ich Sie restlos!« sagte Marlis und sah ihn mit großem Augenaufschlag von der Seite an.

Er ließ das Steuer los und raufte sich mit beiden Händen die Haare.

»Nicht! Bitte ... nicht doch!« schrie sie.

Er griff wieder zum Lenkrad. »Was soll man bloß machen, wenn einem keiner die Wahrheit glaubt?« seufzte er tief.

»Sind Sie mir sehr böse, daß ich mir nur schlecht vorstellen kann, daß Sie in Ihren jungen Jahren die Millionen selber errafft haben?« fragte Marlis sanft.

Michael sagte nichts weiter; er stöhnte nur noch auf, tief und aus Herzensgrund.

Zur selben Stunde war auch Willi mit Illona, seiner temperamentvollen Ungarin, unterwegs. Sie hatten Michaels Taxi zu einer kleinen Privatfahrt draußen vor die Stadt in ein sommerliches Weinlokal benutzt. Jetzt waren sie auf der Rückfahrt, vom Wein und von der Liebe beschwingt.

»Was willst du sagen morgen deinem Michael?« fragte Illona plötzlich.

Willi unterbrach jäh den Gesang eines sentimentalen Liebesliedes und fragte zurück: »Wieso? Was meinst du damit?« Er fand Illonas sachliche Frage höchst unpassend.

»Nun, ich meine nur... wegen der Prozente! Du hast doch sollen teilen mit Michael der Prozente!«

Willi war nicht in der Stimmung, sich Sorgen oder Gewissensbisse zu machen; er hub aufs neue einen Gesang an: »Was kümmern mich denn die Prozente... was kümmern mich die Proze-ente...«

Illona stieß ihn kräftig in die Rippen. »Hör auf mit diese blöde Lied, Willikam... sonst ich dir kratzen beide Augen aus!«

Willi nahm diese Anregung sofort in seinen Gesang auf und grölte: »Dann kratz mir ruhig die Augen aus... die Augen aus!«

»Oh, Willikam, du bist einer schreckliche Mensch, wenn du hast zuviel getrunken!«

»Was habe ich?« Willi sprach plötzlich wieder wie ein normaler Mensch.

»Zuviel getrunken! Ja, das hast du!«

»Ich...? Aber, mein Goldhäschen, ich doch nicht! Du hast zuviel getrunken, niemand anders!«

»Ich...? Sag das noch einmal! Ich soll zuviel getrunken haben?«

»Aber, mein Goldhäschen, freilich hast du zuviel getrunken!«

»Jetzt will ich dir mal was flüstern in deine kleine Ohr, Willikam: Ich habe noch nie in meinem Leben zuviel getrunken, noch nie!«

»Aha! Also, damals, als du auf dem Schreibtisch von meinem Chef plötzlich Czardas getanzt hast, warst du wohl auch stocknüchtern?«

»Jawohl, das war ich! Habe ich doch nur getanzt für deine Karriere... du undankbarer Mensch!«

»Ha! Und damals... als ich dich mit zu mir hinaufgeschmuggelt hatte, du weißt doch noch... da warst du wohl auch ganz nüchtern, als du...«

»Willi! Pfui! Schäm dich! Du bist ein schlechtes Mensch... du bist keine Kavalier, zu machen einer Dame Vorwürfe wegen einer schwachen Stunde!«

»Nur eine schwache Stunde... nur eine schwache Stunde... nur eine schwache Stunde... nur eine schwache Stu-unde...« begann Willi aus voller Brust zu singen.

»Wirst du sein still, du Ungeheuer!« rief Illona empört. »Wirst du!«

Willi sang ungerührt weiter, und außer sich vor Zorn ging Illona zum tätlichen Angriff über. Sie warf sich auf Willi und trommelte ihm mit ihren Fäusten auf die Brust. Das wäre nun nicht weiter gefährlich gewesen, wenn Willi nicht zufällig am Steuer eines Autos gesessen hätte. So aber gab es plötzlich einen lauten Krach, einen Stoß und ein

Klirren. Das Taxi 2222 stand vor einem Laternenmast und ähnelte eher einer Ziehharmonika als einem Personenwagen.

Illona und Willi sahen sich starr vor Entsetzen an; es dauerte eine ganze Weile, bis sie begriffen hatten, was passiert war und daß sie selber mit heiler Haut davongekommen waren.

Illona fand als erste die Sprache wieder. »Hab' ich dir's nicht gesagt!?« rief sie.

»Was?«

»Daß du bist betrunken... betrunken wie ein Faß!«

»Illona! Willst du damit sagen, daß ich schuld bin!?«

»Jawohl bist du schuld! Wenn du nicht gewesen wärst zuviel betrunken...«

Ein Martinshorn erklang aus der Ferne und schien schnell, rasend schnell, näher und näher zu kommen.

Illona unterbrach sich mitten im Satz: »Komm!« – Sie wollte aussteigen und fliehen, aber die Tür war hoffnungslos verklemmt.

Willi versuchte es auf seiner Seite, aber es half nichts; sie waren im Taxi 2222 gefangen.

Mit zuckendem Blaulicht tauchte der Funkstreifenwagen aus der Dunkelheit auf und hielt neben ihnen. Zwei Polizeibeamte sprangen heraus.

Einer klopfte gegen die Glasscheibe der linken Vordertür. »Hallo! Was ist passiert?«

Willi kurbelte die Scheibe herunter und grinste. »Nichts, Herr Oberinspektor, alles in Ordnung!«

»Scheint mir aber nicht so!«

Illona beugte sich über Willi und zeigte dem Polizeibeamten ihr schönes Lächeln. »Es ist nur, weil der Willi ein Glas zuviel...«

Willi stieß sie mit dem Ellbogen in den Magen. »Herr Oberinspektor, glauben Sie nichts von dem, was diese Dame hier sagt...«

»Nein, glauben Sie kein Wort!« rief Illona. »Ich weiß nicht, was ich sage! Der Schreck sein mir gefahren in alle Glieder!«

»Wir sind nicht betrunken, Herr Oberinspektor! Wir haben bloß ein Gläschen Wein getrunken... ein oder zwei Gläschen den ganzen Abend!«

»Würden Sie mir, bitte, Ihre Papiere zeigen?« fragte der Polizeibeamte.

Willi tastete seine Jackentaschen ab. »Die habe ich vergessen, leider! Aber ich kann Ihnen sagen, wer ich bin...«

Der Polizeibeamte unterbrach ihn. »Und was ist mit Ihnen, Fräulein?«

Illona kramte in ihrer Handtasche. »Meistens habe ich meinen Ausweis dabei...«

»... aber heute leider nicht«, ergänzte der Polizeibeamte.

Illona sah ihn mit großem Augenaufschlag an. »Woher können Sie das wissen?«

»Ich bin so eine Art Hellseher. Also los, steigen Sie aus!«

»Wir können nicht, Herr Oberinspektor!«

»Wieso können Sie nicht?«

»Wir sind so was wie eingeklemmt!«

Der Polizeibeamte rüttelte und schüttelte an der einen Tür und an den anderen. Sein Kollege half ihm. Sie versuchten es noch einmal, aber vergebens. Ein Schweißbrenner mußte herbeigeschafft werden, um die beiden zu befreien.

»Das hätten wir«, sagte der Polizeibeamte befriedigt, »und jetzt fahren wir Sie zum Revier.«

»Zum Revier!?« protestierte Willi. »Was sollen wir denn auf dem Revier!«

»Wir sind doch keine Verbrecher!« rief Illona.

»Und außerdem habe ich heute abend noch zu tun!«

»Heute nacht?« fragte Illona süß und strich sich ihren Rock glatt. »Das muß sein sehr wichtiges Geschäft, das du nicht versäumen darfst heute nacht!«

»Wirklich, Goldhäschen, glaub mir doch! Ich habe mich verabredet...«

»Aha! Hab' ich mir gedacht, du seien verabredet... habe ich mir genauso gedacht...«

»Falsch, ganz falsch, mein Mutzikatzi. Ich habe Michael versprochen, ihn um Mitternacht vom Hotel Atlantic abzuholen!«

»Hat dieses Mädchen Liselotte jetzt einen neuen Namen? Nennt sie sich Michael?«

»Oh, Schatzi, laß mich in Frieden mit dieser Liselotte! Ich begreife gar nicht, wie du ausgerechnet auf dieses harmlose Wesen eifersüchtig sein kannst, nur weil du mich einmal...«

»Meine Herrschaften«, unterbrach der Polizeibeamte sie, »Sie werden auf dem Revier reichlich Zeit haben, sich ausgiebig über all das zu unterhalten.

Wenn ich Sie bitten darf, jetzt mitzukommen. In fünfzehn Minuten geht mein Dienst nämlich zu Ende, und Sie werden verstehen...«

»Aber... ich habe Ihnen doch gesagt, ich muß zum Hotel Atlantic!«

»Mit diesem Wagen?«

»Jawohl! Es ist das Taxi meines Freundes... und ich...«

»Mit diesem Wagen kommen Sie nicht mal bis zur nächsten Ecke, selbst wenn Sie versuchen würden, ihn zu schieben!«

»Aber, Herr Wachtmeister, ich muß doch...«

»Sehr richtig... mit mir auf das Revier kommen!«

Mit sanfter Gewalt wurden sie in den Funkstreifenwagen bugsiert.

Der Polizeibeamte machte sich Notizen, bevor er ihnen folgte: ›Elf Uhr dreißig – Unfall Königinstraße – Taxi 2222 zusammengefahren – Laternenmast beschädigt – Fahrer und Beifahrer zwecks Feststellung der Personalien zum Revier gebracht.‹

Lässig mit einer Hand hielt Michael Kornmesser das Steuer der Luxuslimousine. Der Wagen sauste durch die nächtlich stillen Straßen der Stadt. Musik klang aus dem Autoradio. Verträumt kuschelte sich Marlis in die rotledernen Polster.

Lange Zeit hatten die beiden geschwiegen, dann sagte Michael: »Fräulein Marlis...«

»Ja?«

»Ist Ihnen eigentlich klar, daß ich Sie kompromittiert habe?«

»Haben Sie?«

»Ja.«

Marlis sagte nichts, sie gab nur ein Geräusch von sich, das schwer zu deuten war.

»Aber Sie brauchen sich deswegen keine Sorgen zu machen«, erklärte Michael.

»Sehr tröstlich!«

»Ich habe mich entschlossen, die Konsequenzen zu tragen!«

»Das könnte Ihnen so passen!«

»Wieso? Haben Sie etwas gegen die Ehe?«

»Nein. Aber ich habe etwas gegen junge Männer, die man am Vormittag erst kennengelernt hat und die...«

»Liebe Marlis... wenn man Sie so ansieht, kann man sich kaum vorstellen, daß Sie so kleinlich sind!«

»Kleinlich!?«

»Ja! Glauben Sie denn wirklich, daß bei einem großen Gefühl die Zeit eine Rolle spielt?«

»Ich glaube, daß ein Mann wie Sie...«

»Ja... was?«

»Seien Sie mir nicht böse, aber ich sage es Ihnen lieber morgen!«

Michael bremste den Wagen, sah Marlis forsch in die Augen. »Warum?«

Aus dem Radio erklang ein Lied: ›Zu deinen Augen passen Veilchen, zu deinen Lippen nur mein Mund...‹

»Weil ich finde, daß wir schon viel zuviel geredet haben!«

»Du hast recht«, sagte Michael, »wie recht du hast!« Er nahm sie in die Arme und küßte sie.

Einen Augenblick lang war Marlis ärgerlich, fühlte sich überrumpelt, aber dann schloß sie die Augen, gab nach. Er war ja ein netter Junge, trotz seiner Millionen, trotz seines Leichtsinns und trotz seiner Faulenzerei. Sie würde ihn schon zu einem vernünftigen Menschen erziehen, dachte sie, und dann dachte sie eine Weile gar nichts.

Plötzlich löste sie sich mit einem Ruck aus seinen Armen. »So, ich glaube, es ist höchste Zeit. Bitte, fahr mich zurück!«

»Marlis...«

»Bitte...«

»Marlis, ich muß dir unbedingt erklären...«

»Du brauchst mir nichts zu erklären, ich habe dir schon vorhin gesagt, wir haben viel zuviel geredet. Reden hat keinen Sinn, man muß handeln...«

»Was erwartest du von mir?«

»Daß du dir eine Arbeit suchst!«

»Eine Arbeit!? Aber, Marlis, ich habe doch...« Er stockte.

»Ich weiß, du hast das als Millionärssohn nicht nötig. Aber Arbeit ist nicht nur eine Sache für arme Leute, Arbeit gibt dem Leben erst einen Sinn, verstehst du?«

Michael hätte sie am liebsten gleich wieder in die Arme genommen. Er war gerührt von ihrem Eifer, und es fiel ihm schwer, ein Lächeln zu verbergen, aber er blieb ganz ernst. »Ja, wenn man nur wüßte, was für eine Arbeit...«

»Ganz egal! Fang irgend etwas an. Du wirst schon sehen, wie gut dir das tun wird!«

»Da es dein Wunsch ist...«

»Da fällt mir ein... du hast mir doch erzählt, daß du als Junge ein Rennrad hattest?«

»Stimmt!«

»Vielleicht wäre das eine passende Arbeit für dich...«

»Was?«

»Papa zu helfen! Wir sind gerade dabei, das ›Kuno-Rad‹ auszuprobieren, das neueste Modell, verstehst du? ›Kuno sieben‹...«

»Aber mit dem größten Vergnügen!«

»Glaub nur nicht, daß das ein Spaß ist. Nein, im Gegenteil, Papa wird harte Arbeit von dir erwarten!«

»Großartig! Gerade das wünsche ich mir ja!«

»Wegen Gehalt und Arbeitszeit spreche ich mit meinem Vater!«

»Du bist ein Engel!«

»Ein Engel, der schleunigst ins Bettchen muß!«

»Darf ich dich nach Hause fahren?«

»Nein, doch lieber zum Hotel... man könnte sich sonst etwas zusammenreimen!«

Vor dem Eingang des Hotels Atlantic setzte Michael Marlis ab.

»Morgen früh um neun Uhr auf der Rennbahn!« rief sie ihm noch zu, dann war sie durch die Drehtür verschwunden.

Michael suchte den Platz, auf dem er die Luxuslimousine ›gefunden‹ hatte. Glücklicherweise konnte er wieder an genau derselben Stelle parken. Aber kaum hatte er den Wagen abgestellt, als ein zierliches Männchen auf ihn zuschoß.

»Sie! Was fällt Ihnen denn ein!? Was machen Sie sich an meinem Wagen zu schaffen?«

Michael stieg aus und verbeugte sich lächelnd. »Kein Grund zur Besorgnis«, sagte er freundlich, »ich habe mir nur erlaubt, Ihr Vehikel zu einer kleinen Spazierfahrt zu benutzen... ich hätte Sie gerne vorher noch persönlich um Erlaubnis gefragt, aber, leider...«

»Was soll das heißen? Ich kenne Sie ja gar nicht!«

»Darf ich mich vorstellen? Michael Kornmesser!«

»Unverschämtheit!« Dem Männchen fehlten die Worte. »So eine Unverschämtheit! Ich werde Sie der Polizei übergeben!«

»Aber, ich bitte Sie, regen Sie sich doch nicht auf! Das bißchen Benzin, das ich benutzt habe... ich werde es Ihnen gerne ersetzen, sobald ich wieder zu Geld gekommen bin.«

»Das ist... das ist bodenlos! Diebstahl! Ein Verbrechen!«

Michael wurde es zu dumm, er nahm das Männchen mit beiden Händen um die Hüften, hob es hoch und setzte es an den Volant.

»So«, sagte er dann, »ich hoffe, es ist Ihnen jetzt besser! Und wenn ich Ihnen einen guten Rat geben darf: Lassen Sie nie mehr den Zündschlüssel stekken, sonst müssen Sie sich nicht wundern, wenn

Ihr Auto eines Tages tatsächlich futsch ist. Seien Sie froh, daß ich mir die Karre nur ausgeborgt habe... Sie alter Nußknacker, Sie!« Er tippte höflich an seinen Zylinder und schritt von dannen.

Die Luxuslimousine war längst davongebraust, als Michael immer noch vor dem Hotel Atlantic auf und ab schritt. Er wartete auf Willi, der versprochen hatte, ihn um Mitternacht abzuholen, aber kein Willi erschien. Daß er gar nicht erscheinen konnte, ahnte Michael natürlich nicht.

Schließlich entschloß er sich, den Heimweg zu Fuß anzutreten, obwohl er ein tüchtiges Stück zu laufen hatte. Aber Verliebte spüren keine Müdigkeit. In bester Stimmung legte er den Weg zurück, freute sich auf das Wiedersehen mit Marlis und auf sein weiches Bett.

Aber er hatte nicht mit seiner Wirtin, Frau Mathilde Sauerzipf, gerechnet.

Während der Semesterferien hatte Michael sein Zimmer nicht aufgegeben, weil er wußte, wie schwer eine neue Unterkunft zu finden sein würde. Aber er hatte Frau Sauerzipf nahegelegt, es während seiner Abwesenheit vorübergehend anderweitig zu vermieten. Aber das hatte sie nicht getan, oder sie tat so, als hätte sie es nicht getan. Jetzt verlangte sie das Geld von ihm für die Zeit, da er das Zimmer gar nicht bewohnt hatte. Aber er hatte nicht damit gerechnet, noch nachträglich Miete zahlen zu müssen. Es hatte einen höllischen Krach zwischen ihm und Frau Sauerzipf gegeben, doch er hatte sie noch einmal besänftigen können. Er hatte ihr fest versprochen, ihr heute abend wenigstens schon etwas nachzahlen zu können, weil er die Prozente von seiner Taxifahrerei bekommen würde.

Mit offenen Augen lag Frau Sauerzipf auf ihrem Bett und wartete auf Michael Kornmesser. Sie hatte den Schlüssel im Türschloß steckenlassen, damit sie ihren Mieter bestimmt heimkommen hörte. Diesmal sollte ihm keine Ausrede etwas nutzen. Sie war überzeugt, daß sie ein gutes Recht auf ihr Geld hatte, und sie war nicht gewillt, sich noch einmal vertrösten zu lassen.

Michael dachte an alles andere, nur nicht an Frau Sauerzipf und die fällige Miete. Er war glücklich. Am liebsten hätte er es der ganzen Welt mitgeteilt, wie glücklich er war. Laut erhob er, als er die Haustür aufschloß, seine Stimme und sang: »Zu deinen Augen passen Veilchen, zu deinen Lippen nur mein Mund...«

Viele Türen öffneten sich, aber es waren keine freundlichen Gratulanten. Böse Worte hagelten auf den glücklichen Michael ein: ›Sie schamloser Mensch, Sie!‹ – ›Aha, der Herr Kornmesser... Miete kann er nicht bezahlen, aber im Frack die ganze Nacht durchbummeln!‹ – ›Immer diese Betrunkenen... man sollte die Polizei rufen!‹

Drei Hunde und zwei Katzen entschlüpften ihren Besitzern durch die Türspalten und stürzten im Korridor aufeinander los. Eine fürchterliche Rauferei begann, ein Bellen, Jaulen, Fauchen und Maunzen. Nur mit Mühe waren die Tiere auseinanderzubringen. Im ganzen Haus gab es jetzt niemanden mehr, der noch schlief. Michael Kornmesser hatte alle aufgeweckt.

Am muntersten war Frau Sauerzipf. Wie eine Vogelscheuche erschien sie in der Wohnungstür, Lockenwickler in ihrem Haar, ein verschossener Bademantel umhüllte ihre hagere Figur. »Haben Sie die Miete, Herr Kornmesser?« fragte sie drohend und versperrte ihm den Eintritt in die Wohnung.

Immer noch erkannte Michael nicht den Ernst der Situation; er lächelte strahlend und sagte: »Meine liebe Frau Sauerzipf, Sie dürfen mir gratulieren... ich bin der glücklichste Mann auf der Welt!«

»Verrückt sind Sie, Herr Kornmesser!« zischte Frau Sauerzipf.

»Kein bißchen verrückt... nur verliebt!«

»Das interessiert mich nicht. Ich will wissen... haben Sie die Miete oder nicht?«

»Nein. Aber Marlis hat blaue Augen!«

»So? Dann sehen Sie mal zu, ob Sie bei Ihrer Marlis schlafen können!«

»Aber ich bitte Sie, Frau Sauerzipf...«

»Von Ihnen lasse ich mich um gar nichts mehr bitten. Den feinen Mann markieren, im Frack herumpoussieren und keine Miete zahlen, das habe ich gern!«

Mit einem Knall fiel die Tür ins Schloß.

Michael war ehrlich verdutzt. Was war denn

bloß in Frau Sauerzipf gefahren? Sehr liebenswürdig war sie ja nie gewesen, aber so etwas –!

Er verstand die Welt nicht mehr. Leise pochte er an die Wohnungstür und bettelte: »Liebe, liebe gute Frau Sauerzipf, bitte, seien Sie doch nicht so grob mit mir! Bitte, lassen Sie mich doch wenigstens erklären...«

Einen Türspalt breit öffnete Frau Sauerzipf.

Michael wollte schon die Gelegenheit beim Schopf fassen und sich in die Wohnung hineindrücken, aber Frau Sauerzipf hatte vorsichtshalber die Kette vorgelegt.

Sie reichte Michael einen Plastikbeutel durch den Spalt – seine Waschsachen. »Sie waren gewarnt, Herr Kornmesser. Sie brauchen sich nicht zu beklagen. Still, kein Wort mehr! Ziehen Sie ab! Die anderen Sachen bekommen Sie, sobald Sie mir die Miete bezahlt haben... Sie, Sie Wüstling, Sie!«

Klapp, fiel die Tür wieder ins Schloß, diesmal endgültig.

Willi und Illona saßen noch immer auf der Polizeiwachstube.

Trotz ihres Protestes hatten sie ins Röhrchen pusten müssen, um den Grad ihrer Betrunkenheit festzustellen. Alle Einzelheiten ihrer seltsamen Taxifahrt mußten sie zu Protokoll geben.

Der Taxibesitzer Arthur Gütig wurde aus dem Schlaf gerissen; er erschien auf dem Revier.

Arthur Gütig war stets bemüht, seinem Namen

Ehre zu machen. Er sprach nie anders als sanft und gelassen, selbst in dieser Situation nicht, wo er doch allen Grund zum Toben gehabt hätte. Seine Stimme blieb freundlich und gnädig, aber Willi und Illona wäre ein heftiger Wutausbruch sehr viel willkommener gewesen, als diese unheimliche Sanftmut, hinter der sich ein Herz kalt wie Stein verbarg.

»Herr Kornmesser hat Ihnen das Taxi also geliehen?« fragte Arthur Gütig. »Aha, ich verstehe vollkommen. Er war anderweitig verabredet... durchaus verständlich. Nun, das alles sind keine Fragen, die mich berühren. Das Taxi ist versichert, die Versicherung wird zahlen... den Sachschaden und den Verdienstausfall. An wem sich die Versicherung ihrerseits schadlos halten wird, an Ihnen, Herr Herzinger, oder an Herrn Kornmesser, das ist für mich ganz nebensächlich. Daß Herr Kornmesser unter diesen Umständen nicht länger bei mir arbeiten kann, werden Sie wohl verstehen?!«

»Aber ich bitte sie, Herr von Gütig«, versuchte es Illona, »der arme Michael kann doch gar nichts dafür! Er ist doch vollkommen... wie sagt man... schuldfrei, Herr von Gütig!«

»Um so besser für ihn«, sagte Herr Gütig freundlich lächelnd. »Ich sehe es niemals gerne, wenn Menschen ruiniert werden!«

Arthur Gütig wandte sich an den vernehmenden Polizeibeamten. »Kann ich Ihnen sonst noch mit Auskünften dienen, Herr Oberwachtmeister? Nein? Dann gute Nacht, meine Herren... gute Nacht, meine Dame!« Arthur Gütig lüftete leicht seinen Hut und verließ in dem Gefühl, ein wahrhaftig guter Mensch zu sein, die Polizeiwachstube.

Bald darauf wurden Illona und Willi entlassen. Auch der letzte Rest ihres Schwipses war verflogen, ein schrecklicher Katzenjammer war an seine Stelle getreten. Beide fühlten sich schlecht, verkommen, treulos. Sie hatten Michael ruiniert. Sie hatten ihm seinen schönen Job kaputtgemacht, durch ihr Verschulden war er arbeitslos geworden und ohne Verdienst.

Reuig schworen sich Illona und Willi, ein ganz neues Leben anzufangen, nie mehr zu trinken, sich nie mehr zu streiten, immer nur vernünftig und verantwortungsbewußt zu handeln.

Aber auch diese guten Vorsätze brachten ihnen wenig Trost, denn was konnte selbst der beste Vorsatz noch an dieser verfahrenen Situation ändern? Nichts, aber auch gar nichts!

Michael ahnte nichts von der Katastrophe, die über ihn hereingebrochen war. Selbst Frau Sauerzipfs Hartherzigkeit hatte seine gute Laune nicht trüben können. Vergnügt vor sich hinpfeifend, schlenderte er durch die nächtlichen Straßen.

Tagsüber promenierten im Stadtpark die Pensionisten, sie fütterten mit Brotkrumen und Nüssen alles, was sich füttern ließ – Amseln, Drosseln, Sperlinge, Kohlmeisen, Finken und Eichkätzchen. Junge Mütter und Kindermädchen führten ihre Sprößlinge dort spazieren, setzten sich auf die

Bänke nahe der Sandkästen und sahen strickend und plaudernd zu, wie die lieben Kleinen Burgen bauten und sich gegenseitig mit Sand bewarfen.

Dieser städtische Garten war Michael Kornmessers Ziel. Im hellen Mondenschein standen steinerne und bronzene Denkmäler. Am Himmel leuchteten die Sterne, lau war die Sommernacht, und der Jasmin duftete.

›Man sollte öfter im Freien schlafen‹, dachte Michael Kornmesser, als er neben einer Gruppe aus Sandstein-Flöten blasenden Frauen und tanzenden Nymphen sein Lager aufschlug. Er stülpte dem steinernen Pan seinen Zylinder aufs Haupt und sagte mit einer höflichen Verbeugung: »Entschuldigen Sie bitte die Störung. Michael Kornmesser ist mein Name. Bin verliebt... sehr verliebt sogar. Angeblich Sohn eines Millionärs, das sollten Sie aber besser nicht glauben, es stimmt nämlich nicht. Ich bin in Wirklichkeit ein simpler Taxifahrer.«

Michael hatte keine Ahnung, daß auch das schon nicht mehr der Wahrheit entsprach. Er streckte sich in voller Länge auf der hölzernen Bank aus und versuchte zu schlafen. Aber eine Laterne blendete ihn. Er stand noch einmal auf und warf ein Taschentuch über das Licht, dann streckte er sich endgültig aus, deckte sich mit den Frackschößen zu.

Sein letzter Gedanke, wie konnte es anders sein, galt Marlis. ›Gute Nacht, Marlis! Morgen früh sehen wir uns wieder... morgen früh!‹

Faune spielten zum Tanz, Marlis als Nymphe drehte sich im silbernen Mondschein, pflückte weiße Rosen aus dem Wasserbecken und breitete sie über den Schläfer.

Aber als die Sonne golden im Osten stand, waren die Rosen verschwunden; die Faune und Nymphen standen steinern und unbeweglich.

Michael schlief tief und fest, er merkte nichts von den Neugierigen, die sich um ihn versammelt hatten.

Eine alte Dame, die drei schottische Terrier im Stadtpark ausführte, zog die Augenbrauen hoch: »Abscheulich! Ein Betrunkener am frühen Morgen im Stadtgarten! Die Welt wird von Tag zu Tag schlechter!«

Den alten Straßenkehrer, der, auf seinen Besen gestützt, den Schläfer beobachtete, kümmerte die Moral wenig; er schmunzelte. »Ja, ja, die Jugend...« sagte er und dachte an die Streiche längst vergangener Tage zurück.

Zwei Schulmädchen kicherten und kitzelten den schlafenden Michael mit einem Grashalm an der Nase. Er schnarchte kräftig, und die Mächen kicherten noch mehr.

Niemand hatte nach der Polizei gerufen, und doch dauerte es nicht lange, da war ein Hüter des Gesetzes zur Stelle. »Keine Demonstrationen, bitte«, sagte er mit strenger Miene zu den Umstehenden, »auseinandergehen... Herrschaften, bitte, gehen Sie auseinander!«

Die Neugierigen traten zurück, aber zum Fortgehen konnte sich niemand so recht entschließen – jetzt, wo es doch erst spannend wurde.

Der Polizist nahm den Zylinder vom Kopf des Pan, fischte das Taschentuch von der Laterne, die längst erloschen war, trat auf Michael Kornmesser zu und schüttelte ihn unsanft. »Sie da! He... Sie! Aufstehen!«

Michael blinzelte in das Tageslicht, murmelte verschlafen, aber innig: »Ich liebe dich!«

Die Neugierigen lachten.

Der Polizist sah keinen Witz in dieser Bemerkung. »Sie sind wohl betrunken? Was soll das? Es ist doch kein Fasching!«

Michael rieb sich den Schlaf aus den Augen, erkannte, mit wem er es zu tun hatte, und richtete sich auf dem Ellbogen auf. »Welch eine Überraschung!« sagte er höflich. »Der Herr Polizeipräsident persönlich... und das am frühen Morgen. Womit kann ich dienen, Herr Polizeipräsident?«

»Lassen Sie diese dummen Scherze! Stehen Sie auf und sehen Sie zu, daß Sie nach Hause kommen! Sie erregen ja öffentliches Ärgernis!«

»Aber wieso denn!?«

»Ich will diese dumme Frage überhört haben... sonst muß ich Sie einsperren. Aber schließlich war ich selber mal jung. Also, sehen Sie zu, daß Sie fortkommen! Es ist halb acht Uhr vorbei. Der Tag hat begonnen.« Er wandte sich mit finsterer Miene an die Schuljugend. »Und ihr, was steht ihr hier herum? Habt wohl noch nie einen Mann im Frack gesehen, was? Marsch in die Schule... husch, husch!«

Die Kinder kicherten, zogen sich drei weitere

Schritte zurück und blieben dann wieder wie angewurzelt stehen.

Michael Kornmesser ließ sich von den vielen neugierigen Augen, die auf ihn gerichtet waren, nicht irritieren. Er erhob sich von der Bank, streckte und reckte seine Glieder, gähnte laut. Er wusch sich im Becken Gesicht und Hände, kämmte sich in aller Ruhe das Haar.

Der Polizist hatte alle Hände voll zu tun, um die Neugierigen wenigstens in einem gehörigen Abstand zu halten. »Weitergehen!« befahl er immer wieder. »Weitergehen! Auseinander! Weitergehen!«

Michael Kornmesser hatte seine Morgentoilette beendet. Mit einer formvollendeten Verbeugung wandte er sich an die Umstehenden. »Meine Damen und Herren, es war mir ein Vergnügen, Ihnen Stoff für den Tratsch des Tages geliefert zu haben. Leben Sie wohl... Ihr sehr ergebener...«

Ein Mann im Frack am hellichten Vormittag ist eine auffallende Erscheinung, auch in einer Großstadt. So elegant Michaels Frack auch war, im Licht der Sonne wurde er zu einem lächerlichen Kleidungsstück. Michael Kornmesser, Fußgänger im Frack, wurde von allen Seiten bestaunt und belacht.

Ein Bäckerlehrling, einen Korb voll Salzbrezeln am Arm, kreischte vergnügt: »Hi, hi, hi... ein Faschingsnarr!«

Zu nächtlicher Zeit wurde Michael Kornmesser

zum Millionär gestempelt, nicht zuletzt wegen seines gutsitzenden Fracks. Bei Tageslicht hielt man ihn für einen Verrückten.

Michael hatte gute Nerven und eine tüchtige Portion Selbstbewußtsein, aber bei diesem Spießrutenlaufen quer durch die Stadt begann ihm langsam der Schweiß auszubrechen. Er hatte nur noch den einen Wunsch, den einen Gedanken – fort mit dem Frack, hinein in den Straßenanzug. Die Begegnung mit Marlis erschien ihm wie ein schöner Traum, die Wirklichkeit sah anders aus. Er mußte Marlis vergessen, mußte vernünftig sein, Geld verdienen. Sein erster Weg, wenn er wieder wie ein normaler Mensch aussah, sollte zu Arthur Gütig führen. Sein Taxi wartete dort auf ihn – so glaubte Michael Kornmesser immer noch.

Die Turmuhr zeigte zehn Minuten nach acht.

Als Michael den Pappkarton auf dem Rolladen der Kostümleihanstalt ›Fix und Fertig‹ entdeckte, traute er seinen Augen nicht. ›Wegen Todesfall drei Tage geschlossen‹ – das war doch nicht möglich! Er brauchte seinen Anzug, er war doch kein Hanswurst, der drei Tage lang im Frack herumlief!

Während Michael Kornmesser noch überlegte, ob er nicht einen Schlosser rufen und das Geschäft aufsperren lassen sollte, kam ein verdächtig aussehendes Individuum – es war Pitter – quer über die Straße auf ihn zugeschlendert.

»Ne schöne Frack han Se da, Herr... wollen Sie mich den nit verkaufen?«

Das hatte Michael gerade noch gefehlt. »Nein!«

brüllte er. »Scheren Sie sich zum Teufel!« – Er drehte sich entschlossen auf dem Absatz um und eilte in Richtung Stadt davon.

Pitter sah ihm kopfschüttelnd nach. »Manieren sind dat... Manieren!«

»Mensch, steh nich da und mach ein blödes Gesicht«, rief Karl ihm zu, der quer über die Straße auf ihn zugelaufen kam, und stieß ihm aufmunternd in die Seite. »Los! Ihm nach! Wir dürfen ihn nicht verlieren!«

»Wieso? Wir han ihn doch jar nit!« sagte Pitter verständnislos, aber dann machte er lange Beine, um mit Karl Schritt zu halten.

Michael lief in einem Tempo, das einem Mann im Frack schlecht anstand, zur Taxizentrale des Herrn Arthur Gütig. Er wollte so schnell wie möglich seinen Dienst als Taxifahrer wieder antreten, ja, er hoffte zuversichtlich, daß einer seiner Kollegen ihm eine Jacke und eine Mütze leihen würde. Willi Herzinger aufzusuchen, hatte im Augenblick keinen Sinn, es hätte nur einen unnötigen Zeitverlust bedeutet, denn – davon war Michael überzeugt – er hatte das Taxi bestimmt zur Zentrale gefahren.

Er wußte nicht, daß das ein Irrtum war, und er ahnte auch nicht, was ihm blühte, als ihm der Garagenwärter gelassen mitteilte, er möchte sich sofort zum Chef begeben.

Gut gelaunt und selbstsicher trat Michael in das Büro Arthur Gütigs – an den Frack hatte er sich schon fast gewöhnt. »Guten Morgen, Chef!«

grüßte er und tippte mit dem Zeigefinger an die Stirn; seinen Zylinder hatte er vorher abgenommen.

»Ich denke mir, Sie legen Wert darauf, Ihre Papiere zurückzubekommen, Herr Kornmesser«, sagte Arthur Gütig sanft.

»Meine Papiere? Wieso?«

»Nun, es ist doch anzunehmen, daß Sie wieder einmal Gelegenheit haben werden, sie zu gebrauchen. Wenn auch wohl kaum bei einer Bewerbung um einen Arbeitsplatz, denn, wie mir scheint, sind Sie über Nacht zu Geld gekommen!«

»Ach so! Sie meinen wegen dem da?« rief Michael und breitete die Schöße seines Fracks aus. »Ha, ha, ha... der Schein trügt... der Frack gehört gar nicht mir, ich habe ihn nur geliehen!«

»Leihen und Verleihen scheint eine Spezialität von Ihnen zu sein, Herr Kornmesser.«

»Aber wieso denn?« fragte Michael, dem nichts Gutes schwante, und machte ein dummes Gesicht.

»Ich glaube nicht, mein lieber Herr Kornmesser, daß eine Unterhaltung zwischen uns beiden noch zu irgend etwas führen kann«, bemerkte Herr Gütig. »Hier haben Sie Ihre Papiere und viel Glück auf den Weg!«

Michael übersah die ausgestreckte Hand seines Arbeitgebers, die die Papiere hielt. »Aber Herr Gütig, hier scheint ein Mißverständnis vorzuliegen. Ich bin nicht gekommen, um mir meine Papiere zu holen, ich wollte eben meinen Dienst antreten!«

»Was für einen Dienst?« fragte Arthur Gütig mit gespielter Verständnislosigkeit.

»Meinen Dienst als Taxifahrer!«

»Ich verstehe nicht recht, wie Sie sich das gedacht haben.«

Michael hatte in den letzten zwölf Stunden viel mitgemacht; er begann nervös zu werden. »Ich verstehe gar nicht, worauf Sie eigentlich hinauswollen, Herr Gütig. Sie wissen doch ganz genau, was ich meine. Ich will mein Taxi abholen.«

»Was für ein Taxi?«

»Nun, mein Taxi... das heißt natürlich Ihr Taxi... das Taxi zweitausendzweihundertzweiundzwanzig!«

»Nun, wenn Sie das vorhatten, dann sind Sie hier an der ganz falschen Adresse. Dann hätten Sie sich zur Schrottverwertungsstelle hinausbegeben müssen!«

»Was...!?«

»Wußten Sie nicht, daß Ihr Freund Willi Herzinger das Taxi gegen einen Laternenpfahl gerammt hat?«

»Du lieber Himmel! Auch das noch!« stöhnte Michael Kornmesser und sank auf einen Stuhl.

»Es tut mir leid, Ihnen diese unangenehme Neuigkeit mitteilen zu müssen«, sagte Herr Gütig mit gewohnter Sanftmut.

»Ich hätte es doch wissen müssen!« stöhnte Michael, ein geschlagener Mann. »Vom Autofahren versteht Willi eben nichts!«

Diese Bemerkung war zuviel, selbst für den

sanftmütigen Herrn Gütig. Michael wußte gar nicht recht, was eigentlich geschehen war, als er sich wenige Minuten später, seine Papiere in der Hand, auf der Straße fand. Ihm schwirrte der Kopf von all den unguten Bemerkungen, die Herr Gütig in seinem berechtigten Zorn nicht hatte unterdrücken können. Seine Prozente zu verlangen, die er eigentlich schon gestern hätte ausgezahlt bekommen sollen, war Michael gar nicht mehr in den Sinn gekommen.

Was tun? Michael steckte seine Papiere in die Hosentasche und dachte scharf nach. Er wußte, daß es nur einen Menschen gab, der bereit sein würde, ihm in dieser vertrackten Situation zu helfen – Willi Herzinger. Aber ob er es tatsächlich konnte, das war eine andere Frage. Er besaß wie Michael selber nur einen einzigen Anzug, und der würde ihm bestimmt um vieles zu klein sein.

Nein, es hatte keinen Zweck, Willi um Hilfe zu bitten – Geld würde er sicher auch keines haben. Das einzig Vernünftige, was er jetzt tun konnte, war, sich so schnell wie möglich nach einer neuen Stellung umzusehen – also, auf zum Arbeitsamt.

Nachdem Michael einmal einen Plan gefaßt hatte, fühlte er sich schon entschieden besser. Er achtete gar nicht auf das Aufsehen, das er – ein Mann im Frack am hellen Vormittag – erregte, auf die Witzworte, die ihm von allen Seiten zuflogen. Nicht, daß er noch immer im Frack herumlaufen mußte, machte ihm Sorgen, sondern daß er keinen Weg sah, seine Verabredung mit Marlis einzuhalten: Marlis würde auf der Radrennbahn auf ihn warten, und er würde nicht dort sein – zu dumm! Aber den Mut, sich als stellungsloser, bargeldloser, obdachloser Mann im geliehenen Frack mit der reichen Tochter des Fahrradfabrikanten in Verbindung zu setzen, den besaß selbst Michael Kornmesser nicht.

Mit langen Schritten lief Michael auf das Arbeitsamt zu, und er war froh, als er endlich durch das mächtige Portal den Blicken der Neugierigen entschwinden konnte. Daß er den ganzen Weg von zwei heruntergekommenen Individuen verfolgt worden war – von Pitter und Karl –, hatte er gar nicht bemerkt.

Vor dem Schalter für ›Chauffeure und verwandte Berufe‹ stellte er sich an. Er war der letzte in einer Reihe Arbeitssuchender. Ein schmächtiger Beamter saß hinter einem Schreibtisch, notierte Namen und Jahreszahlen, suchte Karteiblätter heraus, schrieb Adressen auf kleine Zettel.

Wohl keiner der Arbeitssuchenden hatte es so eilig wie Michael, wohl niemand war unter all den Männern, der wie er keinen Pfennig in der Tasche hatte. Michael war heilfroh, als er endlich an der Reihe war, aber – der Beamte ließ ihn gar nicht zu Worte kommen. Er musterte Michael nur kurz, dann wies er auf einen anderen Schalter, der an dem entgegengesetzten Ende des großen Raumes lag und sagte: »Kellner und verwandte Berufe werden am Schalter zwölf bearbeitet... der nächste, bitte!«

Michael protestierte, aber das nützte ihm nichts, schon wurde er von seinem Hintermann zur Seite gedrängt. Es blieb ihm nichts anderes übrig, als sich wieder am Ende der Reihe anzustellen.

Als er endlich vor dem Beamten stand, war er es, der den anderen gar nicht erst zu Wort kommen ließ. Noch ehe sein Vordermann abgefertigt war, ließ er eine schwungvolle Rede los, in der er lang und breit erklärte, daß sein Frack nicht seine Berufskleidung darstelle, sondern daß er ihn nur ganz zufällig, sozusagen aus einer Laune heraus, angezogen hätte.

Der Schalterbeamte warf ihm einen Blick über seinen Brillenrand hinweg zu, der Mißtrauen und tiefste Mißbilligung ausdrückte. Aber er ging auf Michaels Anzug und seine sonderbare Verteidigungsrede nicht weiter ein. »Ihre Papiere, bitte«, war das einzige, was er sagte.

Sofort fühlte Michael wieder Boden unter den Füßen – seine Papiere waren Gott sei Dank in Ordnung, und das mußte auch der Beamte einsehen. Er wandte sich nach links, wählte in seinem Karteikasten und zog schließlich eine Karte daraus hervor.

»Würden Sie auch als Diener-Chauffeur arbeiten?« fragte er.

»Ich nehme jede Arbeit an!« sagte Michael rasch.

»Wenn sie gut bezahlt wird, meinen Sie wohl«, sagte der Beamte unfreundlich.

»Nein, wenn ich sie sofort antreten kann.«

»Bißchen merkwürdig, diese Eile, nicht wahr?«

»Wissen Sie, das ist nämlich so... ich habe gestern abend ein Gelübde getan, von heute an ein neuer Mensch zu werden, und deshalb werden Sie verstehen...«

»Hoffentlich haben Sie sich nicht geschworen, in Ihrem neuen Leben ständig im Frack herumzulaufen!«

»O nein, den ziehe ich aus, sobald ich...« Michael stockte mitten im Satz. ›Sobald ich andere Kleider habe‹, hatte er eigentlich sagen wollen, aber dann schien es ihm doch besser zu schweigen.

Der Ausdruck, mit dem ihn der Beamte musterte, war mißbilligend und mißtrauisch geblieben. »Na, versuchen können Sie es immerhin«, sagte er nach einer kleinen Pause und schob Michael einen Zettel mit einer Adresse zu.

»Tausend Dank, mein Verehrtester... Handküsse an die Frau Gemahlin«, sagte Michael vergnügt, schwenkte seinen Zylinder und verließ beschwingten Schrittes das Arbeitsamt.

Erst auf der Straße sah er sich den Zettel, den er bekommen hatte, näher an. ›Villa Rosenhügel‹, stand darauf, ›Äußere Gartenstraße 75‹.

Bis zur Äußeren Gartenstraße war es ein gutes Stück. Zu Fuß hätte er mindestens eine Stunde für den Weg gebraucht, aber er hatte gar nicht vor, zu Fuß zu gehen. Entschlossen sprang er auf die nächste Straßenbahn auf, die in die gewünschte Richtung fuhr – und hatte keine Ahnung, was für einen Schock er Pitter und Karl damit versetzte. Er war völlig von dem Problem in Anspruch genommen, wie er bis zur Gartenstraße mitfahren konnte, ohne von einem Kontrolleur erwischt zu werden; denn eine Karte ziehen hätte er ja beim besten Willen nicht gekonnt.

Zuerst glaubte er, er würde Glück haben. Aber schon drei Stationen später stieg ein unauffälliger Mann zu, der sich, von einem zum anderen gehend, die Fahrtausweise zeigen ließ.

Michael Kornmesser erschrak. Abspringen konnte er nicht, denn die Türen waren fest verschlossen. Außerdem war er auch nicht gewillt, einen Beinbruch zu riskieren. Er dachte nach.

Willi Herzinger hatte für solche Situationen eine Theorie entwickelt, und die Gelegenheit schien Michael günstig, sie tatsächlich einmal auszuprobieren. Etwas anderes blieb ihm ja auch nicht übrig.

Willi Herzingers Theorie war lang und verwikkelt, und Michael hatte von ihr behalten, daß das günstigste Verhalten in einem solchen Fall darin bestehe, ein Gesicht zu machen, als ob man gar nicht vorhanden sei. Das fiel für ihn natürlich von vornherein flach; für einen Mann, der am hellichten Vormittag in Frack, Zylinder und Frackmantel in der Straßenbahn fährt, ist es völlig ausgeschlossen, die Aufmerksamkeit nicht auf sich zu lenken. Gott sei Dank sah Willi Herzingers Theorie aber noch eine zweite Möglichkeit vor, nämlich die, sich so auffällig wie nur möglich zu machen und den Kontrolleur sofort in ein längeres Gespräch zu verwickeln, um ihm auf diese Weise zu suggerieren, daß man seinen Fahrschein schon gezeigt hätte.

Auf diese Weise wollte Michael es versuchen.

»Entschuldigen Sie, bitte«, begann er, bevor der Kontrolleur ihn erreicht hatte, »fahren Sie zur Äußeren Gartenstraße?«

»Wird schon stimmen, wenn's da steht«, erwiderte der Kontrolleur grinsend – ob über Michaels dumme Frage oder seinen Anzug war nicht ganz ersichtlich –, und wies mit dem Kopf auf das Schild, auf dem die hauptsächlichsten Stationen verzeichnet waren.

»Ach, darauf habe ich gar nicht geachtet«, sagte Michael schnell, »ich bin nämlich fremd hier, müssen Sie wissen...«

»Habe ich mir gleich gedacht!«

»Wieso? Sieht man mir das an?«

»Sicher. Bei uns laufen nur die Karnevalsjecken so herum.«

»Ach, wegen dem Frack, meinen Sie? Das ist nur ein Zufall; sonst bin ich angezogen wie alle anderen Leute auch. Aber heute morgen hatten wir einen Empfang in der Botschaft – Jubiläum unserer Republik, müssen Sie wissen –, da erscheinen wir immer alle im Frack, und die Damen im großen Abendkleid... sehr feierlich, sage ich Ihnen.«

»Was für eine Republik ist denn das?« fragte der Kontrolleur.

»Tahiti!« erklärte Michael. »Ich komme geradewegs aus Tahiti!«

»Ach nee! Und ich hatte immer gedacht, da lebten lauter Wilde. So Braune, wissen Sie, mit nichts an.«

»Ach, Sie meinen die Patakupeten? Natürlich,

die gibt's bei uns auch, in rauhen Mengen sogar. Aber ich gehöre zum Stamm der Simmosoden... die sehen alle so ähnlich aus wie ich, zivilisiert. Nur schreiben tun wir natürlich auch von unten nach oben, das tun alle in Tahiti.«

Nicht nur der Kontrolleur, auch die Umstehenden hatten voll Interesse dem merkwürdigen Gespräch gelauscht, und keiner war ganz sicher, ob dieser seltsame Mann im Frack nun tatsächlich ein Ausländer war, ein Verrückter oder nur ein Spaßvogel. Immerhin war das, was er erzählte, sehr interessant, und der Kontrolleur mußte ein sichtliches Widerstreben überwinden, ehe er den Gang durch den Wagen wieder aufnahm.

Michael wischte sich den Schweiß von der Stirn; er fühlte sich völlig erschöpft. Wie kam es nur, daß es Leute gab, die Schwarzfahren als ein Vergehen betrachteten? Tatsächlich war es doch viel anstrengender, die Straßenbahn ohne zu bezahlen zu benutzen, als einfach die erforderlichen Pfennige zu opfern!

Für eine Weile war die Gefahr gebannt, aber es dauerte nicht lange, dann kam der Kontrolleur den Gang zurück. Würde er Michael jetzt auffordern, seinen Fahrschein vorzuzeigen? Er tat es nicht. Michael dankte seinem Schutzengel und Willi Herzinger, den er ja schon immer für einen klugen Burschen gehalten hatte, wenn auch Autofahren leider nicht seine starke Seite war.

Der Kontrolleur schien tatsächlich unter dem Eindruck zu stehen, daß er Michaels Fahrschein schon gesehen hatte, und so kam der blinde Passagier ohne weitere Zwischenfälle an sein Ziel.

Die Villa Rosenhügel war ein schönes, etwas altmodisches Landhaus, das ohne Zweifel noch aus der Zeit vor dem Ersten Weltkrieg stammte. Es lag abseits der Straße in einem kleinen Park, und Michael hätte es auch erkannt, wenn sein Name nicht in Stein gemeißelt unter dem Giebel zu erkennen gewesen wäre – es war von blühenden Kletterrosen fast überwuchert.

Michael drückte auf den Klingelknopf neben der Gartentür. Es gab ein summendes Geräusch, die Pforte ließ sich öffnen, und er schritt über einen schmalen Kiesweg auf das Haus zu. Einen Augenblick überlegte er, ob er die breite Treppe zum Portal hinaufgehen sollte, dann entschied er sich aber doch, links am Lieferanteneingang zu klingeln. Sicherlich wurde es nicht gern gesehen, wenn das Personal – und dazu würde er ja, wenn alles gutging, nun bald gehören – den Haupteingang benutzte.

Er klingelte noch einmal, und die Tür wurde sehr rasch geöffnet. Eine robuste, rotbackige Frau mit hellblond gefärbtem Haar erschien auf der Schwelle und starrte Michael verblüfft an.

Der legte sich sofort ins Zeug. »Verzeihen Sie vielmals, gnädige Frau, daß ich hier im Frack erscheine. Bitte, lassen Sie sich dadurch nicht irritieren, das ist ein bloßer Zufall. Das Arbeitsamt hat mir Ihre Adresse gegeben, es handelt sich um die Stelle als Diener-Chauffeur!«

»Sie wollen...?«

»Jawohl, gnädige Frau. Wenn Sie einen Blick in meine Papiere werfen möchten...«

»Ich bin nicht die gnädige Frau. Ich bin nur die Wirtschafterin... Vera Completta...«

»Wahrhaftig?« sagte Michael und tat erstaunt. »Daß man sich so täuschen kann! Ich hielt Sie wirklich für die Dame des Hauses.«

»Wenn Sie vielleicht eintreten möchten«, forderte ihn die Wirtschafterin auf und lächelte geschmeichelt.

»Mit Vergnügen.« Michael schwenkte seinen Zylinder und folgte Vera Completta in die geräumige Küche im Souterain.

Er durfte sich setzen, bekam sogar eine Tasse Bohnenkaffee und, als er gestand, daß er noch nicht gefrühstückt hatte, ein kräftiges Wurstbrot vorgesetzt. Er merkte rasch, wenn Vera Completta in diesem Haus etwas zu sagen hatte, dann würde er engagiert werden. Sie waren schon mitten im vertrautesten Tratsch, als sie beide gleichzeitig hörten, wie schwere Schritte die Treppe hinunterkamen.

Michael sprang erschrocken auf.

Vera Completta beruhigt ihn: »Das ist nur der Alte! Der tut keiner Fliege etwas zuleide.«

Trotzdem starrte Michael den ›Alten‹ an wie ein Gespenst – es war Kuno Helbrichsen.

Der Fahrradfabrikant staunte. »Sie hier, in meiner Küche?« Er schüttelte den Kopf und hob fragend die Augenbrauen. »Ich denke, wir waren heute früh um neun auf der Rennbahn verabredet. Marlis hat mir erzählt, Sie wären daran interessiert, für mich zu arbeiten.«

»Ach, Sie kennen sich schon?« warf Vera Completta ein. »Herr Kornmesser kam vor einer Viertelstunde, wegen der Stelle als Diener-Chauffeur...«

»Diener-Chauffeur?« Kuno Helbrichsen war deutlich anzusehen, daß das eben Gehörte sein Fassungsvermögen überstieg. »Sie, ein Millionärssohn, wollen für mich als Diener-Chauffeur arbeiten? Ich kann ja verstehen, daß Sie sich eine Beschäftigung suchen wollen, aber finden Sie nicht, daß es Tätigkeiten gibt, die Ihren Fähigkeiten eher entsprechen? Ich halte große Stücke auf Sie, junger Mann, das wissen Sie doch.«

Michael Kornmesser seufzte vernehmlich. »Herr Helbrichsen, hier liegt ein großer Irrtum Ihrerseits vor. Mein Vater ist kein Millionär, ist es nie gewesen. Er ist Beamter bei der Bundesbahn und hat es mit Ach und Krach zu einem eigenen Häuschen gebracht. Mühsam spart er sich die Pfennige vom Mund ab, um mich studieren zu lassen. Ich entlaste ihn, so gut es geht, indem ich in den Semesterferien jobbe. Ich glaube, es ist an der Zeit, Ihnen alles zu erklären...«

»Ja, das glaube ich auch«, erwiderte der Fahrradfabrikant, dessen Gesicht unverhohlene Neugierde widerspiegelte, »aber setzen Sie sich doch! Frau Completta, wo steht Ihre Flasche?«

»Meine Flasche?« Zarte Röte überzog das Gesicht der Wirtschafterin. »Aber Herr Helbrichsen, Sie wissen doch ganz genau, daß ich...«

»...hin und wieder ganz gerne einen zur Brust nehme«, ergänzte der Hausherr gelassen. »Na, kommen Sie schon, wo steht sie?«

»In der Speisekammer, drittes Fach von oben, ganz hinten.«

Helbrichsen suchte kurz und fand an der angegebenen Stelle tatsächlich eine halbvolle Flasche Cognac. Einem Hängeschrank entnahm er drei Gläser, dann setzte er sich zu Michael Kornmesser und der Wirtschafterin an den Küchentisch und schenkte jedem nicht zu knapp ein. »So«, entschied er, »jetzt nehmen wir erst mal einen ordentlichen Schluck, und dann können Sie mir alles erzählen. Und keine Angst vor unserer guten Vera. Sie ist zwar manchmal recht kratzbürstig, aber wenn's drauf ankommt, kann sie schweigen wie ein Grab. Nur vor einem möchte ich Sie warnen, junger Freund: Wenn Sie mir nicht wirklich die ganze Wahrheit beichten, kann ich verdammt ungemütlich werden.«

Michael brauchte eine knappe Stunde, um dem Fabrikanten alle Zusammenhänge zu erläutern. Mehr als einmal wurde er von dessen dröhnendem Lachen unterbrochen, so zum Beispiel, als er von der Episode im Stadtpark berichtete. Mit jedem Lachen Helbrichsens gewann Michael ein Stück seines Selbstvertrauens wieder.

Ganz behutsam ließ er auch in seinen Bericht einfließen, daß er Marlis mehr als Sympathie entgegenbrachte, und als er schließlich endete, befand sich in der Cognacflasche nur noch ein kümmerlicher Rest.

»Student sind Sie also«, stellte Helbrichsen fest, »was studieren Sie denn so?«

»Maschinenbau«, erwiderte Michael.

»Maschinenbau. Und wann sind Sie damit fertig?«

»Im nächsten Herbst mache ich mein Examen... wenn alles glatt geht.«

»Na, wie ich Sie einschätze, wird es schon klappen.« Der Fabrikant hieb Michael freundschaftlich auf die Schulter und grinste breit. »Sie sind mir schon ein Teufelskerl. Übrigens, wissen Sie, daß Sie meiner Tochter ganz schön den Kopf verdreht haben?«

Michael runzelte die Stirn. »Tatsächlich? Ich hatte eigentlich einen ganz anderen Eindruck.«

»Das täuscht!« behauptete Helbrichsen. »Marlis gibt sich manchmal ein bißchen spröde, und außerdem hat sie Sie für einen blasierten Snob gehalten, der den lieben langen Tag über nichts anderes zu tun hat, als Vaters Geld unter die Leute zu bringen. Apropos, Vaters Geld, glauben Sie eigentlich, daß mein Herr Schwiegersohn Gudrun nur wegen meines Geldes geheiratet hat? Sie kennen ihn doch schon eine halbe Ewigkeit.«

»Nein, das glaube ich wirklich nicht, er ist manchmal etwas komisch und glaubt, mehr darstellen zu müssen, als er eigentlich ist – aber Ihre Tochter liebt er wirklich.«

»Na schön, dann will ich ihm seinen Schwindel noch einmal verzeihen. Tja, was fangen wir jetzt mit Ihnen an?« Helbrichsen kratzte sich nachdenklich hinter dem Ohr. »Erst einmal müssen wir zusehen, daß wir einen passenden Anzug für Sie finden. In diesem Aufzug können Sie nicht länger herumlaufen. Moment mal, Vera, unser voriger Chauffeur hat doch seine Sachen noch nicht abgeholt?«

Die Wirtschafterin, die offensichtlich Mühe hatte, ihre leicht glasigen Augen offen zu halten, schüttelte den Kopf. »Die sind noch alle auf seinem Zimmer. Er wollte sie im Laufe dieser Woche abholen.«

»Na, ist doch prima. Kommen Sie, mein Junge, wir gehen jetzt in den ersten Stock hinauf und schauen nach, ob wir unter seinen Sachen einen passenden Anzug für Sie finden. Er hat ungefähr Ihre Figur.« Sie erhoben sich beide von ihren Stühlen. »Aber wir müssen leise sein. Marlis und meine Frau sind im Salon im Erdgeschoß, und es ist besser, wenn sie Sie erst zu Gesicht bekommen, wenn Sie sich umgezogen haben. Außerdem werde ich ihnen vorher alles erzählen.«

Michael Kornmesser zögerte noch. »Und... Sie sind mir wirklich nicht böse, Herr Helbrichsen?«

»Böse? Warum denn? Schließlich sind Sie ja mehr oder weniger schuldlos in die ganze Sache gezogen worden. Aber nun kommen Sie endlich!«

Sie gelangten wirklich ungesehen in den ersten Stock und fanden im Zimmer von Helbrichsens Ex-

Chauffeur rasch einen gestreiften Straßenanzug, der zu passen schien. Michael zog erst den Frackmantel, dann die Jacke aus und – stockte plötzlich.

»Merkwürdig«, murmelte er und betastete das Futter der Jacke. »Da scheint etwas drinzustekken... Papier oder so.«

»Zeigen Sie mal her«, sagte der Fahrradfabrikant; er nahm Michael die Jacke aus der Hand, betastete kurz das Futter, unter dem sich etwas verbarg, und riß es dann kurzerhand auf.

»Herr Helbrichsen!« rief Michael noch erschrokken aus, doch da war es schon zu spät.

Ein brauner Umschlag ohne Aufschrift kam zum Vorschein. An der Stelle, wo er verklebt war, zierte ihn ein rotes Siegel.

Für einen Augenblick hatte es den Anschein, als wolle der Fabrikant den Umschlag öffnen, doch dann überlegte er es sich anders. »Nein, lieber nicht«, sagte er, »wissen Sie, ich habe da gestern so eine Notiz in der Zeitung gelesen. Wir werden nachher mal unten nachsehen – falls meine Frau sie nicht schon weggeworfen hat.«

Michael war inzwischen mit dem Umziehen fertig.

Helbrichsen betrachtete ihn wohlgefällig und nickte mit dem Kopf. »Na, bitte, so können Sie sich doch schon wieder unter Menschen wagen. Nur die Bartstoppeln stören ein bißchen, aber zum Rasieren ist später noch Zeit. Na, was ist, wollen wir uns jetzt in die Höhle des Löwen begeben?«

Michael holte tief Luft und sagte: »Wenn's denn sein muß...«

Marlis Helbrichsen blickte, als die Tür geöffnet wurde, teilnahmslos von ihrem Buch auf, in dem sie gerade las – und riß dann die Augen weit auf.

»Du?« sagte sie, als sie Michael Kornmesser erkannte. »Erst versetzt du meinen Vater und mich, und dann wagst du es, hier so einfach...«

»Langsam, langsam«, unterbrach sie ihr Vater, der sich inzwischen ebenfalls in den Salon gedrängt hatte, »brich nicht voreilig den Stab über diesen jungen Mann. Er befand sich in keiner beneidenswerten Lage.«

Marlis hatte sich aus ihrem Sessel erhoben. »Seine Lage interessiert mich herzlich wenig!« fauchte sie. »Ich finde, er hat sich einfach schäbig benommen!«

Thekla Helbrichsen, die sich bislang zurückgehalten hatte, fand es nun an der Zeit, ihrer Tochter hilfreich beizuspringen. »Ich finde, sie hat ganz recht«, warf sie ein, ohne eigentlich zu wissen, um was es ging.

»Vielleicht sieht er in ihr nur ein schnelles Abenteuer?« ließ sich da eine Stimme aus dem Hintergrund vernehmen.

»Herr Bruchsal«, sagte Kuno Helbrichsen und verzog sein Gesicht zu einer Grimasse, »natürlich, Sie durften hier ja nicht fehlen. Aber nun reicht es! Verlassen Sie dieses Haus. Vor morgen möchte ich Sie hier nicht mehr sehen!«

»Wie?« Georg Bruchsal sprang gekränkt von seinem Sessel auf. »Frau Helbrichsen, Ihr Gatte...«

»Ja, er kann sich mal wieder nicht benehmen!«

schimpfte Thekla Helbrichsen hocherhobenen Hauptes. »Kuno, wann wirst du endlich lernen, dich wie ein...«

»Ruhe!« rief der Fabrikant mit zornesrotem Gesicht. »Jetzt rede ich! Herr Bruchsal, verabschieden Sie sich – aber ein bißchen plötzlich, wenn ich bitten darf!«

Georg Bruchsal sah ein, daß er im Augenblick keinen weiteren Beistand von seiten Thekla Helbrichsens erwarten durfte, und so hielt er es für taktisch klüger, der wenig freundlichen Aufforderung rasch nachzukommen.

»So«, sagte Kuno Helbrichsen schon wieder merklich ruhiger, »diesen Schmarotzer wären wir los. Und nun möchte ich euch endlich erzählen, was es mit diesem jungen Mann hier auf sich hat.« Als kein weiterer Widerspruch kam, begann er seine Erzählung.

Er vollbrachte das Kunststück, Michael Kornmessers ausführlichen Bericht auf knapp zehn Minuten zu kürzen, ohne dabei Wesentliches auszulassen. Als er geendet hatte, waren seine Frau und seine Tochter erst einmal sprachlos.

Marlis fand als erste ihre Stimme wieder. »Aber... dann habe ich dir ja direkt unrecht getan, Michael!« sagte sie und fuhr dann vorwurfsvoll fort: »Du hättest mir aber auch wirklich eher sagen können, wie es um dich steht!«

»Das habe ich doch die ganze Zeit versucht!« rechtfertigte sich Michael. »Mir lag nämlich sehr viel daran, dich die ganze Wahrheit wissen zu lassen, weil... nun, weil du mir eben nicht gleichgültig bist. Leider schenktest du meinen Worten keinen Glauben.«

Marlis senkte errötend den Kopf. »Darüber sollten wir bei anderer Gelegenheit sprechen.«

»Genau!« stimmte ihr Vater zu. »Jetzt wollen wir uns erst einmal um diese mysteriöse Angelegenheit mit dem Umschlag kümmern. Thekla, wo liegt die Zeitung von gestern?«

»Im Zeitungsständer«, antwortete seine Gattin und, um ihn bei Laune zu halten, fügte sie noch hinzu: »Warte, ich hole sie dir.«

Kuno Helbrichsen blätterte das Abendblatt vom Vortag aufmerksam durch und hatte rasch gefunden, was er suchte. »Da steht es ja«, sagte er, »und auch eine Telefonnummer, an die man sich wenden soll, ist angegeben. Na, dann wollen wir dort mal anrufen.« Er ging zum nahe stehenden Telefon und wählte die in der Zeitung angegebene Nummer.

»Spanische Gesandtschaft, guten Tag«, meldete sich gleich darauf eine weibliche Stimme, »wen möchten Sie sprechen?«

»Herrn Justino di Gama«, erklärte Helbrichsen.

»Einen Augenblick, ich verbinde.«

Es dauerte nur ein paar Sekunden, dann war ein Mann am Apparat. »Ja, di Gama?«

»Helbrichsen hier. Ich habe gestern in der Zeitung diese Notiz gelesen. Sie wissen schon, wegen des Fracks. Ich glaube, das gute Stück ist hier bei mir.«

»Was?« Der Mann am anderen Ende der Leitung schien überaus aufgeregt zu sein. »Und haben Sie... ich meine, ist Ihnen etwas... nun, aufgefallen?«

»Wenn Sie den Umschlag meinen, der im Futter eingenäht war – also, den haben wir gefunden. Aber ich kann Sie beruhigen, er ist noch versiegelt.«

»Dem Himmel sei Dank!« atmete der spanische Gesandte am anderen Ende der Leitung erleichtert auf. »Wann kann ich ihn bei Ihnen abholen? Es ist wirklich dringend.«

»Von mir aus können Sie sofort kommen.« Helbrichsen gab ihm die Adresse durch.

»Ich mache mich gleich auf den Weg«, antwortete di Gama, »und Sie erhalten natürlich auch, wie versprochen, den Scheck über zehntausend Mark.«

Helbrichsen lachte. »Oh, nicht mir gebührt die Belohnung, sondern einem Freund von mir.« Er sagte wirklich ›Freund‹. »Aber das erkläre ich Ihnen, wenn Sie hier sind...«

Der Gesandte, ein südländischer Typ Mitte der Vierzig, mit einem schmalen Bärtchen auf der Oberlippe, traf schon zwanzig Minuten später ein. Nachdem er sich ausgewiesen hatte, riß er Kuno Helbrichsen den Umschlag förmlich aus den Händen.

»Sie wissen gar nicht, wie wichtig diese Unterlagen für unser Land sind«, sagte er in fast akzentfreiem Deutsch. »Keine Militärsache, sondern Wirtschaftsangelegenheiten. Sie verstehen, daß ich mich darüber nicht näher auslassen darf. Übermorgen fahre ich in meine Heimat, ich wollte den Umschlag auf diese Weise transportieren. Ja, und dann verschwand der Frack...«

»Hoffentlich verdächtigen Sie nicht uns des Diebstahls!« sagte Helbrichsen gut gelaunt. »Aber ich kann Ihnen erklären, wie wir zu dem Frack gekommen sind...«

Justino di Gama winkte ab. »Nicht nötig. Ihr Name hat einen guten Klang in dieser Stadt, und außerdem ist es nur wichtig, daß die Papiere wieder da sind. Auf wessen Namen darf ich den Scheck ausstellen?«

»Michael Kornmesser«, antwortete der Fabrikant und wies auf den Studenten, der sich im Hintergrund gehalten hatte.

»So, und jetzt wollen wir eine gute Flasche Wein öffnen«, sagte Kuno Helbrichsen, als der Gesandte wieder gegangen war, und klingelte nach Vera Completta.

Wenig später saßen er, seine Frau, Marlis und Michael Kornmesser gemütlich im Salon beisammen.

»Tja, junger Mann, damit dürften Ihre Geldsorgen erst einmal behoben sein«, eröffnete der Fabrikant das Gespräch, »und wie stellen Sie sich nun Ihre Zukunft vor?«

»Meine Zukunft? Nun, mit den zehntausend Mark kann ich mich ganz auf mein Studium konzentrieren, und wenn ich im nächsten Herbst das Examen in der Tasche habe, werde ich mich nach einer Stellung umsehen.«

»Ich mache Ihnen einen Vorschlag«, sagte Helbrichsen, »schon während des Studiums arbeiten Sie an zwei, drei Tagen in der Woche nachmittags in meiner Fabrik, um alles genau kennenzulernen. Na, und wenn Sie dann fertig sind, kommen Sie ganz zu mir. Für aufgeweckte Leute wie Sie habe ich immer Verwendung. Und über die Bezahlung werden wir uns schon einig werden. Außerdem«, er wandte sich zu seiner Tochter um, »habe ich den Eindruck, daß Marlis diese Regelung nicht ungelegen käme.«

»Aber, Papa!« protestierte Marlis. »Du kannst doch nicht...«

»Und ob ich kann! Zier dich bloß nicht so, ich weiß genau, wie es um dich steht. Also, Herr Kornmesser, was sagen Sie zu meinem Vorschlag?«

Michael lächelte verlegen. »Ja, das hört sich alles großartig an. Unter einer Bedingung sage ich zu...«

»Und die wäre?«

»Daß auch Marlis damit einverstanden ist... und daß sie mir meinen Schwindel endgültig verzeiht.«

Kuno Helbrichsen sah seine Tochter streng an. »Marlis!«

Sie lächelte. »Natürlich habe ich nichts dagegen. Und die Sache mit deinem Schwindel ist längst verziehen. Ich war ja selber nicht ganz schuldlos daran!«

»Und Thekla?«

»Was soll ich schon dazu sagen!« erwiderte seine Frau spitz. »Meine Meinung gilt ja in diesem Haus neuerdings nicht mehr viel.«

Aber schon zwei Stunden später gab sie recht deutlich zu verstehen, daß sie Michael Kornmesser doch in ihr mütterliches Herz geschlossen hatte.

Damit wären wir fast am Ende dieser Geschichte angelangt. Nachzutragen bleibt noch, daß es den Schwestern Swoboda gelungen war, ihrer verstorbenen Tante Donata ein angemessenes Begräbnis zu verschaffen, was freilich nicht ganz billig war. Doch angesichts der Erbschaft, die sie nun antreten konnten, fielen diese Ausgaben kaum ins Gewicht. sie zahlten jedem ihrer Anstellten noch drei volle Monatsgehälter aus und beschlossen, den Kostümverleih zu schließen und sich zur Ruhe zu setzen.

Als Michael Kornmesser ein paar Tage nach dem denkwürdigen Geständnis im Haus der Helbrichsens den geliehenen Frack zurückbringen wollte, fand er im Schaufenster der Firma ›Fix und Fertig‹ ein neues Schild vor: ›Totalausverkauf wegen Aufgabe des Geschäfts‹. Michael nahm die Gelegenheit beim Schopf, den teuren Frack, der ihm ans Herz gewachsen war, für wenig Geld zu erstehen. Er beschloß, ihn als Andenken an die Aufregungen der vergangenen Tage bis ins hohe Alter hinein zu behalten. Seinen Straßenanzug bekam er auch wieder, obwohl ihm der gar nicht mehr wichtig war, denn er hatte sich inzwischen neu ausstaffiert.

Karl und Pitter hatten kein Glück. Wenige Tage nach dem Einbruch bei di Gama – außer dem Frack war ihnen nichts in die Hände gefallen, und der war ihnen, wie sie einsehen mußten, unrettbar verloren – hatten sie ihr Kapital von DM 75,- aufgebraucht. Sie beschlossen, jetzt einmal endlich das ganz große Ding zu drehen. Zwischen Mitternacht und Morgen warfen sie das Schaufenster eines Juweliergeschäftes ein, was gar nicht einfach war, weil die Scheibe aus Sicherheitsglas bestand. Zu allem Überfluß lösten sie dabei die Alarmanlage aus, wurden geschnappt und – sie fanden einen milden Richter – zu je einem Jahr Gefängnis verurteilt, ohne Bewährung, versteht sich, denn sie waren nicht das erste Mal mit dem Gesetz in Konflikt gekommen.

Traurig waren sie über das Urteil nicht; so würden sie wenigstens sorglos über den nächsten Winter kommen.

Sechs Monate später fand die Hochzeit zwischen Marlis und Michael statt. Der Fahrradfabrikant zeigte sich ungewöhnlich großzügig und gestattete sogar, daß Georg Bruchsal – dessen vorübergehender finanzieller Engpaß noch immer nicht beseitigt war – an den Feierlichkeiten teilnahm. Der allerdings war in Gedanken ganz woanders. Ein paar Tage zuvor war es ihm gelungen, großen Eindruck bei der Gattin eines Finanzmaklers zu schinden. Da diese Dame zwei Töchter im heiratsfähigen Alter hatte, fühlte er sich zu den schönen Hoffnungen berechtigt.

Michael hatte durchgesetzt, daß auch Willi Herzinger und Illona eingeladen wurden, obwohl das der sehr bürgerlichen Frau Helbrichsen nicht recht passen wollte.

»Was heißt das ›befreundet‹? Zwischen einem jungen Mann und einem Mädchen gibt es keine Freundschaft. Entweder lieben sie sich, dann sollten sie sich auch verloben, oder…«

»Aber, Mutter«, hatte Marlis gesagt, »es gibt tausend Gründe für zwei Menschen, die sich lieben, doch nicht zu heiraten.«

»Zu meiner Zeit gab es die nicht.«

»Bestimmt doch, Mutter, du hast es nur nicht gemerkt. Nun mach nicht so ein Gesicht. Sieh Michael und mich an. Wir sind doch brav, und Gudrun und Peter sind es auch. Da kannst du bei unseren Freunden doch wenigstens mal ein Auge zudrücken.«

Aber es erwies sich, daß der gute Zuspruch keine Früchte tragen sollte. Willi erschien allein; er hatte sich von Illona getrennt.

»Illona ist ein bezauberndes Geschöpf«, sagte er zu Michael, »aber die Sache mit dem Taxi hat mir den Rest gegeben. Ein Philosoph wie ich sollte lieber allein bleiben.«

»Und Illona?«

»Keine Ahnung. Wie ich sie kenne, wird sie sich schnell getröstet haben.«

Ein Junggeselle kann auf einer Hochzeit nie zuviel sein, und so wurde feucht-fröhlich gefeiert.

»Ich beneide dich um deine Marlis«, sagte Willi beim Abschiednehmen, »die hätte ich auch genommen, auch wenn sie nicht so viel Geld am Bein hätte.«

»Ich auch!« sagte Michael lachend.

MARIE LOUISE FISCHER

Zweimal Himmel und zurück

Es war kurz vor Mitternacht, als Inge Kramer den Untermain-Kai entlangrannte. Ein kalter Regen schlug ihr ins Gesicht und pladderte auf ihren knallroten Lackmantel. Aber Inge merkte das gar nicht, sie war viel zu aufgeregt.

Vor dem Hotel Frankfurt Intercontinental stand ein breitschultriger Portier in einem mit goldenen Schulterstücken geschmückten Mantel und balancierte einen überdimensionalen Regenschirm. Inge drückte sich an ihm vorbei und strich durch die Drehtür in die Hotelhalle.

Sie schüttelte sich wie ein junger Hund, der aus dem Wasser kommt. Die Regentropfen sprühten von ihren kniehohen Stiefeln, dem kurzen Mantel und ihren Haaren auf den schweren Teppich. Sie fuhr sich mit beiden Händen in das blonde, schulterlange Haar, um es aufzulockern. Dann marschierte sie geradewegs auf einen der Lifte zu, vor dem eine Reisegesellschaft aneinandergedrängt stand und aufpaßte, ob die Gepäckdiener die Koffer und Taschen richtig sortierten.

Als der Lift unten hielt und die Türen sich lautlos öffneten, hörte Inge hinter ihrem Rücken eine Stimme rufen: »Augenblick mal, Fräulein!«

Sie wußte sofort, daß sie gemeint war, aber sie tat so, als wenn sie den Zuruf gar nicht gehört hätte.

»He, Sie da!« rief die Stimme energischer.

Mit eiserner Energie gelang es Inge, sich nicht umzudrehen. Sie wollte in die Kabine schlüpfen, aber der Liftboy versperrte ihr den Weg.

»Der Empfangschef möchte Sie sprechen«, sagte er mit einem breiten Grinsen und schloß die Tür vor Inges Nase.

›Verflixt‹, dachte Inge, ›so etwas Dummes. Hätte ich doch bloß nicht das rote Zeug angezogen. Damit sehe ich ja auffälliger aus als ein Feuerwehrmann.‹

Sie drehte sich langsam um und schritt gemessen, das Kinn hoch erhoben, die kleine Nase in die Luft gereckt, auf den Empfangstisch zu.

Der Mann im schwarzen Cut verbeugte sich leicht, die dunklen Augen fest auf sie gerichtet. »Sie wünschen, gnädiges Fräulein?«

Das klang schon besser.

»Ich bin Inge Kramer«, sagte sie mit Nachdruck, »Frau von Sauten erwartet mich.«

Der Empfangschef beugte sich gelassen über ein großes Buch und fuhr mit dem stumpfen Ende eines Kugelschreibers über die Seiten.

»Es tut mir sehr leid, gnädiges Fräulein«, sagte er und richtete sich wieder auf, »Frau von Sauten hat sich schon zur Ruhe begeben.«

»Aber ... für mich ist sie immer zu sprechen«, behauptete Inge unverfroren, »läuten Sie doch bitte hinauf und sagen Sie ihr ...«

»Frau von Sauten hat ausdrücklich angeordnet, nicht mehr gestört zu werden.«

Eine Sekunde lang maßen sie sich stumm, dann begriff Inge, daß sie gegen diesen Fels von einem Mann nichts ausrichten konnte. Sie schlug die Augen nieder.

»Dann ... entschuldigen Sie bitte«, murmelte sie und wandte sich ab.

Den Blick des Empfangschefs im Rücken, durchquerte sie die große Hotelhalle. Sie wußte, sie hatte eine Schlappe erlitten, aber das war für sie noch lange kein Grund, sich geschlagen zu geben.

Als Inge das blinkende schwarze Schild mit der Aufschrift ›Zu den Toiletten‹ entdeckte, war ihr Plan gefaßt. Sie machte eine unauffällige Viertelwendung und stolzierte in die Richtung, die ihr das Schild wies. Dabei spürte sie ein unangenehmes Prickeln zwischen den Schulterblättern, als wenn der Mann sie noch immer fixierte.

›Na, aufs Klo zu gehen, kann er mir schließlich nicht verbieten‹, dachte sie. Und, siehe da, er tat es nicht. Ungehindert gelangte sie in die Waschräume, die zum Glück in dieser nächtlichen Stunde ganz verlassen waren.

Eins, zwei, drei knöpfte sie ihren roten Lackmantel auf, zog ihn aus und hängte ihn an einen Haken hinter der Tür. Jetzt, in ihrem rosafarbenen Minirock und einem blau-rosa gestreiften Pulli sah sie zwar nicht unauffälliger aus, aber immerhin entschieden verändert. Nur die Stiefel, die knallrot waren wie ihr Mantel, verrieten sie. Kurz entschlossen zog sie sie aus und eilte auf Strümpfen durch den halbdunklen Gang.

Ihre Hoffnung, eine Hintertreppe zu finden, erfüllte sich nicht. So blieb ihr nichts anderes übrig, als in die Halle zurückzukehren. Aber sie hielt sich hinter einer Säule versteckt und wartete, bis der Empfangschef von einem Ehepaar in Beschlag genommen worden war.

Dann setzte sie zum Spurt an, durchquerte leichtfüßig, aber nicht zu rasch die Halle und schritt geradewegs auf die Haupttreppe zu. Sie hatte die ersten Stufen schon erklommen, als eine ihr nur zu gut bekannte Stimme in ihrem Rücken ›Halt!‹ donnerte.

Aber Inge dachte nicht daran, dieser barschen Aufforderung zu folgen. Im Gegenteil, sie begann zu rennen. Sie flog die Treppe hinauf, um die Ecke, Absatz, Stufen, um die Ecke, Absatz, Stufen. Dann hatte sie den dritten Stock erreicht und hetzte über den langen Gang.

Sie sah, daß der Lift hielt, aber sie rannte weiter, hörte Schritte hinter sich und hätte gerne das Tempo verdoppelt.

›Leichtathletik hätte man treiben sollen!‹ fuhr es ihr durch den Kopf. Dann hatte sie die Tür von Zimmer 347 erreicht, hämmerte mit beiden Fäusten dagegen. »Frau von Sauten!« rief sie atemlos. »Frau von Sauten!«

Fast im gleichen Augenblick fühlte sie sich von einer

kräftigen Hand im Nacken gepackt und geschüttelt. »Was fällt Ihnen denn ein?« zischte der Liftboy. »Sie schreien ja das ganze Hotel zusammen!«

»Lassen Sie mich los, Sie!« fauchte Inge. »Sie sind selber schuld, wenn ich schreien muß! Ich will ja bloß zu Frau von Sauten ...« Sie holte Atem, aber sie kam nicht mehr dazu, noch einmal zu rufen.

Der Liftboy, der sie immer noch mit der einen Hand gepackt hielt, preßte ihr die andere auf den Mund. »Das könnte Ihnen so passen.«

Er wollte Inge fortziehen. Sie wehrte sich aus Leibeskräften, schlug mit ihren Fersen gegen die Tür. Aber er war stärker und fesselte ihre beiden Arme mit festem Griff auf dem Rücken.

Da wurde das Zimmer von innen geöffnet, und Frau von Sauten erschien auf der Schwelle. Sie war barfuß, hatte sich nur einen Morgenrock über das Nachthemd geworfen, ihre Augen waren vom Schlaf verquollen, das Haar stand ihr zu Berge. Sie hielt einen Revolver in der Hand. »Unglaublich!« rief sie. »Was ist denn hier los?«

»Entschuldigen Sie bitte die Störung, gnädige Frau«, sagte der Liftboy, »ich wollte gerade ...« In seiner Verwirrung drückte er die Hand nicht ganz so fest auf Inges Mund.

Sie merkte es sofort und biß ihn kräftig in den Ballen.

»Au!« schrie er und ließ sie für Sekunden los.

Erst jetzt, als er ihr Gesicht freigab, erkannte Frau von Sauten sie. »Inge«, sagte sie ganz verblüfft, »Sie sind es? Ja, warum machen Sie denn so einen Krach mitten in der Nacht vor meiner Tür?«

»Ich muß Sie sprechen!« stieß Inge hastig hervor. »Jetzt! Sofort! Bitte, schicken Sie mich nicht weg ... es ist wichtig! Bei mir hat sich alles verändert, ich kann Sie auf Ihrer Weltreise begleiten! Sie haben doch noch niemanden engagiert? Bitte, bitte, nehmen Sie mich mit!«

Der Liftboy sah sie kopfschüttelnd an. »Das Fräulein

scheint verrückt zu sein! Soll ich sie fortschaffen, gnädige Frau?«

»Nein, im Gegenteil«, sagte Frau von Sauten sehr bestimmt, »lassen Sie sie los! Was sind denn das für Methoden! Hat er Ihnen weh getan, Kind?«

Inge rieb sich den Nacken. »Was kann man von so einem Grobian schon anders erwarten!«

Der Liftboy wurde rot. »Sie ist unbefugt hier eingedrungen, und der Chef hat befohlen ...«

Frau von Sauten winkte ab. »Ja, schon gut, ich glaube Ihnen.« Sie wandte sich wieder Inge zu. »Wo haben Sie denn Ihre Schuhe gelassen? Oder sind Sie ohne Schuhe durch die halbe Stadt ...«

»Meine Stiefel sind unten in der Damentoilette und mein Mantel auch.«

»Dann seien Sie so nett und bringen Sie beides herauf, junger Mann«, sagte Frau von Sauten, »und sagen Sie Ihrem Chef, daß ich ihm schon ein bißchen mehr Menschenkenntnis zugetraut hätte. Würden Sie uns bitte dann noch Tee bestellen? Vielen Dank.«

Zehn Minuten später saßen Frau von Sauten und Inge Kramer in dem hübsch möblierten kleinen Wohnzimmer, das zum Apartment der Schriftstellerin gehörte, in bequemen Sesseln.

Frau von Sauten goß Inge und sich aus einer dampfenden Kanne Tee in die Tassen. »Das habe ich von den Engländern gelernt«, sagte sie, »es gibt nichts Aufmunternderes und Beruhigenderes zugleich als einen guten aromatischen Tee. Ich jedenfalls kann ihn zu jeder Tages- und Nachtzeit trinken.« Sie hatte ihren Morgenrock jetzt zugebunden, trug Lederpantöffelchen an den Füßen und hatte ihr weißes Haar, das in einem so interessanten Gegensatz zu ihrem jugendlich frischen, fast faltenlosen Gesicht stand, zu einer hübschen Frisur gebändigt.

Inge saß auf der vordersten Kante ihres Sessels, ließ drei

Stück Zucker in den Tee gleiten, rührte um, nahm einen Schluck und sagte artig: »Das tut gut.«

»Freut mich, wenn es Ihnen schmeckt, Inge!« Frau von Sauten ließ ihr schweres, goldenes Feuerzeug aufspringen, zündete sich eine Zigarette an. »Nun erzählen Sie doch mal, wie es zu Ihrem plötzlichen Gesinnungsumschwung gekommen ist. Vor ein paar Tagen, als Ihre Freundin Bettina uns bekannt machte ...«

»Da dachte ich, daß ich Mutter nicht allein lassen könnte!« platzte Inge heraus. »Aber, Pustekuchen! Sie braucht mich überhaupt nicht! Heute abend, es ist noch keine Stunde her, hat sie mir eröffnet, daß sie sich verlobt hat! Man höre und staune ... verlobt! Noch einmal heiraten! In ihrem Alter!«

Frau von Sauten lächelte ein bißchen. »Wie alt ist Ihre Mutter denn?«

»Achtunddreißig.«

»Na, dann muß ich schon sagen, das ist wahrhaftig uralt ...«

Inge spürte Frau von Sautens Ironie und wurde rot. »Bitte nehmen Sie es nicht persönlich«, sagte sie hastig, »so habe ich es gar nicht gemeint. Schließlich kommt es nicht darauf an, wie alt man ist – bloß das mit der Verlobung, das finde ich geradezu geschmacklos.«

»Sie mögen also den Verlobten Ihrer Mutter nicht?«

Inge zuckte mit den Achseln. »Was heißt hier mögen? Ich habe ihn eigentlich heute abend erst kennengelernt. Mutti arbeitet in einer Werbeagentur, und da ist er als Grafiker angestellt. Er sieht ganz gut aus – aber das ist doch kein Grund, sich zu verloben!«

Frau von Sauten beobachtete sie aus schmalen Augen durch den Rauch ihrer Zigarette. »Wenn ich Sie recht verstehe, dann wollen Sie also sozusagen aus Protest ausreißen, ja? Aber wird Ihre Mutter das auch erlauben? Sie sind ... wie alt sind Sie eigentlich, Inge?«

»Ich werde zwanzig.«

»Das ist gut. Da brauchen Sie die Einwilligung Ihrer Mutter ja nicht mehr.«

»Die hätte ich bestimmt bekommen«, behauptete Inge mit Nachdruck, »ich wette, Mutti und dieser Heini werden nur zu froh sein, wenn sie mich los sind.«

»Sie leben aber noch bei Ihrer Mutter?«

»Na klar!« Ein Schatten flog über Inges hübsches Gesicht. »Bis heute sind wir immer gut miteinander ausgekommen.«

»Und was ist mit Ihrem Vater?«

Inge riß die braunen Augen auf.

»Nun, Sie werden doch noch einen Vater haben, nehme ich an?«

»Bloß auf dem Papier. Mutti hat sich scheiden lassen, noch bevor ich denken konnte. Warum, habe ich nie herausgekriegt.«

Frau von Sauten nahm einen Schluck Tee. »Sie haben Ihre Mutter also danach gefragt?«

»Na klar«, sagte Inge, »für so was interessiert man sich doch. Es gab eine Zeit, da war ich ganz wild darauf, meinen Vater kennenzulernen. Aber Mutti war eisenhart! ›Ich habe einen Strich unter die Vergangenheit gemacht‹, sagte sie immer, wenn ich das Thema anschnitt, ›und dabei wollen wir es belassen.‹«

»Na schön«, sagte Frau von Sauten, stellte die Teetasse auf den Unterteller, »wenn ich richtig verstehe, sind von Ihrer Familie her also keine Schwierigkeiten zu erwarten.«

»Sie nehmen mich also mit?« Inge sprang so heftig auf, daß sie beinahe den kleinen Tisch umgeworfen hätte, die Zuckerdose klirrte, der Tee in den Tassen schwappte.

»Nicht so aufgeregt, Kindchen«, mahnte Frau von Sauten, »was an mir liegt, werde ich tun. Aber für Sie gibt es da, denke ich, noch ein Problem zu lösen. Wie mir Bettina erzählte, arbeiten Sie bei irgendeiner Firma ...«

»Ja, bei ›Bomhardt und Co.‹, einer Maschinenfabrik.«

Inge setzte sich wieder. »Das heißt, dort habe ich gearbeitet. Heute früh habe ich fristlos gekündigt.«

Frau von Sauten machte zuerst ein verdutztes Gesicht, dann lachte sie. »Oha! Sie scheinen aber eine wirklich sehr impulsive junge Dame zu sein. Und was hat Ihr Chef dazu gesagt?«

»Er hat mir geraten, die Sache erst noch einmal zu überschlafen. Aber da gehe ich nicht mehr hin, nie mehr. Auch wenn das mit Ihnen und der Weltreise nicht klappt. ›Bomhardt und Co.‹ ist für mich gestorben.«

Inge blickte Frau von Sauten aus großen Augen an. »Muß ich darüber sprechen?«

»Nein, Sie müssen nicht. Aber da Sie mich nun einmal aus meinem ersten, besten Schlaf gerissen haben, fände ich es eigentlich sehr nett von Ihnen. Außerdem, wenn wir nun ein paar Monate miteinander unterwegs sein wollen, dann wäre es an sich passend ...«

»Also gut!« Inge gab sich einen sichtbaren Ruck. »Wie Sie sich sicher denken können, steckt eine Liebesgeschichte dahinter ...«

»Ich habe mir gar nichts gedacht«, sagte Frau von Sauten.

Inge überhörte den Einwurf. »Heinz und ich, wir haben uns ineinander verliebt. Heinz ist der Sohn vom alten Bomhardt, der zukünftige Juniorchef, aber jetzt arbeitet er noch wie jeder Angestellte in der Firma. Daß ich mich in ihn verliebt habe, hat auch gar nichts damit zu tun, daß er Geld hat, im Gegenteil, das macht alles nur so schwierig. Mutti hat mich von Anfnag an gewarnt, aber immerhin, sie hat mir nicht reingeredet. Aber jetzt, letzten Sonntag, hat er mich zum erstenmal mit nach Hause genommen. Seine Mutter war zuckersüß zu mir, und ich dachte schon ... aber ganz großer Irrtum! Sie findet mich unmöglich, hat Heinz mir gesagt, und als Schwiegertochter käme ich überhaupt nicht in Frage, und sie möchte nicht, daß er sich so früh bindet!«

Die Enttäuschung trieb Inge die Tränen in die Augen, sie mußte schlucken. »Dabei ist er schon zweiundzwanzig Jahre«, sagte sie heiser, »und überhaupt, ich wollte ihn ja gar nicht heiraten, jedenfalls nicht Hals über Kopf ...« Ihre Stimme brach.

Frau von Sauten ließ ihr Zeit, mit ihrem Schmerz fertig zu werden, und stellte ihr keine Frage.

Inge griff zu ihrer Papierserviette, putzte sich die Nase. »Dieses Regenwetter! Ich glaube, ich habe mich erkältet!«

Dann hatte sie sich wieder in der Gewalt. »Jedenfalls«, sagte sie, »Heinz eröffnete mir, daß wir uns nur noch heimlich treffen dürften, vorläufig, bis es ihm gelungen sei, seine Mutter umzustimmen. Offiziell müßten wir so tun, als wenn alles aus wäre.« Sie ballte die Faust und klopfte auf den Tisch. »Aber das kann ich nicht! Ich kann mich nicht so verstellen! Ich sehe Heinz in der Firma jeden Tag – da kann ich schließlich nicht so tun, als wenn mir überhaupt nichts an ihm läge! Das habe ich auch seinem Vater gesagt.«

»Ich verstehe Sie sehr gut, Kind«, sagte Frau von Sauten überraschend herzlich, »als ich so jung war wie Sie, habe ich genauso gedacht. Ich habe Heimlichkeiten wie die Pest gehaßt.«

»Und heute?«

»Heute«, sagte Frau von Sauten langsam, »habe ich gelernt, daß man mit Kompromissen doch ein ganzes Stück weiter kommt. Aber das heißt nicht, daß Sie mich als Beispiel nehmen sollen. Bleiben Sie nur ganz so, wie Sie sind, so gefallen Sie mir nämlich!«

»Sie wollen mich also mitnehmen?«

»Bevor ich mich entscheide, möchte ich doch erst noch mit Ihrer Mutter sprechen, am liebsten gleich morgen. Bitte richten Sie ihr einen schönen Gruß von mir aus, und fragen Sie sie, wann sie Zeit für mich hat. Vielleicht in der Mittagspause? Auf alle Fälle muß ich jetzt ganz rasch Bescheid wissen, denn die Reise soll bald losgehen. Sagen

Sie, Sie haben doch einen gültigen Paß? Es ist nämlich noch eine Menge zu erledigen. Visen und Impfungen.«

»Ja, einen gültigen Paß habe ich. Und ich verspreche Ihnen, ich werde Mutti dazu bringen, daß sie sich gleich morgen mit Ihnen in Verbindung setzt.« Inge stand auf und begann, das Teegeschirr zusammenzuräumen.

»Nett von Ihnen«, sagte Frau von Sauten lächelnd, »das wird, wenn alles klappt, auch zu Ihren Pflichten gehören. Koffer einpacken und auspacken, Notizen und Briefe für mich schreiben ...«

»Alles, was Sie wollen«, sagte Inge strahlend, »ich würde auch Fußböden schrubben, wenn ich dadurch rund um die Welt käme.«

Das Gespräch zwischen Frau von Sauten und Inges Mutter fand, wie vorgesehen, am nächsten Tag um die Mittagszeit statt. Aber Inge selber durfte nicht dabei sein. Sie saß währenddessen in der Hotelhalle und ließ ihren Minirock noch einige Zentimeter höher rutschen, so daß ihre schönen, geraden Beine in den blickdichten Strumpfhosen einen verführerischen Anblick boten, und das nur, um den Empfangschef zu ärgern, der ihr in der Nacht zuvor solche Schwierigkeiten gemacht hatte.

Als die beiden Damen dann endlich herunterkamen, um ihr zu eröffnen, daß sie Frau von Sauten auf ihrer Weltreise als Sekretärin und Gesellschafterin begleiten durfte, da mischte sich in ihre Begeisterung, obwohl sie ein Stoßgebet nach dem anderen um die Erfüllung dieses Wunsches zum Himmel geschickt hatte, doch ein gewisser bitterer Beigeschmack. Ihre Mutter hatte tatsächlich so leichten Herzens diesem großen Abenteuer zugestimmt. Also war sie zu Hause überflüssig geworden.

Aber dieser Anflug einer Enttäuschung verging im Nu, und ihr blieb auch gar keine Zeit zum Schmollen, denn Frau von Sauten nahm sie sofort bei der Hand, führte sie, während die Mutter ins Büro zurückeilte, in das nächste

Fotoatelier und ließ zwei Dutzend Paßbilder von ihr anfertigen.

Mit einem Taxi fuhren sie zur Hauptwache, und Frau von Sauten begleitete sie in das Reisebüro, wo ein sehr netter Herr Höfig ihr die Formulare aushändigte, die sie zur Vorbereitung ihrer Reise ausfüllen mußte.

Dann ging es, wieder im Taxi, zum Gesundheitsamt, und Inge machte Termine für die Impfungen gegen Cholera und Typhus, die bei der Einreise in die meisten außereuropäischen Länder verlangt werden.

Sie sausten zurück zum Fotoatelier, holten die Paßbilder ab, die Inge zusammen mit ihrem Paß für die Visen bei Herrn Höfig im Reisebüro nachreichen mußte – und bei all dieser Hetzjagd hatte sie immer wieder das undeutliche Gefühl, verfolgt oder beobachtet zu werden. Aber jedesmal, wenn sie sich umdrehte, war nichts Auffälliges zu sehen. Deshalb sprach sie auch nicht mit Frau von Sauten darüber und vergaß es sofort wieder.

Zum Abendessen war sie wieder zu Hause bei ihrer Mutter. Sie fühlte sich müde und hatte eigentlich auf einen gemütlichen Abend gehofft. Aber als ihre Mutter den Besuch ihres Verlobten ankündigte, zog Inge es vor, sich zurückzuziehen.

»Tut mir leid, Mutti«, sagte sie, »aber ich kann nicht bleiben. Stell dir vor, Bettina weiß ja noch gar nicht, daß ich nun doch mit Frau von Sauten fahre. Ich muß unbedingt noch auf einen Sprung zu ihr. Schließlich verdanke ich ihr alles.«

Das war zwar nur eine halbe Lüge, aber sie wurde trotzdem rot dabei und war froh, dem traurigen Blick ihrer Mutter zu entkommen. Sie schnappte sich im Vorbeigehen ihren roten Lackmantel von der Flurgarderobe, raste die Stiegen hinunter und zur Haustür hinaus.

Da sah sie die Silhouette eines Mannes im Torweg gegenüber, genau an der Stelle, wo Heinz Bomhardt gewöhnlich auf sie zu warten pflegte. Inge glaubte, den

Freund vor sich zu sehen, und ihr Herz tat einen kleinen, freudigen Sprung.

Aber dann merkte sie, daß sie sich geirrt hatte. Der Mann, der da drüben stand, war ein Unbekannter – oder hatte sie ihn nicht doch schon einmal gesehen? Heute nachmittag, als sie einen Blick durch das Schaufenster des Reisebüros auf die Straße geworfen hatte? War es der Mann, der sie verfolgt hatte?

Inge zögerte nicht, sondern überquerte kurz entschlossen die Fahrbahn und marschierte auf den Fremden zu. Als sie die Straßenmitte erreicht hatte, mußte sie stehenbleiben. Ein Lastkraftwagen kam von rechts und versperrte ihr die Sicht. Danach war der Fremde verschwunden, buchstäblich wie vom Erdboden verschluckt.

Inge dachte, er sei tiefer in den Torweg hineingegangen, vielleicht in den Hinterhof oder sogar in eines der Häuser. Aber es war ihr dann doch zu dumm, die ziemlich aussichtslose Verfolgung aufzunehmen, um so mehr, als sie sich ihrer Sache selber gar nicht sicher war.

So ging sie einfach weiter, als sei die spontane Überquerung der Straße sozusagen absichtslos erfolgt, bog an der nächsten Ecke links ein und erreichte zehn Minuten später das Haus mit dem Elektrogeschäft im Erdgeschoß, das den Eltern ihrer Freundin Bettina gehörte. Auf dem ganzen Weg hatte sie den Fremden nicht mehr gesehen, obwohl sie mehr als einmal vor einem Schaufenster stehengeblieben war oder über die Schulter zurückgespäht hatte.

Bettina empfing sie voll Begeisterung und führte sie sofort in ihr kleines, gemütliches Zimmer, dessen Wände über und über mit Starfotos tapeziert waren.

Inge erzählte alles, was sich seit ihrem letzten Beisammensein begeben hatte, und Bettina war tief beeindruckt. Sie war nicht so hübsch, nicht so intelligent und nicht so keck wie Inge, aber sie war trotzdem oder gerade deswegen eine wunderbare Freundin. Die beiden Mädchen hatten zusammen die Handelsschule besucht und in jener Zeit als unzertrennlich gegolten. Aber das Schicksal hatte sie dann doch etwas auseinandergebracht. Während Inge bei ›Bomhardt und Co.‹ eintrat, übernahm Bettina die Büroarbeiten für den Vater, der das Elektrogeschäft unten im Haus führte, was neben manchen Vorteilen den Nachteil hatte, daß sie von früh bis spät unter elterlicher Aufsicht stand.

»Herr des Himmels, wie ich dich beneide, Inge!« rief sie. »Du fährst in die weite Welt hinaus, während wir anderen hier im dunklen, verregneten Europa hockenbleiben müssen. Kairo, Colombo, Bangkok, Honolulu, San Francisco und so weiter ...« Sie ließ die Namen genüßlich über die Zunge gleiten. »Sag selber, ist das nicht eine Wucht?«

»Ist es«, bestätigte Inge, »und ich werde nie vergessen, daß ich es nur dir zu verdanken habe, Bettina! Wenn du mich nicht zu Frau von Sauten gebracht hättest ...«

»Ich bitte dich! Klar, daß ich gleich an dich gedacht habe, als ich hörte, daß Muttis Freundin eine Sekretärin für ihre Weltreise sucht! Wer anders als du Knalltype wäre denn sonst für so ein Unternehmen in Frage gekommen?« Sie lachte, wurde dann plötzlich wieder ernst. »Du, was sagt denn eigentlich Heinz dazu?«

»Er weiß es gar nicht.«

»Was?«

»Und er wird es wahrscheinlich nie erfahren.«

»Nun mach aber mal einen Punkt!«

»Ganz im Ernst, Bettina, wir haben uns verkracht. Und zwar restlos. Was würdest du denn tun, wenn ein Junge dir erst dauernd von seiner großen Liebe erzählt und dann von dir verlangt, bloß weil die Frau Mama meckert, ihn in Zukunft nur noch heimlich zu treffen?«

Bettina zog eine kleine Grimasse, während sie sehr ernsthaft über diese Frage nachdachte. »Wahrscheinlich wäre ich enttäuscht«, sagte sie endlich.

»Und würdest nicht Schluß mit ihm machen?«

»Kommt darauf an, ob ich ihn noch liebte. Ja, das ist die Frage. Liebst du ihn noch, Inge?«

Inge wurde es unter den forschenden Augen der Freundin ein bißchen unbehaglich; sie stand auf und trat zum Fenster.

»Wenn man einen Jungen nämlich liebt«, fuhr Bettina weise fort, »dann ist man bereit, eine Menge zu schlucken, nämlich ...«

Inge hörte gar nicht mehr, was die Freundin sagte. Sie hatte, direkt vor dem Haus, den Fremden von vorhin entdeckt. Sie zuckte zurück, als wenn sie einen elektrischen Schlag bekommen hätte, und rief: »Menschenskind, da ist er!«

»Wer?«

»Der Mann, der mich verfolgt hat.«

»Ein neuer Verehrer?« Bettina trat neben Inge und wollte die Gardine beiseite schieben.

»Vorsichtig!« flüsterte Inge, obwohl der Fremde drei Stock tiefer unmöglich ein Wort von ihrer Unterhaltung hören konnte. »Er darf nicht merken, daß ich ihn entdeckt habe. Du mußt ganz senkrecht runtergucken. Der Kerl im Regenmantel, der so tut, als könnte er sich nicht von dem Anblick der Toaster losreißen, das ist er.«

Bettina spähte nach unten. »Hm«, sagte sie, »wo hast du ihn kennengelernt?«

»Überhaupt nicht, du Schäfchen, er spioniert mir nach!«

Bettinas spitzes Gesicht wurde geradezu töricht vor Verblüffung. »Ein Detektiv?«

»Wer weiß«, sagte Inge, »kann schon sein.«

Jetzt hatte Bettina sich wieder gefaßt. »Aber, Inge, du spinnst wohl! Wer könnte denn ein Interesse daran haben ...« Sie unterbrach sich mitten im Satz und sagte plötzlich: »Die Bomhardts!«

Sekundenlang standen die beiden Freundinnen still und stumm mitten im Raum und sahen sich in die Augen.

Dann sagte Bettina langsam und sehr nachdenklich: »Sie

lassen dich beobachten, um was über dich rauszukriegen, womit sie dich bei Heinz madig machen können.«

Inge stürmte zur Tür. »Ciao, Bettina, bis bald dann!«

Bettina lief ihr nach, wollte sie zurückhalten. »Du willst doch nicht schon ...«

»Doch! Ich muß rauskriegen, was der Kerl im Schilde führt.«

Inge stürzte aus der Wohnung, rannte die Treppen hinunter, wollte schon die Haustür aufreißen – da besann sie sich eines anderen. Der Fremde erwartete ja, daß sie auf diesem Weg herauskommen würde, also konnte sie ihn so nicht überraschen. Er würde sich dumm stellen, und sie wäre die Angeschmierte.

Sie drehte sich um, ging den schmalen Gang an der Treppe vorbei nach hinten, schob den Riegel zurück und öffnete die rückwärtige Tür, die in den kleinen Hof führte. Mit Hilfe einer Mülltonne kletterte sie auf die regennasse Mauer, balancierte auf ihr zwei Höfe und einen Garten entlang, bis sie an ein unbebautes Grundstück kam und abspringen konnte.

Vorsichtig lugte sie um die Ecke. Der Mann stand immer noch vor dem Elektrogeschäft und starrte in die Scheibe. Aber Inge merkte, daß er dabei immerzu die Haustür im Auge behielt. Auf die Idee, die Straße zu kontrollieren, kam er gar nicht.

Sie wartete, bis ein dicker alter Herr die Straße entlang kam, und pirschte sich in seinem Rücken an das Elektrogeschäft heran. Erst als sie dicht davor war, machte sie eine halbe Drehung links und klopfte dem Fremden kräftig auf die Schulter.

»He, Sie!«

Der Fremde fuhr herum und starrte sie ganz entgeistert an.

»Haben Sie sich immer noch nicht entschieden, ob Sie einen Elektrorasierer oder eine Stereoanlage kaufen wollen?« fragte Inge spöttisch.

»Wwwas wwwollen Sie von mir?« stotterte er.

»Dasselbe möchte ich Sie fragen!« konterte Inge. »Sie verfolgen mich doch schon den ganzen Tag. Erklären Sie mir gefälligst, was das soll.«

»Nichts, gar nichts«, behauptete der Fremde verlegen.

»Ah, wirklich? Dann werden Sie wohl auch nichts dagegen haben, mich zur Polizei zu begleiten. Gleich da vorne an der Ecke ist das Revier. Sie machen Ihre Aussage und ich meine, und dann werden wir ja sehen, was dabei herauskommt.«

Aber der Fremde rührte sich nicht von der Stelle. »Das könnte Ihnen so passen«, sagte er.

»Dann geben Sie also zu, daß Sie ein Detektiv sind?«

Der Fremde lächelte.

»Und daß Sie den Auftrag haben, mich zu beschatten?«

»Wäre logisch, wie?«

»Werden Sie bloß nicht frech, Sie!« sagte Inge. »Detektiv zu sein ist ja an sich keine Schande, aber einen schlechteren als Sie gibt es nicht noch einmal. Ich habe Sie sofort bemerkt. Jetzt möchte ich nur noch eines wissen ... wer hat Sie beauftragt?«

»Ahnen Sie das wirklich nicht?«

»Die Bomhardts?« fragte Inge zurück.

Da tat der Detektiv etwas Überraschendes: Er versetzte Inge einen Stoß vor die Brust, so daß sie ins Taumeln geriet und fast zu Boden gestärzt wäre, und fast im gleichen Augenblick raste er davon. Inge war sekundenlang wie gelähmt. Als sie sich von der Überrumpelung erholt hatte und wieder fest auf den Beinen stand, war er schon an der nächsten Ecke, und dann verschluckte ihn die Abenddämmerung.

Inge tat ein paar schnelle Schritte, als wollte sie ihm nachlaufen, aber sie verzichtete doch auf die Verfolgung. Im Grunde konnte sie ja ganz zufrieden sein. Sie hatte ihm einen schönen Schrecken eingejagt.

Tatsächlich blieb Inge Kramer von nun an von jeder Beschattung verschont. Sie war sich dessen sicher, weil sie in den nächsten Tagen, während sie mit Frau von Sauten kreuz und quer durch die Stadt eilte, um Formalitäten zu erledigen und Einkäufe zu tätigen, immer wieder über die Schulter blickte, plötzlich stehenblieb oder sich umblickte.

Es gab so viel Neues, Interessantes und Unerhörtes für sie – niemand konnte fesselnder von fremden Ländern und der großen weiten Welt berichten als Frau von Sauten, und Inges Erwartungen steigerten sich von Tag zu Tag, ja, von Stunde zu Stunde – daß sie den seltsamen Zwischenfall bald wieder vergaß und ihm auch keine weitere Bedeutung beimaß.

Er gehörte für sie zum Kapitel Heinz Bomhardt, das sie endgültig abgeschlossen zu haben glaubte. Aber war es wirklich so? Tagsüber war sie aufgekratzt und voller Reisefieber, aber wenn sie nachts allein in ihrem Bett lag, kehrten ihre Gedanken immer wieder zu dem einen Punkt zurück: Sie dachte an Heinz, sie träumte von Heinz, und sie sehnte sich nach ihm.

›Er ist es nicht wert‹, sagte sie zu sich selber, und: ›So eine Enttäuschung muß jedes Mädchen früher oder später einmal mitmachen!‹ Oder auch: ›Es wird vorübergehen, es ist nur eine Frage der Zeit.‹

Aber wie sehr sie sich auch bemühte, Haltung zu bewahren, in der nächtlichen Stille ihres kleinen Zimmers konnte es geschehen, daß sie die Fassung verlor und ihr Schluchzen im Kopfkissen ersticken mußte, damit die Mutter nebenan es nicht hören konnte.

Morgens saß sie dann mit umschatteten Augen am Frühstückstisch, wich dem forschenden und besorgten Blick ihrer Mutter aus, spielte die Sorglose, Selbstsichere, Unbekümmerte – und war es auch fast wirklich, denn bei Tag sahen die Dinge anders aus, und die Vorfreude auf die große bevorstehende Reise, die ihr wie ein Geschenk des Himmels zugefallen war, löschte, wenigstens vorübergehend, den Schmerz in ihrer Brust aus.

Es war ausgemacht, daß Inge während der Reise nur ein Taschengeld bekommen sollte, und das schien ihr auch völlig richtig, denn Frau von Sauten mußte ja den teuren Flug für sie bezahlen und den Aufenthalt in den Hotels. Aber sie selber hatte noch keine Ersparnisse machen können, und so mußte die Mutter einspringen und ihr das Geld für die nötigen Einkäufe geben, denn es stellte sich heraus, daß es noch eine Menge Dinge gab, die sie für die Tropen brauchte: leichte Koffer, Kleider, Schuhe, Wäsche, auch einen neuen Badeanzug, denn Frau von Sauten hielt ihren winzigen Bikini nicht für angebracht, und auch ihr knallroter Lackmantel wurde ausgemustert.

»Für die Tropen nicht geeignet«, erklärte Frau von Sauten, »darin würden Sie sich zu Tode schwitzen.«

»Kann ich mir vorstellen«, sagte Inge, »außerdem ist er ja auch viel zu auffällig.«

»Stimmt.« Plötzlich hob Frau von Sauten, die gerade in einem Stapel von Pullovern gewühlt hatte, den Kopf und sah sie scharf an. »Was wollen Sie damit sagen?«

Inge war ganz verdutzt über den heftigen Ton, den sie von Frau von Sauten gar nicht gewohnt war. »Überhaupt nichts«, sagte sie verwirrt, »nur eben ..., daß er furchtbar auffällig ist.«

Sie hielt dem Blick Frau von Sautens krampfhaft stand; sie begriff, daß sie etwas falsch gemacht hatte, ohne die geringste Ahnung zu haben, was es war, und das war ein ziemlich unangenehmes Gefühl.

Endlich entspannten sich die Züge ihrer neuen Chefin. »Entschuldigen Sie«, sagte Frau von Sauten mit einem kleinen verzerrten Lächeln, »mir scheint, langsam fange ich schon an, Gespenster zu sehen.«

Was sie damit meinte, verstand Inge nicht, aber sie gab es auf, darüber nachzugrübeln, sie freute sich einfach, daß Frau von Sautens gute Laune zurückgekehrt war.

Sie kauften einen leichten weißen Regenmantel und in derselben Abteilung des Kaufhauses noch ein hellblaues Seidenkostüm.

Was Frau von Sauten auch immer gegen den auffälligen Regenmantel haben mochte, die Koffer konnten ihr nicht auffallend genug sein. Sie kaufte rotes und blaues Klebeband, mit dem sie nebeneinander einen dicken Streifen rund um Inges schöne neue Koffer anlegte. »Damit wir unser Gepäck leicht herausfinden«, sagte sie, »meines ist genauso gekennzeichnet. Bei jedem Flughafen muß man darauf achten, daß auch alle Koffer mitgekommen sind. Das wird dann auch bald Ihre Aufgabe sein!«

Inge war von dieser Vorstellung ein bißchen erschreckt. »Ich glaube, zu Anfang werde ich froh sein, wenn ich nicht selber verschüttgehe«, sagte sie.

Am nächsten Abend kam Inge ziemlich spät nach Hause. Sie war mit ihren Paketen und Päckchen erst zu Bettina gegangen, weil sie es sich nicht verkneifen konnte, ihr ihre neuen Kleider zu zeigen, die sie heute gekauft hatte.

Als sie um die Ecke bog, entdeckte sie sofort einen silbergrauen Sportwagen, der ihr nur zu gut bekannt war. Er parkte einige Meter von dem Haus entfernt, in dem sie wohnte.

Inge stutzte. Ihr erster Impuls drängte sie, zu dem Auto hinzustürmen und sich zu vergewissern, ob es wirklich der Wagen von Heinz Bomhardt war. Fast gleichzeitig überfiel sie der Wunsch, sich umzudrehen und davonzulaufen – sie glaubte, es nicht ertragen zu können, daß jetzt, wo sie beinahe schon über das Schlimmste hinweg war, alles noch einmal anfing.

Mit äußerster Selbstbeherrschung zwang sie sich, keinem von ihren widersprechenden Gefühlen nachzugeben. Sie ging weiter, nicht zu schnell und nicht zu langsam.

Sie war noch zwei Schritte von dem Auto entfernt, konnte schon das Nummernschild sehen, obwohl sie es sich verbot, hinzublicken. Da öffnete sich die Autotür von innen, und mit der eleganten Sicherheit, die ihr immer so imponiert hatte, stieg Heinz Bomhardt aus, ein schlanker junger Mann, dessen glattes nackenlanges blondes Haar im Licht der Straßenlaterne wie ein Goldhelm schimmerte.

Er vertrat ihr den Weg, hob die Hände, als wollte er die Arme ausbreiten. »Inge!« sagte er.

Nur dieses eine Wort, aber da war es um sie geschehen. Ihr Widerstand zerbrach, sie flog an seine Brust, achtete nicht darauf, daß zwei ihrer Päckchen auf das regennasse Pflaster fielen. Er hielt sie fest, ganz fest, und alles, was zwischen ihnen stand, schien in diesen Sekunden ausgelöscht.

»Oh, Heinz«, stammelte sie, »mein Boy! Ich bin froh, froh, so froh, daß du gekommen bist!«

»Ich habe es ohne dich nicht aushalten können«, gestand er, »ich habe es versucht, aber es ging nicht. Ich kann nicht ohne dich leben.«

»Wir dürfen uns nie mehr trennen, nie mehr«, flehte sie, »versprich mir das!« Es war ihr ganz ernst mit dieser Bitte. Jetzt, da Heinz zu ihr zurückgefunden hatte, war sie tatsächlich bereit, auf ihre Weltreise zu verzichten, und schon in diesem Augenblick suchte sie nach einem glaubwürdigen Vorwand, unter dem sie Frau von Sauten absagen konnte.

»Nie wieder«, sagte er und küßte sie zärtlich, »komm, Baby, fahren wir irgendwohin, wo wir allein sind!«

Es fiel ihr schwer, sich von ihm zu lösen. »Warte auf mich. Ich werde nur meiner Mutter Bescheid sagen und die Pakete nach oben bringen.« Erst jetzt bemerkte sie, daß zwei Päckchen fehlten, bückte sich, um sie aufzuheben.

Eines war unter den Wagen gerollt, und es war Heinz Bomhardt, der es hervorfischte. »Ach was«, sagte er, »deine Mutter rufen wir einfach von unterwegs an, und das Zeug nehmen wir mit. Wirf es hinten hinein, wir haben ja Platz genug.« Er öffnete die Tür.

Es hatte wieder zu regnen begonnen, in schrägen, dünnen Strichen schlugen die Tropfen gegen die Windschutzscheibe, bis Heinz Bomhardt die Wischer einstellte. Inge fühlte sich im Inneren des Autos auf wunderbare Weise geborgen, als wenn sie allein mit ihrem Freund auf einer einsamen Insel gelandet wäre. Der Regen schloß sie ganz von der Außenwelt ab.

Als er den Wagen wieder in den Verkehr eingefädelt hatte, legte sie ihre Hand auf sein Knie, als wollte sie sich vergewissern, daß er wirklich bei ihr war. Er nahm die Rechte vom Steuer, deckte sie über ihre Hand.

»Im Grunde ist es gut, daß alles so gekommen ist«, behauptete er, »zuerst war mein Vater natürlich wütend, daß du ihm alles hingeworfen hast, aber inzwischen ...« Heinz Bolmhardt stockte.

»Ja?« fragte sie erwartungsvoll.

»Jetzt findet er auch, daß alles viel unkomplizierter sein wird, wenn wir uns nicht täglich in der Firma begegnen.«

»Bestimmt.« Sie blinzelte mit verträumten Augen in den Regen, der die Lichter des entgegenkommenden Autos verzerrte.

Er drückte ihre Hand kräftiger. »Ich wußte, daß du deinen Dickkopf vergessen würdest, sobald du dir die Situation erst einmal richtig klargemacht hast.«

Sie kuschelte sich an seine Schulter und murmelte: »Keine Ahnung, von was du sprichst.«

Er küßte sie zärtlich auf die Schläfe und legte den Arm um sie. »Ich kriege Mama schon rum«, sagte er, »verlaß dich darauf. Bisher habe ich immer alles bei ihr erreicht, was ich wollte. Wir müssen nur diplomatisch vorgehen.«

Mit einem Schlag war sie hellwach. Er wäre gewarnt gewesen, wenn er die Veränderung gesehen hätte, die sich in ihrem Gesicht vollzog. Aber er durfte die Augen nicht von der Fahrbahn lassen, und so merkte er es nicht.

»Mama kommt gar nicht so viel in der Stadt herum«, fuhr er fort, »und sie läßt immer die ganze Familie wissen, was sie vorhat. Es ist also gar kein Problem, ihr aus dem Weg zu gehen. Wir werden oft genug Gelegenheit haben, uns zu treffen.«

Sie saß da, ohne sich zu rühren, und er spürte nicht, wie ihre Haltung sich versteifte. »Nein«, sagte sie mit beherrschter Stimme, »das glaube ich nicht.«

Er lachte. »Aber, Baby, du siehst doch, daß ich es ohne dich nicht aushalten kann! Ich werde kommen, so oft es geht, darüber brauchst du dir wirklich keine Gedanken zu machen.«

»Ich dachte nicht an dich, sondern an mich.« Ruhig, aber entschieden löste sie sich von seiner Schulter, schlüpfte mit dem Kopf unter seinem Arm weg und schob ihn zurück.

»Jetzt verstehe ich gar nichts mehr!«

Sie war auf ihren Sitz zurückgerutscht, saß stocksteif da. »Aber du mußt doch damit gerechnet haben, daß ich mir eine andere Stellung suchen würde.«

»Das schon. Aber ich bitte dich, das besagt doch nicht ... wir können doch abends ...«

Sie fiel ihm ins Wort. »Nein!« sagte sie scharf.

Er warf ihr einen raschen Blick zu, hob die blonden Augenbrauen. »Soll das heißen, daß du in einer anderen Stadt ...« Er unterbrach sich. »Nein, das ist Blödsinn, du kannst doch noch gar nicht so viel verdienen, daß du allein durchkommen könntest.« Er warf einen Blick in den Rückspiegel, bremste, fuhr das Auto in eine Parklücke und stoppte. »Du willst mich ärgern, Baby, hör auf mit dem Quatsch!«

Sie schob ihr festes kleines Kinn vor und sah ihn an. »Ich versuche nur, dich schonend darauf vorzubereiten, daß wir uns in der nächsten und übernächsten Zeit nicht werden sehen können.«

»Aber wieso denn nicht?« rief er perplex.

»Weil ich mich auf eine Weltreise begebe. Frau von Sauten, eine Schriftstellerin, deren Namen du vielleicht schon einmal gehört haben wirst, hat mich als Sekretärin, Gesellschafterin, Reisebegleiterin engagiert.«

»Das kann doch nicht wahr sein!«

»Und ob. Wir starten am vierten November. Du kannst mich, wenn du willst, zum Flughafen hinausfahren.«

»Aber das wäre ja schon in zwei Tagen!‹

Sie sah, daß sein Entsetzen ganz ehrlich war, und das versöhnte sie ein wenig mit seiner schlappen Haltung. »Ob ich nun einen Tag früher oder später losziehe«, sagte sie weicher, »was macht das schon? Auf jeden Fall bleibe ich drei Monate weg, und du hast inzwischen Gelegenheit, mit deinen Eltern klarzukommen.«

Er packte sie bei den Oberarmen, schüttelte sie. »Du hättest dich auf so etwas nicht einlassen dürfen – nicht, ohne mich vorher zu fragen!«

»Ach nee! Warum sollte ich denn? Wir hatten doch schon vorher Schluß gemacht... au, laß mich los, du tust mir ja weh! Und außerdem, du hättest ja bloß deine Eltern fragen müssen, dann hättest du es bestimmt rechtzeitig erfahren.‹

Er gab sie frei und schluckte schwer. »Meine Eltern? Was soll denn nun das schon wieder?«

Inge rieb sich ihre Arme. »Wahrscheinlich weißt du gar nicht, daß sie mich überwachen lassen. Aber ich finde, du solltest dich mal bei ihnen danach erkundigen.«

»Jetzt bist du, scheint's mir, vollkommen übergeschnappt.«

»Ganz wie du meinst. Bitte fahr mich nach Hause.«

»Baby, wir wollten doch ...«

»Mir ist die Lust vergangen. Außerdem kannst du dir mit ein bißchen Fantasie wohl vorstellen, daß ich bis über beide Ohren in Vorbereitungen für übermorgen stecke.«

Heinz startete den Motor. »Werden wir uns vor deinem Abflug noch einmal sehen?« fragte er mit gepreßter Stimme. Er wartete, bis er ausscheren und wenden konnte.

»Nein!« erklärte Inge heftig. »Es sei denn, du entschließt dich, mich zum Flughafen zu fahren.«

»Das kann ich nicht, weil ...«

Sie ließ ihn nicht aussprechen. »Auch gut.«

»Aber, Inge, laß mich doch wenigstens erklären ...«

»Mich interessieren deine Erklärungen nicht«, sagte sie wütend, »verdammt noch mal, hör doch auf damit, mir immer jede bittere Pille versüßen zu wollen. Du kannst mich nicht begleiten, obwohl ich lange fortbleiben werde. Gut. Schön. Ich habe es zur Kenntnis genommen. Eine Entschuldigung dafür kann es nicht geben.«

Schweigend fuhren sie in die Fürstenberger Straße zurück. Noch immer schlug der Regen gegen die Windschutzscheibe, trommelte auf das Dach des Autos. Sie hatte nur den einen Wunsch, endlich allein zu sein, damit sie ihren Tränen freien Lauf lassen konnte – Tränen, die Heinz Bomhardt nicht sehen sollte.

Als das Auto vor dem Haus hielt, in dem sie mit ihrer Mutter wohnte, wollte sie sofort aussteigen. Aber er hielt sie zurück. »Das ist also unser Abschied?« fragte er.

»Ja.«

»Inge«, sagte er, »Baby, und wenn ich dir nun verspreche ... Ich schwöre dir, ich werde mich meiner Mutter gegenüber durchsetzen!«

»Du hast drei Monate Zeit«, sagte sie mit zitternden Lippen.

»Du wirst sehen, wenn du zurückkommst ...«

»Ja«, sagte sie, »ja, ich werde dir von unterwegs schreiben ... und ich lasse dich wissen, wo du mich erreichen kannst ...«

Als er sie küßte, spürte sie nichts als den salzigen Geschmack ihrer Tränen ...

Inge sollte an diesem Abend noch eine Überraschung erleben.

Sie schloß die Wohnungstür so lautlos wie möglich auf,

weil sie, durcheinander wie sie war, ihrer Mutter nicht unter die Augen treten wollte. Es war ziemlich spät geworden, und sie hoffte, daß Frau Kramer schon zu Bett gegangen wäre.

Aber als sie leise das Wohnzimmer öffnete, um hindurchzuschleichen, sah sie ihre Mutter und den Mann, den sie heiraten wollte, im Schein der Stehlampe eng beieinander auf der Couch sitzen.

Die beiden hatten Inge nicht gehört, und sie dachte schon daran, sich rasch wieder zurückzuziehen – aber wohin? Sie konnte schließlich nicht in der Badewanne übernachten oder es sich auf einem Küchenstuhl gemütlich machen. Um in ihr kleines Zimmer zu kommen, mußte sie den Wohnraum durchqueren.

»Guten Abend«, sagte sie laut.

Die beiden fuhren auseinander.

»Um Himmels willen, Inge, du kannst einen aber erschrecken!« sagte Frau Kramer und fuhr sich mit beiden Händen in ihr Haar, das fast das gleiche Blond hatte wie das ihrer Tochter, wenn sie es auch seit einigen Jahren künstlich aufhellen mußte.

»Tut mir leid, daß ich störe«, sagte Inge patzig.

»Überhaupt nicht, nur ... du hast so eine Art, dich anzuschleichen ...«

Kurt Hörmann, ihr Verlobter, war aufgestanden und verbeugte sich formell. Er war ein großer, gut aussehender Mann, und Inge, die sich nicht darüber klar war, warum sie ihn nicht mochte, fand seine Selbstsicherheit einfach abstoßend.

»Guten Abend, Inge«, sagte er, »wir schauen uns gerade Fotos an ...« Er reichte ihr die Hand.

Aber Inge schlug nicht ein. »Wie sinnig«, sagte sie, »sind vielleicht auch welche von meinem Vater darunter?«

»Inge!« rief ihre Mutter empört. »Das war sehr, sehr ungezogen!«

Kurt Hörmann lachte, und daß er das tat, machte ihn

Inge noch unsympathischer. »Aber wieso denn?« sagte er. »Ich finde diese Frage sehr berechtigt. Sag mal, Dorothee, hast du eigentlich gar kein Bild von deinem Mann?«

»Nein!« sagte Frau Kramer heftig. »Ich habe einen Strich unter die Vergangenheit gemacht ...«

»... und dabei«, ergänzte Inge in einem Singsang, mit dem sie zu verstehen geben wollte, wie gut sie diesen Ausspruch zur Genüge kannte, »wollen wir es belassen.«

Frau Kramer klappte das Fotoalbum zu, sprang auf und verließ das Zimmer.

»Was hat sie bloß?« fragte Kurt Hörmann erstaunt.

»Sie werden es schon merken, das ist ein Thema, auf das Mutti immer sauer reagiert.« Inge strich nachdenklich über den ledernen Einband des Albums. »Sieht so aus, als wenn sie mengenweise Ärger mit meinem Erzeuger gehabt hätte.«

»Oder, als ob er ihr immer noch sehr viel bedeutet!«

Inge und Kurt Hörmann sahen sich an, und plötzlich wurde ihr bewußt, daß sie nahe daran war, mit diesem fremden Mann ein Komplott gegen ihre eigene Mutter zu schmieden. Gegen ihren Willen hatte die Situation sie zu Bundesgenossen gemacht, und sie verstand nicht, wie das passieren konnte.

»Ich werde nach Mutti sehen«, sagte sie und wollte aus dem Zimmer.

Er legte seine schwere Hand auf ihre Schulter und hielt sie fest. »Augenblick! Ich wollte mich sowieso verabschieden ...«

Inge versuchte, seine Hand abzuschütteln. »Ich halte Sie bestimmt nicht auf.«

Er ließ sich nicht unterbrechen. »... vorher möchte ich Ihnen aber noch etwas überreichen, eine Kleinigkeit, die Sie auf Ihrer großen Reise sicher brauchen können.« Er faßte mit der freien Hand in die Innentasche seines Jacketts.

»Ich brauche nichts«, sagte Inge und hätte am liebsten

hinzugefügt: ›Von Ihnen schon gar nicht!‹ Aber dann kam sie sich selber kindisch vor und begnügte sich damit, ein maßlos gelangweiltes Gesicht zu machen.

»Warten Sie es ab!« Kurt Hörmann öffnete ein schmales langes Etui und hielt es Inge hin.

Auf dunkler Seide lag eine große, modisch runde Armbanduhr mit einem hellen Lederband. Inge versuchte vergebens, ihre blasierte Miene zu bewahren, sie wurde rot vor Freude.

»Ich wußte, daß sie Ihnen gefallen würde«, sagte Kurt Hörmann, »und das Wichtigste ... sehen Sie da, sie zeigt auch das Datum an! Damit Sie auf der Reise nicht vergessen, welcher Tag gerade ist.«

»Toll!« sagte Inge.

»Legen Sie sie mal an, ich bin gespannt, wie sie Ihnen steht.«

Aber Inge wich zurück. »Das haben Mutti und Sie sich fein ausgedacht, aber ich lasse mich nicht bestechen.«

Er sah sie kopfschüttelnd an. »Mir scheint, ich bin da an zwei ganz besonders kratzbürstige Frauenzimmer geraten! Zu Ihrer Beruhigung, Ihre Mutter weiß überhaupt nichts davon. Aber Sie können ihr die Uhr zeigen, wenn ich weg bin.« Er warf sie mit einer lässigen Geste auf den Tisch.

»Herr Hörmann ...«

Er drehte sich nicht einmal mehr um. »Wenn sie Ihnen nicht gefällt oder Sie sich einbilden, daß Sie sie nicht von mir annehmen können, dann werfen Sie sie in den Müllschlucker. Mir ist das gleichgültig. Guten Abend.«

Inge konnte sich nicht erinnern, daß in der kleinen Wohnung, in der nie ein Mann gelebt hatte, die Tür mit einem solchen Knall ins Schloß geworfen worden wäre.

Als Frau Kramer wenige Minuten später ins Zimmer kam, hatte Inge sich die Armbanduhr angelegt.

»Er ist fort, nicht wahr?« fragte die Mutter. »Ich hoffe, du hast ihn nicht ...«

Inge hielt ihr ihr Handgelenk unter die Nase. »Sieh mal! Die hat er mir geschenkt!«

Sie sah an dem Ausdruck ihrer Mutter, daß sie wirklich keine Ahnung gehabt hatte.

»Dir?« sagte Frau Kramer. »Naso was! Neulich hat er mich gefragt, wie mir eine solche Uhr gefiele ... ich hatte mir fest eingebildet, daß er mir eine besorgen wollte.«

»Todschick, nicht wahr?« sagte Inge. »Und ich habe mich noch nicht einmal bedankt.«

»Mach dir nichts draus. Ich habe mich ja auch nicht gerade fein benommen.« Mutter und Tochter sahen sich an und mußten plötzlich beide lachen.

»Du wirst mir fehlen, Liebling«, sagte Frau Kramer, und während sie noch lachte, stiegen ihr die Tränen in die Augen.

»Du mir auch, Mutti!« Inge sah nachdenklich auf ihre neue Armbanduhr. »Vielleicht ist er doch ganz nett, dein Verlobter. Aber versprich mir eines: Warte noch ab, heirate ihn nicht, bevor ich wieder da bin.«

»Wo denkst du hin«, sagte Frau Kramer und putzte sich kräftig die Nase, »wir brauchen dich doch zum Blumenstreuen!«

Frau Kramer brachte ihre Tochter nicht zum Flughafen. »Ich hasse lange Abschiede«, erklärte sie, »ich würde zuviel heulen müssen, und das steht mir nicht.«

Sie begleitete Inge zum Frankfurt Intercontinental, übergab sie der Obhut Frau von Sautens und war verschwunden, als ihre Tochter sich noch vergewisserte, ob sie auch nichts vergessen hatte.

»Deine Mutter hat ganz Recht«, meinte die Schriftstellerin, »es hat keinen Zweck, sich gegenseitig das Herz schwer zu machen.«

Ein Bus brachte sie mit anderen Reisenden zum Flughafen Frankfurt Main hinaus. Inge war so aufgeregt, daß sie ganz außerstande war, aufzunehmen, was Frau von Sauten ihr erzählte. Sie war noch nie zuvor im Leben geflogen, ihr Herz schlug heftig.

Zwischen grauen Wolken schob sich eine kalte Sonne hervor, und Inge nahm es als gutes Zeichen.

Frau von Sauten merkte bald, daß mit Inge heute nichts anzufangen war, und so übernahm sie selber alles, was zu tun war, zeigte die Flugtickets vor, erkundigte sich nach dem Flugsteig, ließ die Koffer wiegen.

Inge, sehr schick in einem ganz neuen Hosenanzug, hatte Muße genug, sich umzusehen. Sie traute ihren Augen nicht, als sie Heinz Bomhardt entdeckte – nein, sie hatte sich nicht geirrt, er war es wirklich. Er war also doch gekommen, um von ihr Abschied zu nehmen!

Sie wollte auf ihn zustürzen, da erst merkte sie, daß er nicht allein war. Die beiden Mädchen standen nicht zufällig neben ihm, sondern gehörten zu ihm. Die eine erkannte sie als seine Schwester Olivia, aber die andere, die zarte Rothaarige, die jetzt so vertrauensvoll ihre Hand auf seinen Arm legte, hatte sie nie gesehen.

Wer war sie?

Als ihr diese Frage kam, stoppte Inge mitten im Lauf so jäh, daß sie beinahe über ihre eigenen Füße gestolpert wäre. Sie stand plötzlich wie angewurzelt und wußte nicht mehr weiter. Sollte sie auf Heinz Bomhardt zugehen und ihn begrüßen, ohne sich um die Rothaarige an seiner Seite zu kümmern? Oder abschwenken und so tun, als hätte sie ihn nicht bemerkt?

Olivia nahm ihr die Entscheidung ab. Sie hob die schmalen, sorgfältig gezupften Augenbrauen, musterte Inge von den nagelneuen Wildlederslippern bis zu der blonden, frisch gewaschenen Mähne und grüßte sie sehr von oben herab: ›Hi!« Dann stieß sie Heinz in die Seite und sagte spöttisch: »Dreh dich um, ich glaube, dein Typ wird verlangt!«

Jetzt wandte sich Heinz Inge zu und sah sie an. In seinen Augen stand ein seltsamer Ausdruck, den sie nicht zu deuten wußte, nur eines war ihr klar: Eine reine Freude war es nicht, die er in diesem Augenblick empfand.

»Hallo, Baby!« sagte er, und da er selber spürte, daß das ziemlich lahm klang, fügte er mit gezwungener Herzlichkeit hinzu: »Auf diese Weise sehen wir uns also doch noch mal vor deinem Abflug!«

»Ja«, sagte Inge, »das stimmt!« Sie kam sich dabei unglaublich töricht vor, aber etwas Gescheiteres wollte ihr nicht einfallen.

»Du kennst ja Olivia, nicht wahr?« sagte Heinz. Dann zischte er seiner Schwester mit unterdrückter Stimme zu, aber immer noch laut genug, daß Inge es hören konnte: »Verdammt noch mal, willst du ihr nicht wenigstens die Hand geben?«

»Von mir aus«, sagte Olivia achselzuckend und reichte Inge die Fingerspitzen, die in einem eleganten ellbogenlangen Handschuh steckten. Inge berührte sie so flüchtig, als hätte sie Angst, sich zu verbrennen.

»Und das ist Katrin«, sagte Heinz Bomhardt munter, »Olivias Freundin.«

Katrin lächelte und zeigte spitze Eckzähne, die ihr etwas Verwegenes gaben. »Freut mich, dich kennenzulernen«, sagte sie vergnügt und schüttelte Inge mit erstaunlicher Kraft die Hand, »ich habe schon mengenweise über dich gehört.«

»Olivia und Katrin haben von ihren Vätern eine Reise um die Welt gestiftet bekommen«, erklärte Heinz Bomhardt, »zur Belohnung für ein glänzend bestandenes Abitur. Sie fliegen mit der gleichen Fluggesellschaft wie du.«

»Was?« rief Inge. »Und das sagst du mir erst jetzt?«

»Ich wollte es schon immer. Aber wenn du mal nachdenkst, wirst du draufkommen, daß du mir keine Gelegenheit dazu gegeben hast.«

»Seien Sie unbesorgt, Fräulein Kramer«, erklärte Olivia hochnäsig, »es besteht kaum Anlaß zu der Befürchtung, daß sich unsere Kreise je schneiden werden.«

»Also ehrlich, wo wir doch nun mal im gleichen Flugzeug sitzen werden, da meine ich eigentlich doch …«, begann Katrin.

Aber Olivia schnitt ihr das Wort ab. »Misch dich um Himmels willen nicht in Dinge, die dich nichts angehen!« befahl sie, schob die Hand unter den Arm der Freundin und zog sie fort. »Seien wir taktvoll, die beiden haben sich noch etwas zu sagen.«

Plötzlich standen sich Inge und Heinz Bomhardt allein gegenüber, inmitten von lachenden, weinenden, aufgeregt schwatzenden oder blasiert schweigenden Menschen. Aber nichts von dem, was um sie herum vorging, war für Inge interessant. Sie hatte die Anwesenheit von Frau von Sauten, um die sie sich seit Minuten nicht mehr gekümmert hatte, völlig vergessen und mit ihr zugleich alle ihre Pflichten.

»Für deine Schwester und dieses rothaarige Mädchen«, sagte sie bitter, »hattest du also Zeit! Die konntest du zum Flughafen bringen, aber mich nicht!‹

»Sei doch nicht zickig.« Auf Heinz' glatter Stirn bildete sich eine steile Falte. »Begreifst du denn nicht, daß ich die beiden nur deshalb herausgefahren habe, weil ich hoffte, dich bei dieser Gelegenheit noch einmal zu sehen?«

Inge spürte, daß ihr Zorn in sich zusammensank wie ein Ballon, aus dem man die Luft entweichen läßt. »Ist das wirklich wahr, Heinz?« fragte sie und hatte einen Kloß im Hals.

»Aber ja, Baby, ich würde dich doch nicht belügen.«

»Ich bin so froh, daß du gekommen bist.‹

»Und ich auch.«

»Ich habe dir einen Brief geschrieben, mit allen Adressen und Daten, wo und wann du mich erreichen kannst.«

»Fein, Baby.«

Sie stand jetzt sehr dicht vor ihm, die Augen unverwandt auf ihn gerichtet, und prägte sich jeden Zug des geliebten Gesichtes tief in ihr Herz. Er machte eine Bewegung, als wollte er sie in die Arme reißen – aber er tat es nicht, wich vielmehr vor ihr zurück. Sein hübsches, ebenmäßiges Gesicht drückte nur eines aus: Schmerz.

»Wir müssen vernünftig sein«, flüsterte er, »Olivia beobachtet uns.«

»Na und wenn schon!« sagte Inge mit erstickter Stimme. »Was kann die uns schon wollen!«

»Ich habe dir versprochen, daß ich für unser Glück kämpfen werde, aber das kann ich nur, wenn ... bitte, mach es mir nicht noch schwerer!«

»Oh, Heinz, ich ...«

Inge blieb mitten im Satz stecken, denn eine kräftige Hand legte sich auf ihre Schulter, hart und zupackend.

»Endlich finde ich Sie, Inge«, rief Frau von Sauten, »kommen Sie, wir müssen zum Flugsteig!«

»Ja, natürlich, sofort ...« sagte Inge, ohne die Augen von Heinz Bomhardt zu lassen.

Frau von Sauten lachte auf. »Ihr ›Sofort‹ könnte zu spät sein, Inge. Kommen Sie, oder wollen Sie den Flug verpassen? Wir sind die letzten, kommen Sie!« Und sie zog die Widerstrebende mit sich fort.

Heinz machte keine Anstalten, sie wenigstens zum Durchgang zu begleiten. Er blieb stehen, wo er stand, hob nur leicht die Hand zum Gruß. Es war Inge, während sie sich vorwärtsziehen ließ und über die Schulter zurückblickte, als ob ihr das Herz stehenbleiben müßte.

Frau von Sauten ließ sie los. »Sie können es sich noch überlegen, Inge! Wenn Sie lieber hierbleiben wollen, kann ich auch allein fliegen. Das wäre wahrscheinlich immer noch angenehmer für mich, als mich mit einer liebeskranken Begleiterin herumplagen zu müssen.«

Inge atmete tief durch. »Bitte verzeihen Sie mir«, sagte sie, »es war nur ...«

»Schon gut. Haben Sie Ihren Paß bereit? Sie müssen ihn vorzeigen ... und Ihr Flugticket auch!«

Als Inge die Kontrolle passiert hatte, sah sie sich noch

einmal um. Aber von Heinz Bomhardt war nichts mehr zu sehen.

Nach der Erledigung aller Formalitäten, dem Check-in, dauerte es nicht mehr lange, und das Flugzeug, das die Teilnehmer der Reisegesellschaft um die Welt fliegen sollte, stand zum Einstieg bereit.

Unwillkürlich begann Inge Kramer ein wenig zu drängeln, aber Frau von Sauten hielt sie zurück. »Immer mit der Ruhe, Inge«, sagte sie, »die Plätze sind reserviert.«

»Ach so«, sagte Inge und fühlte sich ein wenig beschämt.

Sie schielte hinter sich, um festzustellen, ob Olivia und Katrin mitbekommen hatten, was vor sich gegangen war, aber die beiden unterhielten sich lebhaft und beachteten sie überhaupt nicht. Sie wirkten so selbstsicher und erfahren, daß Inge sich ihnen gegenüber ganz klein und häßlich vorkam.

Dabei hatte Olivia sich zumindest in einer Beziehung geirrt: Es würde ihr ganz unmöglich sein, Inge aus dem Weg zu gehen, soviel stand inzwischen schon fest. Die Gesellschaft, in der sie reisten, bestand aus hundert Personen, die in vier Gruppen aufgeteilt waren. Frau von Sauten, Inge, Olivia und Katrin gehörten ausgerechnet zur gleichen Gruppe C, sie hatten ein und denselben Reiseleiter, Herrn Kluge, einen mittelalterlichen, kahlköpfigen und sehr geschäftigen Herrn.

›So ein Zufall!‹ dachte Inge.

Kurz bevor sie das Flugzeug betrat, blickte sie von der Höhe der kleinen Plattform noch einmal zurück. Es regnete im Augenblick ausnahmsweise nicht, aber der Himmel war grau, die Wolken hingen ganz tief, und die Rollbahn glänzte vor Nässe.

›Leb wohl, Frankfurt!‹ dachte sie, ›bis bald, Heinz! Wenn man sich liebt, sind drei Monate gar nicht so lang.‹

Die Stewardeß, die am Eingang stand, begrüßte sie lächelnd: »Willkommen an Bord!«

Dann entstand ein gewisses Gedränge, weil die meisten

der Passagiere noch ihre Plätze suchten, andere den Mittelgang verstopften, während sie ihr Handgepäck unter den Sitzen verstauten. Die Stewardessen und die Reiseleiter bemühten sich, Ordnung in das Gewimmel zu bringen, und wenige Minuten später hatte Frau von Sauten ihren und Inges Platz gefunden.

Die beiden Damen waren im vorderen Teil des Flugzeugs untergebracht, in der zweiten Reihe hinter dem Cockpit, auf der linken Seite.

»Zuerst werde ich mich einmal ans Fenster setzen, Inge«, entschied Frau von Sauten, »Sie könnten schwindelig werden, wenn Sie hinunterblicken.«

»Kann schon stimmen«, bestätigte Inge fügsam, obwohl sie fest entschlossen war, sich keine Sekunde vom ersten Start ihres Lebens entgehen zu lassen.

Frau von Sauten setzte sich und überließ es Inge, die Mäntel zu verstauen. Das junge Mädchen mußte sich dazu auf die Zehenspitzen recken.

In diesem Augenblick begann das erste der vier Triebwerke probeweise zu arbeiten. Durch den riesigen Rumpf der Maschine ging ein Zittern. Inge verlor das Gleichgewicht, fand nichts, woran sie sich festhalten konnte und – fiel in die Arme eines bärtigen jungen Mannes.

»Oh«, sagte sie verblüfft und versuchte, sich aus seinem Griff zu befreien.

Der junge Mann war wirklich jung, bestimmt nicht älter als zwanzig Jahre, und sein rotblonder Bart betonte diese Jugend noch, anstatt ihm männliche Würde zu verleihen, wie er wahrscheinlich sollte.

»Gestatten, Fritz Hilgert«, sagte der junge Mann.

Er hielt Inge immer noch fest, obwohl das längst nicht mehr nötig war. Lustige Augen unter hellen Wimpern blinzelten sie vergnügt und lausbubenhaft an.

»Es freut mich, Ihre Bekanntschaft zu machen, aber ich denke doch, daß ich jetzt wieder auf meinen eigenen Füßen stehen kann«, erklärte Inge.

»Da bin ich gar nicht so sicher«, entgegnete Fritz Hilgert, »es wäre doch schrecklich, wenn Sie ...«

»Lassen Sie mich bitte los!« verlangte Inge, jetzt mit größerem Nachdruck. »Wenn Sie etwas für mich tun wollen, dann helfen Sie mir lieber, die Mäntel zu verstauen.«

Aber ehe Fritz Hilgert ihrem Wunsch folgen konnte, waren zwei wohlbekannte Gestalten hinter ihnen im Mittelgang aufgetaucht.

»Gratuliere, Fräulein Kramer«, sagte Olivia beißend, »das hat aber schnell geklappt!«

Fritz Hilgert hielt es wieder für angebracht, sich vorzustellen.

»Es interessiert uns nicht im geringsten, wie Sie heißen«, erklärte Olivia hochnäsig, »aber wir wären Ihnen dankbar, wenn Sie uns durchließen. Wir sitzen nämlich hier.«

Fritz Hilgert grinste unbekümmert. »Ich sehe schon, das wird ein anstrengender Flug für mich werden, ich werde zwischen drei Feuern schmoren!« Er verbeugte sich dabei leicht in Richtung von Katrin.

Das rothaarige Mädchen zwinkerte ihm vergnügt zu. »Nur keine Bange, es gibt hier eine gut funktionierende Klimaanlage!«

Fritz Hilgert und Inge drückten sich beiseite und ließen Olivia und ihre Freundin durch. Es stellte sich heraus, daß sie alle in der gleichen Reihe saßen, Olivia, Katrin und Fritz Hilgert auf der linken, Inge und Frau von Sauten auf der rechten Seite des Ganges.

»So ein Zufall!« schoß es Inge wieder durch den Kopf, und diesmal sprach sie es laut aus, während sie sich setzte und anschnallte.

Frau von Sauten, die einen Kriminalroman aus ihrer Handtasche genommen hatte, hob den Kopf und blickte sie an. »Was meinen Sie, Inge?«

Inge wartete ab, bis Fritz Hilgert ihr Handgepäck verstaut hatte und Olivia und Katrin zur Hilfe kam, dann flüsterte sie Frau von Sauten zu: »Das Mädchen auf der anderen Seite, die hübsche Schwarzhaarige, ist die Schwester des jungen Mannes, von dem ich Ihnen erzählt habe.«

Frau von Sauten war erstaunt. »Ach, wirklich?«

»Ja. Die Rothaarige daneben heißt Katrin und ist ihre Freundin.«

Aber Frau von Sautens Interesse an diesem Thema schien erlahmt. »Hm, hm«, sagte sie nur und versenkte ihre Nase wieder in den Krimi.

Endlich setzte sich die Maschine in Bewegung und rollte in einer, wie es Inge schien, endlosen Schleife über das Flugfeld, blieb wieder stehen, drehte sich halb um sich selbst, rollte die Startbahn entlang, und dann – unvergeßlicher Augenblick – hob der riesige Koloß sanft vom Boden ab und schwebte in die Höhe. Gleichzeitig verebbte der Lärm der Düsen, wurde zu einem normalen Hintergrundgeräusch.

Inge beugte sich an Frau von Sauten vorbei und blickte zum Fenster hinaus. Sie sah das Flughafengebäude kleiner und kleiner werden. Die Stadt Frankfurt breitete sich unter ihr aus. Winzige Autos krochen über Straßen, grau schlängelte sich der Main, Kirchturmspitzen ragten über die Dächer der Spielzeughäuser. Dann plötzlich waren graue Wolken vor den Fenstern und verschluckten alles.

Inge ließ sich wieder zurücksinken. Es war beunruhigend, daß man nichts mehr sehen konnte, aber so viel wußte sie immerhin, daß die Piloten eine moderne Maschine auch im Blindflug sicher lenken konnten. Aber etwas unheimlich war es ihr doch.

Dann lösten sich die Wolken auf, nur noch vereinzelte weiße Fetzen flogen an den Fenstern vorüber. Sekunden später dehnte sich die Wolkendecke unter ihnen wie ein unendlich weißes Wattenmeer aus, und eine klare goldene Sonne strahlte vom ungetrübten blauen Himmel.

»Oh, wie schön!« rief Inge beeindruckt.

Frau von Sauten lächelte ihr zu. »Nicht wahr? Ich bin auch jedesmal wieder beeindruckt.«

Aus dem Lautsprecher über ihnen ertönte eine tiefe männliche Stimme. »Meine Damen und Herren, Flugkapitän Wilson und seine Besatzung begrüßen Sie an Bord dieser Maschine. Wir fliegen jetzt zehntausend Meter hoch und befinden uns in direktem Kurs auf Kairo, und zwar mit einer Geschwindigkeit von neunhundertfünfzig Kilometern in der Stunde. Unsere Flugzeit wird voraussichtlich sechs Stunden betragen. Wir alle werden uns Mühe geben, daß Sie sich so wohl wie nur möglich an Bord fühlen. Wenn Sie irgendwelche Wünsche und Fragen haben, so wenden Sie sich an die Stewardessen, die jetzt damit beginnen werden, eine Mahlzeit zu servieren. Meine Damen und Herren, ich danke Ihnen für Ihre Aufmerksamkeit und wünsche Ihnen einen guten Flug.«

Das Essen war reichlich, mit Vorspeise, gebratenem Hähnchen, Apfelsaft, Ananas mit Schlagsahne zum Nachtisch, Kaffee. Frau von Sauten bestellte sich einen Cognac.

Inge war viel zu aufgeregt, um Hunger zu haben, sie aß nur, weil es ihr schmeckte.

Dann räumten die Stewardessen die Tabletts fort, die kleinen Tische wurden wieder in die Rückenlehnen der Vordersitze geklappt, Frau von Sauten zündete sich eine Zigarette an.

Inge begann sich allmählich an das Gefühl des Fliegens zu gewöhnen. Es reizte sie, einen Erkundungsgang durch das ganze Flugzeug zu unternehmen.

Gerade wollte sie mit Frau von Sauten darüber reden, als sich eine der Stewardessen zu ihr niederbeugte. »Hätten Sie Lust, das Cockpit zu besichtigen?«

Inges Augen wurden groß. »Lust schon. Aber ... darf man das denn?«

»Flugkapitän Wilson läßt Sie bitten!«

Inge dachte: ›Wie kommt denn der dazu? Er kennt mich doch gar nicht!‹

Die Stewardeß lächelte. »Kommen Sie bitte mit!«

Noch einmal mochte Inge sich nicht bitten lassen. Sie

sprang auf. Aber gerade in diesem Augenblick geriet das Flugzeug in ein Luftloch und sackte leicht ab. Inge plumpste auf ihren Sitz zurück.

»Nur nicht so stürmisch«, mahnte Frau von Sauten, »vergessen Sie nicht, wir befinden uns immerhin in zehntausend Meter Höhe!«

Erst jetzt fiel Inge ein, daß sie ihre Chefin noch gar nicht um Erlaubnis gefragt hatte. »Sie haben doch nichts dagegen, daß ich ...«

»Aber nein, gehen Sie nur nach vorne! Es ist hochinteressant, und Sie werden Ihren Spaß haben.«

Wieder stand Inge auf, diesmal erheblich vorsichtiger, und folgte der schlanken Stewardeß in dem schicken blauen Dreß. Sie vermied es, Fritz Hilgert, Olivia Bomhardt und Katrin auch nur eines Blickes zu würdigen, obwohl es ihr schwer fiel, ein triumphierendes Lächeln zu unterdrücken. Nicht die elegante Olivia und nicht die hübsche Katrin hatte Kapitän Wilson ausersehen, ihn im Cockpit zu besuchen, sondern ausgerechnet sie, Inge Kramer!

Sie glaubte, die neidischen Blicke der anderen im Rücken zu spüren.

Die Stewardeß öffnete die schwere Tür zum Cockpit, steckte ihren Kopf hinein, rief: »Fräulein Inge Kramer, Kapitän!« Dann ließ sie Inge eintreten, zog sich selber zurück und drückte die Tür von außen ins Schloß.

Im ersten Augenblick wirkte alles verwirrend: die riesige Armaturenanlage, die aussah, als ob sie einen ganzen Maschinenpark automatisch hätte in Bewegung setzen können, die gläserne Kuppel, durch die man einen unendlichen Ausblick über das weiße Wolkenmeer hinweg hatte, und die Rücken der vier Männer, die allesamt ihre Uniformjacken ausgezogen hatten und in weißen Hemden dasaßen. »Toll!« rief Inge beeindruckt und riß die Augen auf. »Unheimlich!«

»Freut mich, daß es Ihnen gefällt!« Einer der Männer in der Kanzel drehte sich zu ihr um. Er hatte verstrubbeltes braunes Haar, herrlich braune Augen, die von einer Menge Lachfältchen umgeben waren, weiße kräftige Zähne.

»Guten Tag, Kapitän Wilson«, grüßte Inge artig.

Der junge Mann grinste. »Nicht doch, Fräulein, zu viel der Ehre! Ich bin nur der Co-Pilot! Gestatten Sie, daß ich mich vorstelle – Axel Borg! Dieser seriöse Mensch hier ist unser Kapitän.«

Ein breitschultriger Mann, von dessen Haar sich nicht genau sagen ließ, ob es sehr blond oder schon weiß war, drehte sich um und nickte ihr flüchtig zu.

»Dies hier ist unser Flugingenieur«, stellte Axel Borg weiter vor, »und der Mann mit den Kopfhörern ist eine der wichtigsten Persönlichkeiten an Bord, der Navigator.«

»Sehr interessant«, murmelte Inge, die sich plötzlich unbedeutend fühlte.

»Aber setzen Sie sich doch«, sagte Axel Borg, »machen Sie sich's bequem.« Er packte sie beim Handgelenk und zog sie auf einen weiß lackierten kleinen Drehsessel nieder, der am Boden festgeschraubt war.

Seine Hand war warm und trocken. Inge errötete bei dieser unvermuteten Berührung, und sie ärgerte sich über sich selber.

»Das ist idiotisch«, sagte sie laut.

Axel Borg starrte sie verblüfft an. »Meinen Sie etwa mich?«

Inge schüttelte ihr schulterlanges blondes Haar. »Nein. Nur mich selber. Daß ich grundlos rot werde. Ich war fest überzeugt, diese Babykrankheit inzwischen überwunden zu haben.«

»Na, gar so lange kann das aber noch nicht sein«, sagte er grinsend.

Jetzt war sie es, die ihn nicht verstand. »Was?«

»Daß Sie aus dem Babyalter heraus sind.«

»Ich werde zwanzig«, erklärte sie mit so viel Würde, wie sie aufbringen konnte.

»Donnerwetter! So alt schon und nicht verheiratet?«

»Ich bin verlobt!« platzte Inge heraus. Sie hatte einfach das Gefühl, diesem anmaßenden und unverschämt vergnügten jungen Mann mit irgend etwas imponieren zu müssen.

»Etwa mit dem rothaarigen Knaben, der auf der anderen Seite des Ganges sitzt?«

»Den kennen Sie auch?«

»Kennen ist zu viel gesagt. Ich pflege mir bloß die Passagiere anzusehen, die an Bord kommen. Schließlich will man wissen, mit wem man durch die Lüfte kreuzt.«

»Ich bin dem Fritz Hilgert heute zum erstenmal begegnet.«

Axel Borg bemühte sich, sein braun gebranntes Gesicht in ernste Falten zu legen. »Das beruhigt mich ungemein.«

»Warum?«

»Er wäre nicht der Typ, der zu Ihnen paßt.«

»Ganz bestimmt nicht«, erklärte Inge, »mit meinem Verlobten hat er nicht die geringste Ähnlichkeit.«

»Erzählen Sie mir doch mal ein bißchen von ihm!« sagte Axel ermunternd. »Langsam beginnt mich der Knabe brennend zu interessieren.«

Inge schüttelte ihren Kopf, daß die blonde Mähne nur so flog. »Das könnte Ihnen so passen, Herr Borg!«

»Seien Sie nicht so förmlich, nennen Sie mich doch Axel!«

»Lieber nicht«, erklärte Inge mit Nachdruck, »so gut kennen wir uns ja noch gar nicht. Und über meinen Verlobten werde ich Ihnen auch nichts erzählen.«

»Oh, warum denn nicht?« Er spielte den tief Bekümmerten. »Haben Sie denn kein Vertrauen zu mir?«

»Nicht die Bohne«, gab sie kaltschnäuzig zurück, »erklären Sie mir mal lieber, wie all diese Hebel und Griffe und Lämpchen da vorne funktionieren ... und wie es kommt, daß so ein mächtig schweres Ding überhaupt fliegen kann.«

»Höchst einfach«, behauptete er, »das Flugzeug verdankt seine Fähigkeit, sich frei in die Luft zu erheben, dem dynamischen Auftrieb, der durch die an besonders geformten Flächen vorbeiströmende Luft erzeugt wird. Haben Sie verstanden?«

»Kein Wort«, bekannte Inge ehrlich.

»Dann will ich es noch einmal andersherum versuchen ...«

»Ach nein, lassen Sie nur, Herr Borg«, sagte Inge, »dazu bin ich wahrscheinlich doch zu dumm.«

»Wir haben eine Steuermaschine und ein Selbststeuergerät, das augenblicklich eingeschaltet ist.«

»Und woran kann ich das sehen?«

Axel Borg grinste. »Daran, daß Kapitän Wilson sich bequem zurückgelehnt hat und eine Zigarette raucht und ich mit Ihnen plaudere, ohne mich um die Steuerung zu kümmern. Wenn das Selbststeuergerät in Aktion ist, bleibt die Maschine automatisch auf ihrem Kurs. Wir müssen natürlich trotzdem dauernd überprüfen, ob auch alles in Ordnung ist. Sehen Sie, hier das ist der Höhenmesser, hier vor dem Navigator der Kompaß, und hier würde ein rotes Licht aufleuchten, wenn ...« Er unterbrach sich. »Aber warum soll ich Sie mit so viel technischem Kram langweilen. Reden wir doch lieber von der Liebe! Wieso hat Ihr Verlobter es fertiggebracht, Sie ganz allein in die große weite Welt hinausziehen zu lassen?«

»Das«, sagte Inge energisch, »geht Sie überhaupt nichts an!«

Aber trotz dieses massiven Gegenschlags zeigte Axel Borg sich keineswegs getroffen. »Wie Sie meinen«, sagte er unbekümmert, »dann will ich Ihnen von mir erzählen. Ich bin fünfundzwanzig Jahre jung, unverheiratet, unverlobt, überhaupt völlig ungebunden, und das ist kein Zufall. Ich habe es ganz bewußt so gehalten, um frei zu sein, wenn mir die Frau meines Lebens begegnet.«

Er sah sie bei dieser Erklärung mit seinen warmen Augen so unverwandt an, daß Inge das Gefühl hatte, gleich wieder rot werden zu müssen.

Sie war dem Schicksal dankbar, als die Stewardeß, die sie gebracht hatte, den Kopf hereinsteckte und verkündete: »Es gibt einen kleinen Imbiß, Fräulein Kramer! Bitte, kehren Sie doch auf Ihren Platz zurück!«

»Aber du bist wirklich brutal, Lotte!« rief Axel Borg. »Gerade jetzt, wo ich so schön in Fahrt war!«

Die Stewardeß Lotte lächelte Inge zu. »Falls Sie natürlich noch bleiben möchten ...«

»Nein, nein«, sagte Inge hastig und stand auf, »ich kann ja auch Frau von Sauten nicht so lange allein lassen. Auf Wiedersehen, Herr Borg, und vielen Dank für Ihre interessanten Erklärungen. Auf Wiedersehen!«

Und sie verließ das Cockpit und ging auf ihren Platz zurück.

Eigentlich hatte Inge erwartet, daß Fritz Hilgert sie mit Fragen bombardieren würde, aber nichts dergleichen geschah. Er war offensichtlich so in ein Gespräch mit Katrin und Olivia vertieft, daß er sie gar nicht bemerkte. Alle drei aßen mit gutem Appetit ihre nachmittägliche Schokoladentorte.

Vor Frau von Sauten war noch nicht serviert worden. Erst als Inge sich gesetzt hatte, kam Stewardeß Lotte mit den Tabletts. Inge war fest davon überzeugt gewesen, überhaupt keinen Hunger zu haben, aber zu ihrem eigenen Erstaunen aß sie doch, und es schmeckte ihr sogar.

»War es nett?« fragte Frau von Sauten. Ihre Stimme klang eher höflich als interessiert.

»Man hat einen tollen Ausblick da vorne.«

Frau von Sauten lächelte ihr freundlich zu, dann hob sie wieder ihren Kriminalroman vor die Augen, las, während sie Schokoladentorte löffelte und Kaffee trank.

Nachdem die Stewardessen abgeräumt hatten, entschloß Inge sich, den Waschraum aufzusuchen.

Hier konnte sie sich eine ganze Weile aufhalten. Alles war zweckmäßig und auf kleinstem Raum untergebracht, ein großer Spiegel, ein Waschbecken, Seife, Bürste, Papierhandtücher und Erfrischungstücher. Sie wusch sich, kämmte sich, zog die Lippen nach, ließ sich bei allem Zeit.

Doch als sie auf ihren Platz zurückkehrte, plauderte Fritz Hilgert immer noch mit Olivia und Katrin, Frau von Sauten blickte nicht einmal von ihrem Krimi auf, und draußen, vor den kleinen Fenstern, strahlte die Sonne über den undurchdringlichen weißen Wolken.

Inge nahm sich einen Roman aus ihrem Handgepäck, versuchte zu lesen. Aber sie konnte sich nicht konzentrieren. Zu viel war auf sie selber in der letzten Zeit eingestürmt.

Sie sah, wie eine der Stewardessen sich über Fritz Hilgert zu Katrin beugte, wie Katrin Olivia einen Wink gab, Fritz Hilgert aufstand und die beiden Mädchen durchließ. Sie folgten der Stewardeß zum Cockpit.

Inge biß sich auf die Lippen. So war das also! Nicht sie allein war die Auserwählte gewesen, die die Mannschaft in der Kanzel hatte besuchen dürfen, sondern jetzt waren Katrin und Olivia dran. Wahrscheinlich würden alle weiblichen Wesen an Bord, eines nach dem anderen, im Laufe der Zeit die hohe Ehre haben, nach vorne tanzen zu dürfen.

Bisher hatte Inge es für einen tollen Zufall gehalten, daß ausgerechnet Heinz Bomhardts Schwester mit derselben Maschine und in derselben Reisegesellschaft wie sie rund um die Welt flog.

Aber wenn es nun Absicht war? Inge erinnerte sich an den Detektiv, der sie in Frankfurt so unverschämt verfolgt hatte. War es nicht klar, daß er von Bomhardts beauftragt worden war? Und wenn die Eltern von Heinz schon nicht davor zurückschreckten, ihr einen Detektiv auf die Fersen zu hetzen, dann lag es doch eigentlich nahe, daß Olivia es jetzt übernommen hatte, hinter ihr herzuspionieren.

»Das ist doch glatter Wahnsinn!« entfuhr es Inge laut.

Frau von Sauten ließ den Krimi sinken. »Wie bitte?«

»Entschuldigen Sie«, sagte Inge mit einem kläglichen Lächeln, »ich glaube, ich leide an Verfolgungswahn.«

Plötzlich blickten Frau von Sautens Augen ganz wach. »Das müssen Sie mir schon etwas näher erklären!«

»Es ist nur ... glauben Sie an Zufälle?«

»O ja. Der Zufall spielt im menschlichen Leben eine große Rolle, eine viel größere jedenfalls, als wir wahrhaben möchten.«

»Die Schwester meines Freundes ist mit an Bord«, sagte Inge geradeheraus, »kann das ein Zufall sein!«

»Was sonst?«

»Ich ... bitte, lachen Sie mich nicht aus ... ich habe das Gefühl, daß sie mir nachspioniert«, bekannte Inge.

Frau von Sauten lächelte. »Sie sind ziemlich ichbezogen.«

»Ja, ich weiß, es klingt verrückt, aber ...«

Inge brach ab, überwältigt von der Erkenntnis, daß sie nicht imstande war, Frau von Sauten den Grund ihrer Verwirrung klarzumachen.

»Das ist also alles, was Sie beunruhigt?« fragte die Schriftstellerin.

»Ja«, behauptete Inge, die nun nicht mehr von ihrem Abenteuer mit dem Detektiv erzählen mochte, weil sie Angst hatte, sich noch lächerlicher zu machen.

»Ich bin froh, daß es nichts Schlimmeres ist. Sie können ganz unbesorgt sein«, sagte Frau von Sauten. »Aber versprechen Sie mir eines: Wenn Sie tatsächlich einmal etwas wirklich Ungewöhnliches beobachten oder erleben, dann teilen Sie es mir mit, ja?«

»Bestimmt«, versprach Inge.

Sie fühlte sich auf einmal ganz verlassen und hatte große Sehnsucht nach Heinz, ja, und auch nach ihrer Mutter.

Am Nachmittag landete die Maschine auf dem Flughafen bei Kairo. Alle Passagiere waren froh, sich wieder recken und strecken zu können. Inge brannte darauf, die Millionenstadt kennenzulernen. Aber bis alle Einreiseformalitäten erledigt waren und jeder sein Gepäck hatte, brach schon die Dämmerung herein.

Ein Sonderbus brachte die Gruppe C der Reisegesellschaft in das elegante Hotel Hilton. Frau von Sauten und Inge bekamen ein geräumiges Doppelzimmer mit Bad im 7. Stock zugewiesen. Sie warteten ab, bis der Boy, dessen Gesicht schon wie das einer ägyptischen Statue war, die Koffer nach oben brachte.

»Darf ich noch ein bißchen runtergehen?« fragte Inge.

»Wo denken Sie hin?« erwiderte die Chefin. »Erst mal muß ich Sie bitten auszupacken, und zweitens sollten Sie es sich von vornherein aus dem Kopf schlagen, mutterseelenallein in Kairo herumzulaufen. Schließlich sind wir hier in der größten Stadt Afrikas und der arabischen Welt.«

»Ich würde mich schon zurechtfinden«, behauptete Inge, »schließlich ist Frankfurt auch kein Dorf.«

»Sprechen Sie arabisch?«

»Natürlich nicht.«

»Na also. Dann hören Sie bitte auf mich, und bleiben Sie immer in der Gruppe oder wenigstens in meiner Nähe.«

Inge hätte beinahe einen Flunsch gezogen, besann sich dann aber eines Besseren und machte gute Miene. Während Frau von Sauten sich ins Bad zurückzog, um eine Dusche zu nehmen, packte Inge die Koffer aus, legte alle Wäschestücke sorgfältig gefaltet in die verschiedenen Kommoden und hängte alle Kleider auf Bügeln auf. Als sie damit fertig war, kam Frau von Sauten in einem weißen Frotteemantel aus dem Bad.

»Hübsch gemacht!« lobte sie. »Ich bin wirklich froh, daß ich Sie mithabe. Ich empfinde das Aus- und Umpacken immer wieder als sehr lästig.«

Inge strahlte. »Ist doch nichts weiter dabei.«

»Für jemanden, der jung und geschickt ist wie Sie, sicherlich nicht.«

»Und was machen wir jetzt?« Inge kam ein Verdacht. »Sie wollen doch nicht etwa schon zu Bett gehen?«

Frau von Sauten lachte. »Im Gegenteil, ich mache mich jetzt schick. Heute abend gibt es ein festliches Dinner.«

»Hunger«, sagte Inge, »habe ich eigentlich gar nicht.«

»Der kommt, wie man so schön sagt, beim Essen. Aber das ist nicht das Wichtigste. Es soll ein fröhliches Beisammensein werden, bei dem wir alle uns richtig kennenlernen sollen.«

»Ach so.«

»In Ihrem Hosenanzug können Sie sich da aber nicht blicken lassen, Inge. Abends sollte es schon ein Kleid sein. Am besten machen Sie es wie ich und nehmen auch erst mal eine Dusche.«

Inge befolgte diesen Rat.

Als sie später in frischer Unterwäsche und einem leichten Sommerkleid vor Frau von Sauten hintrat, gab sie zu: »Sie hatten Recht. Jetzt fühle ich mich entschieden besser.«

»Man sieht es Ihnen an. Aber nehmen Sie eine Stola mit. Die Nächte können im Orient kalt werden.«

Miteinander – Frau von Sauten in einem eleganten beigen Kleid mit Perlenkette – fuhren sie mit dem Lift zur Dachterrasse hoch. Beim Anblick des nächtlichen Kairos, das sich mit seinen Millionen und Abermillionen Lichtern unter ihnen ausbreitete, bereute Inge es nicht mehr, im Hotel geblieben zu sein.

»Fantastisch!« rief sie. »Ich gebe zu, dahinter kann sich Frankfurt verstecken.«

Frau von Sauten lachte. Wie die Schriftstellerin vorausgesagt hatte, wurde es ein vergnügter Abend. Die Gerichte waren vorzüglich, die Gespräche munter, und der leichte Wein, der serviert wurde, stieg Inge, die es nicht gewohnt war, zu trinken, ein wenig zu Kopf.

Als sie in ihr Zimmer zurückkehrten, hatte Inge nur noch den einen Wunsch, möglichst schnell ins Bett zu kommen. Kaum hatte sie dieses Ziel erreicht, war sie auch schon eingeschlafen, während Frau von Sauten noch lange an dem kleinen Schreibtisch saß und sich Notizen machte.

Die nächsten Tage vergingen wie im Flug.

Auf einer Barkasse unternahmen sie eine Fahrt auf dem anscheinend träge dahinfließenden gelben Wasser des Nils. Herr Kluge erzählte, wenn man noch einmal zurück nach Kairo kommen wollte, müßte man daraus trinken. Aber dazu hatte keiner aus der Reisegesellschaft den Mut. Sie hatten beobachtet, wie die Menschen an den Ufern in ihren bunten Gewändern hineinstiegen, sich wuschen und wahrscheinlich noch anderes taten.

In ihrem Sonderbus fuhren sie kreuz und quer durch die Stadt, bewunderten die Azhar-Moschee und die Zitadelle, die Überreste der großen Stadtmauer, die einst sechzig Tore gehabt haben soll, aber auch den Staudamm, den ›Barrage du Nil‹, mit dessen Bau schon vor mehr als hundertfünfzig Jahren begonnen worden war. Natürlich ging die Fahrt auch nach Gizeh hinaus, um die Pyramiden zu bestaunen.

Alle wollten sich unbedingt vor den Pyramiden auf einem Kamel ablichten lassen. Die Vermieter verlangten zwanzig ägyptische Pfund für diesen Spaß! Die meisten gingen darauf ein. Aber Frau von Sauten verhandelte so zäh, daß es Inge schon peinlich wurde. Doch sie hatte Erfolg. Zum Schluß gab sich der malerisch gewandete Fellache mit zwei Pfund zufrieden. Dabei lachte er noch ganz vergnügt, so daß Inge begriff, daß ihre Chefin es richtig gemacht hatte.

Aber was sie auch immer unternahmen, immer war Herr Kluge darauf bedacht, die Gruppe beisammenzuhalten. So war es auch, als sie einen Bummel durch die Basare machten. Inge schien es, als spielte sich hier das wahre Leben Ägyptens ab. Es roch betäubend nach Gewürzen, Leder, Fellen, Parfums, aber auch nach Schweiß und Urin.

Ein Ägypter sprach Inge an; er trug eine schwarze Hose, ein weißes Hemd, gelbe Schuhe und eine rote Krawatte. »Du deutsch?« fragte er.

Inge nickte.

»Ich guter Mann, sprechen deutsch. Was wollen du kaufen?«

»Nichts«, erwiderte Inge wahrheitsgemäß.

»Du gehen in Basar und nix wollen kaufen? Ich weiß gute Gelegenheit. Echte Antiquität. Billig, billig!«

Inge war etwas hinter den anderen zurückgeblieben.

Aber schon hatte Frau von Sauten sie vermißt und war wieder an ihrer Seite. »Kommen Sie, Inge! Sie verpassen sonst den Anschluß.«

Der Ägypter ließ sich nicht verdrängen. »Ich gute Antiquitäten, ganz gute! Zweitausend Jahre alt!«

»Ach, erzählen Sie mir doch nichts!« sagte Frau von Sauten energisch. »Echte Antiquitäten darf man gar nicht ausführen. Das verbietet die Regierung.«

»Sie ganz klein. Du kannst in Koffer stecken. Niemand wird etwas merken.« Er zerrte Inge in eine Seitengasse.

Frau von Sauten folgte ihnen.

»Da, du sehen Antiquität! Zweitausend Jahre alt.«

Da standen sie, die kleinen Götter und Göttinnen aus Ton, und wirkten tatsächlich sehr alt und verwittert.

»Oh, die sind aber süß!« rief Inge.

»Ja, sie sind entzückend!« bestätigte Frau von Sauten. »Nur, daß sie nicht wirklich alt sind. Sie werden hier gemacht, dann in den Wüstensand eingegraben und später für teures Geld verkauft.«

»Lüge!« fauchte der Ägypter und war mit einem Mal gar nicht mehr freundlich.

Frau von Sauten ließ sich nicht beeindrucken. »Wenn Sie so etwas kaufen wollen, Inge, es gibt ein vom staatlichen Nationalmuseum geleitetes Geschäft. Dort werden gute Nachahmungen verkauft. Alle Stücke sind vom Staat punziert.«

»Du nicht hören auf diese Frau!« schimpfte der Ägypter. »Schlechte Frau! Du kommen mit mir!«

Inge versuchte sich seinem Griff zu entziehen, aber es gelang ihr nicht.

»Verschwinden Sie!« rief Frau von Sauten zornig. »Aber sofort! Sonst rufe ich die Polizei.«

Diese Drohung wirkte. Wütend gab der Ägypter Inge frei, spuckte Frau von Sauten vor die Füße und machte sich aus dem Staub.

»Ein aufdringlicher Mensch!« sagte die Schriftstellerin. »Jetzt müssen wir uns aber beeilen, damit wir die anderen wiederfinden.«

Sie nahm Inge bei der Hand, und sie liefen los. Sie hatten es nicht weit, denn Herr Kluge hatte seine Schäfchen aufgehalten und auf sie gewartet.

»Jetzt haben Sie es einmal erlebt, wie gefährlich es sein kann, wenn man sich absondert«, erklärte Frau von Sauten.

Inge war nicht dieser Meinung. Aber da sie wußte, daß es keinen Sinn hatte, der Schriftstellerin zu widersprechen – sie pflegte sich auf ihre größere Lebenserfahrung zu berufen und behielt immer Recht –, schwieg Inge. Sie war überzeugt, daß sie sehr gut allein mit dem aufdringlichen Ägypter fertig geworden wäre. Unangenehm war er ja erst geworden, nachdem Frau von Sauten eingegriffen und ihn als Schwindler bezeichnet hatte.

Liebend gern hätte Inge einmal allein einen Bummel durch Kairo gemacht, nicht gerade durch die Basare, die ihr doch etwas unheimlich waren, sondern durch den modernen Teil der Stadt. Besonders reizte sie die Niluferstraße, die sogenannte ›Corniche‹, die sie nur vom Vorbeifahren kannte. Dort gab es schöne, gepflegte Häuser in blühenden Gärten, Restaurants mit bunten Markisen und elegante Geschäfte.

Aber diese Idee zu verwirklichen schien unmöglich. Alle Besichtigungen wurden innerhalb der Reisegruppe gemacht, und weder Herr Kluge noch Frau von Sauten waren für die ›Corniche‹ zu begeistern. Die Gelegenheit, etwas allein und auf eigene Faust zu erleben, hatte Inge nie.

Deshalb war sie ganz froh, als Frau von Sauten ihr am Nachmittag vor dem Abflug nach Colombo erklärte, daß sie sie für ein paar Stunden allein lassen müßte.

»Ich habe eben die Nachricht bekommen«, sagte Frau von Sauten, »daß die Frau des Präsidenten mir ein Interview gestattet. Da können Sie leider nicht mit.«

»Oh, macht nichts, ich werde mir auch so die Zeit vertreiben.«

»Das glaube ich Ihnen gerne. Sie haben genug zu tun. Arbeiten Sie die Post auf, die ich Ihnen diktiert habe, danach können Sie schon anfangen, unsere Koffer zu packen. Ehe Sie damit fertig sind, bin ich wieder da.«

So fix wie heute hatte Inge noch selten getippt, denn sie hoffte, doch eine freie halbe Stunde für sich allein herauszuschinden. Aber dann wagte sie doch nicht, das Zimmer gegen Frau von Sautens ausdrückliches Gebot zu verlassen, sondern wollte die Zeit nutzen, um einen langen Brief an Heinz zu schreiben. Sie hatte eben damit begonnen, als das Telefon klingelte. Sie nahm den Hörer ab.

»Spricht dort Fräulein Inge Kramer?« fragte eine fremde männliche Stimme, die sich spürbar bemühte, in einer ihr nicht sehr vertrauten Sprache so deutlich wie möglich zu sprechen.

»Ja«, sagte Inge ganz erstaunt, »aber woher wissen Sie ... woher kennen Sie mich?«

»Frau Helene von Sauten ist auf der Fahrt zum Präsidentenpalast verunglückt. Sie ist in das Ashar-Hospital eingeliefert worden. Kommen Sie sofort!«

»Aber wie soll ich denn den Weg finden? Ich kenne mich in Kairo doch nicht aus!«

»Geben Sie dem Taxi die Adresse Ashar-Hospital. Er wird Sie richtig führen.«

»Bitte, sagen Sie mir, was ist mit Frau von Sauten? Ist sie schwer verletzt? Und wie ist es passiert?«

Aber sie bekam keine Antwort. Der Anrufer hatte schon aufgelegt.

Den Bruchteil einer Sekunde stand Inge Kramer ganz starr, die Oberlippe zwischen die Zähne gezogen, die runden braunen Augen weit aufgerissen.

Dann knallte sie den Hörer auf die Gabel, riß ihren federleichten weißen Mantel aus dem Schrank, nahm ihre Handtasche vom Nachttisch und warf einen kurzen, schon gewohnheitsmäßig prüfenden Blick hinein: Paß, Reiseschecks und Dollars.

Sie stürzte aus dem Zimmer, schlüpfte, noch im Laufen, in ihren Mantel, rannte zum Lift und drückte auf den Knopf. Aber als er nicht sogleich kam, verlor sie die Geduld, drehte sich auf dem Absatz um, stürzte zur Hintertreppe und hinunter in die Halle.

Erst als sie den gewichtigen Herrn an der Rezeption sah, fiel ihr ein, daß sie vergessen hatte, ihr Zimmer abzuschließen und den Schlüssel abzuziehen. Aber das schien ihr jetzt nicht wichtig; auf keinen Fall wollte sie noch einmal zurück und dadurch Zeit verlieren.

Sie sauste durch die Drehtür auf die Straße. Ah, da kam ein Taxi von links angefahren! – ›Glück im Unglück!‹, sagte Inge zu sich selber.

Das Taxi hielt am Bordstein, der Hotelportier öffnete die Tür zum Fond, und Inge Kramer warf sich in die reichlich durchgedrückten Polster.

Erst als das Auto sich schon in Bewegung setzte, kam ihr die Idee, daß es vielleicht richtiger gewesen wäre, irgend jemandem vom Hotel zu erzählen, wohin sie verschwunden war.

Sie versuchte, das Fenster herunterzukurbeln und es dem Portier, der noch am Bordstein stand und ihr nachsah, zuzurufen. Aber das Fenster klemmte. Inge wurde heiß vor Anstrengung, doch es gab keinen Zentimeter nach.

»Sorry«, sagte der Fahrer des Wagens grinsend, »Window kaputt!«

»Das merke ich selber!« entgegnete Inge wütend. Sie fühlte sich blamiert, weil der Fahrer sie bei ihrer vergeblichen und wahrscheinlich ziemlich lächerlichen Bemühung beobachtet hatte.

Er war ein braunhäutiger junger Mann mit unverschämten Augen, und er wandte sich, während er sie durch den dicksten Verkehr in der Innenstadt von Kairo fuhr, immer wieder zu ihr um. Das Steuer lässig in der Hand haltend, grinste er sie an.

Inge setzte sich mit so viel Würde, wie sie eben aufbringen konnte, hochaufgerichtet auf dem Hintersitz zurecht, stellte die Füße brav nebeneinander und versagte es sich, an ihrem kurzen Rock zu zerren, wie sie es am liebsten getan hätte. »Sehen Sie mich nicht an!« sagte sie streng. »Sehen Sie geradeaus auf die Straße!«

Er grinste nur, verstand natürlich kein Wort. Du lieber Himmel, was hieß bloß geradeaus? Sie hatte sich immer eingebildet, so gut in Englisch zu sein, aber jetzt, wo sie es brauchte, ließen sie ihre Kenntnisse völlig im Stich. »See not on me!« sagte sie. »See on the street!«

»Yes, yes«, sagte der Fahrer feixend und heftete seinen Blick schon wieder auf sie.

Um Himmels willen, am Ende konnte dieser Mensch nicht einmal Englisch. Frau von Sauten hatte ihr gesagt, daß man sich in Kairo am besten auf französisch verständigen konnte, notfalls auch auf englisch.

Inge wurde es kalt und heiß bei diesem Gedanken. Plötzlich fiel ihr ein, daß sie ihm ja noch gar nicht das Ziel ihrer Fahrt angegeben hatte. Vielleicht starrte er sie nur deshalb so unverschämt an. »Fahren Sie mich bitte zum Azhar-Hospital!« Sie wiederholte eindringlich: »Azhar-Hospital! Do you understand?«

»Yes, yes«, sagte der braunhäutige Fahrer und drehte sich endlich und endgültig nach vorne.

Inge atmete auf. Aber nicht lange, dann überfiel sie eine neue Unruhe. Sie wollte eine Frage an den Fahrer richten. »He, Sie!« sagte sie. Aber der Mann reagierte überhaupt nicht.

Sie legte ihm die Hand auf die Schulter, schüttelte ihn leicht. »Please, say me«, sagte sie in ihrem mühsamen Englisch, »how many minutes till the Azhar-Hospital?«

Er sah sich nach ihr um, wieder mit jenem frechen Grinsen, was ihr nun schon fast vertraut war. »Five Minutes!« Er nahm die rechte Hand vom Steuer, zeigte ihr alle fünf Finger.

Das war unmißverständlich. Inge warf einen Blick auf ihre sehr schicke Armbanduhr mit dem hellen Lederband. Wenn die Fahrt zum Krankenhaus nur fünf Minuten dauerte, konnte sie immer noch mit Frau von Sauten zurück zum Hotel ...

Sie unterbrach ihre eigenen Gedanken. Falls Frau von Sauten nun aber schwer verletzt war? So verletzt, daß sie nicht weiterfliegen konnte? Das wäre ja schrecklich!

Sekundenlang gab sich Inge ihrem selbstsüchtigen Kummer hin, bis sie sich klarmachte, daß in diesem Fall Frau von Sauten doch viel mehr zu bedauern wäre als sie selber. Außerdem, sie könnte ja warten, bis Frau von Sauten wieder gesund wäre, und die Reise später fortsetzen.

Krampfhaft versuchte sie, sich an alles zu erinnern, was ihr die fremdländische Stimme am Telefon gesagt hatte. Es war ihr unmöglich, Klarheit darüber zu gewinnen, wie ihre Chefin nun verunglückt war. Aber etwas anderes fiel ihr auf.

Täuschte sie sich oder hatte er nicht behauptet, Frau von Sauten wäre auf der Fahrt zum Präsidentenpalast verunglückt? Aber zu dem Zeitpunkt, als er anrief, hätte sie doch schon längst auf dem Rückweg zum Hotel sein müssen. Es war natürlich immer noch möglich, daß sie erst später wieder zu Bewußtsein gekommen war und ihren, Inges, Namen genannt hatte.

Jedenfalls war es scheußlich, so im dunkeln zu tappen! Wenn sie doch erst beim Hospital wäre!

Inge sah wieder auf ihre Armbanduhr und stellte fest, daß fünf Minuten und mehr seit ihrem letzten Gespräch mit dem Fahrer vergangen waren. »Was ist denn los?« rief sie. »Wir müssen doch längst da sein ...«

Merkwürdigerweise schien der Fahrer jetzt sogar Deutsch zu verstehen. »Five minutes ...!« sagte er und zeigte wieder alle fünf Finger seiner rechten Hand.

Da war nichts zu machen. Inge verkrampfte ihre Hände, um ihre Ungeduld zu zügeln. Aber sie wurde von Sekunde zu Sekunde nervöser. Verzweifelt blickte sie aus dem trüben Fenster des Taxis, aber die Gegend war ihr völlig neu. Keines der sehr europäisch wirkenden Häuser kam ihr bekannt vor, und keines hatte sie zuvor gesehen. Das Taxi kam erschreckend langsam voran. Es hielt sich ganz rechts auf der Fahrbahn und wurde dauernd von anderen Autos überholt. Jede Ampel erreichten sie gerade in dem Augenblick, wenn das Lichtsignal auf Rot umsprang.

»Schneller!« rief Inge und trommelte dem Fahrer mit der Faust auf den Rücken. »Faster! As fast as possible!«

Aber der zuckte nur die Achseln und lächelte provozierend. Inge packte die Angst.

Es war inzwischen schon eine halbe Stunde vergangen, seit sie das Hotel verlassen hatte. Inge rechnete blitzschnell nach. Falls sie nicht in den nächsten Minuten das Krankenhaus erreicht hatten, bestand keine Chance mehr, noch rechtzeitig zum Abflug der Reisegesellschaft ins Hotel zu kommen. Aber Frau von Sauten hatte doch gewünscht, daß sie sich beeilte, das bedeutete doch eigentlich, daß sie weiterfliegen wollte und konnte! Warum hatte sie dann nicht selber mit ihr gesprochen? Ein schrecklicher Verdacht stieg in Inge auf.

»Back to the Hotel!« befahl sie dem Fahrer. »Zurück ins Hilton Hotel!« Aber der fuhr immer weiter stur geradeaus.

»Stop!« rief Inge. »Halt! Wenn Sie nicht tun wollen, was

ich Ihnen sage, dann lassen Sie mich aussteigen! ›Stop‹ habe ich gesagt!«

Der Fahrer beugte sich vor, öffnete das Handschuhfach und – Inge traute ihren Augen nicht – nahm einen Revolver heraus. »Shut up!« befahl er in einem Englisch allergewöhnlichster Prägung. Es klang, als hätte er es von einem amerikanischen Gangster gelernt.

Inge erschrak nicht, sie war nur verdutzt. Sie saß ganz still. Fast fühlte sie sich erleichtert, weil sie jetzt endlich Bescheid wußte. Gewöhnliche Taxifahrer bedrohten ihre Fahrgäste nicht mit einer Waffe, wenn sie aussteigen wollten. Man hatte sie in eine Falle gelockt.

Der Fahrer schien es auf einmal eilig zu haben. Er gab Gas. Der alte Wagen schoß nur so voran, wäre beinahe noch bei Gelb über die nächste Kreuzung gekommen, aber da sprang das Signal auf Rot. Er mußte bremsen, so heftig, daß Inge nach vorne geschleudert wurde.

Sie duckte sich und tastete nach dem Türgriff. Die Tür ließ sich leicht öffnen, Inge schlüpfte hinaus, den Kopf zwischen den Schultern, ließ sich vom Strom der Menschen über die Straße auf die andere Seite treiben. Sie fürchtete sich überhaupt nicht, sie war ganz sicher, daß der Taxifahrer nicht in die Menge schießen würde.

Das tat er auch nicht, aber – oh, Schreck! – als sie vorsichtig über die Schulter zurückspähte, stellte sie fest, daß er seinen Wagen einfach an der Kreuzung hatte stehenlassen und ihr nachkam.

Jetzt erst war sie wirklich ratlos. Sie stand mutterseelenallein inmitten einer fremdländischen, arabischen Stadt, wußte weder, wo sie sich befand, noch, in welcher Richtung ihr Hotel lag, es gab keinen Menschen, bei dem sie Hilfe oder Rat hätte finden können, statt dessen nur einen Verrückten oder einen Gangster, der sie verfolgte.

Inge begann zu rennen. Ihr kam die Situation zwar ziemlich hoffnungslos vor, aber auf keinen Fall wollte sie wie ein hypnotisiertes Kaninchen stehenbleiben und sich fangen lassen. Sie rannte aus Leibeskräften, schob die erstaunten Passanten beiseite, fühlte den Feind auf den Fersen und wagte doch nicht, sich nach ihm umzusehen.

Daß ein Taxi sie überholte und dann, wenige Schritte vor ihr, am Bordstein hielt, merkte sie gar nicht. Sie entdeckte es erst in der Sekunde, als die Tür geöffnet wurde. Inge glaubte nichts anderes, als daß sich zu ihrem ersten Verfolger ein zweiter gesellt hätte, sie wußte nicht mehr, ob sie vor oder zurück sollte, und blieb deshalb so plötzlich stehen, daß sie fast über ihre eigenen Füße gestolpert wäre.

Als sie erkannte, wer da ausstieg und sich mitten auf dem Bürgersteig vor ihr aufbaute, traute sie ihren Augen nicht. Sie sah einen wohlbekannten krausen blonden Bart, lustige Augen blinzelten sie unter hellen Wimpern heraus an: Fritz Hilgert!

Vor Erleichterung wäre sie ihm fast um den Hals gefallen.

»Nanu?« sagte er. »Was ist denn los mit Ihnen? Wollen Sie etwa den Flughafen zu Fuß erreichen?«

»Nein, natürlich nicht, ich ...« Sie wagte es, einen Blick zurückzuwerfen und stellte fest, daß der Taxifahrer sie schon fast erreicht hatte. Eilig nahm sie hinter Fritz Hilgerts breitem Rücken Deckung. »Ich werde verfolgt!« flüsterte sie ihm zu. »Dieser Mann da ...«

»Unsinn!«

»Doch, es ist wahr! Er wollte mich entführen, ich ...«

Fritz Hilgert ließ sie nicht weitersprechen, sondern drängte sie in das Taxi, aus dem er selber gerade gestiegen war. Zu ihrer großen Überraschung fand Inge sich neben der rothaarigen Katrin wieder, die sie mit großen Augen ansah.

»Hi«, sagte Katrin mit gespieltem Gleichmut. »Fein, dich zu sehen!«

»Tut mir leid, wenn ich störe«, stotterte Inge, »aber ich ...«

»Ach, rede doch keinen Stuß!« unterbrach Katrin sie,

rauh aber herzlich, und nach einem Blick in Inges verwirrtes Gesicht setzte sie hinzu: »Du hast doch nichts dagegen, wenn ich dich duze, wie? Olivia sagt zwar immer, das wäre plebejisch, aber ich meine, in unserem Alter kann man doch ruhig auf ein paar alte Zöpfe verzichten.«

Inge blickte durch das Rückfenster auf Fritz Hilgert, der sich heftig mit dem Mann, der sie verfolgt hatte, zu streiten schien.

»Sag mal, warum kommt denn Fritz nicht?« fragte Katrin ahnungslos. »Es ist reichlich spät und ...«

In diesem Augenblick riß Fritz Hilgert die vordere Tür auf, warf sich auf den Sitz neben dem Fahrer und sagte: »Los, zum Flughafen, dalli!« Zu Inge gewandt fügte er hinzu: »Es ist alles in Ordnung! Der Mann hatte geglaubt, es mit einer Verrückten zu tun zu haben! Er dachte, Sie wollten ihm mit dem Fahrgeld durchgehen. Ich habe ihm gegeben, was er verlangte, und da wurde er sofort ganz friedlich.«

»Aber er hat mich mit einem Revolver bedroht«, sagte Inge, und sie spürte selber, wie wenig glaubhaft das klang.

Katrin tätschelte ihre Hand. »Mach dir nichts draus, Inge«, sagte sie gönnerhaft, »so was kann jedem mal passieren. Wenn man die Sprache des Landes nicht kennt und mit einem Einheimischen zusammenstößt, ist man einfach aufgeschmissen.«

»Jedenfalls war es ein Glück«, erklärte Fritz Hilgert und strich sich selbstgefällig durch seinen Bart, »daß wir beide, Katrin und ich, noch einen Rundgang durch das Archäologische Museum angehängt haben und Sie auf diese Weise gerade noch rechtzeitig auflesen konnten.«

»Ja, das war wirklich ein Glück«, bestätigte Inge und beschloß, den beiden nichts weiteres über ihr aufregendes Abenteuer zu erzählen, »wieviel bitte haben Sie für mich ausgelegt?«

Sie rechneten miteinander ab.

»Um ins Hotel zu fahren«, sagte Fritz Hilgert auf Inges

Bitte hin, »haben wir jetzt keine Zeit mehr. Und es hätte ja auch keinen Zweck. Unser Gepäck haben wir bereits dem Reiseleiter anvertraut, und um Ihres wird sich bestimmt Frau von Sauten gekümmert haben.«

›Ja, wenn sie Gelegenheit dazu hatte!‹ dachte Inge, aber sie wußte, daß sie mit ihren Ängsten bei Katrin und Fritz Hilgert nicht auf Verständnis stoßen würde. So fragte sie statt dessen: »War es eigentlich interessant im Archäologischen Museum?«

»Oh, sehr!« sagte Katrin und zwinkerte Inge zu. »Besonders, wenn man eine Freundin hat, die sich durchaus nichts aus Archäologie macht.«

»Ach so«, sagte Inge. Sie sah von Katrin, die ein bißchen rot geworden war, zu Fritz, und plötzlich wurde ihr einiges klar.

Frau von Sauten war so aufgeregt, wie Inge sie noch nie erlebt hatte. Sie hatte vor dem Flughafen gewartet, während die anderen Teilnehmer der Reisegesellschaft schon die Gepäck- und Paßabfertigung über sich ergehen ließen. Sie empfing Inge wie eine verlorene Tochter.

Gerade weil sie ihr keine Vorwürfe machte, fand Inge den Mut, ihr alles, was geschehen war, anzuvertrauen, und Frau von Sauten lauschte ihr mit angstvollen Augen und so gespannten Zügen, daß Inge wußte: Sie glaubte ihr im Gegensatz zu Katrin und Fritz Hilgert jedes Wort.

»Sie dürfen nie, nie wieder so eigenmächtig handeln, Kind«, sagte Frau von Sauten, als Inge zu Ende gekommen war, »versprechen Sie mir das. Ich verstehe ja, daß Sie in Sorgen wegen mir waren, aber Sie hätten nicht aus dem Hotel laufen dürfen, ohne zumindest Herrn Kluge Bescheid zu sagen und ohne sich zu vergewissern, ob es sich um einen echten Anruf handelte ...«

»Aber wie denn?« fragte Inge. »Wie hätte ich das herausbekommen sollen?«

»Sie hätten erst im Hospital anrufen und sich vergewissern sollen, ob die Angaben, die der Mann Ihnen gemacht hatte, auch stimmten.«

»Wie hätte ich mich denn verständlich machen können? Womöglich wäre ich auf Leute gestoßen, die nur arabisch können.«

»Ja, vielleicht, obwohl ich annehme, daß die Telefonistinnen einer so großen Klinik Fremdsprachen können müssen. Wenn Sie zu unsicher waren, hätten Sie aber jemanden von der Rezeption bitten sollen, den Anruf für Sie zu tätigen.«

»Ich war viel zu aufgeregt, an so was zu denken.«

»Ein schwerer Fehler. Wenn man eine alarmierende Nachricht erhält, sollte man sich immer vergewissern, ob sie auch wahr ist, egal, ob es sich dabei um etwas Positives oder Negatives handelt. Ein Rückruf ist eine Vorsichtsmaßnahme, die immer angebracht ist.«

»Aber warum«, fragte Inge, »muß ich überhaupt Vorsichtsmaßnahmen anwenden? Wer stellt mir nach? Und was wollen diese Gangster von mir?«

»Wer weiß denn, ob es sich überhaupt um Verbrecher handelt«, sagte Frau von Sauten, die sich inzwischen wieder gefaßt hatte, »das Ganze kann auch genausogut ein dummer Witz gewesen sein ... und Ihr Zusammenstoß mit dem Taxifahrer ein Mißverständnis. Vielleicht hat er überhaupt nicht verstanden, was Sie wollten ...«

»Und der Revolver?«

»Sind Sie denn sicher, daß es einer war? Vielleicht handelte es sich um ein Spielzeug ... einen Zigarettenanzünder! Da gibt es sehr geschickte Nachahmungen.«

Inge wurde unsicher. »Ja, vielleicht«, sagte sie, »das ist alles möglich. Aber den Anruf habe ich mir bestimmt nicht eingebildet. Jemand wollte mich aus dem Hotel locken. Wenn das ein Witz sein sollte, dann habe ich wahrscheinlich keinen Humor.«

Frau von Sauten schob ihre Hand unter Inges Ellbogen. »Grübeln Sie nicht darüber nach, Inge, das hat keinen Sinn, passen Sie in Zukunft auf sich auf, dann kann nichts passieren! Auch ich werde die Augen offenhalten. Eines Tages wird es uns bestimmt gelingen, diesen Witzbold zu entlarven.«

Inges Gesicht wirkte plötzlich fast kindlich. »Ja, glauben Sie denn, daß die Kerle es noch einmal versuchen werden?«

»Das weiß ich so wenig wie Sie. Aber auf jeden Fall ist es besser, wir stellen uns darauf ein. Also – in Zukunft keine leichtsinnigen Eskapaden mehr, Inge. Vergessen Sie nicht, ich bin für Sie verantwortlich.«

Zehn Stunden später landeten sie in Colombo auf der Insel Sri Lanka. Der Himmel war von einem unwahrscheinlich strahlenden Blau, und obwohl es noch früh am Tag war, empfing sie eine geradezu hochsommerliche Glut.

Das Mount-Lavinia-Hotel, in dem die Gruppe C der Reisegesellschaft wohnen sollte, war ein ehemaliger englischer Gouverneurspalast, ein wunderschönes Haus im Kolonialstil, auf einer breiten Klippe am Rande des Indischen Ozeans errichtet.

Zum Glück war auch Frau von Sauten der Meinung, daß unter diesen Umständen an Arbeit nicht zu denken war. So durfte Inge sich, nachdem die Koffer ausgepackt waren, den ganzen Tag unter der Obhut ihrer Chefin im Meer und auf dem herrlichen weißen Sandstrand unter Palmen tummeln.

»Das war ein schöner, aber anstrengender Tag«, sagte Frau von Sauten beim Abendessen, »wir werden heute früh zu Bett gehen und uns einmal richtig ausschlafen.«

Inge war zwar noch gar nicht müde. Trotzdem widersprach sie nicht, weil ihr gerade noch rechtzeitig einfiel, daß sie ja nicht zu ihrem eigenen Vergnügen unterwegs war.

Aber nachher saß sie noch lange in ihrem leichten Leinenkleid auf dem Fensterbrett – Frau von Sauten und Inge hatten im Mount-Lavinia-Hotel jeder ein eigenes Zimmer –, bürstete sich ihr schönes blondes Haar und blickte sehnsüchtig in die blaue Nacht hinaus. Die Luft war so warm und so rein, und ein unwahrscheinlicher Mond goß eine breite Goldbahn über das glatte dunkle Wasser.

Sie schrak zusammen, als an der Tür geklopft wurde. Sie hatte abgeschlossen, und Frau von Sauten hatte ihr eingeschärft, auf keinen Fall mehr zu öffnen.

Aber wenigstens konnte sie doch fragen, wer draußen war.

»Axel Borg«, sagte eine sehr männliche Stimme.

Der Co-Pilot! Inge drehte den Schlüssel um und öffnete die Tür. Da stand er vor ihr, blendend aussehend in seiner tadellos sitzenden weißen Uniform, ein Lächeln in den braunen Augen und einen riesigen Strauß roter Rosen im Arm.

Er verbeugte sich und überreichte Inge die Rosen.

»Sie wollen doch nicht etwa schon schlafen gehen?« fragte er mit einem kleinen, vergnügten Lächeln. »In einer Nacht wie dieser … und an einem der bezauberndsten Plätze der Welt? Nein, sagen Sie mir nur nicht, daß Sie schon müde sind, das nehme ich Ihnen einfach nicht ab!«

Inge fühlte sich einigermaßen überrumpelt, aber in angenehmer Weise. »Ich weiß nicht …«, sagte sie unsicher.

»Aber ich!« Er zupfte eine der langstieligen Rosen aus dem riesigen Strauß. »Stecken Sie sich eine Blume hinters Ohr, und kommen Sie mit, so wie Sie sind! Sie haben doch bestimmt Lust, tanzen zu gehen!« Als sie immer noch zögerte, fügte er drängend hinzu: »Schlafen können Sie genug, wenn Sie erst wieder zu Hause in Deutschland sind!«

Inge holte tief Atem und strahlte ihn an. »Ja, das stimmt!« Es war ihr, als hätte er ihre geheimsten Sehnsüchte erraten.

»Na also, worauf warten Sie noch? Stellen Sie die Rosen ins Wasser, und auf geht's!«

Während sie Wasser in das Becken im Bad laufen ließ,

warf Inge einen raschen, prüfenden Blick in den Spiegel. Ihre Haut hatte ein samtiges, gleichmäßiges, warmes Braun angenommen, und ihr blondes Haar, das sie gerade so ausgiebig frisiert hatte, schmiegte sich schimmernd und glänzend um Stirn und Wangen und fiel weich auf ihre Schultern nieder. Sie konnte mit ihrem Aussehen zufrieden sein.

Vielleicht noch ein wenig Farbe auf die Lippen – aber nein, dazu blieb keine Zeit, sie wollte und konnte Axel Borg nicht warten lassen. Es war ihr nicht ganz angenehm, daß er es sich in ihrem kleinen Zimmer bequem gemacht hatte, als wäre er hier zu Hause.

Als sie zurückkam, saß er in dem kleinen rohrgeflochtenen Sessel, die langen Beine weit von sich gestreckt, und sah ihr erwartungsvoll entgegen.

»Wo bleibt die Rose im Haar?« fragte er. »Haben Sie denn gar keinen Sinn für Romantik, Mädchen?«

»Nein«, erwiderte sie, »das ist in meiner Generation nicht mehr üblich.«

»Au wei! Das hat gesessen!« Mit einem Satz stand er auf den Füßen und reichte ihr mit einer leichten Verbeugung den Arm.

»Gnädiges Fräulein, haben Sie Vertrauen zu einem älteren Herrn, der Sie in die Geheimnisse des Nachtlebens von Colombo einweihen wird!«

Plötzlich klingelte etwas in Inges Gehirn. Alle Warnungen, die Frau von Sauten ausgesprochen hatte, fielen ihr wieder ein, und das Versprechen, das sie sich selber gegeben hatte.

Aber sie wäre so gerne mit Axel Borg gegangen! Sie hatte überhaupt keine Lust, sich jetzt schon in ihrem Zimmerchen zu begraben, und dazu war es so warm – mindestens noch 25 Grad –, daß sie bestimmt kein Auge zutun würde.

Trotzdem – sie durfte ihre Chefin doch nicht so hintergehen, und nach allem, wa sie bisher erlebt hatte, konnte es ja wirklich gefährlich werden!

Obwohl sie, hin- und hergerissen von ihren Gefühlen, kein Wort hervorbrachte, war von ihrem klaren jungen Gesicht doch der Kampf abzulesen, der sich in ihr abspielte.

»Was ist denn nun schon wieder los?« fragte Axel Borg.

»Ich kann nicht«, sagte sie kläglich.

»Das bilden Sie sich doch nur ein! Natürlich können Sie!«

Inge schüttelte die blonden Locken. »Nein«, sagte sie, »ich habe Frau von Sauten versprechen müssen, daß ich nicht heimlich fortgehe!«

»Heimlich! Das ist doch lächerlich! Frau von Sauten ist Ihre Chefin, gut und schön. Ich nehme an, daß sie Ihnen diese Reise finanziert hat. Aber das gibt ihr doch noch lange kein Recht, sich in Ihr Privatleben zu mischen. Wie Sie Ihre Freizeit verbringen, das ist doch allein Ihre Sache.«

Als der junge Pilot merkte, daß er Inge nicht überzeugen konnte, fügte er in verändertem Ton hinzu: »Wenn Sie Bedenken haben, bleiben wir eben im Hotel, Inge! Hier ist es auch schön, Sie werden schon sehen ..., und dagegen kann Ihre Chefin doch bestimmt nichts haben!«

Aber je heftiger er ihr zuredete, desto wacher wurde Inges Erinnerung an jenen bedrohlichen Zwischenfall in Kairo, als sie beinahe Opfer ihrer eigenen Voreiligkeit geworden wäre.

»Nein«, erklärte sie entschlossen, wenn auch mit einem Unterton tiefsten Bedauerns in der Stimme, »es geht nicht.«

»Himmeldonnerwetter noch mal! Wenn Sie ein so empfindsames Gewissen haben, warum sagen Sie dann nicht einfach Ihrer Chefin Bescheid? Oder soll ich Frau von Sauten um Erlaubnis bitten? Ich übernehme das gerne, glauben Sie mir, das ist für mich eine meiner leichtesten Übungen.«

»Sie wird schon schlafen!«

»Wer weiß! Lassen wir es doch auf einen Versuch ankommen. Wo wohnt sie? Gegenüber? Um so besser. Das werden wir gleich haben.«

Axel Borg schob Inge aus dem Zimmer, sie überquerten den Gang und blieben vor der Tür des gegenüberliegenden Zimmers stehen. Von drinnen war gedämpft Frau von Sautens energische, tiefe Stimme zu hören.

»Sie hat Besuch«, flüsterte Inge beklommen.

»Unsinn. Sie telefoniert nur.« Axel Borg klopfte an. »Wenn sie telefoniert, schläft sie nicht, also kann ich ohne weiteres mit ihr reden.« Er öffnete die äußere, unverschlossene Doppeltür.

»Aber natürlich bin ich mir darüber klar, was ich zu tun habe«, hörten sie Frau von Sauten drinnen zu einem unbekannten Partner sagen, »wir haben da doch gründlich genug und in allen Einzelheiten besprochen ... nein, selbstverständlich werde ich mich hüten, mit dem Gesetz in Konflikt zu kommen ... nein, keine Polizei, seien Sie unbesorgt, ich passe schon auf ...«

Axel hob die Hand, um noch einmal zu klopfen, aber Inge schob ihn beiseite.

»Lassen Sie mich«, flüsterte sie und pochte gegen die Tür.

»Ja?« fragte Frau von Sauten, und ihre Stimme klang plötzlich sehr wach, fast alarmiert. Und dann, offensichtlich in die Sprechmuschel: »Moment mal! Es hat geklopft.«

»Ich bin es nur, Inge!«

»Sie ist es«, sagte Frau von Sauten, »ich muß unterbrechen!« Und laut fügte sie hinzu: »Kommen Sie nur herein, Inge!« Sie hatte den Hörer schon aufgelegt, als Inge ihr Zimmer betrat.

»Frau von Sauten, seien Sie mir nicht böse«, sagte Inge zaghafter, als es gewöhnlich ihre Art war, aber sie kam sich selber reichlich unverschämt vor, »ich möchte Sie nur um Erlaubnis bitten ..., wenn Sie es nicht für richtig halten, dann natürlich nicht ..., aber ich würde furchtbar gerne noch auf einen Sprung ausgehen ...«

Frau von Sauten zog die Augenbrauen zusammen. »Mit wem?« fragte sie sehr direkt. Sie hatte sich schon umgezogen, trug einen zartblauen seidenen Kimono über ihrem Schlafanzug, saß aber an ihrem Schreibtisch, die aufgeklappte Schreibmaschine vor sich.

»Mit Herrn Borg ... Axel Borg.«

»Dem Co-Piloten?«

»Ja.«

Frau von Sauten betrachtete sie einen Augenblick gedankenvoll, der Inge unendlich lang vorkam. Dann zündete sie sich eine Zigarette an und sagte: »Schicken Sie mir den jungen Mann herein, Inge ...«

Inge ließ sich das nicht zweimal sagen. »Sofort!« rief sie bereitwillig, drehte sich auf dem Absatz um und lief zur Tür.

»Halt! Hiergeblieben! Lassen Sie mich doch erst einmal ausreden!« rief Frau von Sauten ihr nach.

Inge stoppte und wandte sich langsam wieder um.

»Ich möchte mit Herrn Borg unter vier Augen sprechen«, sagte Frau von Sauten, »nehmen Sie diese Gelegenheit wahr und ziehen sich Ihr hübschestes Kleid an.«

»Ich darf also?« Inge strahlte und mußte an sich halten, ihrer Chefin nicht um den Hals zu fallen.

»Aber ja doch. Sie halten mich doch hoffentlich nicht für einen engherzigen alten Drachen, der Ihnen jeden Spaß mißgönnt? Ganz im Gegenteil, ich freue mich ja, wenn Sie sich amüsieren, nur muß ich sicher sein ...« Frau von Sauten unterbrach sich. »Also lassen Sie den jungen Mann schon herein, wir wollen ihn nicht zu lange warten lassen.«

Inge war schon an der Tür, als sie Frau von Sauten hinter sich herrufen hörte: »Und vergessen Sie nicht, die Fensterläden zu schließen!«

Jetzt, da ihr Zeit blieb, sich umzuziehen, holte Inge ihr funkelnagelneues Kleid aus Goldlamé aus dem Schrank, das sie im Beisein von Frau von Sauten extra für ihre Weltreise gekauft hatte. Es hatte einen halsfernen Ausschnitt, ließ Inges schlanke Arme einschließlich der runden braunen Schultern frei, war in schmale, nach unten hin immer breiter werdende Falten gelegt, die sich bei jedem Schwung und jeder Bewegung neu entblätterten, um sich gleich darauf wieder streng zusammenzuschließen.

In diesem wirklich eleganten Kleid wirkte sie grazil und damenhaft. Sie fühlte sich beschwingt, schlüpfte in die passenden Schuhe, warf noch einen Blick in den großen Spiegel und fand, sie sah aus, als wäre sie einer Modezeitschrift entsprungen.

Sie lief zur Tür, öffnete sie einen Spalt breit, aber da von Axel Borg noch nichts zu hören oder zu sehen war, kehrte sie ins Bad zurück. Mit Lidstrich, Lidschatten, Wimperntusche und Lippenstift machte sie sich schön. Zum Schluß zog sie noch eine rote Rose aus dem Strauß und befestigte sie an ihrem Ausschnitt.

Dann steckte sie Paß, Geld und Reiseschecks in ihre kleine Abendtasche, trat auf den Flur hinaus und schloß die Zimmertür hinter sich ab – im gleichen Moment trat ihr Axel Borg aus der gegenüberliegenden Tür entgegen.

In dem Aufleuchten seiner braunen Augen las sie seine ehrliche Bewunderung. Aber wie sie es schon an ihm gewohnt war, zog er sein eigenes Gefühl ins Komische.

»Oh!« sagte er. »Sie sehen ja aus wie der reinste Weihnachtsengel!«

»Ich habe schon hübschere Komplimente gehört, und außerdem finde ich den Vergleich hier und jetzt ziemlich an den Haaren herbeigezogen.«

»Weil wir in den Tropen sind, meinen Sie? Da irren Sie sich aber. Je weiter man von der Heimat entfernt ist, desto stärker werden die Erinnerungen.«

»An Weihnachtsengel?«

»Sie werden lachen, ja! Genau solche Engel pflegte meine Mutter Jahr für Jahr aus Goldpapier zu falten und aufzustellen.«

»Mit Wachsköpfchen«, bestätigte Inge, »ja, das kenne ich. Aber zwischen so einem Engelchen und mir besteht denn doch ein erheblicher Unterschied.«

Er tat erstaunt. »Welcher?«

»Das werden Sie schon selber herausbekommen, wenn Sie mich erst etwas besser kennengelernt haben.«

Er zog ihre Hand durch seinen Arm. »Ich nehme das als Ermutigung und bin sehr glücklich darüber.«

Arm in Arm liefen sie die breite Marmortreppe hinunter.

»Was wollte Frau von Sauten von Ihnen?« fragte Inge.

»Alles mögliche!« behauptete er. »Sie wollte sich vergewissern, daß ich unverheiratet bin, ehrliche Absichten hege, fragte mich, wieviel ich verdiene und ob ich überhaupt imstande bin, eine Familie zu ernähren ...«

»Das ist nicht wahr!« rief Inge ganz entsetzt.

Seine Augen funkelten vor Vergnügen. »Natürlich nicht«, sagte er munter, »aber wäre das wirklich so schlimm gewesen?«

»Entsetzlich«, gestand sie ehrlich, »ich habe es von jeher gehaßt, verkuppelt zu werden.«

»Das hat Frau von Sauten auch gar nicht getan. Sie hat mir nur erzählt ...« Er stockte.

»Was?« fragte sie sofort.

»Nun, sie hat mich gebeten, sehr gut aufzupassen.«

»Wegen ... Kairo?«

»Ja.«

Sie gab ihren Schlüssel bei dem dunkelhäutigen Portier ab und wandte sich Axel Borg wieder zu. »Meinen Sie auch, daß das kein Zufall war? Daß es jemand auf mich abgesehen hat, meine ich?«

»Ich kann mir nicht vorstellen, daß Sie einen so skrupellosen Feind haben sollten.«

»Nicht wahr?« rief sie ganz erleichtert. »Das finde ich auch!«

»Trotzdem sollten Sie die Tatsachen nicht zu leicht nehmen. Selbst wenn es sich um eine Verwechslung handelt, sind Sie gefährdet. Jedenfalls, solange Sie nicht ganz sicher sein können, daß diese Verwechslung aufgeklärt ist.« Er sah, daß sich ihr Gesicht verdüsterte und fügte beruhigend hinzu: »Aber Sie können ganz unbesorgt sein, Inge. Solange Sie unter meinem Schutz stehen, kann Ihnen nichts passieren.«

Sie sah zu ihm auf und sagte ernsthaft: »Das glaube ich Ihnen sogar!«

Axel Borg und Inge blieben im Mount-Lavinia-Hotel, weil er es Frau von Sauten versprochen hatte. Aber Inge bedauerte es nicht eine Sekunde, denn als sie die Terrasse am Meer betrat, die von bunten Lampions beleuchtet war und über der ein unwahrscheinlich gelber, riesiger Mond stand, fand sie, daß kein Platz der Welt schöner sein konnte.

Eine kleine Band spielte gedämpfte, aber stark rhythmische Tanzmusik, und wenn sie eine Pause einlegte, konnte man unten die Wellen des Indischen Ozeans an den Strand schlagen hören. Dunkelhäutige Diener liefen auf nackten Sohlen lautlos hin und her und reichten den Gästen stark gewürzte Speisen und eisgekühlte Getränke. Das Publikum war so elegant, daß Inge heilfroh war, ihr goldenes Kleid angezogen zu haben. Die Damen trugen fast alle Saris, die bis zum Boden reichten, zarte, reinseidene Stoffe in Türkis, Blau, Gelb, Rot oder Grün, mit goldenen und silbernen Ornamenten geschmückt, die nicht genäht, sondern nur kunstvoll geschlungen waren und sich weich und fließend an die schlanken Glieder der Inderinnen schmiegten. Die Herren waren ausnahmslos im weißen Smoking oder eleganten Tropenanzug erschienen, trugen dazu den kleinen kleidsamen weißen Turban.

Inge war ganz benommen von so viel exotischem Glanz. Der schwere Duft der tropischen Blüten erhöhte noch den Zauber der märchenhaften Nacht.

Axel Borg bestellte für Inge und sich einen Champagnercocktail, der prickelnd, erfrischend und gleichzeitig berauschend wirkte. Sie tanzten viel, eng aneinandergeschmiegt und mit einer gewissen Feierlichkeit wie alle anderen Paare. Inge blickte empor zu den bunten Lampions, zu der Silhouette der mächtigen Palmen, die sich dunkel vom mondhellen Himmel abhoben, der mit zahllosen Sternen übersät war, die größer und leuchtender schienen, als sie sie je zu Hause gekannt hatte. Axel Borg führte ausgezeichnet, hielt sie sehr fest, ohne je zudringlich zu werden; sie fühlte sich in seinen Armen geborgen.

›Ich bin glücklich‹, schoß es ihr durch den Kopf, aber im gleichen Augenblick überfiel sie ein heißes Schuldgefühl. ›Nein‹, dachte sie, ›das kann doch nicht wahr sein! Das darf einfach nicht sein! Es ist kaum ein paar Tage her, seit ich Abschied genommen habe von Heinz, und schon sollte ich mich in einen anderen verlieben?‹

Bei dem Gedanken an Heinz spürte sie den wohlvertrauten, ziehenden kleinen Schmerz in der Herzgrube, und diesmal begrüßte sie ihn geradezu mit Erleichterung. Sie war also doch nicht wankelmütig und oberflächlich, sie liebte Heinz immer noch. Es waren die Cocktails, die sie berauscht hatten, die bezaubernde Atmosphäre dieser Tropennacht. Aber ihre Sehnsucht nach Heinz war stärker denn je zuvor. Sie wurde ganz steif in Axel Borgs Armen.

Er merkte es sofort. »Was ist los mit Ihnen, Inge?« fragte er. »Ist Ihnen nicht gut? Oder habe ich Ihnen etwa auf die Zehen getreten?«

Sie ging nicht auf seinen leichten Ton ein. »Ich bin müde«, sagte sie und löste sich von ihm.

»Gehen wir noch ein paar Minuten den Strand entlang spazieren.«

Sie schüttelte den Kopf. »Nein.« Und als sie die Verständnislosigkeit in seinen braunen Augen sah, die plötzlich gar nicht mehr vergnügt wirkten, fügte sie mit Überwindung hinzu: »Ich bin verlobt.«

»Ach so! Und Sie haben Ihrem Verlobten schwören müssen, nicht mit fremden Männern im Mondschein zu flanieren.«

»Ich finde das gar nicht komisch. Würden Sie es denn gerne sehen, wenn Ihre Braut ...«

Er fiel ihr ins Wort. »Wenn ich eine Braut hätte, so würde ich sie nicht allein in die Welt hinausziehen lassen, niemals und um keinen Preis. Ich würde sagen: ›Warte, bis ich genügend Zeit oder genügend Geld habe, dich zu begleiten und dir die Schönheiten der Fremde zu zeigen!‹ Auf diesen Gedanken ist Ihr Verlobter wohl nicht gekommen?«

Inge fühlte, sie wußte selber nicht warum, eine seltsame Gereiztheit in sich aufsteigen. Härter, als notwendig gewesen wäre, erwiderte sie: »Ach, Sie haben ja keine Ahnung.«

»Mag sein«, sagte er beherrscht, »entschuldigen Sie bitte.« Er führte sie zum Tisch zurück, winkte einen der Diener herbei und zahlte. »Wenn Sie mir zu Beginn gesagt hätten, daß Sie nicht frei sind, hätte ich Sie nicht mit meiner Gegenwart belästigt.«

»Aber ich habe es Ihnen gesagt. Bei unserer ersten Begegnung. Erinnern Sie sich! Damals, im Cockpit.«

»Ich habe es für einen Scherz gehalten.«

»Das war ein Fehler. Sie sollten Ihre Mitmenschen lieber ernst nehmen.«

Er verbeugte sich ironisch. »Vielen Dank für den Tip. Ich werde ihn mir hinter die Ohren schreiben.«

»Ja, tun Sie das!« sagte Inge. »Gute Nacht. Ich danke Ihnen für den schönen Abend.«

»O nein, so schnell bekommen Sie mich nicht los. Ich bringe Sie nach oben, wie ich es Frau von Sauten versprochen habe.«

Schweigend gingen sie nebeneinander durch die Hotelhalle, holten ihre Schlüssel ab, und schweigend schritten sie die breite Marmortreppe nach oben. Die Stimmung zwischen ihnen war zerstört, und Inge wußte, daß es ihr Werk war. Sie bedauerte es und empfand ein undeutliches Schuldgefühl Axel Borg gegenüber, aber sie war auch stolz auf sich. Sie hatte Heinz die Treue bewahrt, hatte sich nicht von dem Zauber dieser Tropennacht einfangen lassen.

Der Abschied zwischen Inge und Axel Borg fiel sehr kühl aus. Sie reichte ihm nicht einmal die Hand, sondern drehte sich rasch um und schloß schnell ihre Tür auf. Sie zog den Schlüssel ab, steckte ihn innen ein, schloß zu, zog den Schlüssel heraus und legte ihn auf den Tisch.

Das Zimmer war matt erleuchtet. Als sie ging, hatte sie die Nachttischlampe brennen lassen.

Jetzt trat sie ins Bad, knipste auch hier das Licht an und wollte Wasser in die Wanne lassen.

Da plötzlich: Eine armdicke Schlange richtete sich hoch auf, zischte ihr mit geblähtem Hals entgegen.

Inge schrie gellend auf. Dann verlor sie das Bewußtsein.

Als Inge wieder zu sich kam, lag sie auf ihrem Bett. Die Moskitonetze waren zurückgeschlagen, die Nachttischlampe brannte – und in dem kleinen Korbsessel flegelte sich Axel Borg, die langen Beine weit von sich gestreckt. Er beobachtete sie mit einem, wie ihr schien, unverschämten Ausdruck in den unbekümmerten braunen Augen.

Im ersten Augenblick erinnerte sie sich an gar nichts, dachte nichts anderes, als wenn sie mitten in der Nacht aus tiefstem Schlaf geweckt worden wäre.

»Was machen denn Sie hier?« fuhr sie den Co-Piloten an.

Der lachte. »Sie haben um Hilfe gerufen.«

»Ich? Ausgeschlossen!« Aber ehe sie das Wort noch ganz ausgesprochen hatte, begann ihr Gedächtnis schon wieder zu funktionieren. »Die Schlange!«

Sie richtete sich so jäh auf, daß ihr die kalte Kompresse von der Stirn rutschte, blickte sich mit angstvollen Augen in dem nur schwach erleuchteten Zimmer um.

»Die ist längst erschlagen und hinausbefördert!« beruhigte er sie.

»Gott sei Dank!« Inge ließ sich auf ihr Kopfkissen zurücksinken, aber schon Sekunden später richtete sie sich wieder auf. »Wie sind Sie denn hier hereingekommen? Ich erinnere mich genau, daß ich abgeschlossen habe.«

»Stimmt. Aber glücklicherweise hatten Sie den Schlüssel innen abgezogen. Meiner ...« Er ließ seinen Schlüssel, der an einem Metallstück mit der Nummer seines Zimmers befestigt war, um den Zeigefinger kreisen. »... paßte zufällig.« Er grinste. »Nun sehen Sie mich nicht so mißtrauisch an, Inge! So etwas kommt vor, daß ein Schlüssel zu mehreren Schlössern paßt. Seien Sie froh darüber. Sonst hätte ich die Tür aufbrechen müssen, und Sie hätten morgen die Rechnung bezahlen können. Oder bilden Sie sich etwa ein, daß ich Ihnen die Schlange in die Badewanne gelegt habe?«

»Nein«, sagte sie langsam, »Sie waren ja den ganzen Abend mit mir zuammen.«

Sein Grinsen wurde breiter. »Ein Glück für mich, daß ich so ein glänzendes Alibi habe.«

Sie stützte den Ellbogen auf und sah ihn an. »Glauben Sie denn überhaupt, daß die Schlange in die Badewanne gesetzt worden ist? Kann sie nicht auch von selber hineingekommen sein?«

Er zuckte die breiten Schultern. »Keine Ahnung. Feststeht jedenfalls, daß Sie das Fenster offen gelassen und nicht mal einen Laden vorgelegt haben. Auf diese Weise haben Sie es Schlangen und Bösewichtern denkbar einfach gemacht.« Er stand auf und trat ans Fenster.

»Jedenfalls habe ich den schlimmsten Schreck meines Lebens bekommen«, sagte sie, »so ein unangenehmes Biest! Und wie sie mich angegiftet hat. Trotzdem begreife ich immer noch nicht, daß ich in Ohnmacht gefallen bin. So etwas ist mir früher noch nie passiert.«

»Das kommt von dem raschen und ungewohnten Klimawechsel«, sagte er vom Fenster her, »der bringt den Kreislauf durcheinander.«

»Sie halten mich also nicht für eine blöde Gans? Das ist einigermaßen beruhigend. Sie können mir glauben, ich bin sonst wirklich nicht so zimperlich.« Sie schwang die Füße zu Boden und strich sich die Falten ihres goldenen Kleides glatt. »Sagen Sie mal, was machen Sie denn da eigentlich? Suchen Sie etwas Bestimmtes?«

»Spuren.«

»Und? Sind welche zu finden?«

»Ein paar frische Kratzer an der Außenmauer und auf dem Fensterbrett. Das könnte bedeuten, daß jemand eingestiegen ist. Aber ich bin natürlich kein Spurenspezialist. Auf alle Fälle sollten Sie jetzt immer sehr, sehr vorsichtig sein.« Er zog den Fensterladen herab und schloß ihn.

Inge schlüpfte in ihre goldenen Sandalen, die er ihr vorsorglich ausgezogen und neben das Bett gestellt hatte. »Das beste wird sein, wenn ich die Polizei benachrichtige.«

Er hob die geraden dunklen Augenbrauen und blickte sie an. »Die Polizei?« wiederholte er.

Inge hatte das Gefühl, daß dieses Wort sie an irgend etwas erinnern müßte, konnte aber nicht daraufkommen, was es war. »Natürlich«, sagte sie, »wenn man ein Verbrechen vermutet, ist es doch üblich, die Polizei hinzuzuziehen, oder etwa nicht?«

»Nicht in diesem Land.« Er machte eine kleine Pause und fügte dann hinzu: »Auf einem unserer letzten Flüge hat eine Witwe aus Düsseldorf ihre wertvolle Kamera am Strand liegenlassen, während sie badete. Als sie aus dem Wasser kam, war der Apparat weg. Ein Diener des Hotels behauptete, den Dieb beobachtet zu haben, den die Polizei daraufhin festnahm. Der Diener verlangte von der Witwe eine Art Finderlohn, den er auch bekam, weil der Kerl so unverschämt wurde, daß sie ihn nicht anders loswerden konnte. Der angebliche Dieb wurde in der Nacht pausenlos verhört und von der Polizei geprügelt. Die Kamera blieb verschwunden.«

»Wozu erzählen Sie mir das?« fragte sie unbehaglich.

»Ich wollte Ihnen Stoff zum Nachdenken geben. Vergessen Sie nie, daß Sie nicht mehr in Europa sind. Hier wird mit anderen Maßstäben gemessen.«

»Aber was soll ich denn tun?«

»Nehmen Sie die nächste planmäßige Maschine, und

fliegen Sie nach Frankfurt zurück. Dort können Sie sich unter Polizeischutz stellen, das heißt, natürlich nur, wenn es sich noch als nötig erweisen sollte. Wahrscheinlich werden Sie, sobald Sie erst bei Muttern zu Hause sind, keinen Verfolgungen mehr ausgesetzt sein.«

»Nein!« rief Inge heftig. »Sie wollen mich abschieben? Das kommt ja überhaupt nicht in Frage!«

Er zwinkerte ihr unverschämt zu. »Denken Sie doch auch einmal an Ihren Verlobten, Inge! Haben Sie denn gar keine Sehnsucht, ihn so bald wie möglich wiederzusehen?«

»Was zwischen mir und meinem Verlobten ist, das geht Sie nichts an! Jedenfalls ... ich hatte mich so sehr auf diesen Flug um die Welt gefreut, daß ich ihn mir auf keinen Fall verpatzen lasse! Nicht wegen ein paar dummer Zufälle ... oder weil irgendein Widerling versucht, mir den Spaß zu verderben.«

»Ganz wie Sie wollen!« erwiderte er gelassen. »Sie haben mich um meinen Rat gefragt, und den habe ich Ihnen gegeben. Fühlen Sie sich schon besser? Ich möchte mich jetzt nämlich langsam zurückziehen.«

»Ja, natürlich. Es ist alles in Ordnung.«

»Dann ... gute Nacht.« Er verbeugte sich, halb ironisch, halb formell, und schritt auf die Tür zu.

»Axel ...«

»Ja?« Er blieb stehen und sah sich nach ihr um.

»Ich habe mich noch gar nicht bei Ihnen bedankt.«

»Ist durchaus nicht nötig, es war mir, wie man so hübsch sagt, ein Vergnügen.«

Sie legte zaghaft ihre Hand auf seinen Arm. »Axel ... könnten wir nicht gute Freunde sein?«

Er blickte mit einem unergründlichen Ausdruck auf sie herab, und erst jetzt wurde sie sich ganz der Situation bewußt. Sie war allein mit ihm in der nächtlichen Stille ihres Zimmers, während im Haus längst alles schlief.

Plötzlich überkam sie Angst. Sie wäre gerne zurückgewichen, aber nicht einmal das traute sie sich, weil sie ihm auf keinen Fall ihre Furcht zeigen wollte.

»Freunde?« wiederholte er. »Nein, es gibt nichts, was ich weniger für Sie empfinde als Freundschaft.« Und damit drehte er sich um und ließ sie allein.

Sie schloß hinter ihm ab und ließ den Schlüssel diesmal stecken. Dann vergewisserte sie sich, daß der Laden fest vorgelegt war, sah ins Bad, unters Bett und in den Einbauschrank, bevor sie begann sich auszuziehen. Der Schreck saß ihr noch in den Gliedern. In dieser Nacht, davon war sie überzeugt, würde sie kein Auge zutun können.

Aber kaum lag sie im Bett, hatte die Nachttischlampe ausgeknipst und das Moskitonetz zugezogen, war sie nach wenigen Minuten eingeschlafen.

Das letzte, was sie hörte, war das sanfte Rauschen des Indischen Ozeans vor ihrem Fenster.

Am nächsten Morgen um acht Uhr brachte ein Omnibus die Mitglieder der Reisegesellschaft, die Lust zu einem Ausflug hatten, nach Kandy, der wichtigsten Stadt der Insel Sri Lanka.

Ziemlich verschlafen hockte Inge auf ihrem Fensterplatz. Sie konnte, noch einigermaßen mitgenommen von ihrem nächtlichen Abenteuer, kaum die Augen aufkriegen und wäre genauso gerne beim Hotel geblieben, hätte den Tag im Wasser und am Strand verbracht.

»Seien Sie doch nicht so schlafmützig, Kindchen«, sagte Frau von Sauten, die ihre Gedanken erriet, »schwimmen und in der Sonne braten können Sie schließlich auch zu Hause. Aber Kandy müssen Sie gesehen haben.«

»Warum?«

Frau von Sauten lachte. »Na, jedenfalls sind Sie ehrlich und heucheln keine Begeisterung, die Sie nicht empfinden! Kandy ist unter anderem die letzte Festung der singhalesischen Könige gewesen ...«

»Aha«, sagte Inge ziemlich töricht.

»Kandy ist ein Pilgerziel der Buddhisten, denn dort gibt es den Tempel des Heiligen Zahns.«

»Was ist denn das?«

»Eine Reliquie Buddhas.«

Der Omnibus holperte über die primitive Straße.

›Na, ob sich diese Fahrt lohnt, nur um einen ollen Zahn zu besichtigen‹, dachte Inge, aber sie war höflich genug, es nicht auszusprechen.

Nachher war sie dann doch sehr begeistert von all den orientalischen Kunstwerken, die in der östlichen Hälfte der Bergstadt zu sehen waren, in deren Mitte ein tiefblauer Stausee lag.

Während die übrige Reisegesellschaft rastete, ließ Frau von Sauten es sich nicht nehmen, Inge noch durch den botanischen Garten der Insel zu führen. Hier blühten wundervolle, riesige und leuchtende Orchideen, wie sie nicht einmal der vornehmste und teuerste Blumenladen Frankfurts zu bieten hatte.

Frau von Sauten zeigte Inge auch die große moderne Universität. Inge hätte gern einem der ernsthaft blickenden jungen Männer, die, in lange weiße Gewänder gekleidet, hinaus- und hereinströmten, einige Fragen gestellt.

Ob Singhalesen auch ihr Abitur haben mußten, um studieren zu können? Ob es für bestimmte Fächer auch einen Numerus clausus gab? Was für Berufsaussichten die Studenten als Ärzte, Juristen, Lehrer oder Ingenieure auf der heimatlichen Insel haben mochten? Und ob auch Mädchen zum Studium zugelassen wurden?

Aber Inge kam nicht einmal dazu, sich bei ihrer Chefin danach zu erkundigen. Frau von Sauten hatte es jetzt eilig, den Anschluß an die anderen wiederzufinden, die inzwischen die Werkstätten der einheimischen Handwerker entdeckt hatten, die es überall am Rande und auf den Straßen der Altstadt gab. Die meisten Touristen waren von einer Art Kauffieber gepackt worden, und auch Inge kam aus dem Staunen nicht heraus. Es gab hier wirklich wunderbare Dinge zu sehen: Lackmalerei, handgewebte Dumbara-Matten, Ebenholz- und Elfenbeinschnitzereien, Silber-, Kupfer- und Messingschmiedewaren, dazu eine unendliche Menge an Edelsteinen, die auf der Insel gefunden werden: Saphire, Aquamarine, Granate, Turmaline, Rubine, Topase und Mondsteine.

Zuerst fühlte sich Inge über die Kauferei der anderen, die laut feilschten, begehrlich alles anfaßten und sich auch sonst nicht gerade rühmenswert benahmen, weit erhaben. Aber als sie sah, daß Olivia sich ein bezauberndes Armband aus Kupfer und Aquamarinen, Katrin sich einen riesigen, tropfenförmigen Mondstein als Anhänger kaufte, fühlte sie doch leichten Neid in sich aufsteigen.

Frau von Sauten schien wieder einmal Gedanken lesen zu können. »Machen Sie sich nichts draus, Inge! Bis wir die Hälfte des Fluges hinter uns haben, werden die meisten schon unter dem Gewicht ihres Gepäcks zusammenbrechen. Diese wilde Einkauferei ist wie eine Krankheit. Außerdem bin ich fest überzeugt, daß es hier nichts gibt, was man nicht auch in Deutschland kaufen könnte.«

»Aber nicht so billig«, sagte Inge.

»Billig? Vergessen Sie nicht den Zoll und die Transportkosten! Auf jeden Edelstein muß schon gleich hier in Sri Lanka fünf Prozent Ausfuhrzoll gezahlt werden. Und wehe, wer zu schmuggeln versucht. Denken Sie nur einmal daran, wieviel Kontrollen wir in den nächsten Wochen noch über uns ergehen lassen müssen. Nein, glauben Sie mir, Inge, wenn man mit zu viel Ballast und dazu noch einem schlechten Gewissen unterwegs ist, dann wird die schönste Reise zu einer scheußlichen Strapaze.«

Inge gab sich damit zufrieden. Was blieb ihr auch anderes übrig? Ihr Taschengeld reichte nun einmal nicht für solche Extraausgaben. Aber sie konnte doch der Versuchung nicht widerstehen, ein kupfernes Amulett für Heinz zu kaufen, weil der Meister, der es gefertigt hatte, ein alter Mann mit gütigen Augen in einem braunen, über und über verrunzelten Gesicht behauptete, daß es den Träger schützen und in ihm Liebeskraft erwecken würde.

»Darf ich?« fragte sie Frau von Sauten. »Es ist ja nur so eine Kleinigkeit, nichts, woran man zu schleppen hätte, und teuer ist es auch nicht.«

»Wie könnte ich Ihnen denn das verbieten, Sie Kindskopf?« erwiderte Frau von Sauten lächelnd. »Aber ich warne Sie! Glauben Sie nur kein Wort von dem, was der Alte von Liebeszauber und geheimen Kräften erzählt. Das sind alles nur Märchen. Die Liebeskraft muß aus der Seele strömen, man kann sie nicht in einen Menschen hineinzaubern.«

Inge war glücklich mit ihrem Amulett, einem deutlich ausgebildeten Zahn, wohl einer Nachbildung des Buddha-Zahnes, übergroß und mit kunstvollen Ornamenten geschmückt. Sie hielt es den ganzen Nachmittag und während der Fahrt zurück nach Colombo in der Hand und bildete sich ein, daß es sie auf geheimnisvolle Weise mit Heinz verbände.

Sie sehnte sich sehr nach ihm, und der letzte Tag in Colombo verging ihr viel zu langsam, denn sie erwartete auf der nächsten Station ihres Fluges um die Welt, in Bangkok, den ersten Brief von ihrem Freund.

Ihr Flugzeug sollte um neun Uhr früh auf dem Flughafen von Colombo starten. Inge hatte schon die eigenen Koffer gepackt, jetzt half sie Frau von Sauten.

»Wo haben Sie Ihr Amulett, Inge?« fragte die Schriftstellerin.

»In meiner Handtasche. Warum?«

»Nun, ich kann mir eigentlich nicht vorstellen, daß man es mit einem Ausfuhrzoll belegen wird, aber immerhin würde ich es für richtig halten, wenn Sie es bei der Kontrolle vorzeigen. Das ist besser, als wenn es möglicherweise in Ihrer Handtasche oder in einem Ihrer Koffer gefunden wird.«

»Mach ich«, sagte Inge bereitwillig.

Aber Frau von Sauten war noch nicht zufrieden. »Oder geben Sie es lieber mir her, ich komme mit den Leuten wahrscheinlich besser zurecht.«

Inge zögerte eine Sekunde. Es war ihr nicht angenehm, das Amulett, an das sie sich seltsamerweise schon gewöhnt hatte, ihrer Chefin auszuhändigen. Aber dann wurde ihr bewußt, wie albern ihr Widerstand war. Sie öffnete ihre Handtasche, griff hinein und – zog die Hand leer wieder heraus.

»Nanu«, sagte sie und begann suchend zu wühlen, »ich bin ganz sicher, vorhin war es doch noch da! Als ich aufstand, hat es auf dem Nachttisch gelegen, und dann habe ich es eingesteckt ...«

»Leeren Sie die ganze Handtasche, dann wird es schon zum Vorschein kommen!«

Inge schüttete den ganzen Inhalt auf den Tisch. Der Talisman blieb verschwunden. War das ein schlechtes Zeichen?

»Zu albern«, sagte sie laut, »jetzt werde ich tatsächlich noch abergläubisch.« Sie zwang sich zu einem Lachen.

»Springen Sie in Ihr Zimmer hinüber und schauen Sie nach. Sicher haben Sie es auf Ihrem Nachttisch liegenlassen.«

Inge lief über den Gang, schloß die andere Tür auf, stürzte zum Nachttisch hin. Die Platte war blank und leer. Sie riß die Schublade auf, schaute in den Schrank, unter das Bett, riß das Bettzeug auseinander, griff unter die Matratze – nichts! Das Amulett war wie vom Erdboden verschwunden.

Einen Augenblick blieb sie ratlos mitten im Raum stehen. Dann stürzte sie zu ihrem Koffer, der noch auf dem Halter lag, öffnete ihn und begann mit beiden Händen unter Wäsche und Schuhen zu wühlen, ohne sich darum zu kümmern, daß sie die ganze, mühsam hergestellte Ordnung dabei durcheinanderbrachte. Plötzlich stieß sie auf einen harten kleinen Gegenstand.

»Na, endlich!« sagte sie laut und holte ihn heraus.

Aber was da in ihrer flachen Hand lag, war nicht das verschwundene Amulett, sondern ein schön geschliffener leuchtendblauer Saphir.

Freude und Überraschung trieben ihr das Blut in die Wangen. Im ersten Augenblick glaubte sie, daß jemand sie mit diesem kostbaren Geschenk hatte beglücken wollen. Aber wer? Frau von Sauten? Nein, das sah ihr gar nicht ähnlich. Axel Borg? Niemals!

Sie begriff, daß es sich überhaupt nicht um ein Geschenk handeln konnte, denn wer würde ihr so eine Kostbarkeit in den Koffer schmuggeln, ohne sich als Spender erkenntlich zu geben. Das war eine ganz blödsinnige Vorstellung, so etwas gab es ja gar nicht.

Viel eher noch war anzunehmen, daß der wunderschöne Edelstein durch einen Zufall unter ihre Sachen geraten war.

Was sollte sie jetzt damit anfangen? Mußte sie den Fund Herrn Kluge, dem Reiseleiter, mitteilen? Oder durfte sie ihn einfach behalten?

Der herrliche Edelstein strahlte Inge Kramer verlockend an. Schon begann ihr Kopf einen Plan auszuarbeiten, wie sie ihn unauffällig durch die Zollkontrolle schmuggeln konnte.

Sie brauchte ihn ja nur in ein Seitenfach ihrer Handtasche zu stecken. Besser noch, sie machte sich einen dicken Zopf und ...

»Stop!« unterbrach Inge laut sich selber. »Bei dir piept's wohl, Mädchen!«

Wie und durch wen auch immer der kostbare Stein in ihren Koffer gekommen sein mochte, er gehörte ihr auf keinen Fall.

Rasch stürzte sie über den Gang in Frau von Sautens Zimmer und hielt ihr den prächtigen Saphir entgegen. »Da! Stellen Sie sich vor! Den habe ich, als ich mein Amulett suchte, unter meinen Sachen gefunden. Ist das nicht komisch?«

Frau von Sauten lachte nicht, sie lobte Inge auch nicht für ihre Ehrlichkeit, sondern sie erschrak sichtlich. »In Ihrem Koffer?« fragte sie und war ganz blaß um die Nase geworden.«

»Ja.«

Einen Augenblick schwieg Frau von Sauten; es war ihr anzusehen, wie angestrengt sie nachdachte. »Laufen Sie rasch hinunter zu unserem Reiseleiter«, befahl sie dann, »bringen Sie ihm den Stein, und bitten Sie ihn, die Abfahrt um einige Minuten zu verschieben, damit ich Gelegenheit habe, Ihren Koffer noch einmal ganz gründlich zu untersuchen.«

»Wozu?« fragte Inge ziemlich töricht, denn sie war weit davon entfernt, die wahren Zusammenhänge zu begreifen.

»Wo ein Stein ist, kann auch noch ein zweiter sein«, sagte Frau von Sauten und schob Inge aus dem Zimmer, »wir müssen ganz sichergehen!«

Auch Herr Kluge war erschrocken, als Inge ihm den Edelstein brachte und ihre Geschichte zum zweitenmal erzählte.

»Da haben wir aber noch einmal Glück gehabt«, sagte er, »wir hätten in erhebliche Schwierigkeiten kommen können, wenn ...«

»Wenn was?« fragte Inge. »Wenn man den Stein bei der Kontrolle gefunden hätte? Dann hätten wir eben den nötigen Zoll nachgezahlt ...«

Herr Kluge schüttelte den Kopf. »Nein, so einfach dürfen Sie sich das nicht vorstellen. Man hätte Sie unter Umständen dabehalten.«

»Was?«

»Seien Sie um Himmels willen leise, wir wollen doch auf keinen Fall die anderen Mitreisenden beunruhigen«, mahnte er, hob aber dann selber die Stimme und sagte zu der Gruppe, die, langsam ungeduldig werdend, in der Halle des Mount Lavinia wartete: »Meine Herrschaften, ich möchte Sie alle noch einmal darauf aufmerksam machen: Geben Sie bei der bevorstehenden Kontrolle wahrheitsgemäß an, was Sie auf Sri Lanka erstanden haben. Wenn Sie durch eigenes Verschulden in Schwierigkeiten geraten, kann ich Ihnen nicht helfen. Ich nehme doch an, niemand von Ihnen will riskieren, daß er den Flug schon hier, auf der zweiten Station, beenden muß.«

Dann endlich erschien Frau von Sauten; sie nickte Inge und Herrn Kluge beruhigend zu. »Alles in Ordnung!«

Gleich hinter ihr schleppte ein schmaler dunkelhäutiger Diener die letzten Koffer zu dem wartenden Omnibus, die Touristen beeilten sich einzusteigen, und die Fahrt ging los.

Als sie den Flughafen erreicht hatten und einzeln durch die Kontrolle geschleust wurden, begann Inge sich fast zu ärgern, daß sie so ehrlich gewesen war und den Stein hergegeben hatte.

Inge kamen die Bedenken von Frau von Sauten und Herrn Kluge reichlich übertrieben vor. Was konnte es schon bedeuten, mit einem so kleinen, wenn auch wertvollen Stein erwischt zu werden! Wenn sie nur daran dachte, was sie, als sie früher mit ihrer Mutter in Österreich in Urlaub gewesen war, alles heimlich mit über die Grenze gebracht hatte!

Sie hätte sich von den Schwarzsehern nicht ins Bockshorn jagen lassen sollen. Die Zollbeamten, sehr höflich, sehr geschmeidig, mit undurchdringlichen hellbraunen Gesichtern, in tadellosen schneeweißen Uniformen, ließen nicht einen einzigen Koffer öffnen.

Sie erkundigten sich in ihrem etwas merkwürdigen Englisch, bei dem aus dem sanften ›Th‹ ein wahrer Zischlaut wurde, bei jedem einzelnen Passagier, was er zu verzollen hätte, fragten nach dem Preis der erworbenen Schmuckstücke, die sie aber nur selten mit dem gefürchteten Ausfuhrzoll belegten, und machten rasche Zeichen mit Kreide auf die geschlossenen Koffer.

Olivia, die gleich hinter dem jungen Dr. Kainz, dem

Bordarzt, durch die Kontrolle ging, zeigte ihr Armband vor und mußte nichts bezahlen. Katrin gab ihren Anhänger aus Mondstein nicht einmal an, und sie kam damit durch. Fritz Hilgert hatte wirklich nichts zu verzollen, und dann kam Inge an die Reihe.

Der Beamte, der ihren Paß prüfte, sah sie ernsthaft an, blickte dann lange auf das Foto, blätterte in ihrem Paß und sah sie noch einmal an. Inge schenkte ihm ihr strahlendstes Lächeln, aber er reagierte gar nicht darauf, sondern gab seinem Kollegen ein Zeichen.

»Please, open your luggage!« sagte er.

»Aber wieso denn?« rief Inge ganz konsterniert. »Warum gerade ich? Alle anderen haben Sie doch so durchgelasen! Und warum geben Sie mir meinen Paß nicht zurück?«

Der Singhalese ließ sich auf keine Debatte ein. »Öffnen Sie!« zischte er.

Inge tat, wie ihr geheißen wurde. Mit wachsendem Unbehagen sah sie zu, wie die schlanken braunen Hände mit den leicht gekrümmten Fingern, die ihnen etwas Krallenartiges gaben, in ihren zarten neuen Wäschestücken wühlten, immer ungeduldiger werdend Kleider, Pullover und Schuhe in wildem Durcheinander hinauswarfen.

»Was fällt Ihnen denn ein?« rief Inge. »Sie ruinieren ja meine ganzen Sachen! O je, mein schönes goldenes Kleid! Sind Sie denn verrückt geworden?«

Die Miene des jungen Singhalesen blieb unbeweglich. »Please, dort hinein!« sagte er und wies auf eine schmale Kabine, die fast wie eine Telefonzelle aussah.

Inge war aschfahl geworden. Was hatte man mit ihr vor?

»Nein!« protestierte sie. »Das geht wirklich zu weit!« Sie drehte sich nach Frau von Sauten um, die durch einen schnaufenden älteren Herrn aus Aschaffenburg und zwei dicke, schwitzende Damen von ihr abgedrängt worden war. »Helfen Sie mir doch, Frau von Sauten! Ich soll mich ausziehen!«

Jetzt wurde Frau von Sauten energisch. »Bitte, lassen Sie

mich durch ... ja, bitte, sehen Sie denn nicht!« Sie stieß die Touristen, die ihre Plätze zu behaupten versuchten, mit einer Kraft zur Seite, die man der zierlichen, eleganten Frau gar nicht zugetraut hätte.

Eine Singhalesin mit hohen Wangenknochen, einem harten, ausdruckslosen Gesicht, hatte Inge schon beim Arm gepackt und versuchte, sie mit sich zu ziehen. Aber Inge stemmte sich mit aller Kraft energisch dagegen. Wütend spürte sie, wie ihr Tränen in die Augen stiegen.

›Nimm dich zusammen‹, befahl sie sich selber, ›biete denen bloß kein Schauspiel! Die warten ja nur darauf, daß du zusammenbrichst.‹

Frau von Sauten funkelte den Beamten, der Inges Koffer durchwühlt hatte, aus ihren grauen, intelligenten Augen an, sagte mit schneidender Stimme in ihrem tadellosen Englisch: »Ich nehme an, Sie suchen etwas Bestimmtes, nicht wahr?«

»Yes, Mylady, es liegt eine Anzeige vor.«

»Eine anonyme Anzeige!« behauptete Frau von Sauten kühn. »Also nichts als ein schattenhafter Verdacht! Und das genügt Ihnen, ein unschuldiges, junges Mädchen zu drangsalieren! Ich wünsche Ihnen nicht, daß Ihrer Schwester in unserer Heimat etwas dergleichen passiert.«

»Wir tun nur unsere Pflicht«, sagte der Singhalese steif – eine Antwort, die jedes europäischen Beamten würdig gewesen wäre.

»Aber der Stein, den Sie suchen, ist längst entdeckt. Meine Sekretärin hat ihn heute früh zufällig in ihrem Koffer gefunden und sofort unserem Reiseleiter abgegeben. Ein Saphir, nicht wahr? Der Herr, der als letzter in der Reihe steht, wird ihn Ihnen geben. Es blieb einfach keine Zeit mehr, den Vorfall der Polizei zu melden!«

Herr Kluge wurde herangeholt – sehr zum Leidwesen und zur Empörung des Herrn aus Aschaffenburg und der beiden dicken Damen –, er wies den Saphir vor, den er schon bereitgehalten hatte.

Der Beamte klemmte sich eine Lupe ins Auge, prüfte den Stein aufmerksam. Nicht genug damit, stellte er eine kleine Waage auf, mit der er den Saphir wog. Auf seinem Gesicht zeigte sich ein Ausdruck von Befriedigung.

»Sind Sie nun endlich davon überzeugt, daß Ihr Verdacht unbegründet war?« fragte Frau von Sauten scharf.

»Sorry, Mylady.«

»Packen Sie Ihre Sachen zusammen, stopfen Sie alles irgendwie in den Koffer, und sehen Sie zu, daß Sie fortkommen!« rief Frau von Sauten zu Inge herüber. »Alles andere übernehme ich!«

Aber trotz aller Aufregung brachte Inge es nicht übers Herz, ihre schönen Sachen zusammenzuknautschen. So gut es in der Eile gehen wollte, strich sie alles glatt, bevor sie es wieder verstaute. Sie war heilfroh, als sie alles wieder im Koffer hatte.

Ihr Flugzeug stand nur wenige hundert Meter vom Flugsteig entfernt. Inge lief über die Piste, die jetzt schon, am frühen Morgen, glühend heiß war, kletterte die schmale Gangway hinauf.

»Na endlich«, sagte die Stewardeß, die am Eingang wartete, »wo bleiben die anderen? Wir haben schon Verspätung.«

»Die müssen auch gleich hier sein«, erklärte Inge.

Noch nie war sie so froh gewesen wie in diesem Augenblick. Es war herrlich, von der durch die Klimaanlage gekühlten Luft umfangen zu werden. Zum erstenmal fühlte sie sich in dem Jet geradezu zu Hause. Es machte ihr auch gar nichts aus, daß Fritz Hilgert, Katrin und Olivia sie wegen der unfreiwilligen Verspätung aufzogen und allerhand alberne Mutmaßungen äußerten. Ein Glück, daß die drei nicht wirklich mit angesehen hatten, wie sie in die Klemme geraten war!

Es dauerte noch gute zehn Minuten, bis Frau von Sauten, Herr Kluge und der Rest der Passagiere nachgekommen waren und ihre Plätze eingenommen hatten.

Frau von Sauten sah abgespannt aus; rote Flecken brannten auf ihren schmalen Wangen. »Das ist gerade noch einmal gut gegangen«, sagte sie, als sie sich anschnallte.

»Haben Sie Ausfuhrzoll bezahlen müssen?«

Frau von Sauten sah Inge an. »So einfach stellen Sie sich das immer noch vor? Der Saphir war von einem Händler in Kandy als gestohlen gemeldet worden, dazu hatte das Zollamt eine anonyme Anzeige erhalten, die auf Sie als Diebin hinwies. Begreifen Sie endlich, was das für Sie hätte bedeuten können?«

Jetzt wurde auch Inge blaß. »So eine Gemeinheit!« stieß sie tonlos hervor.

Wieder trieb ihr die Erregung Tränen in die Augen. Rasch öffnete sie ihre Tasche, wühlte nach einem Taschentuch und – das verloren geglaubte Amulett rollte ihr entgegen.

»Na so etwas!« rief Inge. »Sehen Sie bloß, es ist wieder da, das dumme Ding! Jetzt bin ich geheilt. Nie wieder glaube ich an Amulette oder dergleichen Blödsinn.«

Frau von Sauten lächelte. »Das scheint mir recht undankbar, Inge, denn eigentlich ... Wenn Sie nicht nach dem Amulett gesucht hätten, hätten Sie den gestohlenen Stein doch nie gefunden ...«

»... und säße jetzt im Gefängnis von Colombo!« Inge schauderte. »Nein, da will ich lieber gar nicht daran denken!«

Für eine Weile machte das Aufheulen der Düsen jedes Gespräch unmöglich, dann rollte der Jet an, erhob sich mit unbegreiflicher Leichtigkeit von der Rollbahn und schwebte empor in den strahlend blauen Himmel.

Sie überflogen das Bengalische Meer und landeten weniger als vier Stunden später, nach einem schmackhaften Mittagessen an Bord, in Bangkok, der Hauptstadt von Thailand. Omnibusse fuhren die einzelnen Gruppen der Reisegesellschaft zu ihren Unterkünften. Frau von Sauten,

Inge und die anderen der Gruppe C waren im Manohra untergebracht, einem ganz modernen, sehr großen Hotel.

Inge stürzte sofort zum Empfang. »Bitte«, fragte sie auf englisch, »haben Sie Post für mich? Ich heiße Inge Kramer und komme aus Frankfurt ... Kramer mit einem K!«

Der Empfangsdirektor, ein Herr mit beginnenden Geheimratsecken und weißen Schläfen, war Europäer – Schweizer, wie Frau von Sauten Inge später erzählte.

»Ich werde sofort nachsehen«, erwiderte er lächelnd auf deutsch.

Er holte einen Packen Briefe und Karten aus dem Fach mit dem Buchstaben K., blätterte ihn durch und schüttelte bedauernd den Kopf. »Tut mir sehr leid, gnädiges Fräulein, es ist nichts dabei!«

Inge hatte fest mit einem Brief von Heinz gerechnet, jetzt war ihre Enttäuschung riesengroß. »Aber es muß eine Nachricht für mich da sein«, sagte sie, »vielleicht ... vielleicht ist er in ein falsches Fach gerutscht ... unter einen falschen Buchstaben!«

»Das ist so gut wie ausgeschlossen, gnädiges Fräulein«, sagte der Empfangsdirektor gelassen, »aber ich werde später noch einmal alles durchsehen.« Er wandte sich an Frau von Sauten. »Sie wünschen, gnädige Frau?«

Inge mußte mit ansehen, wie Frau von Sauten einige Briefe und Karten ausgehändigt bekam. Sie rührte sich nicht vom Fleck, denn sie wollte den Empfangsdirektor zwingen, sein Versprechen wahrzumachen.

Frau von Sauten nahm sie beim Arm. »Kommen Sie, Inge, kümmern Sie sich bitte um unser Gepäck! Wegen Ihres Briefes werde ich später noch einmal heruntertelefonieren. Jetzt hat niemand Zeit, danach zu sehen ... Schauen Sie sich doch nur den Andrang an.«

Eine halbe Stunde später telefonierte der Empfangsdirektor von selber hinauf in das große Doppelzimmer, das Frau von Sauten und Inge diesmal gemeinsam bewohnten.

Doch er konnte nur wieder mitteilen, daß kein Brief gefunden worden war.

Inge war die Laune verhagelt. Aber es blieb ihr keine Zeit zu grollen und zu schmollen, denn kaum hatten sie die Koffer ausgepackt und sich frischgemacht, mußten sie sich beeilen, wieder hinunterzukommen, wenn sie an der für den Nachmittag angesetzten Stadtrundfahrt teilnehmen wollten.

»Eigentlich«, sagte Frau von Sauten, »hätte ich ja eine Menge zu schreiben, aber ich glaube, ich komme doch besser mit. Sie brauchen jemanden, der auf Sie aufpaßt. Wer weiß, ws Ihnen sonst noch alles zustößt.«

Inge war ganz froh, daß Frau von Sauten wenigstens nichts von der Giftschlange in ihrem Bad in Colombo ahnte – oder wußte sie es doch? Es hätte Axel Borg ganz ähnlich gesehen, es ihr zu erzählen.

Voll Verwunderung über sich selber stellte Inge fest, daß sie den Co-Piloten, der ihr anfangs doch eigentlich recht gut gefallen hatte, jetzt überhaupt nicht mehr mochte. Dabei hatte er ihr doch gar nichts getan, im Gegenteil, vielleicht hatte er ihr sogar das Leben gerettet. Trotzdem überkam sie ein seltsames Unbehagen, wenn sie an ihn dachte. Sie war erleichtert, daß er wenigstens an der Stadtrundfahrt nicht teilnahm. Wieso auch? Er war sicher schon oft genug in Bangkok gewesen.

Aber bald vergaß Inge ihre privaten Sorgen – so unendlich viel gab es zu sehen! Allein das Straßenbild war umwerfend – neben modernen amerikanischen Straßenkreuzern, neben Omnibussen und Fahrrädern, beherrschten Rikschas den Verkehr, kleine zweirädrige Wagen, die teils mit Motorkraft fuhren, teils aber auch noch von barfüßigen Männern gezogen wurden. Dazwischen trotteten riesige grauhäutige Elefanten, die sich an keine Regel hielten und nicht das geringste Anzeichen von Nervosität zeigten, so, als wenn sie ganz sicher wären, immer und überall die Vorfahrt zu haben, was ja auch tatsächlich der Fall war.

Inge blickte unentwegt zum Fenster hinaus; sie konnte nicht genug sehen. Sie bewunderte die Schönheit der Thailänder, ihre gemessenen, anmutigen Bewegungen und die langen armdicken schwarzen Zöpfe der Mädchen, die den Kopf so stolz erhoben trugen.

Der Omnibus fuhr sie zum königlichen Hauptpalast und zum Tempel des smaragdenen Buddha, einer grünen Statue, die aber, wie Herr Kluge erklärte, nicht wirklich aus Smaragd, sondern aus Jaspis geschnitzt war. Sie besuchten den Tempel des liegenden Buddha, der fast fünfzig Meter lang und zwölf Meter hoch war und einfach überwältigend wirkte; sie sahen einen fünf Tonnen schweren Buddha aus massivem Gold und einen riesigen stehenden Buddha. Sie besichtigten natürlich auch noch andere Sehenswürdigkeiten – Türen mit kostbaren Perlmutteinlagen, Marmorplatten, in die Reliefs eingehauen waren, geschnitzte Nagas, Regenschlangen und eine herrliche alte Götterschaukel.

Als Inge in das Hotel zurückkam, hatte sie das Gefühl, nichts als Buddhas gesehen zu haben, und ihr schwirrte der Kopf davon. Mit großem Interesse hörte sie zu, was Frau von Sauten alles über diese verschiedenen Buddhas und die Tempel, die sogenannten Wats, zu erzählen hatte, und erst als sie beim Abendessen saßen, wurde sie stiller und stiller, ließ ab, Fragen zu stellen und paßte nicht mehr recht auf. Der Speisesaal war eine Art botanischer Garten, durch eine Klimaanlage gekühlt, in dem es grünte und blühte. Die kleinen Tische standen zwischen satten tropischen Rasenflächen, exotischen Büschen und Blumen.

»Ich bin gespannt, ob es Ihnen schmeckt«, sagte Frau von Sauten, »ich habe ein richtiges Thai-Essen bestellt, ein Hühnercurry. Die Thailänder kochen delikat und haben eine besondere Art zu würzen, mit Kokosmilch, Zitronensaft, Zitronellwurzeln ... aber was ist los mit Ihnen, Mädchen? Fühlen Sie sich nicht gut?«

»Frau von Sauten ...« Inge gab sich einen Ruck. »... kann man von hier aus nach Deutschland telefonieren? Oder wenigstens telegrafieren?«

»Beides ist ziemlich kompliziert und teuer.«

»Aber ich brauche doch sonst so gut wie gar kein Geld und ...«

Frau von Sauten unterbrach sie. »Machen Sie sich Sorgen wegen Ihrer Mutter?«

»Wegen Mutti? Nein.« Widerstrebend fügte Inge hinzu: »Mein Freund hat nicht geschrieben, das ist es. Ich weiß, Sie werden mich jetzt albern finden, es kann ja tausend Gründe für sein Schweigen geben, aber ... ich habe solche Angst, daß ihm etwas zugestoßen sein könnte.«

»Das verstehe ich durchaus«, sagte Frau von Sauten ruhig, »aber es gibt doch einen viel einfacheren Weg, sich über das Befinden Ihres Freundes zu vergewissern. Sie brauchen ja nur seine Schwester zu fragen.«

»Olivia?«

»Ja, warum nicht?« sagte Frau von Sauten lächelnd. »Im übrigen sitzt Fräulein Bomhardt schräg hinter Ihnen. Riskieren Sie ruhig einen Blick über die Schulter. Sie sieht ganz und gar nicht aus, als wenn sie irgendeinen Anlaß hätte, sich Sorgen über ihren Bruder zu machen.«

Während das Thai-Essen serviert wurde, drehte Inge sich so unauffällig wie möglich um und entdeckte tatsächlich sofort den Tisch, an dem Olivia Bomhardt saß. Sie war in Gesellschaft von Katrin, Fritz Hilgert und Dr. Kainz, dem jungen Bordarzt, und alle vier schienen bester Laune. Nein, so vergnügt würde Olivia nicht lachen können, wenn sie wüßte, daß ihrem Bruder etwas zugestoßen wäre!

»Sie haben natürlich Recht«, sagte Inge, »zu blöd von mir, mich so aufzuregen.«

»Ach, deswegen brauchen Sie sich nicht zu entschuldigen, Inge, wenn man verliebt ist, sieht man leicht mal Gespenster. Aber nun essen Sie erst einmal, und lassen Sie sich das Hühnercurry schmecken ... so etwas haben Sie noch nie gegessen und werden es vielleicht nie in Ihrem ganzen Leben wieder vorgesetzt bekommen!« Nach einer kleinen Pause fügte Frau von Sauten hinzu: »Es sei denn, Sie heiraten einen Weltenbummler, den Sie hin und wieder mal auf seinen Reisen begleiten können.«

»Ach nein, als Weltenbummler kann man Heinz nun wirklich nicht bezeichnen«, sagte Inge, »das heißt, wenn ich erst verheiratet bin, möchte ich gerne diese Reise noch einmal mit ihm zusammen machen.« Sie führte einen Löffel voll Hühnercurry zum Mund. »Oh«, sagte sie dann, »das ist wirklich etwas Besonderes ... mild, fast süß, wunderbar gewürzt.«

»Ich freue mich, daß es Ihnen schmeckt.«

Das Hühnerfleisch war kleingeschnitten und wurde, wie Inge feststellte, auch an den Tischen, an denen Thailänder saßen, mit Löffel und Gabel gegessen.

»Wie stehen Sie eigentlich mit Axel Borg?« fragte Frau von Sauten. »Ich habe den Eindruck, daß er Sie recht gern hat, und ich fühlte mich an Ihrer Stelle geschmeichelt.«

Inge mußte erst ihren Bissen hinunterschlucken, bevor sie antworten konnte. »Aber ich bin doch verlobt.«

»Ja, schon. Aber das bedeutet doch nicht ...«

Inge fiel ihr ins Wort. »Ich interessiere mich nicht für andere Männer.«

»Sehr lobenswert«, sagte Frau von Sauten und spießte ein Stückchen des zarten, saftigen Fleisches auf die Gabel.

»Ach, das fällt mir ganz leicht«, behauptete Inge, aber unwillkürlich wich sie dem forschenden Blick Frau von Sautens aus, weil sie sich erinnerte, wie glücklich sie sich in Axel Borgs Armen beim Tanz auf der Terrasse des Mount Lavinia gefühlt hatte.

Frau von Sauten entging Inges leichte Unsicherheit nicht, doch sie wechselte taktvoll das Thema.

»Eigentlich schade«, sagte sie, »daß Sie Ihren Vater nie wirklich gekannt haben.«

»Tja, eine Zeitlang habe ich das auch sehr bedauert«, sagte Inge, »aber jetzt bin ich ja glücklicherweise erwachsen und brauche keinen Vater mehr.«

»Sind Sie ganz sicher?«

Inge mußte lachen. »Daß ich erwachsen bin? Oder daß ich keinen Vater mehr brauche?«

Frau von Sauten lachte mit. »Ehrlich gestanden – beides.«

Mit Staunen sah Inge, wie ein zierlicher Thailänder in weißem Smoking über die Rasenflächen auf einen Flügel zuschritt, den sie bisher gar nicht beachtet hatte. Er verbeugte sich kurz, aber sehr tief nach allen Seiten, setzte sich dann auf einen kleinen Drehhocker und begann zu spielen. Erst improvisierte er ein Vorspiel, doch bald hörte sie eine Melodie heraus, die Inge bekannt vorkam, es war irgend etwas, das ihre Mutter manchmal summte.

»Walzertraum«, sagte Frau von Sauten.

»Eine Operette, nicht wahr? Und das spielt ein Thailänder hier in diesem exotischen Garten im Hotel Manohra«, sagte Inge staunend. »Toll!«

»Die Asiaten lieben die europäische Musik«, erklärte Frau von Sauten.

Normalerweise hatte Inge nicht viel für Operetten übrig. Für sie waren diese sentimentalen Melodien alte Hüte, ein Schmarrn, verglichen mit Pop- und Rockmusik. Aber hier, in dieser fremden Umgebung, berührten sie die vertrauten Klänge ganz sonderbar. War es die Sehnsucht nach Heinz, die ihr so zusetzte? Oder war es ganz einfach Heimweh, das sie überfallen hatte?

»Ist Ihnen nicht gut, Inge?« fragte Frau von Sauten besorgt.

Sie zwang sich zu einem Lächeln. »Wahrscheinlich habe ich zu viel von diesem herrlichen Hühnercurry gegessen.«

»Dann wollen wir schnell noch eine Tasse Tee trinken und sehen, daß wir nach oben kommen.«

Während sie den goldenen, duftenden Tee tranken, bemühte sich Inge, mit Frau von Sauten zu plaudern, aber sie fand nicht mehr den leichten, unbefangenen Ton von vorhin. Bei den wehmütigen Melodien, die vom Flügel her zu ihnen drangen, wurde ihr das Herz immer schwerer.

Sie hörte Olivia hinter ihrem Rücken sorglos lachen. Aber was besagte das schon? Vielleicht hatte auch sie keine Post von zu Hause bekommen und wußte nicht, was Heinz möglicherweise passiert war. Vielleicht machte sie sich auch gar nichts daraus. Inge hatte ja keine Ahnung, wie Olivia überhaupt zu ihrem Bruder stand. Vielleicht lachte sie, weil sie Kummer hatte und sich ihre Freude an der Weltreise nicht verderben lassen wollte.

Als Frau von Sauten aufstand, sagte Inge: »Bitte, darf ich noch einen Moment unten bleiben? Ich möchte doch gerne Olivia fragen ...«

Frau von Sauten sah Inge mit einem sonderbaren Ausdruck an. »Tun Sie, was Sie nicht lassen können, Inge, ich kann Sie schließlich nicht festbinden. Aber passen Sie bitte auf sich auf und verlassen Sie unter keinen Umständen das Hotel, ohne mir Bescheid zu sagen!«

Inge sprang auf. »Natürlich nicht, ich will doch nur ...«

Frau von Sauten winkte ab. »Schon gut. Und viel Vergnügen.«

Inge ärgerte sich ein wenig. Frau von Sauten schien tatsächlich zu denken, daß ihr Gespräch mit Olivia nur als Vorwand dienen sollte, noch nicht nach oben zu gehen. Sie war nahe daran, hinter ihr herzulaufen und alles zu erklären.

Aber dann dachte sie: ›In fünf Minuten gehe ich sowieso rauf, dann wird sie schon sehen, daß sie sich in mir getäuscht hat.‹

Das, was sie vorhatte, war ihr gar nicht angenehm, eine Unsicherheit, die ihr sonst ganz fremd war, überfiel sie, und daß alle aufschauten und sie anstarrten, als sie näher kam, machte ihr den Vorstoß nicht gerade einfacher.

Fritz Hilgert brach den Bann. »Hallo, wer kommt denn da?« rief er. »Wollen Sie sich zu uns setzen, Inge?«

Olivia runzelte unwillig die Stirn.

»Nein! Nein, danke!« Inge wandte sich an Olivia. »Ich habe nur eine Frage ...«

Olivia sah durch sie hindurch, ohne ihr das geringste Zeichen der Ermutigung zu geben.

»Wie geht es Heinz?« platzte Inge heraus.

Olivia schwieg – eine kleine Ewigkeit lang, wie es Inge schien. Dann sagte sie: »Das ist aber fix gegangen ...«

»Was?«

»Daß er sich von Ihnen abgesetzt hat.«

Inge spürte, wie sie zu zittern begann, sie ballte die Fäuste. »Ich habe Ihnen eine einfache, höfliche Frage gestellt ...«

»... und ich habe sie unmißverständlich beantwortet! Wann werden Sie endlich begreifen, daß es keinen Zweck hat, meinem Bruder nachzulaufen?«

Auf einen so direkten Angriff war Inge nicht gefaßt gewesen. »Aber ich habe nicht ... ich bin nicht ...«, stammelte sie. Sie spürte, wie es ihr dunkel vor Augen wurde. Verflixt noch mal, sie würde doch nicht hier, ausgerechnet vor Olivias Augen, in Ohnmacht fallen.

»Olivia«, mahnte Katrin und legte der Freundin besänftigend die Hand auf den Arm, »ich bitte dich ...«

»Das geht wirklich etwas zu weit«, sagte Fritz Hilgert.

Diese Einmischung machte Olivia nur noch wütender. »Ach was, ihr kennt sie nicht! Sie ist eine Goldgräberin, nichts weiter!« Sie zischte Inge an: »Sperren Sie Ihre Augen nicht so auf wie ein Kalb, das zur Schlachtbank geführt werden soll! Es tut Ihnen ja niemand was. Sparen Sie Ihr Theater lieber für Zuschauer auf, die Sie damit beeindrucken können!«

Inge war normalerweise nicht leicht einzuschüchtern, schon gar nicht von einem ungefähr gleichaltrigen Mädchen. Ihr wäre ganz bestimmt eine treffende Antwort eingefallen, wenn nicht diese Schwäche gewesen wäre, die sie in dunklen Wolken überfiel.

So konnte sie nur noch verschwommen denken: ›Fort, nur fort von hier! Bloß keine Szene!‹

Sie drehte sich um, eilte, fast ohne etwas zu sehen, in die Richtung, in der sie den Ausgang vermutete. Es war ihr, als hörte sie hinter sich einen kurzen Wortwechsel, das Poltern eines Stuhles, aber sie war viel zu sehr mit sich selber beschäftigt, um irgend etwas wahrzunehmen.

Dann fühlte sie einen festen Griff unter ihrem Arm, und eine besorgte Stimme sagte: »Stützen Sie sich nur fest auf mich ... ja, nur keine Angst, ich halte Sie schon! Es kann gar nichts passieren.«

Sie kam erst wieder zu sich, als sie in einem bequemen Sessel saß. Vorsichtig öffnete sie die Augen, blinzelte durch die Wimpern und stellte fest, daß Dr. Kainz es war, der sie in die Hotelhalle gebracht hatte.

Schon wollte sie tief Atem holen, sich aufrichten und danke sagen, als sie sah, daß Dr. Kainz, halb von ihr abgewandt, blitzschnell und – wie ihr schien – verstohlen ein weißes Pulver in ein Glas mit Wasser schüttete, das auf einem Tablett vor ihm stand.

Alle Warnungen Frau von Sautens und all die gefährlichen und geheimnisvollen Abenteuer, die sie in der letzten Zeit erlebt hatte, schossen ihr durch den Kopf. Sie schloß die Augen und versuchte krampfhaft nachzudenken.

»Hier, trinken Sie das!« Die Stimme von Dr. Kainz war dicht an ihrem Ohr.

Inge fühlte den kalten Rand des Glases schon an ihren Lippen, da machte sie eine heftige, wie zufällige Bewegung, stieß das Glas fort, so daß sich sein Inhalt, eine milchig weiße Flüssigkeit, über den steinernen Boden ergoß. »Es tut mir leid ...«, murmelte sie.

Dr. Kainz sah sie forschend an. »Macht nichts, versuchen wir es eben noch einmal!« Er schüttete Eiswasser aus der Karaffe in das Glas.

»Danke. Wozu denn? Ich möchte wirklich nichts trinken«, wand sich Inge.

»Das ist auch nicht gegen Ihren Durst, ich will Ihnen ja nur ...« Dr. Kainz stockte mitten im Satz. »Sagen Sie mal, Sie fürchten wohl, ich könnte sie vergiften?«

Inge wurde verlegen. »Nein, was denken Sie denn ... natürlich nicht ...«, stammelte sie.

Es war ja auch wirklich absurd, daß ausgerechnet Dr. Kainz, der Arzt mit den freundlichen Augen hinter der randlosen Brille, es auf sie abgesehen haben sollte. Aber sie hatte so viel Seltsames erlebt, daß sie keinem Menschen mehr zu vertrauen wagte.

Er legte seine kühle Hand auf ihre Stirn. »Haben Sie Fieber?«

»Aber nein, wie kommen Sie denn darauf?«

Dr. Kainz zog seine Hand schon wieder zurück. »Anscheinend habe ich mich geirrt«, sagte er, »nun, um so besser. Ich gebe Ihnen jetzt eine Medizin ...«

»Aber ich will keine Medizin!« rief Inge verzweifelt. »Ich fühle mich schon wieder vollkommen gesund!« Sie sah sich hilfesuchend in der weiten Halle um und atmete auf, als sie Fritz Hilgert auf sich zukommen sah.

Er grinste. »Na, geht's wieder? Dann haben Sie sicher Lust, mit uns ins Theater zu gehen.« Er sah Dr. Kainz an. »Auf Olivia können Sie als Begleiterin nicht mehr rechnen, Doktor, die hat sich längst davongemacht.«

»Ja, kommen Sie mit, Fräulein Kramer«, sagte Dr. Kainz herzlich, »wahrscheinlich handelt es sich bei Ihrem Schwächeanfall nur um eine Kreislaufstörung, die durch den raschen Klimawechsel verursacht worden ist ...«

»Das habe ich schon einmal gehört«, murmelte Inge.

»Jeder erfahrene Reisende wird Ihnen das bestätigen! Also, kommen Sie mit, eine kleine Abwechslung wird Ihnen guttun.«

»Ich müßte meine Chefin fragen«, sagte Inge zögernd, auf die die Aussicht auf Zerstreuung verlockend wirkte.

»Das übernehme ich«, erklärte sich Dr. Kainz sofort bereit, »ich rufe einfach hinauf ... Wo ist denn Fräulein Katrin?

Bestellen Sie doch bitte ein Taxi, Herr Hilgert, wir müssen uns beeilen, wenn wir rechtzeitig kommen wollen.«

Die Theateraufführung war ganz anders, als Inge erwartet hatte. Gezeigt wurde ein uraltes Sanskrit-Drama, wie Dr. Kainz ihr flüsternd erklärte, ein Schauspiel, das von Dialogen, Chorälen und graziösen Ausdrucksstudien lebte. Die Sprache der Schauspieler war Thai, von der Inge und die anderen Touristen kein Wort verstanden, auch die zirpende Musik war sonderbar unverständlich. Die Gesichter der Darsteller waren mit einer Maske oder einer dicken Puderschicht bedeckt, so daß jedes Mienenspiel unmöglich war. Um so malerischer wirkten die Bewegungen und Gesten, die sie in ihren reichverzierten, farbenprächtigen Gewändern ausführten.

So interessant das Ganze sein mochte, spannend war es bestimmt nicht, und Inges Gedanken schweiften ab zu ihren eigenen Sorgen – dem rätselhaften Schweigen von Heinz und dem mehr als arroganten Benehmen Olivias.

Plötzlich überfiel sie siedendheiß der Gedanke, daß sie womöglich wieder in eine Falle getappt sein könnte, und sie bereute, daß sie nicht selber mit Frau von Sauten gesprochen hatte. Dann sagte sie sich wieder, daß ihre Angst allmählich krankhafte Formen anzunehmen begann. Was konnte ihr denn passieren, solange sie zu viert waren? Unmöglich konnten Katrin und Fritz Hilgert mit im Komplott gegen sie stecken.

Dennoch war sie froh, als sie wieder im Hotel angekommen war, sie lehnte einen letzten Drink ab und wollte sich rasch verabschieden. Da machte Katrin eine Bemerkung, die das bißchen Seelenfrieden, das Inge sich mühsam errungen hatte, wieder zerstörte.

»Ich bin mal gespannt, was Olivia für eine Laune haben wird, wenn ich nach oben komme«, sagte sie, »auf alle Fälle wird sie dir nie verzeihen, Inge, daß du ihr den Kavalier weggeschnappt hast!«

Die anderen lachten, aber Inge fand das durchaus nicht komisch. Sie wußte nur zu gut, wie leicht es für Olivia sein würde, sich an ihr zu rächen – sie brauchte nur ihrem Bruder zu schreiben, was passiert war, und Inge traute es Olivia ohne weiteres zu, die Dinge so darzustellen, als hätte sie es ganz bewußt auf einen Flirt mit dem jungen Bordarzt angelegt.

Katrin sah ihr Erschrecken. »Mach dir nichts draus«, sagte sie, »sie ist ja immer leicht überspannt.«

Inge hätte sich am liebsten noch jetzt in der Nacht hingesetzt und einen Brief voller Erklärungen an Heinz geschrieben. Aber das war unmöglich, weil Frau von Sauten schon darauf wartete, endlich das Zimmer abschließen und das Licht löschen zu können.

Aber noch lange lag sie wach, lauschte in das Dunkel der heißen Nacht hinaus und dachte an Heinz.

Am nächsten Morgen waren die Ängste der Nacht vergangen. Inge fühlte sich wohlauf und munter, obwohl der Reisewecker schon um sechs Uhr klingelte.

»Ich habe mich, scheint es, wieder mal auf das Klima umgestellt«, diagnostizierte sie sich selber.

»Ach ja, Sie haben sich gestern nicht ganz wohl gefühlt«, sagte Frau von Sauten, »dann sollten Sie doch vielleicht etwas länger liegenbleiben ...«

Aber Inge war nicht dafür. Sie freute sich schon auf die Fahrt mit dem Motorboot zu dem berühmten ›Schwimmenden Markt‹, dem ›Floating Market‹, die in der Frühe stattfinden sollte.

Schon bei ihren Besichtigungen mit dem Omnibus hatte sie festgestellt, daß Bangkok von unzähligen Kanälen, den sogenannten Klongs, durchzogen war, die von den Einwohnern als Verkehrswege benutzt wurden.

Jetzt, in der Frühe des warmen, aber noch nicht übermäßig heißen Tropentages, war der Eindruck überwältigend. Die Motorboote mit den Touristen begegneten den Marktbooten, die, Hunderte an der Zahl, beladen mit Kokosnüssen und Gemüse, Bananen und Papayas, Orangen, Zwiebeln, Paprika und Gurken, in die Stadt hineinfuhren.

Am schönsten waren die Boote voller unwahrscheinlich großer leuchtender Blumen.

Die braunhäutigen Bauern balancierten auf dem Rand ihrer Boot, stakten mit langen Rudern durch die Klongs und sangen dazu im Chor rhythmische Melodien.

Erst jetzt bemerkte Inge, daß viele Bewohner Bangkoks in und auf diesen Kanälen lebten, auf schmalen Uferstreifen, auf Inseln oder auf Booten. Kinder und Erwachsene nahmen ihr Morgenbad im nachtkühlen Wasser, das allerdings nicht gerade einladend aussah. Dennoch wuschen Hausfrauen unbekümmert ihre Wäsche darin. Frau von Sauten erklärte Inge, daß auch das Gemüse, das wunderbar frisch und grün überall wucherte, damit begossen wurde und deshalb erst desinfiziert werden müßte, wenn es für Europäer genießbar sein sollte.

Ein kleines Boot, voll mit lachenden, plappernden Kindern, kurvte fast in Reichweite an dem Motorboot der Reisegesellschaft vorüber. Inge beugte sich über das Geländer und winkte den Kleinen zu.

In diesem Augenblick erhielt sie einen Stoß in den Rücken, so heftig und unerwartet, daß sie das Gleichgewicht verlor.

Sie versuchte noch, sich am Geländer des Motorbootes festzuhalten, aber ihre Hände glitten ab, sie sauste kopfüber in die Tiefe. Schon war das träge graue Wasser ganz dicht vor ihren Augen – aber da war noch etwas, das kleine Boot, in dem die Schulkinder saßen. Inge reagierte so blitzschnell, wie es nur im Augenblick höchster Gefahr möglich ist. Sie spannte alle Muskeln an, und es gelang ihr, ihren Körper im Fallen zu drehen.

Sie hörte einen gellenden Schrei – oder war sie es selber, die schrie?

Ihr Kopf sauste an der Kante des Bootes vorbei in

das Wasser, gleichzeitig spürte sie einen jähen, heftigen Schmerz an der Schulter, und dann nahmen die gurgelnden Fluten sie auf, aber sie waren nicht mehr grau, sondern schwarz, tiefschwarz, und dann war nichts mehr da, gar nichts.

Es war aus.

Als Inge erwachte, spürte sie ein sanftes Schaukeln, und sie war so sicher, tot zu sein, daß sie tatsächlich glaubte, auf einer Wolke zu schweben.

»Angenehm«, murmelte sie mit geschlossenen Augen, »sehr angenehm ...«

»Sie kommt wieder zu sich«, sagte eine tiefe, ein wenig rauhe Frauenstimme, die gar nichts Engelhaftes an sich hatte.

»Frau von Sauten?« sagte Inge ganz erstaunt und öffnete, noch ein wenig mühsam, die Augen.

Sie lag in der Kajüte eines Bootes.

Frau von Sautens kluges, schmales Gesicht war dicht vor ihr. »Wen hatten Sie denn sonst zu sehen erwartet, Kindchen?« fragte sie lächelnd.

»Wahrscheinlich mich«, ertönte eine sehr männliche und ein bißchen arrogante Stimme aus dem Hintergrund.

Inge wollte sich senkrecht aufrichten, merkte aber gerade noch rechtzeitig, daß sie unter der leichten Decke, in die man sie gehüllt hatte, splitternackt war. »Oh!« stieß sie aus und ließ sich hastig wieder zurücksinken, die Decke krampfhaft vor die Brust gepreßt.

Wie so oft verstand Frau von Sauten, was in Inge vorging, ohne daß sie es aussprechen mußte. »Niemand war dabei, als ich Sie ausgezogen habe, Inge«, versicherte sie, »aber ich mußte das tun, Ihre Kleider waren ja völlig durchnäßt.«

Jetzt trat der junge Mann mit der arroganten Stimme vor – Axel Borg. »Nur keine Bange«, sagte er und zwinkerte Inge zu, »ich war viel zu sehr mit mir selber beschäftigt.« Er trug, wie Inge zu ihrer Verblüffung feststellte, nichts als einen knappen Lendenschurz, wie er den thailändischen Bauern bei der Feldarbeit als Bekleidung dient, und er stand ihm blendend, denn sein brauner, muskulöser Oberkörper und die langen, geraden Beine konnten sich durchaus an jedem Strand sehen lassen.

Allmählich setzte Inges Erinnerung wieder ein. »Sie haben mich aus dem Wasser gezogen«, sagte sie, und es klang mehr wie eine Feststellung als wie eine Frage.

»Was blieb mir anderes übrig? Es hat mir ja leid getan um meine schöne Uniform«, erklärte Axel Borg mit dem bewußten Versuch, seiner Tat die Wichtigkeit zu nehmen, »aber ich hätte bestimmt was von Kapitän Wilson zu hören bekommen, wenn ich mit einem Passagier weniger an Bord zurückgekommen wäre.«

Inge streckte ihm, während sie mit der linken Hand ihre Decke am Hals festhielt, die rechte entgegen. »Das war nun schon das zweite Mal!«

»Wieso?« fragte Frau von Sauten sofort. »Ich verstehe nicht ...«

Axel Borg ließ sie nicht ausreden. »Ach, i wo«, sagte er, »Sie haben sich selber gerettet. Wenn Sie mit dem Kopf auf das andere Boot geknallt wären, wie es zuerst aussah, dann wäre wahrscheinlich nichts mehr zu machen gewesen.«

Inge runzelte die Stirn. »Ja, ich erinnere mich«, sagte sie, »ich habe das gefürchtet und mich, so gut es ging, in eine andere Richtung geworfen. Trotzdem dachte ich, es wäre aus mit mir ...«

»Sie haben das Bewußtsein verloren, weil Sie mit der Schulter das Boot noch gestreift haben«, erklärte Frau von Sauten.

Erst in diesem Augenblick wurde Inge bewußt, daß ihre linke Schulter teuflisch schmerzte; sie fuhr unwillkürlich mit der Hand dorthin.

»Nein, nein, es ist nichts gebrochen, das habe ich schon untersucht«, sagte Frau von Sauten beruhigend, »Sie werden da einen Bluterguß bekommen, der in allen Farben schillert, sonst nichts.«

»Weiß Gott, Sie sind ein Glückspilz«, erklärte Axel Borg.

»Ist denn der Kerl erwischt worden?« fragte Inge.

Frau von Sauten und Axel Borg sahen sich an. »Welcher Kerl?« fragten sie dann beide, fast gleichzeitig.

»Der mich gestoßen hat!« Wieder konnte sich Inge erst im letzten Moment zurückhalten aufzuspringen. »Wir müssen nach oben, wir müssen sofort Herrn Kluge sagen, daß er jeden einzelnen Passagier vor Verlassen des Bootes kontrollieren soll!«

»Das geht nicht«, sagte Frau von Sauten.

»Aber warum nicht? Jetzt endlich hätten wir doch mal Gelegenheit ...«

»Nein. Wir haben die Gelegenheit verpaßt. Wir sind nicht mehr auf dem Motorboot, von dem aus Sie über Bord gefallen sind, Kindchen.«

»Aber ... ich verstehe nicht ...«

»Auf dem anderen Boot«, erklärte Axel Borg geduldig, »war ja nicht einmal eine Kabine. Wir mußten ja beide aus unseren nassen Sachen heraus und so schnell wie möglich ins Hotel zurück. Die Reisegesellschaft fährt noch weiter und besichtigt die königlichen Schiffe. Deshalb hielt Frau von Sauten es für richtig, in ein Wassertaxi umzusteigen, und da sind wir jetzt. Wenn Sie einmal versuchen nachzudenken, werden Sie es ganz logisch finden.«

»Logisch schon«, sagte Inge tief enttäuscht, »aber schade.«

»Vielleicht können wir dennoch etwas unternehmen«, sagte Axel Borg und hockte sich im Schneidersitz neben das Sofa, auf dem Inge lag, auf den Boden – er machte das mit so großer Geschicklichkeit, als wenn er es von Kindheit an gewohnt wäre. »Überlegen Sie doch mal ... wer hat hinter Ihnen gestanden?«

Inge und Frau von Sauten sahen einander an, aber keine von ihnen konnte sich mit Sicherheit erinnern.

»Die üblichen Figuren«, behauptete Inge.

»Es war ein ständiges Kommen und Gehen«, meinte Frau von Sauten, »die einen Platz an der Reling erwischt hatten, wechselten wohl nicht, aber die anderen waren ständig in Bewegung, suchten eine Lücke, in die sie sich schmuggeln konnten, liefen auch hin und her, weil sie sich einbildeten, daß gerade anderswo mehr zu sehen wäre.«

»Es kann überhaupt niemand von der Reisegesellschaft gewesen sein«, erklärte Inge mit ehrlicher Überzeugung.

»So? Und warum nicht?« fragte Axel Borg.

»Das sind doch alles ganz harmlose Leutchen.«

»Inge hat absolut Recht«, bestätigte Frau von Sauten, »der Flug war ja auch schon ausgebucht, als ich Inge noch gar nicht kennengelernt hatte, ich hatte lediglich einen Platz für eine Sekretärin reservieren lassen. Wenn es jemand aber auf Inge abgesehen hat, dann könnte er sich ja erst zum Mitfliegen entschlossen haben, nachdem er wußte, daß Inge ...« Sie unterbrach sich. »Natürlich kommt es immer vor, daß im letzten Augenblick ein vorgemeldeter Passagier zurücktritt und ein anderer seinen Platz bekommt. Man müßte es herausbringen.«

»Das übernehme ich«, sagte Axel Borg, »ich kann am unauffälligsten Einblick in die Passagierliste nehmen.«

»Nett von Ihnen«, sagte Frau Sauten herzlich.

»Ich glaube trotzdem, es ist ein Fremder gewesen«, beharrte Inge, »heute morgen war ein solcher Trubel, daß kein Mensch gemerkt hätte, wenn ein Unbekannter sich mit an Bord gedrängt hätte.«

»Kann durchaus sein«, stimmte Axel Borg zu, »nur ... wenn es ein Fremder war, dann haben wir keine Chance mehr, ihn zu erwischen, dann ist er längst auf und davon.« Er warf einen Blick auf seine Uhr, die an seinem nackten Arm ziemlich fehl am Platze wirkte. »Sie tut es noch, das brave Ding!« murmelte er, dann fuhr er, an die Damen gewandt, fort: »Wenn der Gangster aber zu unserer Reisegesellschaft gehört, dann werde ich ihn erwischen, so wahr ich Axel Borg heiße!« Er grinste Inge auf seine unwiderstehlich dreiste Art an. »Und glauben Sie bloß nicht, daß ich Ihnen zuliebe den tapferen Ritter spiele!« fuhr er fort. »Sie brauchen mich nicht daran zu erinnern, daß Sie verlobt sind! Ich kann einfach solche Schufte nicht leiden, die aus dem Hinterhalt zuschlagen, ganz egal, auf wen sie es abgesehen haben.«

»Danke«, sagte Inge eisig, »aber Sie hätten sich diese Erklärung sparen können, ich wußte ohnedies, daß ich Ihnen völlig gleichgültig bin. Und jetzt möchte ich Sie bitten, die Kabine zu verlassen, denn ich kann ja nicht gut Ihnen zuliebe die nächsten Stunden auf dem Rücken liegenbleiben wie eine Mumie.«

Mit einem eleganten Satz stand Axel Borg auf beiden Füßen, sagte mit hochgezogenen Augenbrauen: »Wie gnädiges Fräulein befehlen!« – und verschwand.

»Das wäre aber nun nicht gerade nötig gewesen, Inge«, tadelte Frau von Sauten, »schließlich hat er Sie aus dem Wasser gezogen und ...«

»Ach was«, sagte Inge wütend, »ich habe ihn ja nicht darum gebeten. Seien Sie mir nicht böse, aber ich kann diesen arroganten Burschen einfach nicht ausstehen.«

Es war eine seltsame Prozession, die eine halbe Stunde später aus dem Taxi stieg und auf das Hotel Manohra zuschritt: voran Axel Borg, barfuß und im Lendenschurz, hinter ihm Inge, ebenfalls barfuß, eine Decke wie einen Sari umgeschlungen, danach Frau von Sauten, sehr würdevoll und mit steinernem Gesicht, und zum Schluß der Chauffeur, der Axel Borgs und Inges Kleidungsstücke, die inzwischen in der heißen Luft schon getrocknet waren, aber unansehnlich, grau und verschrumpelt aussahen, über dem Arm trug.

In jeder deutschen Stadt wären vermutlich Passanten stehengeblieben, hätten gestaunt oder gelacht. Nicht so in Thailand. Niemand schien von dem sonderbaren Aufzug auch nur Notiz zu nehmen. Der Portier grüßte, ein Boy riß die Tür auf, der Portier teilte die Schlüssel aus.

Inge kam das so komisch vor, daß sie, als sie erst alle drei im Lift standen und nach oben fuhren – die Kleidungsstücke hatte Frau von Sauten gleich einem Boy gegeben, mit dem Auftrag, sie wieder in Ordnugn zu bringen –, laut heraus lachen mußte. Sie lachte und lachte und konnte sich gar nicht mehr beruhigen, es war eine Reaktion auf den ausgestandenen Schrecken.

Es gelang ihr erst, sich wirklich zu entspannen, als sie in der Badewanne saß, sich von klarem, warmem Wasser umspülen ließ und sich das Haar wusch, aus dem sich eine scheußliche braune Brühe löste. Danach rubbelte sie sich trocken, schlüpfte in ihr Nachthemd, schlug ein warmes Tuch um ihr Haar und legte sich ins Bett – eigentlich fühlte sie sich wieder so wohlauf, daß sie ohne weiteres hätte aufbleiben können, aber Frau von Sauten bestand darauf, daß sie sich schonte. Sie gab ihr verschiedene Tabletten zu schlucken, rieb die schmerzende Schulter mit einer Salbe ein, ließ sie Fieber messen und wandte dann ihr eigenes erprobtes Allheilmittel an, indem sie ihr einige Tassen starken heißen Tee einflößte.

»So, jetzt haben Sie endlich wieder Farbe im Gesicht«, stellte Frau von Sauten befriedigt fest, »und sehen nicht mehr aus wie ein Kätzchen, das man hat ersäufen wollen.«

Inge nahm sich das Tuch vom Kopf und schüttelte ihre noch feuchten blonden Locken. »Ich fühle mich auch schon wieder ganz fit!« behauptete sie. »Jetzt werde ich mir die Haare aufdrehen, und in einer knappen Stunde bin ich wie neu.« Sie bückte sich und holte den Beutel mit Lockenwicklern aus dem Nachttisch.

»Inge«, begann Frau von Sauten, »wir beide müssen einmal ganz ernsthaft miteinander sprechen.«

Ein Klopfen an der Tür unterbrach sie.

»Come in please!« rief sie. Dann erst fiel ihr ein, daß sie abgeschlossen hatte. Sie stand auf und öffnete die Tür.

Ein Boy mit Turban stand draußen und reichte ihr einen Brief.

»Thank you.« Frau von Sauten gab ihm ein Trinkgeld. Sie schloß die Tür wieder ab und trat, während sie die Anschrift las, mit dem Brief in der Hand zu Inge ans Bett. »Für Sie!«

Inges Herz machte einen heftigen Sprung, dann griff sie zu und riß den Brief an sich. Sie erkannte sofort die flüssige, elegante Schrift von Heinz, und vor Freude stieg ihr das Blut in die Wangen.

Frau von Sauten hatte sie beobachtet. »Ist es der Brief, auf den Sie so gewartet haben?«

»Das ist er!« bestätigte Inge mit strahlenden Augen.

»Fein!« Frau von Sauten lächelte Inge zu, dann zog sie sich taktvoll ins Bad zurück, um Inge bei der Lektüre allein zu lassen.

Mit zitternden Händen riß Inge den Umschlag auf, holte den sehr großzügig beschriebenen Bogen heraus und las:

Mein Baby, sei mir bitte nicht böse, daß ich Dir erst jetzt schreibe, aber unglückseligerweise habe ich den Tag verpaßt, an dem ich den Brief eigentlich hätte fortschicken sollen. Er wird Dich aber wohl hoffentlich doch noch erreichen, denn Du hattest doch, wenn ich mich recht erinnere, ohnehin vor, einige Tage in Bangkok zu verbringen. Hier geht im Augenblick sehr viel rund. Die Leute aus der Gießerei drohen mit Streik, sie wollen höhere Löhne. Du kannst Dir vorstellen, wie mein Vater gelaunt ist, er hält mich dauernd am Wickel. Vielleicht ganz gut, daß Du gerade jetzt weg bist, Du hättest doch nicht sehr viel von mir gehabt. Sicher wirst Du eine schöne Zeit haben und eine Menge erleben. Aber bitte schreib mir nicht, auch keine Postkarte, wir haben ja ausgemacht, daß wir meine Alten auf keinen Fall noch mehr reizen wollen. Wenn Du willst, kannst Du deiner Freundin Bettina einen Brief für mich beilegen. Ich würde dann gele-

gentlich mal bei ihr reinschauen und nachfragen. Mach's gut, Baby! I love you!
Dein Heinz.

Und darunter stand ein PS:
Versuch nur ja, Dich mit Olivia gut zu stellen, das wäre sehr wichtig für Dich!

Das erste Mal las Inge diesen Brief noch mit klopfendem Herzen. Es dauerte eine ganze Weile, bis der Umschwung in ihren Gefühlen einsetzte und ihre überschwengliche Freude sich in Enttäuschung verwandelte.

Was für ein öder nichtssagender Brief! Nicht ein einziges Wort von Sehnsucht hatte Heinz geschrieben, nicht einmal wirkliches Interesse daran, wie es ihr ging und was sie erlebte, hatte er gezeigt.

»Schreib mir bitte nicht, auch keine Postkarte ...«, wiederholte sie halblaut. – ›Nur keine Sorge‹, dachte sie, ›du kannst lange warten, bis du eine Nachricht von mir erhältst! Einen Brief für dich an Bettina schicken, die Blöße möchte ich mir gerade geben. So etwas Dummes!‹

Sie knüllte den Brief zusammen. »Dieser Feigling, dieser elende Feigling!« preßte sie durch die Zähne.

»Sie haben mich gerufen, Inge?« fragte Frau von Sauten und erschien, arglos lächelnd, in der Badezimmertür.

»Nein«, antwortete Inge wütend und konnte nicht verhindern, daß ihr Tränen in die Augen stiegen.

»Schlechte Nachrichten?« fragte Frau von Sauten teilnahmsvoll.

»Heinz geht es gut, wenn Sie das meinen.«

Frau von Sauten kam näher und setzte sich auf den Rand von Inges Bett. »Man darf von den Männern nicht allzuviel erwarten, Kindchen«, sagte sie tröstend. »Sie fühlen, denken und reagieren nun einmal anders als wir. Als ich so alt war sie Sie, hat mir ein Junge, der mir viel bedeutete, zu meinem Geburtstag eine gebrauchte, schmutzige, verwischt gestempelte Briefmarke geschenkt, ich sehe das häßliche Ding noch heute vor mir. Ich war tief enttäuscht, denn ich hatte so sehr auf etwas Nettes, etwas Persönliches gehofft. Erst Jahre später erfuhr ich, daß der Junge leidenschaftlicher Briefmarkensammler gewesen war und mir sein seltenstes und heiß geliebtestes Exemplar geschenkt hatte.«

»Und dann?« fragte Inge. »Haben Sie sich wieder mit ihm versöhnt?«

»Ja«, sagte Frau von Sauten, »aber eine Liebe, die einmal zerbrochen ist, läßt sich nicht mehr kitten.«

Inge tat einen tiefen, seufzenden Atemzug. »Vielleicht haben Sie Recht, vielleicht hatte ich wirklich zu viel erwartet.«

»Manchmal«, sagte Frau von Sauten vorsichtig, »ist es nicht gut, einen Mann zu lange allein zu lassen.«

»Aber ich bin ja erst wenige Tage fort!«

»Sie leiden unter der Trennung, Inge, und Ihr Freund leidet sicher auch.«

Inge strich den zerknitterten Brief auf der Bettdecke glatt. »Nach diesem Brief habe ich aber nicht den Eindruck.«

»Trotzdem meine ich, daß es besser wäre, wenn Sie ... nun ja, wenn Sie sich so bald wie möglich wiedersehen würden ...«

Inge riß die großen braunen Augen auf. »Aber wie? Ich kann doch nicht einfach ...« Sie unterbrach sich: »O nein, Sie wollen mich doch nicht nach Hause schicken?«

»Verstehen Sie mich richtig, Kindchen, ich lasse Sie nur sehr, sehr ungern zurückfliegen! Aber nach dem, was alles bisher passiert ist, kann ich die Verantwortung für Sie einfach nicht länger auf mich nehmen!«

»Nein!« rief Inge ganz entsetzt. »O nein! Nur das nicht!«

Noch vor einer halben Stunde, bevor sie den Brief von Heinz bekommen hatte, wäre es ihr gar nicht so furchtbar gewesen, ihre Reise um die Welt abbrechen zu müssen. Sie hatte Sehnsucht nach ihrem Freund gehabt und sich Sorgen um ihn gemacht. Aber nachdem er so kühl und enttäuschend geschrieben hatte, wäre sie lieber gestorben, als geschlagen nach Hause zurückzukehren.

Sie packte Frau von Sautens Handgelenk und sagte beschwörend: »Sie haben mir versprochen, mich mitzunehmen! Sie können doch jetzt nicht einfach so tun, als ob das alles nichts gegolten hätte!«

»Ja, aber Kindchen, merken Sie denn nicht, daß Ihr Leben in Gefahr ist?«

»Ach woher denn! Bis jetzt ist doch immer noch alles gut gegangen! Ich habe einen Schutzengel, der mich auch weiterhin begleiten wird.«

»Ach, Inge, Sie sind wohl überhaupt nicht kleinzukriegen. Was muß denn noch alles passieren, bis Sie zur Vernunft kommen?«

»Ich bin vernünftig!« protestierte Inge. »Gerade deshalb lasse ich mich nicht ins Bockshorn jagen. Im Grunde genommen ist mir doch gar nichts passiert!«

»Ja, bis jetzt«, sagte Frau von Sauten und befreite sich von Inges Griff, »aber wer garntiert mir, daß es das nächste Mal nicht schlecht ausgehen wird? Nein, nein, ich kann die Verantwortung nicht übernehmen. Stellen Sie sich doch nur vor, was Ihre Mutter mir erzählen würde, wenn ich Sie nicht heil und gesund nach Deutschland zurückbrächte.«

Inge blies sich eine feuchte blonde Locke aus der Stirn. »Mutti, die würde es schon überleben«, behauptete sie, »die hat doch jetzt ihren Heini, da bin ich sowieso Neese!«

»Was für ein Unsinn, Inge, und was für Ausdrücke!«

»Es stimmt haargenau. Aber wenn Sie wollen, daß ich gewählter spreche, bitte, das können Sie haben: Seit meine liebe Frau Mama sich mit dem sehr ehrenwerten Herrn Kurt Hörmann verlobt hat, bin ich zu Hause durchaus überflüssig geworden! Aber streiten wir uns doch jetzt nicht wegen Mutti! Sie werden mich nicht abschieben,

Frau von Sauten, nicht wahr? Das bringen Sie doch gar nicht übers Herz.«

Frau von Sauten stand auf und begann mit großen Schritten im Zimmer auf und ab zu gehen. »Sie machen es mir wirklich schwer, Kindchen!«

Inge hobste vom Bett. »Hurra, Sie schicken mich also nicht zurück!«

»Haben Sie denn gar keine Angst?«

»Schon. Aber so leicht lasse ich mich eben doch nicht einschüchtern.«

Frau von Sauten blieb vor ihrem Bett stehen. »Inge, versprechen Sie mir ganz fest, daß Sie in Zukunft sehr, sehr gut auf sich aufpassen werden!«

»Aber natürlich«, sagte Inge unbekümmert, »das habe ich doch schon immer getan!« Nun, da sie die Schlacht gewonnen hatte, begann sie damit, ihr feuchtes Haar auf dicke Wickler zu drehen, aber plötzlich hielt sie mitten in der Bewegung inne und fragte: »Aber eines möchte ich unbedingt wissen: Wer hat es bloß auf mich abgesehen und warum?«

Frau von Sauten schwieg, sie griff nach ihrer Handtasche und zündete sich eine Zigarette an.

»Daß das alles ein Zufall war«, fuhr Inge nachdenklich fort und nahm die Beschäftigung mit ihren Haaren wieder auf, »das glauben Sie doch auch nicht, oder? Zuerst dachte ich ja, die Bomhardts steckten dahinter. Aber so tückisch könnte doch selbst Olivia nicht sein, mich von hinten ins Wasser hinunterzustoßen.«

»Olivia«, sagte Frau von Sauten mit heiserer Stimme, »muß sich die ganze Zeit an der anderen Seite des Motorbootes aufgehalten haben. Ich erinnere mich nicht, daß sie auch nur einen Augenblick in unserer Nähe war.«

»Ja, ich weiß, das habe ich mir selber schon überlegt. Und außerdem, die Bomhardts wollen mich zwar von Heinz trennen, das weiß ich ganz genau, aber gerade deshalb müßten sie doch ein Interesse daran haben, daß ich so weit wie möglich fortfliege und so lange wie möglich bleibe. Jeder der Zwischenfälle war aber darauf angelegt, mich, wenn schon nicht umzubringen, so doch zu zwingen, die Reise aufzugeben.«

Frau von Sauten schwieg immer noch und blies Rauchringe in die Luft.

»Habe ich recht?« fragte Inge drängend. »So sagen Sie doch auch einmal etwas!‹

»Sie sind gescheiter, als ich gedacht habe«, erklärte Frau von Sauten fast widerwillig.

»Machen Sie sich nichts draus«, erwiderte Inge frohgemut, »ich werde meistens unterschätzt. Aber wenn ich mit meinen Kombinationen recht habe, dann stehen wir wieder vor der großen Frage: Wer hat es auf mich abgesehen?« Und mit plötzlicher Erleuchtung fügte Inge hinzu: »Sie wissen darüber Bescheid, Frau von Sauten!«

»Nein.« Frau von Sauten drückte ihre Zigarette aus. »Ich weiß es nicht. Ich weiß genauso wenig wie Sie.« Als sie Inges großen, forschenden Blick unentwegt auf sich gerichtet sah, gab sie widerwillig zu: »Allerdings habe ich eine gewisse Vorstellung ...« Sie verstummte.

»Dann sagen Sie es mir! Bitte! Ich muß es doch auch wissen!«

Frau von Sauten schüttelte den Kopf. »Nein, Inge, ausgeschlossen. Ich habe jemandem mein Wort gegeben ...«

»Demjenigen, der hinter mir her ist?«

»Natürlich nicht.« Frau von Sauten tat einen tiefen Seufzer. »Ach, Inge, dieses Gespräch ist doch völlig sinnlos.«

»Finde ich nicht. Sie wissen etwas, das Sie mir nicht sagen wollen. Dabei geht es doch um mich, um mein Leben ... ja, übertreiben wir nicht ... jedenfalls um meine Sicherheit.« Inge beugte sich vor. »Ich könnte mich bestimmt viel besser schützen, wenn ich nur eine Ahnung hätte ...«

»Nein«, sagte Frau von Sauten. »Nein! Ich kann nicht mit Ihnen darüber sprechen!«

Inge fiel es auf, daß die Stimme ihrer Chefin nicht so

energisch klang wie sonst, sondern gepreßt, unsicher, gequält, und sie hakte nach: »Sagen Sie, wer hinter mir her ist! Oder wenigstens, wem Sie Ihr Wort gegeben haben ...« Sie unterbrach sich selber und schüttelte den Kopf. »Jetzt verstehe ich überhaupt nichts mehr! Ich habe keine Feinde, und für wen könnte es so wichtig sein, mich zu verfolgen?«

Frau von Sauten zog die Vorhänge vor das Fenster. »Vielleicht«, sagte sie, »sollten Sie es wirklich wissen. Erst dann können Sie sich entscheiden, ob Sie mich weiter begleiten oder doch lieber aufgeben wollen.«

»Sagen Sie es mir! Oh, bitte, sagen Sie es mir!«

»Sobald ich mich von meinem Ehrenwort habe entbinden lassen! Jetzt hat es keinen Zweck, weiter in mich zu dringen. Ich kann Ihnen nichts anderes sagen, Inge! Sind Sie fertig mit ihren Lockenwicklern? Fein! Dann schließen Sie bitte hinter mir die Tür ab, ich muß noch einmal fortgehen. Versuchen Sie zu schlafen, und lassen Sie unter keinen Umständen irgend jemanden herein – auch niemanden von der Reisegesellschaft, keinen Menschen!«

Inge versprach es.

Sobald sie die Tür hinter ihrer Chefin abgeschlossen hatte, schlüpfte sie wieder ins Bett. Aber sie war fest überzeugt, kein Auge zutun zu können. Erstens war ja draußen heller Tag, und zweitens war an diesem Morgen so viel Neues und Aufregendes auf sie eingestürmt, daß sie ganz verwirrt war. Sie wollte unbedingt Klarheit in ihre Gedanken bringen.

Da gab es jetzt also außer dem geheimnisvollen Verfolger noch einen anderen Menschen, der sich für sie interessierte – jemand, dem Frau von Sauten ihr Wort gegeben hatte. Wie hing das alles bloß zusammen? Obwohl sie lange grübelte, kam sie dem Rätsel nicht auf die Spur.

Eine unendliche Müdigkeit überfiel sie. Wahrscheinlich, dachte sie, war unter den Tabletten, die Frau von Sauten ihr zu schlucken gegeben hatte, auch ein Schlafmittel gewesen.

Am nächsten Nachmittag ging der Flug weiter von Bangkok nach Kambodscha. Eine halbe Stunde nach dem Abflug landete der Jet auf dem Flugplatz von Siem Reap – ein Katzensprung, wie es Inge schien. Dafür dauerte es um so länger, bis endlich alle Koffer wieder aufgetaucht und die üblichen Zollformalitäten erledigt waren, gute zwei Stunden alles in allem.

Die Touristen schimpften und stöhnten. Nur Frau von Sauten zeigte unendliche Geduld, und Inge selber war bester Laune. Ihr schien das Leben schöner denn je, ein überwältigendes Abenteuer. Sie strahlte vor Vergnügen, weil sie sich durch ihr unfreiwilliges Bad nicht einmal einen Schnupfen zugezogen hatte.

Als dann der Teil der Reisegesellschaft, zu dem auch Inge und Frau von Sauten gehörten, glücklich im Omnibus saß, gab Herr Kluge eine Erklärung ab, die die genervten Passagiere noch mehr aufbrachte.

»Jetzt fahren wir nur noch nach Angkor«, sagte er heiter, »das sind ungefähr sechzig Kilometer. Also in etwa einer Stunde sind wir im Hotel.«

»Was, noch so lange?« rief Katrin enttäuscht. »Ich möchte ein Bad nehmen.«

Olivia mäkelte: »Also, ich muß schon sagen, die Organisation läßt einiges zu wünschen übrig.«

Auch Inge hatte Lust, ein bißchen zu meckern, aber sie zog es dann doch vor, den Mund zu halten.

»Wer von Ihnen Lust hat«, fuhr Herr Kluge fort, ohne auf die Beschwerden einzugehen, »hat dann noch heute abend Gelegenheit, sich meiner Führung durch die Tempelstadt anzuschließen. Für mich gehört Angkor zu den eindrucksvollsten Stationen der Reise. Ich hoffe, auch Sie werden beeindruckt sein.«

»Na, hoffentlich«, murmelte Inge.

»Unbedingt«, sagte Frau von Sauten rasch, »Sie werden sehen, allein Angkor ist die Reise wert. Für mich ist das einer der faszinierendsten Plätze, die es auf der Welt gibt.«

Das Hotel Auberge des Temples in Angkor, in dem sie dann abstiegen, war sehr eindrucksvoll, ein Komplex von zahlreichen hölzernen Bungalows, die zwischen den steinernen Ruinen fabelhafter indischer Tempel mitten im Urwald lagen.

Es war inzwischen sieben Uhr abends geworden. Während Inge auf dem Zimmer, das sie mit Frau von Sauten teilte, auf die Koffer wartete, meldete Frau von Sauten unten ein Telefongespräch an. Sie versuchte, wie Inge annahm, wieder einmal Verbindung mit dem geheimnisvollen Unbekannten herzustellen, dem sie ihr Wort gegeben hatte. Von Bangkok aus hatte sie ihn nicht erreichen können.

»Merci«, sagte Inge freundlich, als die Koffer gebracht wurden. Sie wußte, daß man sich in Kambodscha, das lange Zeit unter französischer Oberhoheit gestanden hatte, als Ausländer am besten mit Französisch verständigen konnte – ein Jammer nur, daß ihr Französisch noch schlechter war als ihr Englisch.

Aber im Augenblick reichte es, um so mehr, als sie ihr ›Merci‹, wie Frau von Sauten es ihr beigebracht hatte, mit einem guten Trinkgeld unterstrich. Die beiden dunkelhäutigen Boys dienerten, zeigten strahlend ihre weißen Zähne und rollten mit den Augen. Inge hatte Mühe, sie wieder loszuwerden, und war froh, als sie die Tür hinter ihnen abschließen konnte.

Die unbekannte, lauernde Gefahr hatte sie doch unsicher gemacht. Sie hoffte, daß sie nach Frau von Sautens Telefonat einiges erfahren würde, vielleicht sogar des Rätsels Lösung.

Nachdem sie rasch ausgepackt hatte, zog sie sich um – sie wählte ein maisgelbes ärmelloses Kleid in Leinenstruktur mit Jacke – und war fertig, als Frau von Sauten heraufkam.

»Wenn Sie wollen, können Sie auf die Terrasse hinausgehen, während ich mich zum Essen umkleide«, sagte sie,

»aber bleiben Sie wirklich auf der Terrsse! Sie wissen, Axel Borg ist in Siem Reap geblieben. Sie können sich diesmal also nicht darauf verlassen, daß er auf Sie aufpaßt!«

»Dieser Arrogantling ist wohl der letzte, auf den ich angewiesen sein möchte«, gab Inge zurück, wandte sich um und stieß die Tür der hölzernen Terrasse auf.

Draußen war es, nach der Helle des erleuchteten Zimmers, sehr dunkel und sehr heiß. Schwarz und übermächtig nahe wirkte der Dschungel, und eine Unzahl geheimnisvoller Geräusche tönte aus ihm herüber.

Dann stieg der Mond, ein riesiger, abnehmender Mond, ganz langsam über die Wipfel der Bäume empor und breitete sein farbenloses Licht über die dunkelgrünen Blätter und roten und gelben Blüten.

Inge sah einen riesigen, langbeinigen Vogel. Sie traute ihren Augen nicht, als sie einen Storch erkannte, der würdevoll im Mondlicht ganz nahe am Bungalow auf- und abschritt. Dabei klapperte er mit dem langen Schnabel, als wollte er in der Storchensprache etwas erzählen.

Sie lächelte in sich hinein und dachte: ›Das muß ich unbedingt Heinz schreiben!‹ Aber im gleichen Augenblick fiel ihr ein, daß er ja keinen Brief von ihr haben wollte, aus Angst, daß seine Mutter sich wieder aufregen würde, und ihr Lächeln erlosch. Ein Gefühl schrecklicher Verlassenheit überfiel sie. Minutenlang war sie mit ihren Gedanken weit, weit fort. Sie dachte an ihr gemütliches Zuhause und die zärtlichen und fröhlichen Stunden, die sie mit Heinz verbracht hatte. Wie weh die Erinnerung tat. Sie wünschte sich nichts sehnlicher, als sich die Liebe zu Heinz aus dem Herzen reißen zu können, aber sie wußte auch, daß ihr das allein mit dem Willen nie gelingen würde.

Erst als sie eine riesengroße Gestalt auf sich zurennen sah – nein, es war kein Mensch, sondern ein Vogel –, kam sie wieder zu sich. Ihr schien es, als schnappte das Biest mit seinem mächtigen gebogenen Schnabel nach ihr.

Inge schrie auf, tastete nach der Zimmertür, die im gleichen Moment von innen aufgerissen wurde, und fiel Frau von Sauten in die Arme.

»Kindchen, um Himmels willen, was ist geschehen?«

»Ein riesiger Vogel ... da, sehen Sie doch!«

»Ach so!« Frau von Sauten lachte. »Ein Marabu. Aber der ist bestimmt ganz harmlos.«

Inge fühlte sich beschämt. »Ich habe ja auch gar keine Angst gehabt«, behauptete sie, »ich habe mich nur gewundert.«

Aber dann wurde ihr selber die Komik der Situation bewußt, und sie stimmte herzlich in Frau von Sautens Lachen ein.

Nach dem Abendessen unternahmen die meisten Mitglieder der Gruppe C unter Leitung von Herrn Kluge einen Ausflug in die Ruinenstadt.

Natürlich hatte Frau von Sauten Inge zuerst nicht mitlassen wollen, aber Inge hatte so gebettelt und Herr Kluge, der die Situation ja nicht kannte, so sehr von der Schönheit der Tempel und Riesenpaläste im Mondlicht geschwärmt, daß sie dann doch mehr oder weniger widerwillig ihr Einverständnis gegeben und ihre laufende Telefonanmeldung erst einmal hatte streichen lassen, damit sie ihren Schützling begleiten konnte.

Das, was sie dann erwartete, war wirklich überwältigend: Die ananasförmigen Kuppeln der Tempel spiegelten sich in den Lotosteichen, Götter und dreiköpfige Elefanten standen als steinerne Wächter vor den Palästen, und über pyramidengestufte Ringmauern gelangten sie in die prunkvolle Burg der Frauen.

Herr Kluge erzählte, während sie all diese Herrlichkeiten aus Tausendundeiner Nacht besichtigten, daß Angkor die Hauptstadt des vor tausend Jahren versunkenen Khmer-Reiches war.

Staunend betrachtete Inge die Fischreliefs, die die Wände mit einer Unzahl von Figuren schmückten, Legenden und historische Ereignisse darstellten, die im Mondschein doppelt plastisch und eindrucksvoll wirkten.

Sie konnte sich gar nicht davon trennen. »Sehen Sie doch nur, Frau von Sauten ...« begann sie.

Aber sie stockte mitten im Satz, weil sie plötzlich merkte, daß sie allein war. Sie hatte den Anschluß an die anderen verloren.

Den Bruchteil einer Sekunde erschrak sie, aber dann faßte sie sich wieder. Die anderen konnten ja erst wenige Schritte entfernt sein, bestimmt würde Frau von Sauten sofort zurückkommen, wenn sie sie vermißte.

Inge ging langsam weiter. Sollte sie rufen? Ach nein, sie wollte sich doch nicht lächerlich machen.

Inge begann zu laufen, sie bog um die nächste Ecke, in der sicheren Erwartung, den Rest der Reisegesellschaft vor sich zu sehen. Aber sie sah nichts als Skulpturen und steinerne Ruinen. Sie lief noch schneller, eine Treppe hinauf, erreichte eine Terrasse mit vier Türmen. Von hier aus, so hoffte sie, würde sie wenigstens einen Überblick haben. Sie trat an die steinerne Brüstung.

Unter ihr war gähnende Tiefe, von den schwarzen Schatten der Nacht erfüllt. »Frau von Sauten«, rief sie laut und noch einmal: »Frau von Sauten!« – Doch nur das Echo ihrer eigenen Stimme antwortete ihr.

Auf keinen Fall durfte sie jetzt die Fassung verlieren. Inge grub die Zähne in die Unterlippe und versuchte ruhig zu überlegen. Als sie die anderen verloren hatte, waren sie im Aufstieg begriffen gewesen, also war anzunehmen, daß sie schon höher oben waren.

Keuchend kletterte sie weiter die hohen Stufen hinauf.

Harte zupackende Finger schlossen sich um ihr Fußgelenk. Inge schrie auf und schlug der Länge nach hin.

Verzweifelt trat sie hinter sich, ihre Füße trafen ins Leere. Sie richtete sich auf, blickte sich um. Aber niemand war zu sehen.

Sie zog sich hoch, ließ die Treppe hinter sich nicht aus

den Augen. Sie führte wenige Stufen von der Stelle, an der sie gestürzt war, um eine Ecke. Plötzlich war sie ganz sicher, daß dort der Angreifer lauerte, der sie zu Fall gebracht hatte.

Erst jetzt wurde ihr bewußt, daß sie schluchzte. Es war ein Schluchzen, das ihren ganzen Körper schüttelte und das sie nicht unterdrücken konnte. Dennoch arbeitete ihr Verstand ganz klar.

Das, was sie jetzt brauchte, war eine Waffe. Sie sah sich suchend um und fand einen keilförmigen Stein, nicht zu leicht und nicht zu schwer. Auf alle Fälle war sie entschlossen, es dem Verfolger nicht leicht zu machen.

Sie blieb stehen und wartete, atemlos und gespannt.

Dann hörte sie ein Geräusch, Schritte, und um den Mauervorsprung trat, das Mondlicht im Rücken, die dunkle Gestalt eines Mannes.

Inge wich von der Mauerbrüstung zurück, unter der die gefährliche Tiefe lauerte. Sie hielt den steinernen Keil fest in der Hand. Ihr Herz pochte so hart gegen die Rippen, daß sie glaubte, daß der Mann, der da so plötzlich in der nächtlichen Ruine aufgetaucht war, es hören müßte.

»Hallo«, sagte er, »wo sind denn die anderen?«

Sie erkannte die Stimme von Fritz Hilgert, und ihre Erleichterung war so riesengroß, daß sie fast aufgelacht hätte. »Keine Ahnung«, antwortete sie, »ich fürchte, ich habe mich verirrt.«

»Na, dann sind wir Leidensgefährten!« Er stieg die letzten Stufen der Treppe hinauf und kam zu ihr.

Jetzt fiel das volle Mondlicht auf sein Gesicht, das geisterhaft blaß von seinem rötlichen Bart abstach. Seine Augen funkelten grün – merkwürdig, daß sie noch nie gemerkt hatte, wie grün seine Augen waren. Bisher hatte sie Fritz Hilgert immer für einen harmlosen, ein ganz klein bißchen verrückten Jungen gehalten. Aber plötzlich wurde ihr bewußt, daß sie nichts, aber auch gar nichts von ihm wußte.

Hatten Frau von Sauten und Axel Borg nicht gesagt, es

wäre nicht ausgeschlossen, daß ihr Verfolger ein Mitglied der Reisegesellschaft war? Sie mußte auf alles gefaßt sein, Leichtsinn konnte für sie lebensgefährlich werden.

»Stehenbleiben!« befahl sie. »Kommen Sie keinen Schritt näher!«

Er stieß ein Lachen aus, das alles andere als beruhigend klang, verhielt aber den Schritt. »Na, hören Sie mal, Sie haben doch nicht etwa Angst vor mir?«

»Ich will einfach nicht, daß Sie mich anrühren!«

»Wer sagt Ihnen denn, daß ich das vorhabe? Sie sind wohl sehr überzeugt von Ihrem Sex, wie?« Er bewegte sich auf sie zu.

»Bleiben Sie, wo Sie sind, oder ich schreie!«

»Das«, sagte er fast genüßlich, »haben Sie doch vorhin schon getan! Es hat bloß nichts genutzt. Ich war der einzige, der Sie gehört hat. Warum stellen Sie sich denn so an? Sie sollten doch froh sein, daß wenigstens ich in Ihrer Nähe bin.«

Sie benetzte die trockenen Lippen. »Vielleicht bin ich es auch«, log sie, in der Hoffnung, ihn so hinhalten zu können, »aber ich will nicht, daß Sie mir näher kommen.«

»Sonderbar, sehr sonderbar«, sagte er, »bei Tageslicht habe ich Sie immer für ziemlich fade gehalten, aber jetzt im Mondschein, ganz ehrlich, Sie könnten mich reizen!«

»Aber Sie mich nicht!« gab sie zurück und hörte mit Schrecken, daß ihre Stimme ohne Kraft, fast tonlos war.

»Seien Sie doch nicht zu undankbar, Baby! Ein Abenteuer in der alten Tempelstadt von Angkor, und dazu noch bei der Nacht! Wer hat schon Gelegenheit, so etwas zu erleben!« Er hatte sich zwischen sie und die Wand des Tempels geschoben und drängte sie immer weiter vor sich her auf die Brüstung zu.

Sie konnte es nicht verhindern, war aber fest entschlossen, sich mit allen Kräften zu verteidigen. Den Stein hielt sie so fest umschlossen, daß die Innenfläche ihrer Hand schmerzte.

Jetzt war Fritz Hilgert so nahe, daß sie seinen Atem spürte. Mit beiden Händen griff er nach ihr. Sie hob den Stein, aber er fing ihre Hand ab und umfaßte ihr Handgelenk hart wie ein Schraubstock. Sie mußte die Finger öffnen. Polternd fiel der Stein zu Boden, rollte zum Rand der Tempelterrasse und fiel mit immer neuem Aufschlag tiefer und tiefer.

»Du Kanaille«, zischte Fritz Hilgert und stieß sie gegen die Brüstung, »du wolltest ... aber das werde ich dir ...« Er bog ihren Oberkörper weiter und weiter zurück.

Plötzlich wurden Stimmen laut, vertraute, erregte, vergnügte, ängstliche Stimmen. »Inge, wo sind Sie?« – »Fräulein Kramer, bitte melden!«

»Fritz! Friiitz! Friitz Hilgert!«

»Hier!« schrie Inge. »Hiiier!«

Sekunden später waren sie schon nicht mehr allein.

Die anderen Mitglieder der Reisegesellschaft drangen, gleichzeitig von oben und von unten, auf die mittlere Tempelterrasse, auf der Inge und Fritz Hilgert sich befanden. Er hatte sie sofort losgelassen. Es war wie bei einem Theaterauftritt. Jetzt erst fiel Inge auf, wie sehr die Umgebung an ein dekoratives Bühnenbild erinnerte. Taschenlampen blitzten auf und leuchteten in jeden dunklen Winkel.

»Mein Gott, Kindchen«, sagte Frau von Sauten und schloß Inge mit ganz ungewohnter, mütterlicher Zärtlichkeit in die Arme, »ein Glück, daß wir Sie gefunden haben! Aber Sie zittern ja! Was ist passiert?«

»Nichts«, behauptete Inge, der gerade noch einfiel, daß dieses letzte Abenteuer ihrer Chefin Anlaß geben könnte, sie unwiderruflich nach Hause zurückzuschicken, »gar nichts! Ich ... es war ein bißchen unheimlich.«

Fritz Hilgert hatte Inges Erklärung zur Kenntnis genommen. »Wir haben uns verirrt«, sagte er.

»Zufällig oder mit Absicht?« fragte Olivia spitz.

»Ich bitte dich«, rief Katrin, »so etwas Dummes! Glaubst du denn, daß irgendein Mensch, der seine gesunden fünf

Sinne beisammen hat, sich freiwillig in diesen Ruinen absondern würde?«

»Wer weiß«, bemerkte Olivia vielsagend.

»Und wenn wir sie nun nicht gefunden hätten?«

»Ja«, sagte Inge und hängte sich bei Frau von Sauten ein, »genau davor hatte ich Angst. Außerdem bin ich hingefallen. Bitte, Katrin, leuchte doch mal da vorne auf die Stufen!«

Katrin ließ den Lichtkegel ihrer Taschenlampe über die zerborstenen Stufen gleiten. »Mehr als holprig«, stellte sie fest, »und hier, da sind Lianenschlingen! Wahrscheinlich bist du in einer von denen hängengeblieben.«

»Ja, kann schon sein«, stimmte Inge nachdenklich zu, und fragte sich, ob sie sich tatsächlich so geirrt und sich den Griff um ihr Fußgelenk nur eingebildet haben konnte.

Sie wußte nichts, sie wußte gar nichts mehr. Alles, was sie in letzter Zeit erlebt hatte, war so unwahrscheinlich gewesen, daß sie spürte, wie ihr der Sinn für die nüchternen Tatsachen allmählich verlorenging.

»Danke, daß Sie den Mund gehalten haben«, fllüsterte Fritz Hilgert ihr später zu, als sie am Empfangstisch des Auberge des Temples ihre Zimmerschlüssel abholten.

»Ich hatte keine Lust, mich lächerlich zu machen«, gab sie kühl zurück.

Aber sie konnte sich nicht versagen, ihm einen raschen, prüfenden Blick zuzuwerfen. Jetzt, im gewöhnlichen Licht der Hotelhalle, sah er wie ein ganz normaler junger Mann aus, durchaus nicht gefährlich, eher etwas komisch mit seinem roten Bart und der beginnenden Glatze.

›Langsam komme ich darauf‹, dachte sie, ›daß ich keinen Funken Menschenkenntnis habe!‹

In den nächsten Tagen ereignete sich nichts Außergewöhnliches mehr und konnte sich auch gar nicht ereignen, weil Inge sich unentwegt und ganz bewußt nur in der Nähe von Frau von Sauten aufhielt. Selbst als Dr. Kainz sie zu einem

Ausflug in ein Dschungeldorf mitnehmen wollte, lehnte sie ab und entschuldigte sich mit Arbeit. Es gab tatsächlich einiges für ihre Chefin zu erledigen, und Inge machte es nichts aus. Sie fühlte sich wohl, wenn sie sicher und geborgen im Hotelzimmer saß und tippte.

Das Telefongespräch, mit dem Frau von Sauten sich mit dem geheimnisvollen Unbekannten, dem sie ihr Wort gegeben hatte, in Verbindung setzen wollte, hatte nicht geklappt. »Nur nicht ungeduldig werden, Kindchen«, sagte sie, »ich versuche es von Hongkong aus noch einmal!«

Angkor war und blieb Inge nach ihrem nächtlichen Erlebnis unheimlich. Sie war froh, als sie wieder im Jet saß, auf dem Fensterplatz, den Frau von Sauten ihr diesmal überlassen hatte.

»Wir werden über Vietnam fliegen«, erklärte die Schriftstellerin, »sehen Sie sich das gut an! Ihr jungen Leute wißt ja gar nicht, was ein Krieg tatsächlich bedeutet.«

Als das Flugzeug sich in die Lüfte erhob und seine vorgeschriebene Flughöhe erreicht hatte, trat eine Stewardeß zu Frau von Sauten und forderte sie auf, in die Pilotenkanzel zu kommen. »Einladung von Kapitän Wilkinson!«

Frau von Sauten lehnte lächelnd ab. »Nein, nein, ich weiß, von wem die Aufforderung tatsächlich kommt und an wen sie gerichtet ist.« Sie stand auf, so daß Inge an ihr vorbei auf den Gang treten konnte. »Gehen Sie nur, Kindchen, und viel Spaß!«

Inge war nahe daran abzulehnen, aber dann kam sie sich selber albern vor, weil ihr bewußt wurde, daß sie nur zu gerne einmal wieder in der Pilotenkanzel gesessen hätte. Es schien ihr unwürdig, sich darum bitten zu lassen, und so sagte sie einfach: »Danke!«, stand auf, drückte sich an ihrer Chefin vorbei und folgte der Stewardeß.

Es war alles wie beim erstenmal: die riesigen Schalttafeln, die aussahen, als könnte man einen ganzen Maschinenpark mit ihnen automatisch steuern, die gläserne Kuppel, durch die man einen unendlich weiten Ausblick über das tief unten liegende Land hatte, und die vier Männer der Besatzung, die ihre Uniformjacken ausgezogen hatten und in weißen Hemdsärmeln dasaßen.

»Guten Tag«, sagte Inge, »ich freue mich, daß ich kommen durfte!«

»Ach, Sie sind es!« sagte Axel Borg – und er drehte sich nicht einmal um, während die anderen sie höflich begrüßten.

Inge fühlte sich gekränkt, viel tiefer, als sie sich eingestehen wollte. Sie war nahe daran, sich umzudrehen und wieder auf ihren Platz zurückzukehren – aber warum sollte sie Olivia, Katrin oder gar Fritz Hilgert diese Freude machen! Sie setzte sich auf den kleinen, weiß lackierten Drehsessel, der am Boden festgeschraubt war, und blickte über die Rücken der Männer hinweg auf das Land, auf das der Schatten des Flugzeugs fiel.

Der Navigator stand in ständiger Verbindung mit den Bodenstationen. Alle paar Minuten wiederholte er die gleichen Sätze in einem englischen Slang voller Abkürzungen, den Inge nicht verstand.

Als er Inges fragende Augen auf sich gerichtet sah, erklärte er: »Wir müssen uns denen da unten zu erkennen geben, damit sie nicht auf die Idee kommen, uns abzuknallen!« Er wies mit der Hand nach unten.

Inge sah jetzt Schützengräben und kleine Festungen, Dörfer, die von mächtigen hölzernen Wällen umgeben waren. Der Dschungel war immer wieder kilometerweit ausgebrannt. Sie entdeckte verlassene Dörfer, verfallene Hütten und riesige Bombenkrater, immer wieder Bombenkrater.

»Furchtbar«, sagte Inge erschüttert.

»Ja«, erklärte Axel Borg mit beherrschter Stimme, »so sieht das aus, wenn Verrückte aneinandergeraten.«

Inge war froh, als das verbrannte Land hinter ihnen lag und sie das Chinesische Meer überflogen.

Jetzt endlich drehte Axel Borg sich nach ihr um; seine

braunen, von Lachfältchen umgebenen Augen blickten ungewöhnlich ernst. »Um auf Ihre privaten Sorgen zurückzukommen ...«, begann er.

»Danke«, unterbrach sie ihn, »damit werde ich schon allein fertig.«

»Ah, wirklich?«

Sie war fast froh, als das vertraute, unverschämte Grinsen wieder auf seinem Gesicht erschien. »Ob Sie es glauben oder nicht ... ja«, erklärte sie mit Nachdruck.

»Das hätten Sie mir sagen sollen, bevor Sie vor meinen Augen in Bangkok in den Klong stürzten, da hätte ich meine schöne Uniform geschont!«

»Es ist allgemein bekannt, daß Sie mich aus dem Wasser gefischt haben«, sagte sie wütend. »Sie brauchen durchaus nicht dauernd darauf hinzuweisen.«

»Tja«, gab er zu, »Bescheidenheit war nie meine Stärke. Aber Sie sollten trotzdem nicht mit mir herumzanken. Erstens steht Ihnen das nicht, und zweitens kann es gut sein, daß Sie eines Tages noch Hilfe brauchen werden.«

»Bestimmt nicht Ihre!« gab sie kühl zurück.

»Ich werde es mir hinter die Ohren schreiben«, sagte er gelassen, »aber darf ich Ihnen nicht wenigstens noch das Ergebnis der Nachforschungen bekanntgeben, die ich in Ihrem Interesse unternommen habe?«

Zu gerne hätte Inge dankend verzichtet, aber ihre Neugier war größer als ihr Trotz. »Von mir aus.«

»Um es kurz zu machen ... es gibt nur zwei Passagiere, die erst in letzter Minute, also nach Ihnen, auf die Liste gekommen sind, Inge, und beide gehören zur Grupe C.«

Unwillkürlich riß Inge die Augen und den Mund auf. »Wer?«

»Fritz Hilgert und ... hören Sie und staunen ... diese rothaarige kleine Katrin.«

Inge klappte den Mund wieder zu und sagte gar nichts.

»Sie sind ja nicht halb so verblüfft, wie ich erwartet hatte«, meinte Axel Borg enttäuscht.

»Entschuldigen Sie, ich muß erst einmal darüber nachdenken«, sagte Inge langsam, erhob sich und verließ die Kanzel.

»Nanu, schon zurück?« fragte Frau von Sauten und machte ihr den Fensterplatz frei. »Den Einflug nach Hongkong hätten Sie sich aber nicht entgehen lassen sollen.«

»Ich habe etwas erfahren!« Inge setzte sich, nahm ein Notizbuch aus ihrer Handtasche, schlug es auf und kritzelte auf ein leeres Blatt, was Axel Borg ihr gerade eben mitgeteilt hatte.

Frau von Sauten las den Zettel mit hochgezogenen Augenbrauen. »Sehr sonderbar«, meinte sie, »aber ich kann mir wirklich nicht vorstellen . . .«

Inge fiel ihr ins Wort. »Ich schon«, erklärte sie mit Nachdruck.

In Hongkong, im Hotel President, lagen zwei Briefe für Inge, ein sehr besorgter, herzlicher von ihrer Mutter, ein ziemlich langer von Heinz, bei dessen Lektüre Inge glücklich lächelte.

»Ha«, sagte sie vergnügt, »jetzt scheint er also doch Sehnsucht nach mir zu kriegen!«

Sie hatte diesmal ein Zimmer für sich allein bekommen, und sie genoß es. Bevor sie sich ans Auspacken machte, stellte sie das kleine Radio auf ihrem Nachttisch an.

Frau von Sauten klopfte, als sie noch nicht ganz fertig war, und gemeinsam fuhren sie nach unten in die Halle, wo sie sich mit den anderen Touristen der Gruppe C trafen.

Die britische Kronkolonie Hongkong ist, ähnlich wie Bangkok, auf zahlreichen Inseln und Halbinseln erbaut, und das Leben der Stadt spielt sich auch hier zum großen Teil auf dem Wasser ab. An diesem ersten Nachmittag unternahm die Reisegesellschaft einen Ausflug zum Stadtteil Viktoria, der auf der größten der Inseln gelegen war. Faszinierend waren für Inge besonders die Viertel Sai Yin Pun und Wanchai, wo sich auf Treppenstraßen und schmalen

Gassen die typisch chinesischen Märkte befinden. Antiquitätenhändler, Schneider, Krämer, Buchverkäufer und Händler, die warmes Essen anboten, verkauften und arbeiteten auf den Straßen.

Mit der Drahtseilbahn fuhr die Reisegesellschaft auf den Peak, den höchsten Punkt Hongkongs, hinauf, der einen herrlichen Überblick über die Inseln, die wunderbare Bucht, das blaue Meer und, nach der anderen Seite, bis nach Rotchina hinein bietet.

Dann ging es mit einem großen Motorboot, einem sogenannten Walla-Walla, hinaus in den Vorort Aberdeen zum Abendessen auf einem schwimmenden Restaurant. Inge hielt sich immer eng an Herrn Kluge und Frau von Sauten, blieb vom Geländer fern, sei es nun auf dem Peak, im Motorboot oder auf der Dschunke, wo diniert wurde. Sie war aus Erfahrung klug geworden.

Trotzdem war sie von Hongkong sehr beeindruckt, und auch ihr Appetit hatte nicht unter der Angst gelitten. Sie aß die Hälfte des frisch gefangenen Hummers, den Frau von Sauten sich und ihr spendiert hatte.

Als sie wieder im Hotel President eintrafen, fühlte sie sich angenehm müde. Sie wusch sich, klemmte sich ein paar Klips ins Haar, zog sich das Nachthemd an und wollte es sich mit einem Roman im Bett gemütlich machen, als es an ihrer Zimmertür klopfte.

Eine Sekunde lang stand sie wie erstarrt, dann lief sie in ihren Pantoffeln zur Tür. »Wer ist da?«

»Ich bin's, Katrin!«

Inge zögert. »Ich bin schon im Bett.«

»Macht nichts, ich muß dich nur für eine Sekunde stören.«

»Also ehrlich, ich bin so müde ...«

»Nun hab dich bloß nicht so, mach schon auf! Es ist das erste Mal, da ich dich um etwas bitte, da wirst du's mir doch nicht abschlagen mögen.«

Inge öffnete. – ›Was kann mir die zierliche kleine Katrin

schon tun‹, dachte sie, ›und wenn sie mir einen Revolver unter die Nase hält, werde ich eben das ganze Hotel zusammenschreien.‹

Katrin hatte keinen Revolver, aber trotzdem war Inge einigermaßen erstaunt über ihren Anblick, denn sie trug ein langes, schmales Abendkleid aus Silberbrokat, hatte Nerzwimpern angeklebt und ganz großes Make-up aufgetragen; sie sah wirklich sehr attraktiv aus.

»Nanu«, sagte Inge, »du hast dich ja ganz groß in Schale geworfen!«

»Eben. Ich hab' noch was vor. Deshalb komme ich ja. Bitte, Inge, kannst du mir nicht dein Zimmer überlassen? Nur für diese Nacht? Olivia sagt, wenn ich ausgehe, wird sie abschließen und mich nicht mehr reinlassen. Sie will nicht gestört werden. Du weißt ja, wie sie manchmal sein kann.«

»Aber ... ich habe meine ganzen Sachen hier ...«

»Das macht ja nichts. Morgen früh tauschen wir wieder. Bitte, Inge, tu mir die Liebe, es wäre mir so wichtig!«

»Bedaure, Katrin, das geht nicht. Ich müßte zumindest Frau von Sauten Bescheid sagen.«

»Ja, könntest du sie nicht bitte anrufen?«

Inge nahm den Hörer aus ihrer Hand entgegen, wählte die Nummer von Frau von Sautens Zimmer. Aber niemand meldete sich. Der Apparat war tot.

»Der Apparat in unserem Zimmer ist in Ordnung«, erklärte Katrin leichthin, »dann sagst du eben von dort aus deiner Chefin Bescheid. Obwohl ich keine Ahnung habe, wozu das überhaupt nötig sein sollte. Also, komm schon!« Sie nahm Inges Morgenrock vom Haken hinter der Tür und hielt ihn ihr hin. »Ich hätte dich niemals für so furchtbar umständlich gehalten!‹

Liebend gerne wäre Inge in ihrem hübschen kleinen Hotelzimmer geblieben. Aber die Furcht, sich zu blamieren und lächerlich zu machen, war größer als die Angst vor einer Falle. So schlüpfte sie in ihren Morgenmantel, sagte:

»Na schön, wenn du darauf bestehst!« – nahm ihre Handtasche vom Nachttisch und ihren Roman und folgte Katrin auf den Flur hinaus.

Der lange Hotelgang lag so gänzlich verlassen in dem spärlichen Nachtlicht vor ihr, daß sie doch wieder zögerte. »Wo wohnt ihr denn?« fragte sie mißtrauisch.

»Ein paar Zimmer weiter. Nur keine Bange, ich mute dir in diesem Aufzug keinen Marsch durch das ganze Hotel zu!«

Katrin überholte sie, öffnete eine der nächsten Türen auf der gleichen Seite und hielt sie auf. Jetzt blieb Inge nichts anderes übrig, als einzutreten – mit einem sehr unbehaglichen Gefühl in der Magengrube, den Kopf zwischen die Schultern gezogen, ganz gefaßt darauf, eine böse Überraschung zu erleben.

Aber das Bild, das sich ihr bot, war denkbar friedlich. Olivia, sehr schick in einem fliederfarbenen Nachthemd, lag lang ausgestreckt im Bett und schmökerte im Schein ihrer Nachttischlampe. Aus dem Radio tönte gedämpfte Musik.

Sie blickte kurz auf, warf Inge einen Blick aus ihren dunklen Augen zu, sagte träge hallo – gleich darauf wandte sie sich wieder ihrem Buch zu.

Dennoch war Inge nicht beruhigt, ihre Nerven vibrierten. Blitzschnell fuhr sie herum, ganz darauf gefaßt, einen heimtückischen Angriff abwehren zu müssen.

Doch Katrin stand schon gar nicht mehr hinter ihr, sie machte sich im Bad zu schaffen, tauchte gleich darauf mit ihrer Waschtasche unter dem Arm auf, sagte strahlend: »Na, dann schlaft gut, ihr beiden!« Sie nahm ihren Abendmantel aus dem Schrank und verließ das Zimmer.

»Was ist los? Warum stehen Sie wie eine Salzsäule da? Wollen Sie nicht abschließen und zu Bett gehen?« fragte Olivia.

»Ja, gleich.« Inge schloß ab, ging dann aber zuerst ins Bad, knipste das Licht an, kam zurück, schaltete auch hier kurz die Deckenbeleuchtung ein, blickte in die Ecke hinter dem Schrank und unter die langen Vorhänge, so unauffällig wie möglich.

Aber Olivia merkte es natürlich doch. »Was ist?« fragte sie. »Wollen Sie nicht auch noch unter die Betten gucken? Tun Sie sich nur keinen Zwang an.«

Inge schluckte eine heftige Antwort, sagte statt dessen beherrscht: »Das ist eine gute Idee!« – Sie bückte sich und sah unter die Betten, aber auch hier war nichts Verdächtiges zu entdecken.

»Sind Sie jetzt endlich beruhigt?« fragte Oliviva.

»So einigermaßen.« Inge legte ihre Handtasche auf einen Stuhl, warf ihren Morgenrock darüber und kletterte mit ihrem Roman ins Bett.

»Eigentlich«, sagte Olivia, »hätte ich Sie gar nicht für so einen überängstlichen Typ gehalten!«

»Bin ich auch gar nicht!« Inge knipste ihre Nachttischlampe an, wandte sich von Olivia ab, stützte den Ellbogen auf und begann in ihrem Buch zu blättern.

Sie spürte, daß Olivia auf eine Erklärung wartete, aber sie tat ihr nicht den Gefallen.

Nach einer ganzen Weile, als sie schon glaubte, daß Olivia jedes Interesse an ihr verloren hätte, begann Olivia wieder: »Haben Sie inzwischen Post von Heinz bekommen?«

»Hm, hm«, machte Inge.

»Er ist nämlich sehr beunruhigt, weil Sie ihm bisher überhaupt noch nicht geschrieben haben.«

Inge schwieg.

»Warum?« fragte Olivia. »Was ist los? Haben Sie sich etwa in diesen Co-Piloten verliebt? Oder in wen sonst?«

»Ich glaube nicht, daß ich Ihnen auf diese Fragen irgendeine Antwort schuldig bin«, erklärte Inge.

Sie klappte ihr Buch zu und machte das Licht aus, um Olivia zu verstehen zu geben, daß sie das Gespräch für beendet hielt.

Olivia schwieg auch, aber Inge konnte keine Ruhe finden. Ihr war eingefallen, daß sie noch Frau von Sauten hatte Bescheid geben wollen, und das Telefon stand auf Olivias Nachttisch. Einige Minuten lang kämpfte sie mit sich, dann stand sie auf und lief um die Betten herum.

»Darf ich mal eben telefonieren?« fragte sie. »Es geht ganz schnell!«

»Mit einem Verehrer?«

»Das werden Sie gleich hören!« Inge wählte die Zimmernummer.

Es läutete ein paarmal, bis Frau von Sauten sich meldete, und ihre Stimme klang so, als hätte sie schon geschlafen.

»Entschuldigen Sie bitte, daß ich Sie störe«, sagte Inge, »aber ich wollte Ihnen nur ganz schnell berichten, daß ich für heute nacht mit Katrin das Bett getauscht habe. Ich schlafe also bei Fräulein Bomhardt. Nur für den Fall, daß Sie mich suchen sollten ... ja, sonst ist alles in Ordnung! Schlafen Sie gut!« Sie hängte ein.

»Soll ich Heinz nicht wenigstens einen Gruß von Ihnen bestellen?« schlug Olivia vor.

»Wozu?« Inge lief wieder zu ihrem Bett. »Er ist ja erwachsen. Er braucht mir nur zu schreiben, daß er Post von mir haben will. Das ist doch höchst einfach.«

»Sie gehören also zu denen, die immer erst gebeten werden wollen?«

»O nein, Sie sehen die Dinge ganz falsch. Damit Sie es genau wissen: Heinz hat mir ausdrücklich verboten, ihm zu schreiben. Er hat Angst, sonst Ärger mit seiner lieben Mama zu bekommen.«

»Er hat es ... verboten? So ein Feigling, also ehrlich, das hätte ich nicht für möglich gehalten! Wissen Sie was, ich werde ihm schreiben und ihm klarmachen ...«

»Vielen Dank«, unterbrach Inge sie mit zuckersüßer Stimme, »Heinz und ich kommen schon allein zurecht. Auf Ihre Vermittlung sind wir wirklich nicht angewiesen.«

»Danke, das war deutlich. Aber es wundert mich nicht. Ich habe Sie immer schon für eine böse Sieben gehalten.«

»Sie werden lachen, aber dieses Kompliment kann ich Ihnen aus ehrlichem Herzen zurückgeben!« Inge legte sich auf die Seite und zog sich die Decke über die Ohren, um Olivia zu verstehen zu geben, daß sie nichts mehr hören und nichts mehr sehen wollte.

Aber sie konnte nicht einschlafen. Olivia hatte längst ihr Licht gelöscht, als Inge immer noch mit brennenden Augen ins Dunkel starrte. Sie war böse, traurig und voller Sehnsucht.

Als Inge am nächsten Morgen erwachte, hatte sie keine Ahnung, wie spät es war, denn sie hatte ihre Armbanduhr im anderen Zimmer liegenlassen. Erleichtert stellte sie fest, daß Olivia noch schlief – auf ein Streitgespräch konnte sie jetzt, auf nüchternen Magen, durchaus verzichten –, sie erhob sich leise, zog ihren Morgenrock über, schlüpfte in die Pantoffeln, klemmte sich ihre Handtasche und das Buch unter den Arm und machte sich auf den Rückweg.

Erst klopfte sie leise an die Tür ihres Zimmers, dann, als sich nichts rührte, pumperte sie immer lauter, rüttelte an der Klinke.

Endlich kam eine verschlafene, undeutliche Stimme von drinnen: »Was ist denn?«

»Los, mach auf, Katrin! Die Nacht ist um, ich will wieder in mein Zimmer!« rief Inge munter.

»Wie kann man bloß so herzlos sein, es ist ja noch nachtschlafende Zeit!«

Inge hörte nackte Füße tapsen, dann wurde die Tür aufgerissen, und Katrin erschien auf der Schwelle. Ihr rotes Haar war verstrubbelt, das wenig sorgfältig entfernte Make-up um die Augen verschmiert, sie riß den Mund sperrangelweit auf und gähnte.

»Na, das muß ja eine tolle Nacht gewesen sein.«

»Kann man wohl sagen! In Hongkong ist was los, ihr würdet euch wundern!« Katrin hatte in Hemd und Höschen geschlafen, darüber hatte sie, bevor sie öffnete, ihren

Abendmantel geworfen. Jetzt begann sie ihre Utensilien, Waschzeug, Strümpfe, Schuhe, Kleid und Handtasche zusammenzusuchen.

Inge ging zum Nachttisch und warf einen Blick auf ihre Armbanduhr. »Schon acht vorbei«, sagte sie ganz erstaunt, »ich wollte heute morgen mit Frau von Sauten zum Schwimmen gehen. Es soll wunderbare Strandbäder hier geben ...«

»Daß du es nicht bald satt hast, ewig mit deiner Gouvernante herumzuzockeln!«

»Sie ist meine Chefin, und ohne sie hätte ich diese Reise nie mitmachen können. Ich war nun mal nicht so weitsichtig in der Wahl meiner Eltern wie du und Olivia.«

»Entschuldige, es war nicht so gemeint«, murmelte Katrin. »Wenn ich nicht ausgeschlafen bin, bin ich immer unausstehlich!« Sie hatte gerade ihre Handtasche gefunden, warf ganz mechanisch einen Blick hinein und – schrie auf.

Inge fuhr herum. »Was ist los?«

»Mein Paß ist weg!« rief Katrin entsetzt. Jede Müdigkeit schien plötzlich von ihr abgefallen.

»Unsinn«, sagte Inge, »schau erst mal richtig nach!«

»Aber da ... sieh doch selber!« Katrin hielt Inge ihre geöffnete Handtasche hin. »Von mir aus dreh alles um und um, du wirst sehen, er ist nicht da.«

»Vielleicht hast du ihn überhaupt nicht mitgehabt, und er ist noch in eurem Zimmer!‹

»Wo denkst du hin! Natürlich habe ich ihn gestern abend eingesteckt. Ich hätte mich doch nie ins Nachtleben von Hongkong getraut ohne gültigen Paß! Herrn Kluges Ermahnungen, den Paß wie unseren Augapfel zu hüten, sind mir in Fleisch und Blut übergegangen. Gestern abend, bevor ich ins Bett ging, habe ich ihn noch in meiner Tasche gesehen ... bestimmt, ganz bestimmt! Ich war ein bißchen beschwipst, aber so denn doch nicht! Ich habe meine Armbanduhr hineingetan ... da ist sie ja auch schon! Und dabei habe ich meinen Paß gesehen. Ich kann es beschwören.«

Inge sah unter das Bett, drehte den kleinen Läufer um. Auch Katrin begann jetzt zu suchen, faßte mit der Hand zwischen die Polster der Sessel, riß die Nachttischschublade auf, zog die Laken vom Bett. Sie durchwühlten beide gute zehn Minuten das ganze Zimmer, der Paß kam nicht zum Vorschein.

»Nein, er ist weg«, sagte Katrin endlich, »jemand muß heute nacht hereingekommen sein und ihn mir geklaut haben.«

»Aber du hattest doch abgeschlosen!« gab Inge zu bedenken.

»Stimmt!« Katrin legte den Finger an die Nase. »Jetzt fällt mir noch etwas ein: Ich bin ganz sicher, daß ich den Schlüssel steckengelassen habe. Das tue ich immer abends, frag nur Olivia. Heute früh lag er ... auf der Kommode.«

»Das bedeutet«, sagte Inge langsam, »daß jemand ihn erst von draußen hereingestoßen, dann selber mit einem Nachschlüssel geöffnet, den echten Schlüssel auf die Kommode gelegt und nachher mit dem eigenen abgeschlossen hat!«

»Genau!«

»Wenn das so war, dann bin ich ziemlich sicher, daß man es nicht auf deinen, sondern auf meinen Paß abgesehen hatte! Außer mir, dir, Frau von Sauten und Olivia wußte niemand, daß wir die Zimmer gewechselt haben. Frau von Sauten, Olivia und ich hatten aber keine Gelegenheit, es einem Außenstehenden zu erzählen ...«

»Und ich habe es auch nur Fritz gesagt!« platzte Katrin heraus; ein ganz klein bißchen verlegen fügte sie hinzu: »Es war nämlich Fritz Hilgert, mit dem ich gestern abend aus war. Aber ich sage dir, einmal und nie wieder. Er wurde nämlich ganz schön unverschämt. Ich hätte ihm wohl besser nicht verraten sollen, daß ich diese Nacht allein schlief.«

Diese Erklärung bedeutete für Inge mehr, als sie aussprechen mochte, nämlich daß Katri und Fritz Hilgert, die sie beide verdächtigt hatte, völlig unschuldig an den Zwischenfällen waren, mit denen man sie bisher verfolgt hatte.

»Was soll ich jetzt bloß tun?« fragte Katrin ganz verzweifelt.

»Setz dich sofort mit Herrn Kluge in Verbindung«, riet Inge.

Katrin ging zum Telefon, nahm den Hörer ab und sagte fast gleichzeitig: »Blödsinn, das war ja gestern schon kaputt!«

Einer plötzlichen Eingebung folgend blickte Inge hinter den Nachttisch, wo die Leitung in die Steckdose münden sollte – sie war durchgeschnitten.

Katrin machte große Augen, als sie es ihr zeigte. »Das«, sagte sie, »hätte ich gestern abend wissen müsen, dann hätte ich nie und nimmer hier geschlafen!«

»Ein Glück für mich, daß du es getan hast, sonst wäre mein Paß jetzt weg!« Inge zuckte zusammen. »Entschuldige bitte, ich weiß, das klingt ziemlich herzlos, aber ...«

Katrin winkte ab. »Laß nur, ich verstehe schon. Ich würde wahrscheinlich auch nicht anders denken. Na, dann werde ich mal in Olivias Zimmer mein Glück versuchen.«

Katrin zog ab, eine ziemlich traurige Gestalt, der man die lange Nacht und den überstandenen Schrecken nur zu gut ansah.

Inge zog in Windeseile ihr hellblaues Strandkleid an, stopfte ihre Badesachen in eine Strohtasche, hängte sich einen riesigen Kulihut über den Arm, den sie gestern erstanden hatte, und stürzte hinüber in Frau von Sautens Zimmer. Sie brannte darauf, ihrer Chefin alles zu erzählen.

Frau von Sauten saß schon hinter ihrer Schreibmaschine, sehr korrekt angezogen und sorgfältig frisiert. Zum Arbeiten brauchte sie eine Brille, die ihr, wie Inge fand, etwas Lehrerinnenhaftes gab. Sie merkte sofort, daß etwas Besonderes los war.

»Nanu«, fragte sie, »haben Sie sich mit Olivia Bomhardt gezankt?‹

»Das auch«, bekannte Inge atemlos, »aber das ist nicht das Wichtigste! Stellen Sie sich nur vor ...« Und sie berichtete die Geschichte von dem verschwundenen Paß, dem herausgestoßenen Schlüssel und dem durchschnittenen Kabel und was für Schlüsse sie aus dem allen gezogen hatte. »Da habe ich noch mal Glück gehabt«, schloß sie, »aber die arme Katrin, die ist ganz verstört! Natürlich wird Herr Kluge das schon für sie in Ordnung bringen, aber ...«

Frau von Sauten, die ihr bis jetzt zugehört hatte, fiel ihr ins Wort. »Wie stellen Sie sich das vor?«

»Na, ich nehme an, er wird mit ihr zum deutschen Konsulat fahren, dort wird sie unterschreiben müssen, wann und wo und wie ihr Paß abhanden gekommen ist, und dann wird sie einen neuen ausgestellt bekommen.«

Frau von Sauten schüttelte den Kopf. »Nein«, sagte sie, »so einfach geht das nicht.«

»Wieso nicht? Meine Freundin Bettina hatte mal ihren Paß verloren ...«

»Ja, zu Hause, in Frankfurt, nehme ich an. Aber hier in der Fremde ist das anders. Das Konsulat kann Katrin nur ein provisorisches Ausweispapier ausstellen ...«

»Also doch!«

Frau von Sauten ließ sich nicht unterbrechen. »... das sie berechtigt, auf dem kürzesten Weg mit der nächsten Maschine nach Hause zurückzufliegen! Etwas anderes ist in so einem Fall nicht möglich.«

»Oje«, sagte Inge ganz zerschlagen und ließ sich auf einen Sessel sinken, »so schlimm habe ich mir das nicht vorgestellt.«

»So ist es aber.«

»Aber vielleicht, wenn der Dieb merkt, daß er den falschen Paß erwischt hat, gibt er ihn wieder zurück!«

»Nicht in einer Stadt wie Hongkong. Hier gibt es immer Leute, die einen Paß brauchen und ihn auf normalem Weg nicht bekommen können, und es gibt Spezialisten, die sich auf das Herrichten von solchen Ausweispapieren blendend verstehen ...«

Inge wollte noch eine Frage stellen, aber Frau von Sauten schnitt ihr mit einer Handbewegung das Wort ab. »Es wird eine bittere Erfahrung für Katrin sein, aber wir können ihr nicht helfen. Ich habe über etwas ganz anderes mit Ihnen zu sprechen. Heute morgen, ganz früh, habe ich endlich das Telefonat führen können, das ich Ihnen versprochen hatte ...«

»Und Sie dürfen mir jetzt alles sagen?«

»Alles, was ich selber weiß.« Frau von Sauten lehnte sich zurück, nahm ihre Brille ab und sah Inge an. »Haben Sie sich eigentlich nie Gedanken gemacht, warum ich Sie mitgenommen habe?«

»Sie brauchten eine Sekretärin!«

»Ja, Sie waren mir sehr nützlich, Inge. Aber rechnen Sie sich mal aus, wieviel mich Ihre Hilfe gekostet hat und noch kostet. Ich verdiene gut, aber ich bin keineswegs eine Millionärin, ich könnte und würde mir einen solchen Luxus nie leisten ...«

»Aber Sie haben es doch getan!«

»Nein. Jemand anderer hat Ihr Flugticket für Sie bezahlt, Inge.« Frau von Sauten zündete sich eine Zigarette an, dann sagte sie mit Überwindung: »Ihr Vater!«

Inge wurde abwechselnd rot und blaß, es verschlug ihr die Sprache.

»Sie können jetzt böse auf mich sein, weil ich Sie von Anfang an angeschwindelt habe. Aber wir, Ihr Vater und ich, sahen keine andere Möglichkeit, Sie in die Staaten zu bringen, denn Ihre Mutter hat jeden Versuch, mit Ihnen auf ehrliche Art in Verbindung zu treten, im Keim erstickt. Ihr Vater ist Amerikaner, wie Sie vielleicht wissen ... oder hat Ihnen Ihre Mutter nicht einmal das erzählt? Ich kenne ihn seit Jahren, und das letzte Mal, als wir uns trafen, klagte er mir sein Leid. Da machte ich mich stark, Sie mit List und Tücke zu entführen und zu ihm zu bringen ... verstehen Sie mich richtig, Inge, Sie sollen nicht für immer bei ihm bleiben, Sie können frei entscheiden, was Sie tun wollen, es geht Ihrem Vater nur darum, Sie endlich kennenzulernen ... er hat Sie ja zuletzt als kleines Kind gesehen ... und daß Sie ihn kennenlernen. Bitte, verurteilen Sie mich nicht, sondern versuchen Sie, uns zu verstehen ... vor allem Ihren Vater, den ...«

»Jetzt wird mir manches klar, Frau von Sauten«, sagte Inge, »daß ich darauf nicht von selbst gekommen bin. Nur etwas geht mir immer noch nicht ein ... warum werde ich, seit ich Frankfurt verlassen habe, auf Schritt und Tritt verfolgt?«

»Das«, sagte Frau von Sauten und sah an Inge vorbei, »weiß ich auch nicht.«

»Nicht?« Inge sprang auf. »Aber das wäre doch das Allerwichtigste! Nein, das nehme ich Ihnen nicht ab, Frau von Sauten, Sie wollen es mir bloß nicht sagen!«

»Ich weiß es wirklich nicht. Nur, um ehrlich zu sein, ich kann es mir vorstellen, aber, leider, ich kann nicht das geringste beweisen.« Frau von Sauten erhob sich ebenfalls, wandte Inge den Rücken zu und trat auf den schmalen Balkon hinaus.

Inge folgte ihr. Vor ihnen lagen das Südchinesische Meer, Dschunken und Motorboote, die zu den Inseln fuhren, der Peak mit seinen leuchtend weißen Häusern erhob sich gleißend im Sonnenlicht.

»Sagen Sie mir alles«, bat Inge, »ich muß es wissen!«

Frau von Sauten zog ein Päckchen Zigaretten aus der Tasche ihres leichten Jerseykleides. Inge sprang ins Zimmer zurück, nahm das Feuerzeug vom Schreibtisch und reichte ihr Feuer.

Frau von Sauten nahm zwei, drei tiefe Züge, dann sagte sie: »Ihr Vater hat nach der Scheidung von Ihrer Mutter noch einige Male geheiratet ...«

»Oha!« sagte Inge. »Er scheint ja ein munterer Schlawiner zu sein!«

»Ganz im Gegenteil, er gehört zu den Männern, denen der Beruf zuviel bedeutet und die darüber ihr Privatleben vernachlässigen.«

»Ist es deshalb auch mit meiner Mutter schiefgegangen?«

»Ich will Ihnen erzählen, was ich weiß. Ihr Vater war, als er Ihre Mutter heiratete, Deutscher. Sie waren gerade geboren, da meldete sich ein Onkel aus Amerika, ein kinderloser alter Herr, der ihn bat, herüberzukommen und sich auf sein Erbe vorzubereiten, eine Ölraffinerie in Texas, ein ziemlich bedeutendes Unternehmen. Ihr Vater war Feuer und Flamme, und Ihre Mutter hätte ihn begleitet, wenn ihrer eigene Mutter nicht krank gewesen wäre, die sie nicht allein lassen wollte. Es kam zu heftigen Kämpfen, Ihr Vater entschied sich dafür, das Angebot des Onkels anzunehmen, und verließ seine Frau.«

»Und das hat Mutti so übelgenommen?«

»Sie war wahrscheinlich tief enttäuscht. Es war abgemacht worden, daß sie ihrem Mann in die Staaten nachfolgen sollte, sobald es ihrer Mutter besser ginge. Sie wechselten Briefe, in denen sie sich gegenseitig ihre Liebe und ihre Sehnsucht versicherten. Ihr Vater rief auch Ihre Mutter immer wieder an, um sie zur Ausreise zu drängen. Aber die Krankheit der alten Dame zog sich hin und endete nach zwei Jahren mit ihrem Tod.«

»Oh!« sagte Inge betroffen. »Ich kann mich daran gar nicht mehr erinnern.«

»Sie waren ja auch kaum geboren, als Ihr Vater nach Amerika ging. Gerade das hat Ihre Mutter ihm ja so übel genommen.«

»Aber nach dem Tod meiner Großmutter hätte ja alles wieder in Ordnung kommen können.«

»Ja. Der Tod bestätigte Ihrer Mutter, daß es richtig war, bei ihr zu bleiben. Jetzt war sie entschlossen, ihre Wohnung in Frankfurt aufzulösen und zu ihrem Mann in die Staaten überzusiedeln.«

»Und warum hat sie es dann nicht getan?«

»Weil eine sogenannte gute Bekannte ihr erzählt hat, daß er nach ihrer Trennung nicht allein geblieben ist.«

»Hat das gestimmt?«

»Ich weiß es nicht. Er behauptet nach wie vor steif und fest, daß es eine Verleumdung gewesen wäre. Ich bin da nicht so sicher. Es hat in seinem Leben immer wieder Frauen gegeben. Aber er stellt sich auf den Standpunkt, daß Ihre Mutter es nicht hätte wissen können ... verstehen Sie? ... wissen. Sie hätte ihn auf eine bloße Behauptung hin verdächtigt.«

»Hm, das war ja auch wohl so. Wissen Sie, was ich an ihrer Stelle getan hätte? Ich wäre sofort rübergeflogen und hätte die andere aus dem Haus geworfen – falls sie überhaupt bei ihm gelebt hat.«

»Das sagen Sie so, Inge. Aber die beiden waren wohl schon zu lange voneinander getrennt. Sie waren sich fremd geworden. Ihre Mutter hatte das Vertrauen verloren.«

»Na ja«, sagte Inge, »schließlich hätte er ja auch nach Frankfurt fliegen und sie überzeugen können.«

»Ja, das hätte er tun können, und das macht er sich noch heute zum Vorwurf. Jedenfalls ... Ihre Mutter reichte die Scheidung ein, und da machte er noch einen Fehler. Sie wissen vielleicht nicht, daß damals das Schuldprinzip bei der Scheidung eine große Rolle spielte.«

»Tut es das nicht immer noch oder schon wieder?«

›Nicht mehr in dem Maße. Heutzutage wären die beiden nach der langen Trennung wahrscheinlich glatt geschieden worden, ohne daß nach Schuld oder Unschuld lange gefragt worden wäre. Aber Ihr Vater wollte nicht schuldig geschieden werden, weil er sich keiner Schuld bewußt war. Er drehte den Spieß um und verdächtigte Ihre Mutter, ihn während seiner Abwesenheit betrogen zu haben.«

»Gemeinheit!«

»Ja, fein war es nicht. Aber Sie dürfen es Ihrem Vater nicht nachtragen. Er war noch sehr jung und sehr verletzt. Er konnte nicht begreifen, daß seine Frau nicht zu ihm kommen wollte. Er hat sich wohl tatsächlich eingebildet, ein anderer Mann müsse dahinter stecken.«

»Das kann ich mir bei meiner Mutter nicht vorstellen.«

»Es war wohl auch nur ein falscher Verdacht. Jedenfalls konnte er es ihr nicht beweisen, obwohl er sogar einen Privatdetektiv auf sie angesetzt hatte. Das war auch etwas, das sie ihm sehr übel genommen hat.«

»Das kann ich verstehen. Aber wie konnte er bloß ein solches Theater machen?«

»Sehen Sie, Inge, wenn zwei Menschen sich sehr geliebt haben, können sie selten sang- und klanglos oder sogar in guter Freundschaft auseinandergehen. Dafür sind die Wunden, die sie sich gegenseitig geschlagen haben, zu tief. Liebe schlägt oft in Haß um.«

»Sehr sonderbar.«

»Denken Sie doch einmal nach: Wenn jemand Sie verletzt, der Ihnen gleichgültig ist, nehmen Sie es doch auch wohl ziemlich gelassen hin. Wenn Ihnen das mit jemandem passiert, den Sie lieben, ist es viel, viel schlimmer.«

»Mir kann so etwas nicht passieren!« behauptete Inge optimistisch. »Nein«, verbesserte sie sich, »stimmt nicht. Es ist mir schon passiert, aber deshalb habe ich denjenigen doch nicht gleich gehaßt. Ich war nur unglücklich und enttäuscht.«

›Sie sind eben anders als Ihr Vater. Er ist ein Mann, der jeden Schlag, den er einstecken muß, sozusagen doppelt zurückgibt.«

»Oje! So was ist mir nicht gerade sympathisch!«

»Ich will Ihnen Ihren Vater nicht schlechtmachen, ich versuche nur zu erklären ...«

Inge fiel Frau von Sauten ins Wort. »Schon gut! Und wie ist die Sache ausgegangen?«

»Aber das wissen Sie doch! Ihr Vater wurde schuldig geschieden, und Ihre Mutter bekam das Sorgerecht für Sie zugesprochen.«

»Aber das kann doch kein Grund sein, sich all die Jahre nicht zu rühren!«

»Sie irren sich, Inge. Das hat er getan. Er hat Ihnen Briefe geschickt und Geschenke. Ihre Mutter hat alles ungeöffnet zurückgesandt mit dem Vermerk: ›Annahme verweigert‹.«

»Wie konnte sie nur!«

Frau von Sauten zögerte. »Auch dafür gibt es einen guten Grund.«

»Da bin ich aber mal gespannt.«

»Es ist mir furchtbar unangenehm, vor Ihnen die – sagen wir mal – nicht ganz saubere Wäsche Ihrer Eltern auszubreiten.«

»Ich will es endlich wissen. Meine Mutter hat mir niemals etwas über meinen Vater erzählt. Das Thema war für sie tabu.«

»Es ging bei der Scheidung nicht nur um Schuld und um Geld, es ging auch um Sie. Er wollte ihr die Schuld zuschustern, damit er Sie mit nach Amerika nehmen konnte.«

»Aber damals war ich ja noch ein Baby!«

»Oh, er hätte Ihnen bestimmt die besten Kinderfrauen gegeben.« Frau von Sauten drückte ihre Zigarette aus. »Wenn es geklappt hätte, wäre Ihr bisheriges Leben anders verlaufen. Sie hätten sich jeden Luxus leisten können.«

»Aber«, ergänzte Inge, »ich hätte keine Mutter gehabt und von meinem Vater wahrscheinlich auch nur wenig gesehen.«

»Das ist richtig«, räumte Frau von Sauten ein.

»Und das war der Grund, warum sie jede Verbindung zwischen mir und meinem Vater abgeschnitten hat? Es kommt doch, soviel ich weiß, oft vor, daß sich Ehepaare bei der Scheidung um die Kinder streiten. Meist wird dann doch irgendein Kompromiß geschlossen.«

Frau von Sauten holte tief Atem. »Ihr Vater konnte und wollte sich nicht damit abfinden, daß er seine kleine Tochter verloren hatte. Nach der Scheidung kam er nach Europa, um Sie zu besuchen. Er schwört heute noch Stein und Bein, daß er nichts anderes wollte, als Sie zu sehen ... na ja, ein paar Tage mit Ihnen zusammen zu sein. Ihre Mutter war überzeugt, daß er Sie entführen wollte.«

»Was?« rief Inge entgeistert.

»Ich kenne die Wahrheit nicht, Inge, das müssen Sie mir glauben. Jedenfalls ist das der Grund, warum sie Sie so völlig gegen ihn abgeschirmt hat. Übrigens sollten Sie auch wissen, daß sie, nachdem sie wieder arbeiten konnte, auch kein Geld mehr von ihm angenommen hat, obwohl es ihr zugestanden hätte.«

»Typisch Mutti! Aber erklären Sie mir nur eins: Inzwischen bin ich ja längst volljährig. Also hätte sie mir seine Post doch gar nicht mehr unterschlagen können.«

»In den letzten Jahren hat Ihr Vater seine Versuche, mit Ihnen in Verbindung zu kommen, eingestellt. Er dachte, es wäre zu spät. Er bildete sich auch ein, daß Ihre Mutter Sie gegen ihn aufgehetzt hatte.«

»Das hat sie nie getan!«

»Das weiß ich inzwischen, und ich habe es ihm auch gesagt. Aber bevor wir unseren Plan ausheckten, dachten wir eben, nur durch eine persönliche Begegnung könnte Ihr Verhältnis zueinander wieder in Ordnung oder, besser gesagt, könnte es überhaupt zu einer Beziehung kommen.«

»Ich bin nicht auf den Kopf gefallen, Frau von Sauten, so ganz schön langsam fange ich an zu kapieren. Nur etwas geht mir immer noch nicht ein: Warum ich, seit ich Frankfurt verlassen habe ... nein, eigentlich schon vorher ..., auf Schritt und Tritt verfolgt werde.«

»Sie sind das einzige Kind Ihres Vaters, und im Fall seines Todes würden Sie natürlich von ihm erben, allerdings nur das sogenannte Pflichtteil. Sie wissen, er hat immer schon Sehnsucht nach Ihnen gehabt. Aber in letzter Zeit, als eine Begegnung in greifbare Nähe gerückt war, hat er davon gesprochen, Ihnen die Hälfte seines Vermögens zu vererben, falls Sie einigermaßen so sind, wie er Sie sich vorstellt.«

»Na, wegen seines Geldes werde ich ihm bestimmt kein Theater vorspielen!«

»Das sollen Sie auch nicht, Inge! Seien Sie nur ganz so, wie Sie sind.«

»Warum erzählen Sie mir das dann?«

»Weil ich vermute – es ist allerdings wirklich nur eine vage Vermutung, und ich kann sie nicht beweisen –, daß man Ihnen wegen dieses Vermögens nachstellt.«

»Wer?«

»Ihr Vater ist momentan mit einem ehemaligen Revuegirl verheiratet, das er in Las Vegas kennengelernt hat. Verstehen Sie mich nicht falsch, Inge, ich will durchaus nichts gegen Revuegirls im allgemeinen sagen. Aber diese Joan ist eine kalte und skrupellose Person. Ich war von Anfang an davon überzeugt, daß sie es nur auf sein Geld abgesehen hat.«

»Weiß er das?«

»Inzwischen ist es ihm wohl auch klargeworden. Aber er will es nicht wahrhaben. Sie ist sehr schön und sehr raffiniert.« Frau von Sauten zündete sich eine neue Zigarette an und rauchte nervös. »Er hat immer schon viel von Ihnen gesprochen, aber Joan hat das nicht ernst genommen. Sie hat es wohl mehr oder weniger für einen Tick gehalten. Aber als sie dann erfahren hat, daß Sie tatsächlich nach Amerika unterwegs sind, hat sie ihm furchtbare Szenen gemacht. Ihr Vater jedoch ist eisern geblieben, und das war eine ganz neue Erfahrung für sie.«

Inge fühlte sich ganz benommen. »Und Sie glauben, daß diese Joan mich aus dem Weg räumen will?«

»Das ist vielleicht übertrieben ausgedrückt. Aber sie setzt alles daran, zu verhindern, daß Sie Ihren Vater treffen. Natürlich hat sie all diese Anschläge nicht selber durchgeführt, sondern irgend jemanden damit beauftragt, möglicherweise ein paar Gangster oder auch irgendein dubioses Detektivunternehmen.«

»Das klingt ja enorm spannend!« rief Inge. »Wenn ich das Heinz schreibe ... Aber Mutti darf vorläufig noch nichts davon erfahren, sie würde von einer Ohnmacht in die andere fallen.«

»Fliegen Sie nach Frankfurt zurück! Nach allem, was passiert ist, scheint mir das die einzig richtige Lösung. Außerdem ist der Moment gerade günstig. Sie könnten Katrin begleiten ...«

»Nein!« erklärte Inge sehr entschieden. »Glauben Sie denn, ich würde mich von irgend so einer miesen Person wie dieser Joan ins Bockshorn jagen lassen? Kommt gar nicht in Frage. Jetzt, wo ich weiß, worum es geht, habe ich überhaupt keine Angst mehr.«

»Das wäre ein schwerer Fehler, Inge. Diese Joan ist tatsächlich eine gefährliche Person, und je näher Sie Ihrem Ziel kommen, desto skrupelloser werden die Methoden Ihrer Verfolger werden.«

»Um so mehr werde ich mich in Acht nehmen, darauf können Sie sich verlassen!«

Frau von Sauten ging ins Zimmer zurück, drückte ihre Zigarette in einem Aschenbecher aus. »Wenn Sie wirklich darauf bestehen, Inge«, sagte sie, »dann wäre es das beste, wir trennten uns hier in Hongkong von der Reisegesellschaft und flögen direkt nach San Francisco.«

»Wartet mein Vater dort auf mich?«

»Wir werden ihn in San Francisco treffen. Heute in vierzehn Tagen.«

»Und Sie meinen, ich soll mich dort zwei Wochen in einem Hotelzimmer einschließen? Nein, das halte ich nicht aus. Ich bin doch so gepannt auf Japan, ich kann mir doch die schönen Geishas nicht entgehen lassen. Aber Sie wollen bloß jedes Risiko vermeiden, oder?«

»Ja, Inge. Ich bin für Sie verantwortlich und ...«

Inge holte tief Atem und lachte dann. »Das hätten Sie sich vorher überlegen müssen! Nein, nein, ich bin als Begleiterin für eine Weltreise engagiert, so war es abgemacht, und dabei bleibt es!«

Aber Inge hatte die Widerstandsfähigkeit ihrer eigenen Nerven überschätzt. Nicht einmal der wunderbare Tag, den sie mit Frau von Sauten in der Deep Water Bay, einem der herrlichen Strände von Hongkong, verbrachte, wurde eine Erholung für sie. Die Unsicherheit war zu groß, und ohne es selber zu merken, gewöhnte sie es sich an, bei jedem Schritt zurückzublicken und nach möglichen Verfolgern Ausschau zu halten.

Am nächsten Tag hieß es, Abschied von Katrin nehmen, die auf dem schnellsten Wege nach Deutschland zurückfliegen mußte. Inge war zwar nicht mit Katrin befreundet gewesen, doch es tat ihr sehr leid, das sonst immer so heitere und gelassene Mädchen jetzt völlig niedergeschlagen zu sehen.

Inge und Olivia brachten sie zum Flughafen.

Olivia reagierte auf Katrins Mißgeschick ganz anders, als Inge erwartet hatte. Sie machte nicht der Freundin, sondern sich selber Vorwürfe.

»Wäre ich bloß nicht so eklig gewesen und hätte Katrin nicht aus unserem Zimmer vertrieben, dann wäre das alles nicht passiert.«

»Es war mindestens so sehr meine Schuld«, bekannte Inge, »ich hätte Katrin warnen müssen!‹

»Ach, Unsinn«, widersprach Olivia impulsiv. »Wir wußten doch alle, daß irgend jemand Ihnen nachstellt. Nicht einmal ein Blinder mit 'nem Krückstock hätte das übersehen können.«

Inge machte große Augen. »Sie haben es also gemerkt? Warum haben Sie dann immer so getan, als ob ich ...«

»Weil ich belämmert war! Dieses ganze Theater zu Hause um Sie, Mamas ewige Brandreden hatten mich so gereizt, daß ich mich einfach an Ihnen abreagieren mußte.« Mit Überwindung fügte sie hinzu: »Ich möchte mich dafür bei Ihnen entschuldigen.«

»Na, ich habe mich ja auch nicht gerade fein Ihnen gegenüber benommen, Olivia«, sagte Inge. »Ich bin zwar ein bißchen jünger als Sie, aber da wir gerade dabei sind, uns zu versöhnen ... wollen wir uns nicht duzen?«

Olivia lachte. »Von mir aus gerne, liebe Schwägerin!«

Endlich war das Eis zwischen ihnen gebrochen.

Zwei Tage später startete die Reisegesellschaft in Richtung Japan. Nach gut vier Stunden landeten sie in Osaka, einer alten japanischen Stadt mit vielen Tempeln und Sehenswürdigkeiten.

Aber der Aufenthalt war für Inge kein wirklicher Genuß. Es gab ringsum zu viele Menschen, kleine, geschäftig wimmelnde Japaner, die sich in ihren Augen alle glichen. Das Gefühl, ständig bedroht zu sein, hatte Inge sehr zugesetzt.

Wenn Joan einen Japaner engagiert hatte, etwas gegen sie zu unternehmen, wie konnte sie sich da wehren? Es war ihr unmöglich, einen von dem anderen zu unterscheiden, und die maskenhaft lächelnden Gesichter waren ihr unheimlich.

In Tokio, dieser Riesenstadt mit ihren zehn Millionen Einwohnern, war es fast noch verwirrender. Inge kam sich, selbst wenn sie mit Frau von Sauten und Herrn Kluge, Dr. Kainz oder auch Axel Borg unterwegs war, ständig wie verloren vor. Es war unendlich verwirrend, daß es hier nicht einmal Straßennamen gab, das heißt, in letzter Zeit waren zwar Namen eingeführt worden, aber niemand kannte oder beachtete sie, nicht einmal die Taxifahrer. Das einzig Vertraute waren die amerikanischen Reklamen und die europäische Operettenmusik, die von früh bis spät das ganze unheimlich große Hotel New Otany durchflutete.

Mit der Reisegesellschaft besuchte sie den japanischen

Nationalpark, hundertfünfzig Kilometer von Tokio entfernt, mit seinen Seen, Wasserfällen und seinem wunderbaren alten Baumbestand. Aber die großen Eindrücke konnte sie nicht mehr in sich aufnehmen. Nur mit halbem Ohr hörte sie zu, was Herr Kluge über den Toshogu-Schrein, ein Mausoleum, das als eines der bedeutendsten japanischen Bauwerke gilt, und über das prächtige alte Yomein-Tor, das zu ihm führte, erzählte.

Sie war jedesmal froh, wenn sie abends wieder in ihrem Hotelzimmer war, froh auch, es mit Frau von Sauten zu teilen, und saß mit Vorliebe vor dem Fernsehapparat, der zur Einrichtung gehörte und mit dem man sieben verschiedene Programme einstellen konnte. Sie sah moderne Revuen, altes Kabuki-Theater, sportliche Veranstaltungen und das Auftreten japanischer Rockgruppen – vom bequemen Sessel im Hotel aus.

Sie war nicht traurig, als der Tag des Abflugs kam. Wieder hatte sie eine Klippe zu ihrem Ziel überwunden.

»Nach Japan«, entschlüpfte es ihr, »möchte ich noch mal reisen – unter normalen Bedingungen.«

Sie war Frau von Sauten sehr dankbar, daß sie zu diesem Bekenntnis ihrer Unsicherheit schwieg.

Jetzt begann der über neun Stunden lange Flug nach Honolulu, der nur einmal durch eine Zwischenlandung auf Wake Island unterbrochen wurde. Inge döste vor sich hin, es war schwer, im Sitzen zu schlafen, man konnte auch nicht immerzu lesen, und selbst die Mahlzeiten, die serviert wurden, brachten nur kurze Ablenkungen.

»Gräßlich, diese dauernde Fliegerei«, sagte Inge. »Ich halte das schon fast nicht mehr aus.«

»Ärgern Sie sich nicht, Sie verlieren keine Zeit dadurch, Sie bekommen ja diesen Tag geschenkt. Sehen Sie doch mal im Reiseprogramm nach! Wir sind am fünfzehnten Dezember in Tokio abgeflogen und landen am fünfzehnten Dezember, noch ein paar Stunden früher, in Honolulu.«

»Ich dachte immer, es wäre ein Druckfehler.«

»Nein, wir überfliegen den hundertachtzigsten Längengrad und damit die Datumsgrenze. Beim Überfliegen von Westen nach Osten wird ein Tag doppelt gezählt, von Ost nach West wird einer übersprungen.«

Das war schwer vorstellbar, aber während Frau von Sauten es Inge erklärte, verging wenigstens die Zeit.

Endlich tauchten die ersten Ausläufer der Inselgruppe Hawaii unter ihnen auf. Aber es dauerte noch eine Weile, bis der Jet zur Landung auf Honolulu ansetzte.

Es war schon Abend, als die Touristen, etwas benommen, die Rolltreppe hinunterfuhren, und zum erstenmal wurden sie mit ›Aloha‹, dem freundlichen Gruß der Inselbewohner, empfangen. Doch der Check-out war strenger und zeitraubender als je zuvor, denn sie hatten amerikanischen Boden betreten. Dann war auch das erledigt, und die Gruppe C der Reisegesellschaft wurde zum Hotel Sheraton Moana gebracht, das unter Palmen am Strand von Waikiki lag und für die nächsten Tage ihr Quartier sein sollte.

Inge war so müde von dem unbequemen, langen Flug, daß sie nach einem heißen Bad sofort ins Bett sank.

Am nächsten Morgen weckte sie strahlender Sonnenschein. Sie stellte fest, daß sie allein im Zimmer war, sprang aus dem Bett und lief auf den Balkon. Ein märchenhaftes Bild bot sich ihr: hohe Palmen, blühende Kakteen, meilenweiter weißer Sandstrand und dahinter der strahlend blaue Pazifik mit der weißen Gischt der Brandung. Sie hatten schon viel Schönes auf ihrer Reise gesehen, aber dieser Anblick übertraf alles.

Gerade kam Frau von Sauten im Strandkleid, ihr Badezeug unter dem Arm, auf das Hotel zu. Sie winkte zu Inge hinauf: »Beeilen Sie sich, damit wir zusammen frühstücken können!«

Fix zog Inge ihren Badeanzug an, denn sie wollte nachher so rasch wie möglich ins Wasser kommen, darüber ihr knallblaues Strandkleid und rannte hinunter. Sie entdeckte Frau von Sauten sofort, sie saß vor einem der großen Aussichtsfenster, einen Strauß roter Rosen vor sich auf dem Tisch.

»Herlich!« rief Inge. »Haben Sie schon einen Verehrer gefunden, Frau von Sauten? Oder gehört das zum Hotelservice?«

»Die Rosen sind für Sie, Inge!«

Inge wurde rot vor Überraschung, sie zog die Karte heraus, die zwischen den taufrischen Knospen steckte. »Herzlichen Glückwunsch zum Geburtstag, Darling, und willkommen in unserem Land! Daddy!«

»Da schlag doch einer lang hin!« Inge lachte. »Haben Sie Worte? Jetzt habe ich doch wahrhaftig meinen Geburtstag vergessen! Das ist mir noch nie passiert, und ausgerechnet meinen zwanzigsten!«

»Aber noch jemand hat an Sie gedacht«, sagte Frau von Sauten und reichte Inge einen Brief ihrer Mutter, »und von mir sollen Sie auch eine Kleinigkeit haben.« Sie wies auf ein längliches Etui, aus dem Inge eine matt schimmernde Kette von Zuchtperlen auspackte.

»Die habe ich für Sie in Tokio erstanden!« erklärte Frau von Sauten.

Da tauchte Axel Borg auf, in weißen Shorts und buntem Hemd. Er hängte ihr einen wunderschönen Kranz aus violetten Hibiskusblüten, einen sogenannten Lei, um den Hals und sagte: »Meinen herzlichsten Glückwunsch, Inge!«

»Woher haben Sie denn gewußt ...?«

Er grinste. »Sie vergessen, daß ich Zugang zu den Passagierlisten habe!«

»Ach so! Das ist furchtbar nett, herzlichen Dank!«

Erst jetzt entdeckte er den Strauß roter Rosen, und sein Gesicht verfinsterte sich. »Sind die von Ihrem Verlobten?«

Inge warf ihr blondes Haar in den Nacken. »Ja«, log sie und blickte Axel Borg gerade in die Augen. »Ich hoffe, Sie werden nichts dagegen haben, daß er auch an meinen Geburtstag gedacht hat!«

»Entschuldigen Sie mich bitte«, murmelte Frau von Sauten. »Ich glaube, ich will doch rasch lieber mein Badezeug ...« Sie verschwand fast fluchtartig.

»Können oder wollen Sie denn nicht merken, daß dieser Kerl Sie nicht liebt?« fragte Axel Borg wütend.

»Als wenn Sie das beurteilen könnten!«

»Wenn man ein Mädchen liebt, dann läßt man es nicht mutterseelenallein um die Welt gondeln.«

»Hören Sie auf damit! Ich habe nicht die geringste Lust, mich ausgerechnet heute an meinem Geburtstag mit Ihnen oder sonst irgend jemandem zu streiten.«

»Da haben Sie recht«, lenkte er überraschend ein, und ehe sie noch wußte, was ihr geschah, hatte er sie in die Arme gezogen und geküßt.

Sie kam gar nicht dazu, sich zu wehren, und auch als er sie schon wieder losgelassen hatte, fühlte sie sich noch seltsam verwirrt und schwindelig. Etwas Ähnliches hatte sie nie empfunden, wenn Heinz sie geküßt hatte.

»Inge, werden Sie meine Frau!«

Inge sah Axel ganz benommen an und sagte das Unpassendste, was ein junges Mädchen wohl auf einen ernstgemeinten Heiratsantrag erwidern kann: »Sind Sie verrückt geworden?«

Er nahm es gelassen hin. »So kann man es nennen. Ich liebe Sie nämlich, und das ist sicher eine Art von Verrücktheit. Bevor ich Sie kennengelernt habe, hätte ich nicht einmal im Traum daran gedacht, mich fest zu binden. Noch vor kurzem liebte ich meine Freiheit mehr als alles andere auf der Welt.«

Sie fiel ihm ins Wort. »Halten Sie es weiter so, Axel«, sagte sie freundschaftlich, »auch auf die Gefahr hin, mich unentwegt zu wiederholen, kann ich Ihnen immer nur das eine sagen: Ich bin verlobt!«

»Aber Inge, das können Sie Ihrer Großmutter erzählen,

und die wird es Ihnen nicht glauben. Was ist das für eine Verlobung, wenn er Sie allein um die Welt reisen läßt ...«

Erleichtert sah Inge, daß Frau von Sauten in das Frühstückszimmer zurückkehrte.

Axel Borg verbeugte sich mit steinernem Gesicht und zog sich zurück.

Frau von Sauten nahm ihren Platz am Tisch wieder ein. »Sie sehen gar nicht glücklich aus, Inge«, sagte sie, »und der junge Mann noch weniger. Hat es einen Zusammenstoß gegeben?«

Inge stellte eine Gegenfrage: »Weiß er, daß ich einen reichen Vater in Amerika habe?«

»Nur wenn Sie es ihm gesagt haben.«

Diesen und den nächsten Tag verbrachte Inge am Strand von Waikiki. Sie lieh sich eines der flachen, leicht gebogenen Bretter und versuchte sich, darauf liegend, von der brausenden Brandung forttragen zu lassen. Man konnte nicht anders als glücklich sein an diesem wunderbaren weißen Sandstrand unter lauter fröhlichen Menschen.

Wenn sie nicht gerade in der Sonne lag und sich braten ließ oder mit Olivia und Fritz Hilgert Ball spielte, übte sie Wellenreiten.

Es gelang ihr immer besser, erst auf dem Bauch liegend, dann sitzend, und am Nachmittag des nächsten Tages wagte sie es zum erstenmal, hoch aufgerichtet über die hohen Wellen zu balancieren.

»Hurra!« schrie sie. »Ich habe es geschafft!«

Aber das Brausen der Brandung verschluckte ihren Ruf, und es war auch niemand da, der ihn hätte hören können. Frau von Sauten war anscheinend ins Hotel gegangen, ihr vertrautes buntes Badetuch lag verlassen am Strand, Olivia und Fritz Hilgert erfrischten sich an der entfernter liegenden Bar, die wie die Hütten der Eingeborenen aus Rohr geflochten war.

Inge landete wohlbehalten am Strand, und eine Sekunde

schoß es ihr durch den Kopf, ob es nicht besser wäre, zu den anderen zu gehen. Aber ihr Eifer und ihre Freude über den hart erkämpften und doch überraschenden Erfolg waren zu groß. Diesmal schwamm sie weit hinaus.

Wieder gelang es ihr, das Wellenbrett zu erklimmen und ihr Gleichgewicht zu halten. Es war ein tolles Gefühl, hoch oben auf dem Kamm der hohen Welle zu reiten – doch urplötzlich war es Inge, als wenn ihr das Brett unter den Füßen weggerissen würde.

Der Schreck verschlug ihr den Atem, die nächste Riesenwelle überstürzte sie und drückte sie noch tiefer.

Sie versank.

Inge schluckte Wasser, aber sie war eine gute Schwimmerin und ruderte mit allen Kräften.

Aber was war das? Etwas hing an ihren Füßen wie ein Bleigewicht. Inge strampelte und trat, aber ihre Beine hatten unter Wasser keine Kraft. Sie drehte sich um sich selber, riß die Augen auf, um festzustellen, worin sich ihre Füße verfangen hatten.

Im ersten Augenblick glaubte sie, sich einem Meeresungeheuer gegenüberzusehen, aber dann begriff sie, daß es eine Frau mit langem blonden Haar war, der Tauchermaske, Sauerstoffapparat und Schwimmflossen etwas Unheimliches gaben.

Unerbittlich hielt die Fremde sie fest, so sehr Inge sich auch wehrte. Sie sah keine Chance mehr, denn ihr ging die Luft aus, ihr Bewußtsein verdunkelte sich, ihre Kräfte ließen nach.

Da sah sie einen schlanken braunen Körper durch das Wasser gleiten, glaubte nichts anderes, als daß ihre Angreiferin Verstärkung bekommen habe. Aber sie war zu schwach, um noch darauf zu reagieren. Dann erkannte sie Axel Borg, und im gleichen Augenblick hatte er auch schon die blonde Frau mit der Tauchermaske erreicht, packte sie von hinten um die Taille und riß sie zurück. Die Fremde ließ los, und Inge tauchte wie ein Kork aus der

Tiefe nach oben. Sie schnappte nach Luft, gurgelte, spürte ihr Herz, das wie ein Dampfhammer schlug.

Sie war sehr geschwächt. Sie konnte kaum noch schwimmen und ließ sich von der Brandung an den Strand spülen.

»Inge, um Gottes willen, Inge, was ist denn passiert?« Frau von Sautens Stimme war plötzlich ganz nah an ihrem Ohr.

Mühsam öffnete Inge die Augen und sah, daß ihre Chefin neben ihr kniete. »Halb so schlimm, Unkraut vergeht nicht«, sagte sie.

Frau von Sauten lachte. »Was habe ich dir erzählt, Paul? So ist sie. Das ist typisch für deine Tochter.«

Inge hob den Kopf und sah einen großen Mann neben Frau von Sauten am Strand stehen. »Daddy?« fragte sie ungläubig.

»Ja«, sagte er und bückte sich, um ihr auf die Beine zu helfen. »Du hast dir unser Wiedersehen wohl anders vorgestellt. Wie viele Jahre habe ich auf diesen Augenblick gewartet.«

Erst jetzt kam die Erinnerung an die letzten Minuten zu Inge zurück. »Du mußt hinausschwimmen«, sagte sie aufgeregt, »jetzt sofort! Axel Borg ... er kämpft mit einer blonden Frau, die mich angegriffen hat! Sie hat mich vom Wellenbrett heruntergerissen und ...«

Aber da tauchte der Co-Pilot schon aus den Wogen auf; er hielt die blonde Frau gepackt, der er die Tauchermaske abgerissen hatte.

»Joan!« rief Inges Vater erstaunt.

Sie brach in einen Schwall amerikanischer Worte aus, denen Inge nur entnahm, daß sie behauptete, ganz unschuldig zu sein und nicht zu wissen, was man von ihr wollte und warum dieser brutale Kerl – damit meinte sie Axel Borg – sie überfallen hätte.

»Glaub ihr nicht, Daddy«, sagte Inge, »sie hat mich töten wollen.«

Frau von Sauten legte ihr das Badetuch um die Schultern. »Kommen Sie, Kindchen, ich bringe Sie auf Ihr Zimmer, Sie müssen sich ausruhen, einen heißen Tee trinken, ich werde Ihnen Tabletten gteben. Mir fällt eine Zentnerlast vom Herzen, daß ich Sie wohlbehalten bis hierher gebracht habe.«

Bis zum Abend hatte Inge sich, dank Frau von Sautens erfahrener Pflege, wieder erholt. Jetzt endlich hatte sie Gelegenheit, ihren Vater kennenzulernen, einen sehr amerikanisch wirkenden Herrn Mitte Vierzig, dem man ansah, daß er sehr energisch sein konnte, der zu Inge aber lieb und herzlich war.

Es dauerte nicht lange, dann war das Eis zwischen Vater und Tochter gebrochen. Inge berichtete ganz offen, was es von ihrem jungen Leben zu erzählen gab, und Mister Kramer hörte zu.

»Du hast deine Mutter wohl sehr lieb?« fragte er.

»Ja.«

»Du hast Recht, sie ist eine famose Frau, aber daß sie mich damals nicht in die Staaten begleiten wollte ...«

Inge lachte. »Hör bloß auf mit den ollen Kamellen! Wenn Mutti auch so ist wie du und gleich damit ankommt, daß du mich damals ihr hast wegnehmen wollen, dann wird es unmöglich sein, euch beide zu versöhnen, und das wäre doch nach all den Jahren an der Zeit, findest du nicht?«

Mister Kramer streichelte ihre Hand. »Du hast ganz Recht, Inge, wir wollen die Vergangenheit vergessen und nur für die Zukunft leben.«

»Und was ist mit Joan?«

»Die wird bald nur noch ein finsteres Kapitel meiner Vergangenheit sein. Ich nehme an, es ist dir recht, wenn ich sie nicht wegen Mordversuchs vor den Richter bringe. Aber ihr unglaubliches Vorgehen gibt mir Handhabe zur Scheidung, ohne daß sie einen Cent von mir verlangen kann. Dieser junge Mann, der dich gerettet hat ...«

»Axel Borg«, erinnerte Inge.

»Ja, Mister Borg hat schon seine eidesstattliche Aussage über die Ereignisse abgegeben. Wenn es nötig sein sollte, ist er auch bereit, vor Gericht zu erscheinen.«

»Sehr anständig von ihm.«

»Ja, er scheint ein ganz ordentlicher Bursche zu sein. Vielleicht mußt du übrigens auch aussagen.«

»Darauf soll es mir nicht ankommen. Ich wünsche niemandem etwas Böses, auch dieser Joan nicht, aber ich finde, es ist höchste Zeit, daß du sie los wirst.«

»Ich schäme mich, daß ich auf sie reingefallen bin. Mit meiner Menschenkenntnis scheint es doch nicht so weit her zu sein, wie ich immer gedacht habe.«

»Mach dir nichts draus, Dady. Das beweist ja nur, wie jung du im Herzen geblieben bist.«

Er lachte. »Das ist das netteste Kompliment, das ich je gehört habe.«

»Und wie soll es nun weitergehen?«

»Nun, ich denke, ein paar Tage kann ich noch in Honolulu bleiben. Aber dann muß ich zurück nach Texas. Ich kann meinen Betrieb nicht länger allein lassen.«

»Oh!« sagte Inge sehr enttäuscht. »Ich hatte nicht gedacht, daß du dich so schnell wieder verdrücken würdest.«

»Ich nehme dich natürlich mit.«

»Oh!« rief Inge noch enttäuschter. »Ich soll meine Weltreise einfach abbrechen?«

»Ich habe sie dir finanziert, um dich zu mir zu holen.«

Das war nur zu wahr, und Inge wußte nichts darauf zu sagen.

Er tätschelte ihre Hand. »Du wirst sehen, es wird dir bei mir gefallen. Ich habe eine herrliche Ranch. Du kannst reiten lernen.« Er sah, daß Inges Gesicht sich wieder erhellte, und fügte hinzu: »Am liebsten möchte ich ja, du würdest für immer bei mir bleiben. Ich brauch eine Frau, die repräsentiert, wenn meine Geschäftsfreunde mich besuchen.«

»Das glaube ich dir gerne, Dady, aber ich fürchte, ich

bin nicht der richtige Typ dazu. Repräsentieren ist nicht gerade meine Stärke, ich würde dauernd ins Fettnäpfchen treten. Und außerdem ... ich werde wohl bald heiraten.«

»Den jungen Mann, der dich gerettet hat?«

»Nein, nein«, sagte Inge hastig, »nicht Axel Borg. Mein Verlobter heißt Heinz Bomhardt. Er lebt in Frankfurt.«

»Dann lassen wir ihn einfach herüberkommen!«

»So einfach geht das alles nicht. Heinz arbeitet in der Firma seines Vaters, und er ist der einzige Sohn. Er soll die Gießerei eines Tages übernehmen.«

»Eine Gießerei, was ist das schon!«

»In deinen Augen sicher nichts. Aber den Bomhardts bedeutet sie viel. Sie ist seit der Jahrhundertwende in der Familie.«

»Ich hatte vergessen, wie sehr ihr Europäer euch von euren Traditionen fesseln laßt.«

»Also, Daddy, ich weiß ja nicht sehr viel über die Staaten, aber daß ihr Amerikaner auch an euren Traditionen hängt, ist doch bekannt.« Mit einem leichten Anflug von Nationalstolz fügte sie hinzu: »Nur daß eure nicht so alt sind wie unsere.«

Er lachte. »Du hast recht, Mädchen, verteidige nur dein Europa.«

»Das werde ich immer tun. Ich verstehe gar nicht, Daddy, wie du dich so ganz als Amerikaner fühlen kannst. Du hast doch nur die Hälfte deines Lebens hier verbracht.«

»Aber es war die entscheidende. Wir wollen uns nicht darüber streiten, ja?«

»Tut mir leid, Daddy.«

»Es war mein Fehler. Ich neige seit jeher dazu, zu weit vorauszuplanen. Im Geschäftsleben ist das ganz nützlich, aber in delikateren Angelegenheiten sollte man behutsam sein. Das muß ich noch lernen.«

»Nett, wie du das sagst.«

»Also von nun an: ein Schritt nach dem nächsten. Du willigst also darin ein, die Weltreise zu unterbrechen ...«

»Ich hätte so gern noch San Francisco erlebt!«

»Das läßt sich vielleicht einrichten. Aber danach fliegen wir zurück nach Dallas. Wir werden ja sehen, wie es dir dort gefällt. Gut möglich, daß du dort jemanden kennenlernst, der deinen Heinz glatt aussticht.«

»Da machst du dir falsche Hoffnungen, Daddy.«

»Lassen wir die Dinge auf uns zukommen. Du kannst frei entscheiden, ob du bleiben willst oder nicht. New York ist die letzte Station eurer Reise, nicht wahr?«

»Ja. Von dort aus fliegen wir nach Frankfurt zurück.«

»Wann?«

»Am zwanzigsten Februar.«

»Nun, bis dahin sind es ja immerhin noch fast zwei Monate, Zeit genug für alles. Wenn es dir nicht bei mir gefällt, kannst du von New York aus mit den anderen zurückfliegen.«

»Ist das versprochen?«

»Ja.«

»Ich danke dir, Daddy. Weißt du, ich kann Mutti auch nicht so einfach im Stich lassen. Ich habe versprochen, bei ihrer Hochzeit dabei zu sein.«

»Sie will wieder heiraten?«

»Ärgert dich das etwa? Nach all den Jahren?«

»Doch«, gab er zu, »ein bißchen schon. Es ist schwer für mich, mir das vorzustellen.«

»Also hast du sie doch noch ein bißchen lieb, Daddy! Ich bin sehr froh darüber.«

Mister Kramer verzog das Gesicht. »Na ja, ich weiß nicht, vielleicht steckt auch nur meine verdammte männliche Eitelkeit dahinter.« Er stand auf. »Und jetzt, schlage ich vor, machen wir einen Bummel durch das Moana-Einkaufszentrum! Einverstanden?‹

»O ja, Daddy! Aber Frau von Sauten soll mitkommen, bitte!«

»Natürlich. Falls sie Lust dazu hat. Und anschließend gehen wir ganz groß essen.«

Frau von Sauten war gerne bereit, Vater und Tochter zu begleiten, und es wurde eine wahre Einkaufsorgie. Mister Kramer erstand für Inge, was ihr Herz begehrte, allein fünf von den wunderschönen bodenlangen Hawaii-Kleidern, drei für Inge selber, eines für ihre Mutter und noch eines für ihre Freundin Bettina, dazu hübschen handgearbeiteten Silberschmuck.

Mister Kramer ließ alles ins Hotel schicken, damit sie unbeschwert essen gehen konnten.

»So hat es doch was Gutes, daß ich nicht mehr um die Welt düse!« erklärte Inge.

»Wie meinen Sie das?« fragte Frau von Sauten.

»Na, Sie haben doch immer gesagt, daß man sich mit Einkäufen unterwegs nur belastet! Jetzt kann ich endlich mit gutem Gewissen zuschlagen. Allerdings – vorher hatte ich ja auch gar nicht das Geld dazu. Vielen Dank, Daddy!«

»Mir macht es Spaß, dich endlich mal verwöhnen zu können. Das habe ich mir seit zwanzig Jahren gewünscht.«

»Wenn du wüßtest, wieviel Spaß es mir erst macht, verwöhnt zu werden.« Sie wandte sich an Frau von Sauten. »Solche Hawaii-Kleider kriegt man in Frankfurt ganz bestimmt nicht, da gehe ich jede Wette drauf ein. Mutti und Bettina werden Augen machen.«

»Falls du nicht zurückfliegst«, sagte Mister Kramer vorsichtig, »können wir sie auch schicken.«

Frau von Sauten warf ihm einen warnenden Blick zu. Aber Inge hatte die Bemerkung überhört.

Inge erwachte, noch bevor der Reisewecker klingelte. Aber sie blieb noch ganz ruhig in ihrem Bett liegen und ließ sich die Ereignisse des vergangenen Tages durch den Kopf gehen.

Was war nicht alles geschehen! Beinahe wäre sie tatsächlich ums Leben gekommen, sie hatte endlich ihren Vater kennengelernt, und sie hatte zugestimmt, ihre Reise um die Welt abzubrechen. Das hatte sie wohl oder übel tun müssen, ihrem Vater zuliebe. Aber hatte sie sich auch sonst richtig verhalten? Es schien ihr nicht so gut, zuzulassen, daß der Vater sie derart reich beschenkte. Sie traute ihm zu, daraus einen Anspruch abzuleiten, daß sie für immer bei ihm blieb. Doch das würde sie auf keinen Fall tun. Sie wollte zurück zu Heinz, der zu Hause auf sie wartete.

Obwohl sie sich nicht rührte, hatte Frau von Sauten doch bemerkt, daß sie schon wach war. Sie war, schon fertig angezogen und frisiert, lautlos im Zimmer hin- und hergegangen und hatte ein wenig aufgeräumt. »Guten Morgen, Inge«, sagte sie fröhlich, »es wird höchste Zeit für Sie!«

Inge öffnete die Augen und gähnte. »Aber ich hab' doch Ferien!«

»Das schon. Aber Sie fliegen heute nach San Francisco.«

»Ich dachte, wir würden noch ein paar Tage in Honolulu bleiben.«

»Wir schon. Aber Sie begleiten Ihren Vater. Er hat alles arrangiert.«

Inge wußte nicht recht, ob sie sich darüber freuen sollte.

Frau von Sauten sah es ihrem Gesicht an. »Aber, Inge, Sie wollten doch unbedingt nach San Francisco.«

»Aber doch nicht schon heute.«

»Sie müssen sich entscheiden, entweder Honolulu oder San Francisco. Ihr Vater will Weihnachten auf alle Fälle bei sich zu Hause in Dallas feiern, und ich denke, das müssen wir respektieren.«

»Ich wollte Weihnachten dieses Jahr eigentlich ausfallen lassen.«

Frau von Sauten lachte. »Daraus wird nichts, Inge, dazu sind Sie noch viel zu jung. Ich selber versuchte es jedes Jahr aufs neue, aber nicht einmal mir ist es je gelungen.«

Inge sah immer noch ein wenig niedergeschlagen aus.

»Es wird bestimmt sehr schön werden«, tröstete Frau von Sauten sie, »das erste Weihnachtsfest mit Ihrem Vater.«

»Was soll ich ihm bloß schenken?«

»Er erwartet bestimmt gar nichts von Ihnen. Er weiß ja,

daß Sie keine Gelegenheit hatten, etwas für ihn zu besorgen, geschweige denn zu basteln.«

Sehr langsam stieg Inge aus dem Bett. »Ich könnte ihm einen Pullover stricken«, sagte sie nachdenklich, »den würde ich zwar nicht mehr bis zum Heiligen Abend fertig kriegen, aber dann sähe er wenigstens meinen guten Willen.«

»Eine gute Idee, Inge. Wissen Sie was, ich werde jetzt laufen und Wolle besorgen oder auch Baumwolle, irgend etwas wird man hier schon kriegen, und Sie ziehen sich an und packen.«

»Haben Sie denn schon gefrühstückt?«

»Nein. Das tun wir später gemeinsam.« Frau von Sauten nahm ihre Handtasche und verließ das Zimmer.

Aus reiner Gewohnheit, obwohl jetzt nichts mehr zu befürchten war, schloß Inge die Tür hinter ihr ab. Sehnsüchtig blickte sie zum Fenster hinaus auf das in der Morgensonne leuchtende Meer, den weißen Strand und die Palmen, die sich sachte im Wind bogen.

Dieses Ferienparadies mußte sie jetzt, viel früher als geplant, verlassen, und es fiel ihr schwer.

Tapfer versuchte sie ihre Traurigkeit abzuschütteln. »Ich komme wieder, Hawaii!« sagte sie laut. »Verlaß dich drauf! Ich weiß zwar nicht, wie ich es anstellen soll. Aber es wird mir schon gelingen. Wie heißt es doch so schön? Wo ein Wille ist, da ist auch ein Weg.«

Schon hatte sie ihre gute Laune zurückgewonnen, und später, als sie sich geduscht und reisefertig angezogen hatte, war sie wieder voller Unternehmungslust.

Frau von Sauten bemerkte es mit Erleichterung, als Inge sie in das Hotelzimmer hereingelassen hatte. Anerkennend sah sie von Inge auf die gepackten Koffer. »Das ist aber fix gegangen«, sagte sie, »ich sehe, Sie haben sich gefangen.«

Inge lächelte vergnügt. »Na ja, San Francisco ist ja auch nicht schlecht, und nicht jede Europäerin kommt nach Dallas!« Sie wurde wieder ernst. »Nur daß ich mich von der Gruppe trennen muß, tut mir ein bißchen weh. Ich glaube, sogar Olivia werde ich vermissen und Sie erst mal, Frau von Sauten! Sie waren so lieb zu mir!«

»Sie werden mir auch fehlen, Kindchen. Aber machen wir uns das Herz nicht schwer. Wir werden uns ja wiedersehen. Das nächste Mal, wenn ich nach Frankfurt komme, werde ich Sie anrufen. Sie werden doch nach Frankfurt zurückkehren?«

»Unbedingt.«

»Sie wissen, Ihr Vater hat andere Pläne.«

»Ja, aber über meinen Kopf weg kann er nichts entscheiden. Zum Glück bin ich erwachsen.«

»Überlegen Sie es sich in aller Ruhe!«

»Das sowieso. Ich nehme an, Sie werden auch hin und wieder in Dallas aufkreuzen?«

»Ja, Inge, wir beide werden uns so oder so nicht aus den Augen verlieren. Also haben wir auch keinen Grund, den Kopf hängen zu lassen. Das würde Ihren Vater kränken.«

Inge stieß einen komischen kleinen Seufzer aus. »Daß man immer soviel Rücksicht auf die Männer nehmen muß!«

»Ja, sehen Sie, und das ist der Hauptgrund, warum ich nicht geheiratet habe.«

»Ich habe mich bei Axel Borg noch gar nicht richtig bedankt!«

»Dazu werden Sie vor Ihrem Abflug bestimmt noch Gelegenheit haben.«

Aber in diesem Punkt irrte sich Frau von Sauten.

Nachdem Inge die Wolle begutachtet – sie war sehr schön, in einem warmen Braunton, der ihrem Vater bestimmt gut stehen würde – und in ihren Koffer gequetscht hatte, fuhren sie ins Frühstückszimmer hinunter. Mister Kramer erwartete sie schon an einem Fenstertisch. Aber außer ihm war kein bekanntes Gesicht zu sehen, weder jemand von der Gruppe noch einer aus der Crew.

Immer wieder sah Inge sich suchend um, bis es auch ihrem Vater auffiel.

»Was ist los mit dir?« fragte er. »Du bist so unruhig.«

»Ich wundere mich, daß keiner von den anderen da ist.«

»Dafür gibt es eine ganz einfache Erklärung«, meinte Frau von Sauten, »die einen schlafen sich nach einer langen Nacht aus, und die anderen sind schon am Strand.«

Inge sprang auf. »Dann will ich doch mal ...«

»Nichts da!« sagte ihr Vater energisch. »Jetzt wird erst einmal in Ruhe gegessen. Sonst wird dir unterwegs noch übel.«

»Aber nein, Daddy, niemals. So etwas ist mir noch nie passiert, nicht wahr, Frau von Sauten?«

»Trotzdem hat dein Vater Recht. Es gehört sich nicht, während einer Mahlzeit aufzuspringen.«

Inge dachte an die Mahnung, die sie vorhin auf dem Zimmer empfangen hatte, und setzte sich wieder. »Ich wollte mich bloß verabschieden.«

»Das wird Frau von Sauten für dich tun. Außerdem wirst du die anderen ja auf dem Rückflug wiedersehen. Dann kannst du alles erklären und dich, wenn du es für nötig hältst, auch entschuldigen.«

Es blieb Inge nichts anderes übrig, als klein beizugeben. »Ja, Daddy«, sagte sie und löffelte folgsam die saftige süße Ananas, obwohl sie ihr gar nicht schmecken wollte.

Bis zum letzten Augenblick, als sie das Hotel verließen, hoffte sie, daß Axel Borg noch auftauchen würde, ja, sogar noch auf dem Flughafen wünschte sie, er würde plötzlich vor ihr stehen. Aber er ließ sich nicht blicken.

Das Fliegen war für Inge kein besonderes Ereignis mehr. Sie kam sich wie eine routinierte, ja, abgebrühte Reisende vor, als sie die Maschine nach San Francisco bestieg.

Aber dann stellte sie fest, daß es doch etwas anderes war, in einem Linienflugzeug Erster Klasse zu fliegen als in einer Chartermaschine. Ihr Vater und sie wurden von einem jungen Steward wie V.I.P. begrüßt, der ihnen, sobald sie in der Luft waren, Champagner servierte. Mister Kramer lehnte ab, und Inge wollte es ihm gleich tun.

Aber er sagte: »Trink du nur! Champagner ist genau das richtige, um eine junge Dame bei Laune zu halten.« Den Steward bat er, ihm lieber einen Whisky Bourbon zu bringen.

Dann tranken sie sich zu, und Inge fand, daß sie es mit ihrem Vater, den sie ihr ganzes Leben nicht gekannt hatte, gut getroffen hätte.

Der Champagner regte sie an, sie knabberte salziges Gebäck dazu und genoß es, die Beine ausstrecken zu können. Wenn sie zum Fenster hinaus sah, konnte sie hin und wieder unter den weißen Wolken das blaue Meer entdecken. Ihre Traurigkeit verschwand. Warum sich Gedanken um Heinz und Axel Borg machen? Eines war ja gewiß: Sie würde beide wiedersehen.

Aber da sie es nicht gewohnt war, am Vormittag Alkohol zu trinken, übte der Champagner noch eine andere Wirkung aus, mit der weder sie noch ihr Vater gerechnet hatten. Inge wurde müde, und sie schlief tatsächlich ein. Ihr Vater weckt sie kurz vor der Landung in San Francisco, als sie die Sicherheitsgurte anlegen mußten.

Sie war verwirrt und ein bißchen beschämt. »Entschuldige, Daddy, so etwas ist mir noch nie passiert! Am hellichten Tag einzupennen, das ist doch zu dumm.«

»Mach dir nichts draus. Du hast nichts versäumt außer einem kleinen Imbiß. Hätte ich dich dazu wecken sollen?«

»Ach nein. Hunger hab' ich überhaupt nicht.«

Jetzt, nachdem sie ihre Müdigkeit abgeschüttelt hatte, wurde Inge ganz aufgeregt. Gleich würde sie in San Francisco sein, der Stadt, von der sie so viel gelesen und gehört und in Filmen gesehen hatte. Es war wie ein Traum.

Die Maschine landete sanft und rollte aus. Beim Aussteigen gab es kein Gedrängele, denn die Zahl der Passagiere Erster Klasse war beschränkt, und sie hatten ein eigenes Gate. Da sie innerhalb der Vereinigten Staaten unterwegs waren, gab es keine Paßformalitäten zu erledigen und auch keine Zollkontrolle. Schon wenige Minuten nach der Ankunft konnten sie ihr Gepäck vom Fließband nehmen. Inge hatte es eilig, ins Freie zu kommen.

»Moment noch«, mahnte sie Mister Kramer, »ich muß mir noch die Wagenschlüssel holen.«

»Wo?« fragte Inge dumm.

»Bei der Autovermietung natürlich.«

Mister Kramer hatte ihre Koffer auf ein Wägelchen gepackt, und sie folgte ihrem Vater zu dem Schalter der Leihfirma. Sie wunderte sich, wie rasch auch hier die Formalitäten erledigt waren. Er zeigte seinen Paß, gab seine Unterschrift, und schon hatte er alles, was er wollte. Ein junges Mädchen begleitete sie zu einem Parkplatz und deutete auf ein metallic-braun lackiertes Mercedes Coupé.

»That's your car, Mister Kramer. Is it okay?«

»Thank you.«

Das Mädchen entfernte sich, und er schloß das Auto auf.

»Brauchst du dir denn gar nichts erst zeigen lassen?« fragte Inge erstaunt. »Ich meine, jedes Auto ist doch verschieden und ...«

»Es ist das gleiche Modell, das ich zu Hause fahre.«

»Ach so«, sagte Inge immer noch beeindruckt.

»Ich habe es mir von Honolulu aus vorbestellen lassen.«

Sie half ihrem Vater die Koffer in den Gepäckraum zu verstauen und setzte sich dann neben ihn auf den Beifahrersitz.

»Wir haben, scheint es, Glück mit dem Wetter«, sagte er, »in Frisco kann es auch ganz schön neblig sein.«

Das konnte sich Inge angesichts des klaren blauen Himmels nur schwer vorstellen.

Sie fuhren los und fädelten sich zügig in den Verkehr ein, der zur Küstenstraße führte.

»Mach die Augen auf, Mädchen«, sagte Mister Kramer nach etwa zwanzig Kilometern, »gleich kommen wir am Cadlestick Park und an der Missionskirche des Bezirks vorbei!«

»Ist das was Besonderes?«

»Für die Touristen schon.«

Sie hatten die Innenstadt noch nicht erreicht, als er auf einen Parkplatz ausscherte.

»Sind wir schon da?« fragte Inge erstaunt.

»Nein. Wir sind jetzt auf dem Protero Hill. Von hier aus hast du einen schönen Blick über die ganze Stadt.«

Sie stiegen kurz aus und genossen die Aussicht über die hügelige Landzunge mit ihren weißen, rosigen und grauen Häusern, die von hier oben aussahen, als ob sie aus einer Spielzeugschachtel stammten.

»Wunderwunderschön!« rief Inge.

»Ja, sehr nett«, sagte Mister Kramer weit weniger enthusiastisch.

»Ist das die Golden Gate?« Inge wies auf eine schlanke, rot gestrichene Eisenkonstruktion, die sich weit über das dunkelblaue Meer spannte.

»Die Golden Gate Bridge!« verbesserte ihr Vater. »Golden Gate ... wie sagt man in deutsch? Goldenes Tor heißt die Meeresstraße, die die Bucht von San Francisco mit dem Pazifik verbindet. Die Golden Gate Bridge ist eine der längsten Hängebrücken der Welt.«

»Fahren wir drüber?«

»Wir brauchen es nicht, aber ich denke, wir sollten es uns gönnen, an einem so herrlichen Tag. Wenn du genau hinsiehst, kannst du von hier aus auch schon unser Hotel erkennen. Es ist das Fairmont.« Er legte seinen Arm um Inges Schultern. Aber er schien zu spüren, daß diese Geste Inge verlegen machte, und zog ihn gleich wieder zurück.

Einen Augenblick standen sie noch nebeneinander und genossen den Anblick der schönen Stadt, die im gleißenden Sonnenlicht unter ihnen lag. Dann stiegen sie wieder in ihr Coupé und fuhren weiter.

Als sie später über die Golden Gate Bridge fuhren, war

Inge völlig begeistert. Die Bucht von San Francisco war genau so einzigartig und schön, wie sie es sich vorgestellt hatte. Unter ihnen kreuzten Segelboote, und große und kleine Dampfer durchquerten das blaue Wasser.

»Toll!« rief sie. »Das ist einfach toll!«

»Links die Insel«, erklärte ihr Vater, »das ist Treasury Island.«

»Hübsch!«

»Macht es dir etwas aus, wenn wir nicht gleich in die Stadt zurückfahren?«

»Nein, gar nicht.«

»Ich möchte dir wenigstens ein paar Kilometer der ›Number one‹ zeigen.«

»Was ist das?«

»Die schönste Autostraße Amerikas!«

Sie kamen jetzt an verstreuten, riesigen und zum Teil sehr gepflegten, zum Teil auch leicht verwilderten Parks vorbei.

»Die Leute, die hier leben, müssen sehr reich sein«, meinte Inge.

»Kann man wohl sagen«, stimmte ihr Vater zu.

Er bog in die ›Number one‹ ein, und zuerst war Inge ein wenig enttäuscht, denn sie schien ihr nicht anders als jede andere Autobahn. Aber dann tat sich der Blick auf den unendlich weiten tiefblauen Pazifik vor ihr auf, und das war ein Bild, das ihr tatsächlich den Atem verschlug. Die ›Number one‹ führte hoch über dem Meer dicht am Ozean vorbei.

»Jetzt weiß ich, warum sie die schönste Straße der Welt sein soll!«

»Wenn wir mehr Zeit hätten«, sagte ihr Vater, »könnten wir nach Carmel fahren. Aber ich denke, Frisco ist dir wichtiger.«

»Das weiß ich jetzt selbst nicht mehr.«

Mister Kramer stellte das Coupé auf einem großen Parkplatz ab. Tief unter ihnen gischtete der Pazifik gegen die

Felsen, und über ihnen kreisten zwei Pelikane am klaren Himmel.

»Ich danke dir, Daddy«, sagte Inge impulsiv, »das ist das Schönste, was ich je erlebt habe.«

Er lächelte auf sie herab. »Ich wußte ja, Amerika würde dir gefallen!«

Inge konnte sich kaum losreißen. Der Wind zerrte an ihren Locken, und die Luft war so frisch und klar, daß sie geradezu berauschend wirkte. Als sie einen steilen Pfad entdeckte, der bis zum Wasser führte, wäre sie am liebsten hinuntergeklettert.

Aber ihr Vater hielt sie zurück. »Das ist gefährlich! Du könntest ausrutschen.«

»Ach was! Ich hab' ja Schuhe mit flachen Absätzen an!« gab sie zurück.

Aber dann begriff sie, daß ihr Vater selber sich nicht mehr fit genug für das kleine Abenteuer hielt – oder auch nur um seinen eleganten Anzug fürchtete – und das nicht zugeben mochte. Also verzichtete sie. Aber es wurde ihr bewußt, wieviel mehr Spaß sie mit Heinz gehabt haben würde. Doch sie verscheuchte den Gedanken. Mit ihm wäre sie ja nie hierhergekommen. Vielleicht später einmal, hoffte sie.

Der Wind frischte auf. Aber erst als sie wieder im Auto saßen, merkte Inge, wie durchgefroren sie war. Sie kuschelte sich in ihre Ecke und hätte den Vater gern gebeten, das Radio anzumachen. Doch sie fürchtete sich, ihm mit dieser Bitte lästig zu fallen. So fuhren sie plaudernd und ohne musikalische Untermalung nach San Francisco zurück.

Das Fairmont Hotel war eine neue Überraschung für Inge. Schon die Eingangshalle war so riesig und elegant, daß sie sich, obwohl sie ein gutsitzendes Reisekostüm trug, ganz fehl am Platz darin vorkam. Wäre sie allein hier hereingekommen, hätte sie sich bestimmt auf der Stelle umgedreht und wäre geflohen. Selbst wenn Heinz oder ihre Mutter bei ihr gewesen wären, hätte sie gesagt: »Komm, laß uns verschwinden! Hier gehören wir nicht hin.«

Sie bewunderte rückhaltlos das selbstbewußte Auftreten ihres Vaters, der sich von der prachtvollen Umgebung überhaupt nicht beeindrucken ließ. Auch die Angestellten merkten sofort, daß er ein Mann von Welt war, und sprangen, um ihm gefällig zu sein und seine Wünsche zu erfüllen.

Wenige Minuten nach ihrer Ankunft fand Inge sich in einem Salon mit glänzend polierten schweren Möbeln wieder, deren Polster wie auch die Vorhänge in wunderbar aufeinander abgestimmten Rottönen gehalten waren. Es gab ein Sofa, das sehr bequem aussah, verschiedene Sessel, eine Bar, einen dicken Teppich und an den Wänden zwei Ölgemälde, Stilleben mit Blumen, die kostbar wirkten.

Staunend sah Inge sich um.

»Ich sehe, es gefällt dir«, sagte ihr Vater nicht ohne Genugtuung.

»Und wie! Aber wo soll ich schlafen?«

Mister Kramer lachte und öffnete eine Tür zur Rechten; ein helles, modernes Schlafzimmer mit einem überbreiten Bett tat sich vor ihr auf. »Darf ich bitten?«

Obwohl sie den Raum sehr schön fand, erschrak Inge ein bißchen bei der Vorstellung, zusammen mit ihrem Vater übernachten zu müssen. Zaghaft trat sie ein und öffnete eine weitere Tür, die zu einem Vorzimmer mit Kofferständern und Einbauschränken führte. Daneben lag das Bad mit einer mächtigen Wanne aus weiß-grauem Marmor und Hähnen, die golden blitzten.

Das war alles gut und schön, aber ein kleines, bescheidenes Zimmer, auch ohne Bad, nur für sie allein, wäre ihr doch entschieden lieber gewesen. Nur wußte sie nicht, wie sie das ihrem Vater erklären sollte.

»Ich sehe, du findest dich zurecht«, erklärte er, »mein

Zimmer befindet sich auf der anderen Seite des ›Living rooms‹.«

Inge fiel ein Stein vom Herzen. »Ach so!« sagte sie. »Ja, natürlich.«

»Wie lange brauchst du, um dich zurechtzumachen?«

»Das kommt darauf an, wieviel Zeit du mir läßt. Notfalls kann ich in zehn Minuten fertig sein.«

»Du brauchst dich nicht zu hetzen.« Er warf einen Blick auf seine Armbanduhr. »Sagen wir in einer Stunde? Wir treffen uns dann im ›Living room‹. Ich habe vorher ein paar Telefonate zu erledigen.« Mit einem aufmunternden Lächeln wollte er sich zurückziehen.

»Halt!« rief Inge. »Erst muß du mir sagen, was du heute vorhast.« Erklärend fügte sie hinzu: »Damit ich weiß, was ich anziehen soll.«

»Mach dich schick, aber donnere dich nicht auf! Wir bleiben im Hotel.«

»Ich donnere mich nie auf!« gab Inge empört zurück.

Er lachte amüsiert. »Wenn die Koffer gebracht werden, brauchst du übrigens kein Trinkgeld zu geben. Das erledige ich.«

»Danke, Daddy!‹

Er schloß die Tür hinter sich, und sie war allein.

Sie wartete, bis ein Träger ihr Gepäck brachte. Dann begann sie sofort, ihre Kleider aufzuhängen, wie sie es bei Frau von Sauten gelernt hatte. Dabei gab sie sich zu, daß man bei einigem bösen Willen ihr Abendkleid aus Goldlamé tatsächlich als aufgedonnert bezeichnen könnte. Sie war froh, daß ihr Vater es nicht kannte. So wählte sie für den Abend ein ganz schlicht geschnittenes ärmelloses Kleid aus einem schimmernd braunen Stoff, das die Farbe ihrer Auge betonte. Dazu wollte sie ihre Perlenkette tragen und ein farbenfrohes viereckiges Tuch über den Schultern, das der Vater ihr auf Hawaii gekauft hatte.

Ein Bad wärmte sie wohlig auf, aber sie blieb nicht zu lange in der Wanne, denn sie wollte sich sehr sorgfältig zurechtmachen. Richtig geschminkt, mit Lidschatten und Wimperntusche hatte der Vater sie noch nie erlebt.

Wirklich machte sie, als sie sich später im Mittelzimmer trafen, den erhofften Eindruck.

Mister Kramer saß, mit einem Glas Whisky in der Hand, vor dem Fernseher, als Inge eintrat. Sofort sprang er auf die Füße.

»Wow!« rief er bewundernd.

»Ich habe mich für dich schön gemacht«, erklärte sie zufrieden.

»Du bist ja noch hübscher, als deine Mutter in deinem Alter war!«

»Das kann ich nicht glauben. Wahrscheinlich hast du sie nur nicht mehr richtig in Erinnerung.«

»Jedenfalls siehst du blendend aus. Die Boys in Dallas werden Augen machen.«

Inge verbiß sich eine Bemerkung darüber, daß sie keineswegs vorhatte, die männliche Jugend von Dallas zu blenden.

»Was möchtest du trinken?«

»Am liebsten gar nichts. Das Erlebnis mit dem Champagner im Flugzeug hat mir für heute gereicht.«

»Dann setz dich zu mir und laß mich austrinken. Ich will mir nur noch eben die Nachrichten ansehen.«

Es war das erste Mal, daß Inge amerikanische Television erlebte, und sie staunte über die Lässigkeit und die Lebendigkeit der Moderatoren, wenn sie auch bei dieser Gelegenheit merkte, daß es mit ihren Sprachkenntnissen noch weniger weit her war, als sie sich bis jetzt eingebildet hatte. Sie verstand nur einzelne Worte, konnte den Sinn höchstens anhand der Filme erraten.

»Weißt du, was ich mir wünsche, Daddy?« fragte sie, als sie später im ringsum bespiegelten Aufzug nach oben fuhren.

»Nur heraus mit der Sprache.«

»Ich möchte besser Englisch können.«

»Amerikanisch meinst du wohl?«

»Ist das denn ein Unterschied?«

»Und ob. Nicht nur in der Aussprache, sondern auch einzelne Ausdrücke und Bezeichnungen unterscheiden sich wesentlich.«

»Na ja, dann eben Amerikanisch. Meinst du, daß ich in Dallas dazu Gelegenheit haben werde?«

»Ich werde darüber nachdenken«, versprach er.

Der Aufzug hielt im obersten Stockwerk des Hotelgebäudes. Mister Kramer führte seine Tochter in einen großen Raum, der so schwach, nur von einigen rot beschirmten Tischlampen beleuchtet war, daß sie schon dachte, sie hätte sich ihr kunstvolles Make-up sparen können, hier würde es doch nicht zur Geltung kommen.

Aber Sekunden später begriff sie, daß dieses Halbdunkel einen Sinn ergab. Vor einer hohen Fensterfront breitete sich das nächtliche San Francisco in funkelnder Lichterpracht aus.

Jetzt war es an ihr, ›Wow!‹ zu rufen.

»Es ist der schönste Ausblick der Stadt!« erklärte ihr Vater. »Seinetwegen kommen auch Touristen hier herauf, die nicht im Hotel gebucht haben. Nachtschwärmer treffen sich hier im ›Crown Room‹ vor dem Dinner.«

Inge stellte fest, daß es tatsächlich sehr voll war. Die Tische in der zweiten Reihe standen erhöht, so daß man auch von dort einen Ausblick hatte. Aber Mister Kramer hatte natürlich einen Tisch direkt am Fenster reservieren lassen.

Sie nahmen Platz, und Mister Kramer bestellte für sich noch einen Bourbon und für Inge, die keine Lust auf Alkohol hatte, ein Glas frisch gepreßten Orangenjuice.

Sie konnte die Augen nicht von den flimmernden, funkelnden Lichtern San Franciscos losreißen.

»Da drüben«, erklärte ihr Vater, »das ist der Coit Tower. Wir werden noch mal bei Tageslicht hier herauffahren, dann kannst du ihn deutlich sehen.«

»Was ist das?«

»Ein Turm, der auf dem Telegraph Hill erbaut wurde und eines der Wahrzeichen Friscos ist. Wenn ich mich recht erinnere, wurde er zu Ehren der freiwilligen Feuerwehr errichtet. Auch von ihm aus hat man eine schöne Aussicht, aber der Aufzug ist nur tagsüber in Betrieb.«

»Ich möchte trotzdem hin.«

»Ich werde dir alles zeigen, was in Frisco sehenswert ist.«

»In nur drei Tagen?« zweifelte Inge.

»Um eine Stadt wirklich kennenzulernen, genügen auch drei Monate nicht. Dazu muß man die Sprache sprechen und dort leben.«

Sie tranken und plauderten, und Inge fragte sich, wann der Vater etwas zu essen bestellen würde, denn allmählich war sie hungrig geworden. Aber sie mochte ihn nicht daran erinnern, daß sie kein Mittagessen gehabt hatte. Aus den Augenwinkeln stellte sie fest, daß an anderen Tischen serviert wurde.

Aber Mister Kramer zahlte, nachdem er sein Glas geleert hatte, und stand auf. »Gehen wir.«

»Wohin?« fragte Inge überrascht.

»Ich habe uns unten im französischen Restaurant einen Tisch reservieren lassen. Es wird dir dort gefallen. Es ist sehr pariserisch.«

Ob das Restaurant tatsächlich pariserisch war, konnte Inge nicht entscheiden, denn sie war noch nie in Paris gewesen. Aber jedenfalls wirkte es auf sie nicht amerikanisch, ein ganz in weiß gehaltener runder Raum, durch schlanke Säulen unterteilt, mit grünen Palmen und bunten Blumenarrangements geschmückt. Ein äußerst distinguierter Herr, dem sein schwarzer Smoking wie angegossen saß, führte sie zu einem kleinen Tisch, der hinter Blumen, Palmen und Säulen fast versteckt war; er reichte Mister Kramer die Speisekarte.

»Für mich sieht's hier aus wie in einer Filmdekoration oder wie an einem Ort, wo feine Leute nach der Oper dinieren«, sagte Inge. »Es wäre auch ein guter Platz für eine verheiratete Frau, sich mit ihrem Liebhaber zu treffen.«

»Ich wußte gar nicht, daß du eine so blühende Fantasie hast«, bemerkte ihr Vater.

Der Herr, der sie auf englisch oder, wie Inge inzwischen wußte, auf amerikanisch begrüßt hatte, wechselte sofort zur deutschen Sprache über. »Das Menü ist heute besonders empfehlenswert«, sagte er.

»Ja, das nehmen wir«, bestimmte Mister Kramer, »und dazu eine Flasche Chablis, aber kalifornischen.«

Der Herr notierte.

»Ich möchte keinen Wein«, erklärte Inge.

»Ein Glas wirst du schon mit mir trinken«, sagte ihr Vater, »zur Feier des Tages.«

»Er wird Ihnen bestimmt munden, gnädiges Fräulein«, stimmte der Herr zu.

»Außerdem mußt du unseren kalifornischen Wein kennenlernen«, sagte der Vater.

»Na gut«, sagte Inge. Aber es störte sie doch, daß der Vater so wenig auf ihre Wünsche einging und sie auch gar nicht fragte, was sie selber denn essen wollte.

Aber der Weißwein, der gekühlt serviert wurde, schmeckte ihr dann doch sehr, und das Menü war ausgezeichnet. Es bestand aus acht Gängen, begann mit einem ›amusegueyle‹, einer kleinen Vorspeise, und wurde vor dem Hauptgericht von einem Sorbet unterbrochen. Doch die Portionen waren winzig, und Inge, die noch nie so vornehm gespeist hatte, genoß es.

»Wieso spricht der Ober Deutsch?«

»Wir sind in einem internationalen Hotel, und der Herr, den du als Ober bezeichnest, ist ein Chef, in diesem Fall der Maître du salle.«

»Ach so«, sagte Inge und fühlt sich geschulmeistert.

Aber sie wurde dann doch bald wieder vergnügt. Der Wein war nicht so leicht, wie sie geglaubt hatte, und brachte sie in Stimmung. Besonders amüsierte sie sich über den jungen Chinesen, der die Speisen auftrug.

Als er einen Teller vor sie hinstellte, warnte er: ›Vely, vely hot!«

Inge glaubte ihren Ohren nicht zu trauen. Sie hatte sich nie vorstellen können, daß Chinesen wirklich kein ›R‹ aussprechen könnten, sondern hatte das für eine Übertreibung gehalten.

Aber auch ihrem Vater wurde der Teller mit den gleichen Worten serviert.

Inge mußte kichern. Gleich darauf entschuldigte sie sich. »Tut mir leid, Daddy! Das war nicht gerade taktvoll.«

»Macht nichts. Er wollte dir ja eine Freude machen.«

»Du meinst, er macht's mit Absicht?«

»Ja, sicher. Weil er uns für Touristen hält. Ich möchte wetten, er ist hier geboren und hat zumindest die High-School besucht.«

»Da wäre ich nie draufgekommen.«

Es wurde ein vergnügter Abend. Mister Kramer tat sich viel darauf zugute, daß man in den Staaten genauso delikat essen konnte wie in Europa. Inge stimmte ihm und dem Maître zuliebe begeistert zu. Tatsächlich wunderte sie sich darüber, warum er ihr das unbedingt beweisen wollte. Bestimmt war sie nicht nach San Francisco gekommen, um französisch zu tafeln. Sie hätte lieber etwas ganz anderes unternommen, als stundenlang bei Tisch zu sitzen. Aber danach hatte der Vater gar nicht gefragt.

Als sie dann im Aufzug nach oben fuhren – es ging schon auf Mitternacht zu –, lobte er noch einmal das Dinner. »Es war ganz ›Nouvelle Cuisine‹, gib es zu!«

»Kann schon sein«, erwidert Inge, »es war wirklich köstlich. Aber ich finde, wenn man Hunger hat, tut's auch ein Steak oder ein Hamburger.«

Er lachte. »Sehr wahr. Ich sehe schon, du wirst eine richtige Amerikanerin.«

Wieder einmal mehr stellte Inge fest, daß er gar nicht daran interessiert war, was sie selber wollte.

Sie hatten zwar keine Verabredung für den nächsten Tag getroffen. Trotzdem war Inge früh auf den Beinen. Sie war entschlossen, San Francisco auf eigene Faust kennenzulernen. Dem Vater hatte sie eine Nachricht aufgeschrieben und wollte sie gerade auf dem Tisch im Wohnraum plazieren, als er aus seinem Zimmer kam. Auch er war schon angezogen.

Einen Augenblick sahen sie sich verblüfft an, dann mußten beide lachen.

»Ich möchte möglichst rasch los«, erklärte Inge nach der Begrüßung.

»Dann lassen wir das Frühstück ausfallen. Wir essen unterwegs ein paar Crêpes, die mußt du unbedingt probieren. Ich habe schon eine Tasse Kaffee getrunken.«

Inge wäre am liebsten zu Fuß losgezogen, aber Mister Kramer bestand darauf, das Auto aus der Garage zu holen.

»Du kannst nicht über Frisco mitreden, wenn du nicht die ›Crookedest Street in the World‹ hinuntergefahren bist.«

»Was ist das?«

»So nennt man die Lombard Street zwischen Nob Hill und Fisherman's Wharf, die kurvenreichste Straße der Welt.«

»Fisherman's Wharf«, sagte Inge, »ja, da möchte ich hin.«

Auf dem Nob Hill zeigte Mister Kramer ihr den Coit Tower bei Tag. Inge fand ihn nicht gerade imponierend. Sie hatte in Europa sehr viel interessantere Türme gesehen. Aber um ihren Vater nicht zu enttäuschen, hielt sie den Mund. Die ›Crookedest Street in the World‹ war dann tatsächlich ein Erlebnis für sie. Innerhalb eines einzigen Häuserblocks gab es zehn Haarnadelkurven, rechts und links begrenzt von Blumengärten, in denen schöne Privathäuser standen.

In einer Garage in der Jefferson Street parkte Mister

Kramer sein Coupé, und von dort aus gingen sie zu Fuß weiter. ›Endlich!‹, wie Inge dachte. Sie kamen an einem Stand vorbei, an dem Crêpes verkauft wurden, eine Art sehr dünner Pfannkuchen mit Puderzucker bestreut. Sie konnten zusehen, wie sie auf heißen Eisenplatten gebraten wurden, und sie dann ganz frisch und ganz heiß essen. Sie schmeckten so köstlich, wie sie dufteten.

Auf der Fisherman's Wharf, dem Kai von San Francisco, an dem die Fischerboote anlegten, herrschte lebhafter Trubel. Menschen aller Nationen und Rassen schlenderten in fröhlichem Durcheinander umher. Die bunten Segel der Schiffe bildeten die Kulisse. Es gab, wie nicht anders zu erwarten, zahlreiche Fischrestaurants. Davor war ein Markt aufgebaut, ein ›Market‹, wie Mister Kramer es nannte, auf dem Meeresfrüchte feilgeboten wurden, roh zum Mitnehmen für die Hausfrauen, aber auch schon gekocht: kleine süße Garnelen, Krabben und Muscheln. Der Vater wollte Inge überreden, davon zu kosten, aber sie weigerte sich. Sie war satt, und es war ihr um diese Tageszeit nicht nach Fisch zumute. Aber er ließ es sich nicht nehmen, mit gutem Appetit zwölf Austern zu schlürfen. Inge sah ihm mit leichtem Schaudern zu, nachdem er ihr erklärt hatte, daß sie lebendig gegessen wurden.

Sie schlenderten die Embarcadero hinunter, eine breite, belebte Geschäftsstraße am Ufer der San Francisco Bay. Inge kam aus dem Staunen nicht heraus. Noch nie hatte sie ein so bunt gemischtes Gewimmel von fröhlichen Menschen erlebt. Es gab zahlreiche Souvenirläden, und sie hätte gerne etwas eingekauft. Aber noch stand sie unter der Einwirkung von Frau von Sautens Erziehung und wagte den Vater nicht darum zu bitten.

»Ist das nicht hübsch?« fragte sie zaghaft, als sie ein gehämmertes Messingtablett in einem der Schaufenster entdeckte; sie dachte, daß sie ihrer Mutter eine Freude damit machen könnte.

Mister Kramer verstand den Wunsch seiner Tochter

nicht. »Alles Ramsch«, erklärte er wegwerfend, »und hundertprozentig überteuert.«

Als sie Ferry Building erreichten – das war der alte Hafen, von dem aus früher, als es noch keine Brücken gab, der gesamte Fährbetrieb über die Bucht ausgegangen war, erklärte Mister Kramer –, stiegen gerade Passagiere in ein schmuckes weißes Schiff.

»Könnten wir da nicht mitfahren?« fragte Inge.

»Wozu haben wir das Auto?«

»Aber mir tun schon die Füße weh«, sagte Inge, die keine Lust hatte, die ganze Strecke zurückzulaufen.

Er maß sie ein wenig abschätzig. »Dann bleib du hier, ich hole den Wagen.«

Inge hatte ein schlechtes Gewissen, dem Vater das zuzumuten, aber sie hatte auch Lust, einmal allein zu sein. Also ließ sie ihn gehen. Sie suchte sich einen Platz in der Sonne und ließ sich auf den Steinen des Kais nieder, wie es eine Menge junger Menschen taten. Wenn doch jetzt Heinz bei ihr wäre oder auch, gab sie sich zu, Axel Borg! Bestimmt hätte auch er verstanden, daß sie einfach Lust hatte, eine Schiffsfahrt zu machen. Natürlich war es der Vater, der ihr die ganze Reise und den Aufenthalt in San Francisco erst ermöglicht hatte, aber sie fand es enervierend, daß alles immer nur geschehen sollte und genau so geschehen mußte, wie er es wollte.

Jemand sprach sie an.

Inge riß die Augen auf und stellte fest, daß ein junger, bärtiger Mann sich gleich neben ihr niedergelassen hatte. Trotz seines Bartes sah er ganz nett aus, und seine Jeans, sein Shirt und seine Jacke waren sauber.

Er wiederholte das, was er eben gesagt hatte, und Inge merkte, daß er sie etwas fragte.

»Tut mir leid«, erwiderte sie, »ich verstehe kein Wort.«

»Du kommst aus Germany? Dann sind wir Landsleute.«

»Wie kommen Sie ...« Inge verbesserte sich. »Wie kommst du denn hierher?«

»Ich studiere in Los Angeles. In den Ferien trampe ich durch die Lande.«

»Das muß Spaß machen.«

»Tut es. Aber zu zweit wäre es noch lustiger.«

»Du meinst, ich soll mit dir ...?«

»Warum denn nicht?«

»Wir kennen uns doch überhaupt nicht.«

»Kein Problem. Wir haben Zeit genug, uns auszuquatschen. Woher kommst du?«

Inge stand auf. »Ich bin mit meinem Vater da.«

Der junge Mann grinste. »Was du nicht sagst! Und wo steckt der alte Herr?«

»Er holt nur sein Auto.«

»Edel, edel!« Auch der junge Mann war aufgestanden. »Ich heiße übrigens Jörg.«

»Interessiert mich nicht.«

»Ich hätte nicht gedacht, daß du so zickig wärst.«

»Jetzt weißt du es. Also laß mich in Frieden.«

»Gerade das gefällt mir. Die meisten Mädchen machen es einem so leicht, daß es gar keinen Spaß mehr macht.«

Inge funkelte ihn an. »Dann suchst du dir, scheint's, die falschen Mädchen aus!«

Jörg lachte unbekümmert. »Aber diesmal bin ich an die Richtige geraten.« Er legte beide Arme um sie.

Inge gab ihm einen kräftigen Tritt gegen das Schienbein. »Bist du verrückt geworden?«

Er gab sie frei. »Was ist los mit dir? Ich tu dir doch gar nichts.«

»Ich bin in Deutschland verlobt.«

»Verlobt?« Sein eben noch schmerzverzerrtes Gesicht verzog sich schon wieder zu einem Grinsen. »Gibt es denn heutzutage noch sowas? Du willst mich wohl verkohlen.«

»Denk von mir aus, was du willst, aber verzieh dich endlich.« Sie drehte ihm entschlossen den Rücken zu.

»Jetzt hör mal! Wir könnten doch irgend etwas zusammen unternehmen. Warst du schon im Museum ›Believe it or not‹? Das ist super, sag ich dir. Oder laß uns einfach die Fähre nehmen und ...«

Obwohl Inge ihm keine Antwort mehr gab, redete er weiter auf sie ein. Sie war erleichtert, als endlich das vertraute Mercedes Coupé auftauchte und in der Stewart Street, schräg gegenüber dem Ferry Building hielt. Ehe Mister Kramer noch aussteigen konnte, lief sie zu ihm hinüber. Er öffnete ihr die Tür.

»Wer war das?« fragte er barsch.

»Irgendein Spinner. Er hat mich angequatscht.«

»Hat dir deine Mutter nicht beigebracht, wie man sich gegen solche Belästigungen wehrt?«

»In Deutschland passiert einem so etwas nicht«, behauptete sie nicht ganz wahrheitsgemäß.

»Auch in den Staaten nur, wenn ein Mädchen dazu Anlaß gibt.«

»Du hättest mich eben nicht allein lassen sollen.«

Diese Bemerkung war zwar nicht ganz logisch, aber sie wirkte.

Mister Kramers Züge wurden freundlicher. »Wahrscheinlich hast du recht. Ich bin es noch nicht gewohnt, eine so junge und hübsche Tochter zu haben.«

Nach ihrem kleinen Abenteuer war Inge es ganz zufrieden, wieder neben ihrem Vater in dem sicheren und bequemen Auto zu sitzen. Sie gab sich zu, daß San Francisco wohl doch nicht die geeignete Stadt war, um sich von einem alleinstehenden jungen Mädchen erobern zu lassen.

Noch einmal fuhren sie über die Golden Gate Bridge, und es war so herrlich wie am Tag zuvor. In Sausalito, einem ehemaligen Fischerdorf, aßen sie zu Mittag. Das Restaurant lag direkt an der Bay, und sie hatten durch die Masten zahlreicher Segelboote einen unvergleichlichen Ausblick auf die Skyline von San Francisco.

Während der Mahlzeit machten sie Pläne darüber, was Inge unbedingt noch alles sehen mußte, das heißt, Mister Kramer machte die Pläne, und Inge stimmte ohne Widerspruch und ohne Extrawünsche vorzuschlagen zu. Es war die einfachste Art, mit ihrem Vater auszukommen.

Am Abend des 23. Dezember trafen Mister Kramer und seine Tochter auf dem Dallas-Fort Worth Regional Airport ein. Es war, im Gegensatz zum sonnigen San Francisco, empfindlich kalt. Ein schmächtiger Mann von etwa dreißig Jahren holte sie ab. Mister Kramer nannte ihn Bill, schüttelte ihm jovial die Hand und machte ihn mit Inge bekannt.

Bill bemächtigte sich des Gepäcks und trug es zum Mercedes Coupé, das er hinter dem Gebäude geparkt hatte. Mister Kramer ließ sich die Autoschlüssel geben, setzte sich selber ans Steuer, und Bill mußte sich hinten hineinklemmen. Inge nahm, wie sie es schon gewohnt war. neben ihrem Vater Platz. Unterwegs sprach er zuerst nur mit Bill, erkundigte sich, ob auf der Ranch alles in Ordnung wäre und ob die Pferde gesund seien. Nachdem er eine zufriedenstellende Auskunft bekommen hatte, wandte er sich, jetzt wieder auf deutsch, an Inge.

»Bill ist ... wie sagt man doch gleich? ... unser Faktotum. Er kümmert sich um die Autos und die Pferde und legt auch bei schweren Arbeiten im Haus mit Hand an. Jennie, seine Frau, kocht und putzt.« Nach einer kleinen Pause fügte er hinzu: »Hauspersonal ist in Dallas schwer zu bekommen. Es gibt so viel Industrie, und niemand will mehr die Drecksarbeit machen.«

Inge blickte angestrengt zum Fenster hinaus, aber sie konnte nicht einmal die Lichter des nächtlichen Dallas ausmachen. Es stellte sich bald heraus, daß die Ranch gute fünfunddreißig Kilometer vom Stadtrand entfernt lag und auch gar keine richtige Ranch war. Sie bestand aus einem großen Haus, das im Südstaatenstil erbaut war, mit Säulen vor dem Eingang. Es lag inmitten eines weiten Areals von Weideland. Außer den besagten Pferden gab es kein Vieh. Rechts neben dem Hauptgebäude befanden sich die Garagen. Die Ställe lagen etwa hundert Meter abseits. Aber das alles sollte Inge erst in den nächsten Tagen erfahren.

An diesem ersten Abend, als sie eintrafen, war die Außenbeleuchtung eingeschaltet, und das Haus wirkte imposant. Auch die große Eingangshalle beeindruckte Inge sehr. Sie dachte, daß hier gut und gern die ganze Wohnung ihrer Mutter untergebracht werden könnte.

Jennie schien etwas älter als ihr Mann zu sein, eine kräftige, energische Frau. Sie führte Inge gleich nach der Begrüßung nach oben. »Ich habe für Sie das beste Gästezimmer hergerichtet«, sagte sie bemüht langsam und deutlich, damit Inge sie auch verstehen konnte, »oder möchten Sie lieber die Räume von Madame beziehen?« Ehe Inge sich dazu äußern konnte, fügte sie hinzu: »Sie kommt ja wohl nicht wieder?«

Inge begriff ihre Neugier, wollte sich aber nicht aushorchen lassen. »Ich weiß es nicht«, erwiderte sie, »und das Gästezimmer wird für mich genau richtig sein.«

Tatsächlich fand sie den Raum, der ihr zugewiesen war, etwas nüchtern. Die Möbel waren aus hellem Holz und sehr schön. Aber es gab weder einen Teppich auf dem glänzend polierten Boden noch Vorhänge an den Fenstern noch irgendwelche Bilder.

Jennie las Inge vom Gesicht ab, was in ihr vorging. »Unsere gewöhnlichen Gäste«, erklärte sie, »bleiben meist nur für eine Nacht. Deshalb muß alles so praktisch wie möglich sein. Aber falls Sie für immer bleiben, könnten Sie es sich selber behaglich machen. Sie bleiben doch jetzt für immer?«

»Nein«, sagte Inge, »kaum.«

Jennie stellte keine weiteren Fragen; obwohl ihr anzumerken war, daß sie gern Näheres erfahren hätte. »Das ist Ihr Bad«, sagte sie, »Sie können es für sich allein benutzen. Aber halten Sie sich jetzt nicht auf. In zehn Minuten gibt es Dinner.«

Das Essen fand in einem kleinen Raum statt, dem anzumerken war, daß Joan ihn eingerichtet hatte. Er hatte seidene, geblümte Vorhänge, einen bunten Teppich, und die Möbel waren ausgesprochen zierlich. Inge fand, daß er weder in dieses Haus noch zu ihrem Vater oder den sehr amerikanischen Speisen – Steak, süße Kartoffeln und Mais – paßte. Aber sie sprach nicht darüber, weil sie sicher war, daß es ihrem Vater früher oder später bewußt werden würde. Was sie wirklich störte, war, daß während der ganzen Mahlzeit der Fernseher lief und Mister Kramer sichtlich an dem Programm interessiert war, das alle zwanzig Minuten von einem Werbespot unterbrochen wurde. Sie hatte erwartet, daß ihr Vater sich später noch ein Stündchen mit ihr zusammensetzen würde. Aber als er seinen leeren Teller von sich schob, erklärte er, daß er jetzt zu arbeiten hätte.

Auf Inges unausgesprochene Frage fügte er hinzu: »Bill hat einen Fernsehapparat auf deinem Zimmer installiert.« Damit war für ihn das Problem, was Inge mit sich anfangen sollte, gelöst.

Sie nutzte den Abend, nachdem sie ausgepackt und gebadet hatte, um einen langen Brief an ihre Mutter zu schreiben. Es war ihr sehr seltsam dabei zumute. Zum erstenmal, seit sie auf Reisen war, hatte sie Heimweh – nicht nur Sehnsucht nach Heinz, seinem Lachen, seinen Küssen, seiner Zärtlichkeit, sondern wirkliches Heimweh.

Den ganzen nächsten Tag war Mister Kramer fort, aber das hatte Inge nicht anders erwartet. Bill hatte eine riesige Tanne in der Halle aufgestellt, und er und Jennie waren gern bereit, sich beim Schmücken helfen zu lassen.

Jennie war jetzt wesentlich freundlicher, nachdem Inge ihr versichert hatte, daß sie keine Extraarbeit wegen ihr haben, sondern sie ihr Bad und ihr Zimmer selber putzen und in Ordnung halten würde. Sie aß mit den beiden in der Küche ein Fertiggericht, das Jennie im Mikrowellenherd erwärmt hatte. Danach drängte Bill sie zu einem Ausritt und ließ sich auch nicht davon abbringen, als Inge ihm klargemacht hatte, daß sie noch nie auf einem Pferd gesessen hatte.

»Ihr Vater wünscht es so«, erklärte er, »und die Pferde müssen bewegt werden.«

Obwohl die Stute, die er ihr zuwies, zierlich und sanft wirkte, ließ Inge sich nur mit Angst und Bangen in den Sattel helfen. Der Sattel war so hoch gebaut, daß man bei größter Ungeschicklichkeit kaum hinunterfallen konnte. Nachdem sie eine gute Weile nur im Schritt geritten war, wagte sie unter Bills Anweisung sogar einen Trab. Es machte ihr viel mehr Spaß, als sie erwartet hatte, und sie nahm sich vor, in Frankfurt richtig reiten zu lernen. Aber sie wußte, daß es nie mehr so schön sein würde wie hier auf dem weiten Weideland.

Als die Pferde wieder in den Boxen standen und Inge und Bill ins Haus zurückkamen, hatte Jennie ihnen eine Kanne Tee aufgebrüht, der sie aufwärmen sollte. Eigentlich hatte Inge jetzt mit dem Pullover für ihren Vater beginnen wollen – sie hatte sich schon einen seiner alten zum Maßnehmen herausgesucht –, aber dann merkte sie, daß Jennie in der Küche viel zu tun hatte. Sie erfuhr, daß am Abend Gäste erwartet wurden, und erbot sich, bei den Vorbereitungen zu helfen. Jennie nahm dankend an. Es entstand sehr rasch, trotz der Sprachbarriere, eine gewisse Kameradschaft zwischen ihnen. Inge wußte nicht, ob das ihrem Vater recht sein würde. Aber schon allein, weil es weder im Englischen noch im Amerikanischen das steife ›Sie‹ gab und man sich meist mit Vornamen ansprach, schien es unvermeidlich, wenn man nichthochnäsig und abweisend sein wollte. Inge gefiel die amerikanische Ungezwungenheit.

Als Mister Kramer nach Hause kam, war Inge immer noch in der Küche. Sie stürzte in die Eingangshalle, um ihn zu empfangen. Hastig riß sie sich im Laufen Kopftuch und Schürze ab.

»Wie siehst du denn aus?« fragte er überrascht.

»Ich habe Jennie geholfen«, erklärte sie und war nicht sicher, ob er sie loben oder tadeln würde.

Aber er sagte nur: »Okay. Aber jetzt sieh zu, daß du dich schön machst. Unsere Freunde kommen um acht.«

»Zeit genug. Dann kann ich mir auch noch die Haare waschen. Das geht ganz rasch. Jennie leiht mir ihren Fön.«

»Und was willst du anziehen?«

Inge hatte an ihr Kleid aus Goldlamé gedacht, doch sie war unsicher. »Ich weiß noch nicht.«

»Dann lauf mal zum Auto und sieh auf dem Rücksitz nach.«

Inge fand eine große Schachtel und brachte sie ins Haus. Unter den Augen des Vaters machte sie sie auf. Zwischen Lagen von Seidenpapier kam ein Kleid aus schwerer roter Seide zum Vorschein. Noch nie hatte Inge etwa so Elegantes besessen und hätte es sich auch schwerlich ausgesucht. Sie machte große Augen.

»Es ist ein französisches Modell, ein Prêt-à-porter.«

»Ich dachte, Dallas wäre ein Modezentrum.«

»Stimmt. Aber du bist ja Europäerin.«

Sie verstand, daß ihr Vater den Anschein erwecken wollte, sie wäre von Haus aus ein reiches, verwöhntes Mädchen.

»Bescherung ist zwar erst morgen«, fügte er hinzu, »aber ich möchte, daß du einen guten Eindruck machst.«

Es blieb ihr nichts anderes übrig, als sich zu bedanken.

Jennie kam aus der Küche und warf einen Blick auf das Kleid. »Oh, das ist aber prächtig!« Sie nahm Inge Schachtel und Papier ab. »Möchten Sie etwas essen, Mister Kramer?«

»Ja, bitte. Werfen Sie mir ein Steak in die Pfanne.«

»Und Sie, Inge?«

»Danke, nein. Ich habe zu viel genascht.«

Sie lief die Treppe hinauf in ihr Zimmer und hängte das rotseidene Kleid sorgfältig über einen Bügel. Es war sehr raffiniert geschnitten, vorne hochgeschlossen und mit einem tiefen Rückendekolleté. Die Schultern waren breit gepolstert unddie Ärmel lang, mit kleinen schwarzen Knöpfen an den Manschetten.

Inge wußte, daß der Vater es gut gemeint hatte, aber sie ärgerte sich doch ein bißchen. Wieviel netter wäre es gewesen, sie hätten zusammen eingekauft. Dann hätte sie anprobieren und sich ein Kleid aussuchen können, das ihr wirklich gefiel. Abgesehen davon war Einkaufen eine Beschäftigung, die ihr an sich Spaß machte.

›Vielleicht paßt es mir gar nicht‹, dachte sie.

Aber als sie dann nach dem Bad, mit frisch gewaschenem und gefröntem Haar, hineinschlüpfte, paßte es nicht nur, sondern stand ihr sogar. Nachträglich mußte sie den Geschmack und das Augenmaß ihres Vaters bewundern. Das Kleid machte sie zwar älter und damenhafter, als sie wirklich war, aber das konnte ihr nur recht sein. Es brachte ihr blondes Haar, ihre großen braunen Augen und ihren reinen Teint voll zur Geltung. Sie legte ihre Perlenkette an und malte sich etwas stärker an als gewöhnlich, denn das Kleid verlangte Farbe.

Als sie in die Halle hinunter kam, brannten schon die Lichter am Weihnachtsbaum – keine Kerzen, wie sie es von zu Hause her gewohnt war, sondern elektrische Birnen. Doch das machte sie nicht traurig, denn sie wußte, daß dies kein Weihnachtsfest werden würde, wie sie es gewohnt war, und hatte sich darauf eingestellt.

Auch ihr Vater hatte sich in Schale geworfen und bot in einem Smoking mit Leibbinde einen blendenden Anblick. Aber es blieb ihnen nicht viel Zeit, sich gegenseitig zu bewundern, denn schon strömten die Gäste herein. Es waren Ehepaare und junge Leute, auch ein paar ältere Herrschaften, und alle waren sie gut angezogen, die Frauen noch stärker angemalt als Inge und alle sehr vergnügt. Ein richtiger Wirbel entstand. Inge war froh über den Nachmittag, den sie mit Jennie und Bill verbracht hatte, denn so konnte sie doch wenigstens das eine oder andere Wort verstehen.

Sie war überrascht, wie herzlich diese Menschen ihr gegenüber, dem fremden Mädchen aus dem fernen Europa, waren. In Deutschland, das wußte sie, wäre so etwas nicht möglich gewesen, da mußte immer erst eine gewisse Distanz überwunden werden. Hier aber wurde sie sofort in die Arme genommen und mit ›Darling‹ und ›Honey‹ angesprochen.

All die Speisen, die Jennie und Inge am Nachmittag produziert hatten, die verschiedenen Salate, Kuchen und Appetithäppchen, waren auf einem langen Tisch angerichtet, und die Gäste bedienten sich zwanglos. Mister Kramer stand neben einem riesigen Krug und teilte unentwegt heißen Punsch aus, der kaum Alkohol enthielt. Eine Stereoanlage verbreitete amerikanische Weihnachtsmusik, und zu vorgerückter Stunde wurde sogar getanzt.

Das war ein Heiliger Abend, den Inge nie vergessen würde.

Am nächsten Morgen fand dann die Bescherung statt. Inge bekam einen hellen leichten Regenmantel, der ihr wunderbar stand, und einen Ring aus Platin mit einem Smaragd geschliffenen Diamanten, der sie verlegen machte. Ihre Hand mit dem Ring kam ihr ganz fremd vor.

»Aber, Daddy«, sagte sie, »das ist zu viel!«

»Den Mantel brauchst du hier, und den Ring habe ich vor langer, langer Zeit für deine Mutter gekauft. Aber, wie du weißt, ist sie dann doch nicht zu mir gekommen. Einer anderen Frau mochte ich ihn nicht geben.«

»Und ich habe gar nichts für dich, nur Wolle für einen Pullover, den ich erst noch stricken muß.«

»Das ist doch etwas! Ob du es nun glaubst oder nicht: noch nie hat mir jemand einen Pullover gestrickt. Willst du das andere Paket nicht aufmachen? Es sind Video-Kassetten drin, mit deren Hilfe du Amerikanisch lernen kannst. Das wolltest du doch, nicht wahr?«

»O ja, Daddy!« Inge freute sich darüber, daß er ihren

Wunsch nicht vergessen hatte, und nahm sich vor, jeden Tag zu lernen.

Aber daraus wurde zunächst nicht viel. Das Versprechen der jungen Leute, sich Inges anzunehmen, war ernst gemeint gewesen. Sie riefen sie an und holten sie ab.

Inge stellte fest, daß die Ranch ihres Vaters und die anderen, meist weit verstreuten Häuser, gar nicht zu Dallas gehörten, sondern zu einem kleinen Ort namens Crichester, in dem es wenig mehr gab als ein paar Fast-Food-Restaurants, eine Grundschule, eine High-School, eine Bibliothek, ein Rathaus und einige Clubs. Alle Freunde ihres Vaters fühlten sich als Leute von Dallas, weil sie dort arbeiteten.

Dallas selbst war eine riesige Stadt mit mächtigen Hochhäusern, die Inge entfernt an Frankfurt erinnerte. Ihre neuen Freunde fuhren Inge einige Male in die Stadt, besuchten mit ihr Kinos und Discos. Inges Amerikanisch wurde, obwohl sie nicht zum Lernen kam, immer besser. Ihre Schulkenntnisse machten sich jetzt doch bezahlt.

Sie verlebte eine herrliche Zeit, und obwohl sie nicht mit dem Gedanken spielte, für immer hier zu bleiben, dachte sie doch manchmal, daß sie Heinz schon ein beträchtliches Opfer brächte, dies alles für ihn aufzugeben.

Silvester wurde mit einer Party im Country Club von Crichester gefeiert, und sie wurde für Inge noch lustiger, weil sie jetzt verstehen und mitreden und sich zugehörig fühlen konnte.

Aber danach wurde wieder alles anders. Gerade die jungen Leute in ihrem Alter, mit denen sie zusammen gewesen war, verabschiedeten sich einer nach dem anderen – sie mußten in ihre verschiedenen Colleges zurück. Jetzt blieb Inge nur noch der Umgang mit ihrem Vater, der in der Regel spät nach Hause kam, mit Jennie und Bill und einigen jungverheirateten Frauen. Abgesehen davon, daß sie kleine Kinder hatten und immer schwer beschäftigt waren, konnte Inge sie nur zu Pferd oder zu Fuß besuchen.

Zwar besaß ihr Vater einen Zweitwagen, aber Inges Führerschein galt nicht in Amerka. So war auch ihre Bewegungsfreiheit jetzt sehr eingeschränkt.

Aber sie ließ es sich nicht verdrießen, sondern stürzte sich voll in die Verbesserung ihrer Sprachkenntnisse. Sie wollte die Kassetten durchgearbeitet haben, bevor sie nach Hause flog, denn in Frankfurt stand ihr kein Videogerät zur Verfügung. Auch der Pullover – ganz schlicht mit einem Zopfmuster – sollte bis dahin fertig sein.

Mister Kramer gefiel es, daß sie so eifrig bei der Arbeit war. Um ihr das Lernen zu erleichtern, engagierte er für sie eine junge Frau, Vivian Key, Lehrerin für Englische Literatur an der High-School. Sie war sehr hübsch, hatte große grüne Augen mit dunklen, sanft gebogenen Wimpern und hätte sicher noch besser ausgesehen, wenn sie das braune Haar nicht so streng aus der Stirn gebürstet und zu einem Knoten gewunden hätte. Wahrscheinlich tat sie das, um respektabler zu wirken, dachte Inge.

Vivian Key kam dreimal in der Woche. Sie war intelligent und freundlich, und Inge lernte viel bei ihr. Aber sie war nicht so vorbehaltlos herzlich wie die anderen Amerikanerinnen, die Inge kennengelernt hatte, sondern eher zurückhaltend. Dennoch freute Inge sich immer wieder auf ihre Besuche.

Natürlich glaubte der Vater, daß sie so fleißig lernte, weil sie sich darauf vorbereitete, in den Staaten zu bleiben. In Wahrheit wollte sie nur die Gelegenheit beim Schopf fassen, ihre Sprachkenntnisse zu verbessern, weil sie sich dadurch bessere Chancen im Beruf ausrechnete. Wohlweislich hatte sie ihrem Vater verschwiegen, daß sie ihre Stellung gekündigt hatte. Das wäre für ihn ein Argument mehr gewesen, sie bei sich zu behalten.

Von ihrer Mutter kam ein sehr liebevoller Brief, aus dem sie erfuhr, daß sie und Kurt Hörmann umgezogen waren, in ein hübsches kleines Haus am Stadtrand, zu dem auch eine Einliegerwohnung gehörte, die für Inge bestimmt war, mit eigenem Bad, eigener Küche und eigenem Eingang.

»Wir haben alle Deine Sachen hineingeräumt«, schrieb Frau Kramer, »aber mit den Vorhängen, Lampen und so weiter wollen wir warten, bis Du wieder da bist, damit Du selber Deine Wahl treffen kannst. Sei bitte nicht böse, daß wir uns für den Umzug entschieden haben, ohne Dich vorher zu fragen. Aber es mußte schnell gehen, sonst hätte uns jemand anderer das Haus vor der Nase weggeschnappt. Mir hat an unserem Häuschen besonders die Wohnung für Dich ins Auge gestochen. Du bist ja längst erwachsen und möchtest sicher Deine Freiheit haben. Die Wohnung ermöglicht Dir das, und doch bleiben wir einander nahe, ohne uns auf die Nerven zu gehen.«

Unter dem Brief stand noch ein Nachsatz: »Keine Sorge! Mit der Heirat warten wir, bis Du zurück bist! Du weißt ja, wegen des Blümchenstreuens.«

Inge mußte sich an den Gedanken gewöhnen, daß sie nie wieder in die vertraute Wonung in der Fürstenberger Straße zurückkehren würde. Aber sie sah ein, daß sie für drei Personen zu klein gewesen wäre. Wenn sie eine Wohnung für sich allein hatte, würde sie bestimmt auch besser mit Kurt Hörmann auskommen. Er war ja kein übler Mensch, und jedesmal, wenn sie auf ihre Armbanduhr sah, wurde sie an ihn erinnert. Nachträglich war es ihr peinlich, daß sie sich ihm gegenüber so ruppig verhalten hatte. Vor ihrem Flug in die weite Welt, fand sie, war sie noch sehr kindlich gewesen, eigentlich sogar kindisch mit ihren neunzehn Jahren. In ihrem Alter waren andere Mädchen ja schon verheiratet. Wahrscheinlich hatte es daran gelegen, daß die Mutter sie stets zu stark umsorgt hatte.

Wie liebevoll sie doch war, und wie sehr sie auf ihre Wünsche einging!

Am Samstagabend führte Mister Kramer seine Tochter in den Country Club aus. Ein Mann Anfang Dreißig, Ray Gordon, forderte Inge zum Tanz auf. Sie kannte ihn schon von der Weihnachtsparty her, aber er hatte sich bisher nie besonders um sie gekümmert. Er war schlank und groß, hatte schwarzes Haar und ein Oberlippenbärtchen und fast schwarze Augen. Obwohl er leicht hinkte – er war als Junge vom ungesattelten Pferd gefallen und hatte sich dabei einen komplizierten Knöchelbruch zugezogen –, tanzte er ausgezeichnet.

»Na, Inge«, fragte er, »wie verbringen Sie denn so Ihre Tage? Ziemlich einsam für Sie geworden, wie?«

Inge erzählte ihm, womit sie sich beschäftigte, und es schien ihn zu beeindrucken.

»Vielleicht haben Sie aber doch mal Zeit, abends mit mir auszugehen«, sagte er.

»Wieso?« fragte sie.

Er lachte. »Wir können tanzen gehen, ins Kino, ins Theater oder in die Oper. Was möchten Sie am liebsten?«

»Natürlich hätte ich Lust dazu. Man kann ja nicht bis in die Nacht hinein arbeiten. Aber ich müßte meinen Vater fragen.«

»Ach, das übernehme ich. Er wird schon damit einverstanden sein«, erklärte Ray leichthin.

Inge, die bisher nicht den Eindruck gehabt hatte, daß er sich für sie interessierte, freute sich. Von nun an gewöhnte sie sich daran, ziemlich regelmäßig mit ihm auszugehen. Die Abwechslung tat ihr gut, und es gefiel ihr auch, endlich wieder einen Verehrer zu haben. Ihr Vater brummte zwar ein bißchen, wenn Ray wieder auf der Schwelle stand, um sie abzuholen. Aber ernstlich schien es ihm gar nichts auszumachen. Jedenfalls erhob er keine Einwände.

Ray machte ihr nicht die üblichen Komplimente, aber sein ganzes Benehmen zeigte ihr, wie sehr sie ihm gefiel. Er war ein guter Gesellschafter und nie um ein Thema zur Unterhaltung verlegen. Das war auch bei Inge nicht schwierig, da sie alles und jedes über die Staaten wissen wollte. Schon am ersten Abend, den sie allein zusammen verbrachten, hatte sie ihm unmißverständlich erklärt, daß sie nach Deutschland zurückwollte, weil dort ihr Verlobter auf sie wartete. Danach hatten sie nicht mehr darüber gesprochen.

Eines Samstagabends, sie waren in der Oper gewesen, in einer ausgezeichneten, sehr prunkvollen Aufführung der Zauberflöte in italienischer Sprache, versuchte er, sie im Auto zu küssen. Inge war nicht überrascht und wehrte sich sanft, aber entschieden.

»Was ist los mit dir?« fragte er. »Ich dachte, du magst mich.«

»Du weißt, daß ich einen Freund habe.«

»Aber der ist doch weit weg. Du hast ihn monatelang nicht gesehen.«

»Trotzdem. Ich bin nicht der Typ für Knutschereien im Auto«, schwindelte sie, während ihr siedendheiß einfiel, wie oft sie und Heinz zärtlich im Auto gewesen waren.

»Wenn es das ist! Ich habe ein Apartment in Dallas. Wir rufen deinen Vater an, und du bleibst die Nacht bei mir.«

»Nein!« sagte sie, jetzt doch einigermaßen entsetzt.

»Ich hätte dich nicht für so prüde gehalten.«

»Das hat mit Prüderie gar nichts zu tun. Ich will einfach nicht.«

»Inge«, sagte er, und sein Gesicht mit den schwarzen, funkelnden Augen kam ihr ganz nahe, »du glaubst doch wohl nicht, ich will dich verführen? Ich habe ganz ernste Absichten, das müßtest du doch wissen.«

»Nein!«

»Ich will dich heiraten.«

»Aber ich bin ...«

»Ja, ich weiß, du bist verlobt. Ich war es auch schon einmal, bis ich merkte, daß ich mich an die Falsche gebunden hatte. Verlobt ist doch längst nicht verheiratet. Wie kannst du dir so sicher sein, daß genau dieser ...« Er suchte sich an den Namen zu erinnern. »... dieser Heinz der Richtige für dich ist?«

Inge mußte sich eingestehen, daß sie tatsächlich nicht mehr ganz davon überzeugt war, und sie schwieg.

»Wir könnten es so gut miteinander haben. Wir passen doch zusammen. Ich habe Grund und Boden in Crichester, wir könnten uns ein Haus bauen, genau wie du es haben willst. Ich verdiene gut und werde noch besser verdienen. Du hättest keine Sorgen mehr und könntest glücklich und zufrieden leben bis ans Ende deiner Tage.«

»Ich glaube gar nicht, daß ich das will.«

»Was heißt das?«

»Genau, was ich gesagt habe. Ich möchte nicht Tag für Tag in einem Haus in Crichester sitzen, während mein Mann in Dallas arbeitet, und ich möchte auch noch keine Kinder haben.«

»Du willst überhaupt nicht heiraten? Wie paßt das denn zu deiner Verlobung?«

»Du hast ja gerade selber gesagt, verlobt ist noch nicht verheiratet. Ich habe mich seit langem ziemlich erwachsen gefühlt, aber inzwischen bin ich drauf gekommen, daß ich noch sehr jung bin. Ich will mich nicht so rasch auf ewig binden. Ich will frei sein, selbständig werden, mehr von der Welt sehen.«

»Wenn es das ist! Wir werden auch reisen! Ich werde dir ganz Amerika zeigen, wenn du Lust hast, die ganze Welt!«

»Das wäre nicht das, was ich mir vorstelle.«

»Inge, ich liebe dich! Und ich wünsche mir so sehr, du würdest meine Frau.«

Jetzt ließ sie es doch zu, daß er sie küßte, aber sie dachte dabei – sie wußte nicht, wie ihr geschah – an Axel Borg in jener verzauberten Nacht in Colombo und an seinen Kuß später in Honolulu.

»Bitte, fahr mich jetzt nach Hause!« verlangte sie etwas atemlos, als er sie endlich freigab.

»Du willst nicht bei mir bleiben?«

»Nein.«

»Aber du wirst über meinen Antrag nachdenken, ja? Versprich mir das.«

»Ja.«

Es war nicht so, daß Inge keine gewisse Verlockung bei der Vorstellung empfand, eine reiche Amerikanerin zu werden. Die jungen Ehefrauen hier schienen sich alle sehr wohl zu fühlen, und zu Hause würde man sie bestimmt beneiden. Hatte Heinz ihre Treue überhaupt verdient? Im Grunde würde es ihm recht geschehen, wenn sie ihn stehenließ. Er hatte ja auch nicht zu ihr gehalten, als sie seiner Familie nicht gut genug war.

Aber diese Gedanken schossen ihr nur ganz kurz durch den Kopf. Sie wußte nur zu gut, daß es mehr als unvernünftig gewesen wäre, Ray Gordon ihr Jawort zu geben, nur um Heinz eins auszuwischen. Doch immerhin war es ein angenehmes Gefühl, zwischen zwei Männern wählen zu können. –

Am folgenden Montag erzählte sie Vivian Key von dem Opernbesuch und wie überrascht sie von der großartigen Aufführung gewesen war.

Vivian lächelte. »Das kann ich mir vorstellen. Ihr Europäer bildet euch gerne ein, wir leben hier hinter dem Mond.«

»Ich habe gewußt, daß Dallas eine Oper hat«, verteidigte Inge sich, »nur daß die Inszenierung so toll sein würde, hatte ich mir nicht gedacht.«

»Gehen Sie zu Hause oft in die Oper?«

»Eher selten«, gab Inge zu, »und dann mit meiner Mutter. Mein Freund interessiert sich nicht für Kunst.«

»Ray Gordon auch nicht«, platzte Vivian heraus.

»Nein?« fragte Inge verblüfft.

»Er ist nur Ihnen zuliebe hingegangen.«

»Um so netter von ihm.«

»Ja, er ist nett, nicht wahr?«

»Sehr.«

»Dann werden Sie ihn also heiraten?«

»Wie kommen Sie darauf?« fragte Inge verblüfft.

»Falls er Ihnen noch keinen Antrag gemacht hat, dann vergessen Sie bitte, was ich gesagt habe.«

»Doch, das hat er. Aber woher wußten Sie, daß er das tun würde?«

»Sein Vater ist der Kompagnon Ihres Vaters.«

Inge ließ sich nicht anmerken, wie schwer diese Eröffnung sie traf. »Ach so«, sagte sie nur.

Vivian fühlte sich bemüßigt, ihre Erklärung noch zu untermauern. »Er rechnet damit, daß Sie später zumindest einen Anteil an der Firma erben werden.«

»Schon möglich«, sagte Inge mit gespielter Gleichmut und, um es Vivian zurückzugeben, fügte sie hinzu: »Das wäre dann allerdings wirklich eine sehr günstige Verbindung.«

Sie wechselte das Thema, und sie beschäftigten sich wieder mit dem Lehrstoff.

Obwohl sie es sich nicht hatte anmerken lassen, war Inge zuerst sehr wütend auf Ray gewesen. Sie fand es gemein, daß er sich aus finanziellen Gründen an sie herangemacht hatte, und hatte gute Lust, ihm beim nächsten Treffen eine richtige Szene zu machen.

Aber ihr Zorn kühlte sich ab, je länger sie über den Fall nachdachte. Sie begriff, daß nur ihre Eitelkeit verletzt worden war. Da sie ihn weder liebte noch heiraten wollte, spielten seine Gefühle für sie ja gar keine Rolle. Sie nahm es ihm zwar übel, daß er ihr nichts über seine Beziehungen zu ihrem Vater gesagt hatte. Vielleicht hatte er aber vorausgesetzt, daß sie davon wußte.

Am nächsten Abend holte er sie ab, um mit ihr ins Kino zu gehen.

»Weißt du, Ray«, sagte sie, »ich möchte lieber mit dir sprechen.«

»Auch gut«, sagte er und öffnete ihr die Autotür. »Steig ein!«

Sie war entschlossen, es so kurz und schmerzlos wie möglich zu machen. »Ich habe über deinen Vorschlag nachgedacht«, sagte sie, »und ich möchte dich nicht heiraten.«

»Das brauchst du doch nicht jetzt zu entscheiden. Laß dir Zeit!«

»Da ich genau weiß, was ich will, brauche ich nicht länger darüber zu grübeln.«

»Nenn mir einen einzigen Grund, der gegen unsere Verbindung spricht!«

Inge hatte es nicht sagen wollen, aber jetzt konnte sie sich doch nicht zurückhalten. »Kein Mädchen läßt sich gern verschachern. Nein, unterbrich mich jetzt nicht, du wolltest es wissen, also hör mir auch zu. Heinz hat mich geliebt, als ich noch ganz arm war.«

»Denkst du etwa, ich will dich heiraten, nur weil dein Vater Geld hat? Nur weil ich auf Anteile an seiner Firma aus bin? Natürlich ist das interessant für mich. Es war für mich Grund genug, dich näher kennenlernen zu wollen. Aber wenn du nicht wärst, wie du bist ...«

Jetzt fiel sie ihm ins Wort. »... hättest du auch ein paar größere Fehler in Kauf genommen.«

»Sicher nicht. Ich hätte mich nicht für mein ganzes Leben unglücklich gemacht.«

»Na schön, ich will dir glauben. Aber das ändert nichts an der Tatsache, daß ich dich nicht will. Es hat keinen Zweck, weiter darüber zu reden Bring mich bitte nach Hause.«

»Aber ich habe dich doch gerade erst abgeholt. Sei nicht töricht, Inge! Warum sollen wir jetzt nicht ins Kino gehen, wie ich es ursprünglich vorgehabt hatte?«

»Weil ich nicht von dir verlangen kann, daß du mich weiter ausführst.«

»Du hast nein gesagt, und ich akzeptiere das.« Er unterbrach sich. »Um ganz ehrlich zu sein: Das ist nicht ganz die Wahrheit. Vielleicht überlegst du es dir doch noch. Es bleiben ja noch ein paar Wochen Zeit, oder vielleicht merkst du auch erst in Frankfurt, daß dein Freund doch nicht der Richtige für dich ist, und greifst auf den alten Ray zurück.«

»Das ist genau der Grund, warum ich nicht mehr mit dir

ausgehen will. Damit du dir keine falschen Hoffnungen machst.«

»Gut, wenn es so ist, dann vespreche ich dir, nicht mehr auf das Thema zurückzukommen. Ehrenwort.«

»Das kannst du nicht.«

»Du wirst es erleben. Laß uns einfach gute Freunde sein.«

Wieder mußte sie an Axel Borg denken, der ihr das gleiche Freundschaftsangebot so barsch abgeschlagen hatte.

»Wir sind doch immer gern zusammen losgezogen, das wirst du zugeben«, fuhr Ray fort. »Warum willst du dich jetzt dafür bestrafen, daß du mich nicht heiraten willst? Verzeih mir, das war wirklich das letzte Mal, daß ich das erwähne. Warum sollte ich dich dafür bestrafen?«

Inge holte tief Luft. »Ich bin sehr froh, daß du mir nicht böse bist.«

»Wir sind uns beide nicht böse, also laß uns die ganze dumme Geschichte vergessen.«

So blieb, rein äußerlich, zwischen ihnen alles beim alten. Auch weiterhin holte Ray sie regelmäßig ab und führte sie aus. Anfangs empfand Inge, wenn sie mit ihm zusammen war, eine gewisse nervöse Spannung. Aber durch Zurückhaltung und Humor gelang es ihm, sie zu entkrampfen. Inge lernte ihn mehr und mehr schätzen. Er war wirklich der beste Freund, den ein Mädchen sich nur wünschen konnte.

Etwas anderes machte ihr Sorgen. Ihr Vater verhielt sich ganz so, als wäre es beschlossene Sache, daß sie bei ihm bleiben würde. Immer wenn sie auf ihren Rückflug zu sprechen kommen wollte, verstand er es, das Thema abzutun oder ihm auszuweichen.

Der Tag, an dem sie nach New York fliegen mußte, um zu ihrer Reisegruppe zu stoßen, kam näher und näher. Inge hatte ihre Videokassetten durchgeackert und den Pullover zusammengenäht, aber immer noch war es ihr nicht gelungen, ihm ihren Entschluß klarzumachen.

Schon schmiedete sie abenteuerliche Pläne. Vielleicht würde Ray ihr helfen, aus Dallas fortzukommen. Aber sie mochte ihn nicht darum bitten, um keinen Keil zwischen ihn und ihren Vater zu schieben. Notfalls wollte sie nach New York trampen. Sie begann sich ernstlich nach einer Möglichkeit zum Mitfahren umzuschauen und umzuhören. Ihre Sprachkenntnisse waren inzwischen so gut, daß sie sich, wie sie dachte, auch auf eigene Faust durchschlagen könnte.

Dann eröffnete Mister Kramer ihr ganz überraschend, daß er leider eine schlechte Nachricht für sie hätte. »Du kannst nicht in den Staaten bleiben, Inge. Ich habe alles versucht, aber dein Touristenvisum läßt sich nicht verlängern. Du mußt nach Deutschland zurück und dich von dort aus um eine langfristige Aufenthaltsgenehmigung bemühen.«

Inge fiel es schwer, nicht laut herauszujubeln; nur um ihren Vater nicht zu kränken, hielt sie sich zurück. »Mach dir nichts draus, Dady, ich glaube es ist besser so. Dann kann ich in Frankfurt meine Angelegenheiten ordnen und an Mutters Hochzeit teilnehmen – falls ich mich danach entschließen sollte, für immer zu dir zu kommen.«

»Ich verlasse mich darauf.«

Sie spürte, daß er ein Versprechen von ihr erwartete, aber sie gab es ihm nicht. Daß er sich etwas vormachte, konnte sie nicht verhindern, aber belügen wollte sie ihn nicht. »Nein«, sagte sie ehrlich, »tu das lieber nicht!«

»Du hast einen richtigen Dickkopf!« rief er wütend.

»Nein, ich lasse mich nur nicht gern zu etwas zwingen.«

»Genau wie deine Mutter!«

Sie schluckte ihren Ärger und lächelte ihn entwaffnend an. »Wer weiß! Vielleicht habe ich ihn auch von meinem Vater geerbt.«

Trotz dieser Reibereien fiel ihr der Abschied dann doch schwerer, als sie erwartet hatte.

»Ich werde dir schreiben«, versprach sie, als er sie mit

dem Auto zum Flughafen brachte, »wir wollen den Kontakt doch nicht wieder abbrechen lassen, nicht wahr?«

Er brummte nur.

»Und besuchen komme ich dich ganz bestimmt!«

Als sie sich eingecheckt hatte, sah sie sich noch einmal nach ihm um. Da stand er, groß und stattlich, den Stetson in der Hand, und seine Augen blickten traurig. Ihr Herz flog ihm zu. Ob sie die richtige Entscheidung getroffen hatte?

Inge hatte ein wenig Angst, ob und wie sie sich ganz allein in New York zurechtfinden würde – ihr Vater hatte nichts unversucht gelassen, ihr die Gefahren der Millionenstadt in den schwärzesten Farben auszumalen. So war sie froh, daß Frau von Sauten sie am Flughafen erwartete und sie zu der Reisegesellschaft führte, die schon auf einem anderen Flugsteig auf den Einstieg in das Flugzeug, mit dem sie ihre Reise um die Welt angetreten hatte, wartete.

Es gab ein großes Hallo. Olivia begrüßte Inge wie eine alte Freundin und bewunderte ihren Pelzmantel. Nur Fritz Hilgert flog nicht mit zurück. Inge erfuhr, daß er ein Stipendium an einer amerikanischen Universität erhalten und von Anfang an geplant hatte, ein Jahr in Amerika zu bleiben.

Auch Axel Borg ließ sich nicht blicken.

Auf dem ganzen Rückflug hoffte Inge, daß er sie noch einmal nach vorne in die Pilotenkanzel bitten würde. Doch nichts dergleichen geschah. Trotz ihrer brennenden Freude auf das Wiedersehen mit Heinz spürte sie ein seltsames Unbehagen. Und dann nach einem fast achtstündigen Flug landeten sie um 10.50 Uhr morgens in Frankfurt.

Inge hatte sich schon vorher von Frau von Sauten verabschiedet und auch ein Wiedersehen mit ihr ausgemacht. Jetzt, als sie ihr Drahtwägelchen mit den Koffern aus der Zollkontrolle herausschob, fiel ihr erster Blick auf Heinz Bomhardt. Sie ließ alles stehen und liegen, lief auf ihn zu und fiel ihm um den Hals. Als sie sich nach einer langen Umarmung von ihm löste, sah sie sein Gesicht – und plötzlich entdeckte sie einen merkwürdig weichlichen Zug um seinen Mund. Das war ihr früher nie aufgefallen!

»Du hast dich verändert!« sagte sie ganz erstaunt.

»Woher denn?« Er lachte und war für Minuten wieder der alte Heinz. »Ach, Baby, ich bin ja so froh, daß alles noch gut geworden ist. Meine Eltern sind mit dir einverstanden …«

»Auf einmal?«

»Als meine Mutter von deinem stinkreichen Vater erfuhr – also, ich sage dir …«

Inge sah ihn nur an.

Er knuffte sie in die Seite. »Nun mach nicht so ein Gesicht! Auch wenn meine Eltern kein Einsehen gehabt hätten, hätte ich zu dir gehalten.«

»Nein«, sagte Inge, »das glaube ich dir nicht.«

»Aber ja! Ich wäre einfach mit dir in die Staaten ausgewandert und in die Firma deines Vaters eingestiegen. Später kriegen wir die doch mal, nicht wahr?«

»Nein«, sagte Inge, »wie kommst du darauf? Mein Vater ist erst Anfang Vierzig, und wie ich ihn kenne, wird er bestimmt noch einmal heiraten, vielleicht auch Kinder haben. Dann bin ich abgemeldet.«

Er war sichtlich erschrocken. »Du, sag das bloß nicht meinen Eltern, hörst du? Sonst fängt der ganze Ärger wieder von vorne an.«

Die Enttäuschung tat weh, sehr weh, aber Inge hatte sich schon wieder gefaßt. »Für dich nicht, Heinz«, sagte sie ganz ruhig, »du wirst keinen Ärger mehr wegen mir haben. Es ist Schluß, verstehst du? Ich liebe dich nicht mehr. Zieh Leine! Ich will nichts mehr von dir wissen.« Und sie ließ ihn einfach stehen.

Sie lief zu ihrer Mutter, küßte sie herzlich und schüttelte Kurt Hörmann, ihrem zukünftigen Stiefvater, die Hand.

»Mein Liebling«, sagte Frau Kramer, »wunderbar, daß

du wieder bei uns bist! Ich hätte nicht geglaubt ... na, du wirst uns furchtbar viel zu erzählen haben! Kurt, kümmere dich doch bitte um Inges Gepäck. Wir wollen sehen, daß wir so bald wie möglich nach Hause kommen.«

»Du, Mutti, ich muß noch ... einen Augenblick warten.« Sie schluckte. »Ihr könnt mir ja Gesellschaft leisten!«

Es dauerte gute zehn Minuten, bis die Flugzeug-Crew erschien, und immer ungeduldiger hatte Inge zur Tür der Zollabfertigung geblickt. Dann stürmte sie auf Axel Borg zu, ohne darauf zu achten, daß Kapitän Wilson und die anderen Männer der Besatzung verständnisvoll schmunzelten und sich ganz schnell verzogen.

»Axel«, rief sie, »ich bin ja so froh ...«

Aber sein Gesicht erhellte sich nicht, und sein ernster, durchdringender Blick verwirrte sie.

»Ich habe schon gefürchtet, ich würde Sie nie wiedersehen, und ich ... ich habe ja noch gar keine Gelegenheit gehabt, mich zu bedanken, für ...« stotterte sie.

»Das hatte ich auch gar nicht erwartet«, sagte er beherrscht und wollte an ihr vorbei.

Sie hielt ihn fest. »Axel, ich muß Ihnen noch etwas sagen ... vielleicht interessiert es Sie nicht, aber ich ... ich habe mich gerade entlobt!«

Plötzlich wurde sein Gesicht wieder warm, seine braunen Augen lachten sie an, und er fragte: »Ist das wahr, Inge? Oder willst du mich nur trösten?«

Aber ehe sie ihm noch erklären konnte, wie alles gekommen war, hatte er sie schon in die Arme gerissen, und zwischen zwei langen Küssen murmelte er: »Meine Inge, geliebte Inge.«

Es dauerte lange, bis ihnen bewußt wurde, daß sie nicht allein auf der Welt waren. Nur zögernd löste sich Inge aus seinen Armen, strich sich das Haar aus der glühenden Stirn, faßte ihn bei der Hand und sah strahlend zu ihm auf. »Die nächste Reise machen wir zusammen!«